AF525795

Andreas Temmer zeichnet und erfindet Geschichten, seit er denken kann, vermutlich auch schon davor. Zunächst studierte er Betriebswirtschaftslehre, um einen „richtigen" Beruf zu erlernen und arbeitete viele Jahre in Marketingabteilungen diverser Unternehmen. Das Schreiben und Zeichnen, das Erschaffen von Geschichten und Figuren ließ ihn jedoch nie ganz los. So war es nur eine Frage der Zeit, bis aus diesen Ideen die ersten größeren Roman-Projekte entstanden. Andreas Temmer lebt und arbeitet in Wien.

MORD SEE GRAB

ANDREAS TEMMER

Erstausgabe November 2022

MORDSEEGRAB

ISBN 978-3-98637-262-0
E-Book-ISBN 978-3-98637-225-5
Hörbuch-ISBN: 978-3-98778-163-6

Covergestaltung: Buchgewand
Umschlaggestaltung: ARTC.ore Design
Unter Verwendung von Abbildungen von
depositphotos.com: © O.Rohulya, © Nik_Merkulov
shutterstock.com: © brickrena
Lektorat: Birgit Förster
Satz: dp DIGITAL PUBLISHERS GmbH
Druck und Bindung: Books on Demand GmbH, Norderstedt

Für Dani, Anna und Jakob,
ohne die nichts von alldem möglich wäre.
Ich liebe euch.

1. WILLKOMMEN ZU HAUSE

„Sie sind nicht von hier, oder?" Die blonde Frau blinzelt ihn an und lächelt.

„Nein, ich ..." Waldauf weiß nicht, was er antworten soll. Die Sonne strahlt durch die zerrissene Wolkendecke, und der kühle Westwind bringt Feuchtigkeit und den Salzgeschmack des Meeres mit sich.

„Tourist?" Die Frau neigt den Kopf.

Waldaufs Blick fällt auf ihre Füße. Sie trägt keine Schuhe, und der Schlamm an ihren Knöcheln beginnt allmählich zu trocknen. „Nein, tatsächlich ..." Waldauf dreht sich zu dem Gebäude um. Das Dach hat vermutlich schon bessere Tage gesehen, und die hölzernen Fensterläden sind farblos und spröde. Die Büsche in dem verwilderten Garten blühen in den unterschiedlichsten Schattierungen von Rosa und Weiß. Eine der Scheunen ist beinahe vollständig mit Efeu überwuchert.

„Tatsächlich wohne ich hier."

Die wasserblauen Augen der Frau leuchten in ihrem Gesicht, das erste Fältchen zieren. Sie mustert den Bauernhof, Waldauf, seine Koffer und Umzugskisten.

„Über den Sommer?", fragt sie.

„Nein ... für längere Zeit." Waldauf reibt sich den Nacken. „Ich habe den Hof gekauft. Bin gerade erst eingezogen."

„Na dann“, sagt sie und grinst noch breiter. „Willkommen zu Hause.“

Zu Hause. Waldauf ist erstaunt. So hat er noch nie darüber gedacht. Auszeit. Ruhe. Zuflucht. Das sind Begriffe, mit denen sein Gehirn arbeitet. Zu Hause ist ihm fremd. Ein Konzept wie eine Erinnerung aus frühen Kindheitstagen. Etwas, das man mit dem Erwachsenwerden ablegt, wie das Fahren mit Stützrädern oder die Sorge um unreine Haut.

Er ist gerade damit beschäftigt gewesen, die ersten Kisten ins Haus zu tragen, hat Fenster und Türen geöffnet, um den staubigen und abgestandenen Geruch aus den alten Gemäuern zu vertreiben. Er stemmt die Hände in die Hüften und fühlt die Schweißperlen auf seiner Stirn. Die Frau steht da und wartet. Vermutlich sollte er etwas antworten.

„Ja, danke.“ Er deutet auf ihre Füße. „Sie waren im Watt?“

Sie blickt an sich herab. „Ne, ich lauf immer so rum.“

Waldauf weiß nicht, ob sie ihn veralbert oder nicht, blickt nach links und rechts die Straße entlang.

„Noch etwa zwei Kilometer in diese Richtung.“ Sie deutet nach Osten. Sie spricht weiter, bevor Waldauf nachfragen kann: „Dort wohne ich. Wir sind praktisch Nachbarn.“ Sie wendet sich zum Gehen und schaut ihn nochmals an. „Ich heiße übrigens Anke.“

„Sehr erfreut. Waldauf“, sagt Waldauf, der sich an die Verwendung seines Vornamens erst noch gewöhnen muss. „Ähm, Lukas.“

Sie rümpft die Nase ein wenig, während sie nachdenkt. Waldauf findet, es lässt sie kokett aussehen.

„Ja, dann wünsche ich Ihnen noch einen schönen Tag, Herr Nachbar."

„Danke", entgegnet Waldauf, während er in Gedanken hinzufügt: Das ist er bereits.

Er sieht ihr zu, wie sie davongeht und ihre leuchtend gelbe Regenjacke in immer weitere Ferne rückt. Waldauf schüttelt den Kopf, als seine Erstarrung von ihm ablässt. „Nein", sagt er zu sich selbst. „Nein, nein, nein."

Dann wirft er doch noch einmal einen Blick die Straße entlang. Er packt eine Umzugskiste – die schwerste, die er finden kann –, stemmt sie hoch und bringt sie ins Haus. Den restlichen Vormittag verbringt er damit, zu schuften und zu schwitzen – und es fühlt sich gut an, obwohl ihn die Atemnot immer wieder zu einer Pause zwingt und die Schmerzen in seiner Schulter hämmern. Er holt sich ein Glas Wasser aus der Küche – *seiner* Küche – und setzt sich auf die Treppen, die auf die Veranda führen. Mit seiner Hand betastet er den kühlen Stein, über dem eine dünne Schicht Staub liegt.

Der Hof ist nicht günstig gewesen, dennoch wird er jede Menge Arbeit hineinstecken müssen, um wieder alles in Schuss zu bringen. Aber er hat ja Zeit, nicht wahr? Wenn er etwas hat, dann Zeit.

Bis es Abend ist, hat Waldauf alles ins Haus gebracht und macht sich daran, den neu gekauften Bettrahmen zusammenzuschrauben. Die wesentlichsten und dringendsten Dinge hat er geschafft. Es gibt einen funktionierenden Kühlschrank, Herd, Klopapier. Selbst die Dusche funktioniert. Nachdem er geduscht hat, setzt er sich wieder auf die Veranda. Es ist Mai und abends immer noch sehr kühl. Aus irgendeinem Grund findet er es angenehmer, das Licht nicht anzuschalten. So sitzt er in der Dunkelheit, und bis auf das Rauschen des Meeres und die gelegentlichen Rufe einiger Silbermöwen herrscht Stille. Waldauf ist mit sich und seinen Gedanken allein. Eine Situation, die er zutiefst herbeigesehnt und zugleich gefürchtet hat. Aber nur so funktioniert Heilung, nicht wahr? Er schließt die Augen und verharrt, bis die Kälte in seinen Fingern ihn dazu zwingt, ins Haus zu gehen.

Dort liegt nun die neue Matratze auf dem neuen Bettgestell. Waldauf kramt ein Buch aus einer der Kisten und beschließt, am nächsten Vormittag den Schuppen in Augenschein zu nehmen. Nicht weil es das Wichtigste am ganzen Bauernhof wäre, eher im Gegenteil, weil es nicht dringend und nicht wichtig ist. Er kann es in seinem eigenen Tempo tun oder auch gänzlich lassen, und niemand wäre ihm böse. Der Schuppen ist der letzte und vermutlich unwichtigste Teil des gesamten Hofes. Aber gerade deswegen gibt es dort vielleicht die spannendsten Dinge zu entdecken, während der Großteil seiner Kisten unausgepackt im Haus lagert.

Der Abend ist hier so völlig anders als in der Stadt, denkt Waldauf und lauscht in die Stille hinein. Draußen gibt es keine Straßenbeleuchtung. Er schaltet nun doch eine kleine Nachttischleuchte ein, die mangels vorhandener Möbel direkt auf dem Fußboden steht, und beginnt in seinem neu erworbenen Buch zu blättern. Einem Reiseführer über die Nordsee und die Besonderheiten des Wattenmeers. Waldauf muss lachen.

Die Morgensonne flutet das Zimmer mit strahlendem Orange. Waldaufs Nacken schmerzt, und er hat das Gefühl, kaum geschlafen zu haben. So geht es ihm immer, wenn er in einem fremden Bett schläft, wobei dieses Bett nun sein eigenes ist.

Er setzt sich auf und wartet, bis das taube Gefühl in seiner Schulter nachlässt. Er erhebt sich, stakst zu den Umzugskisten, öffnet jene, die mit dem Wort „Küche" beschriftet ist, und hebt die Kaffeemaschine heraus. Eine alte Filtermaschine, nichts, was seine Ex-Kollegen jemals mit dem Begriff Kaffee in Verbindung gebracht hätten. Dennoch, Waldauf ist Filterkaffee immer der liebste gewesen. Vermutlich ein Tick aus seiner Kindheit, denkt er. Wenn sich seine Mutter und seine Großmutter zusammengesetzt haben, um zu plaudern, haben sie Filterkaffee getrunken. Das ist immer so gewesen. Heutzutage kaufen sich alle diese neumodischen High-Tech-Geräte mit WLAN-Anbindung, eigener Handy-App und 117 programmierbaren und speicherbaren Funktionen. Und all das zum läppischen Preis eines Gebrauchtwagens. Waldaufs Maschine hat eine Taste. Ein. Aus. Einschalten, und sie macht Kaffee, so einfach ist das.

Als der Duft nach frischem Kaffee den großen Wohnraum erfüllt, gießt er sich eine Tasse ein und fragt sich, wie spät es wohl ist. Dann entscheidet er, dass es egal ist, schlüpft in seine Schuhe, schnappt sich Tasse und Reiseführer und setzt sich erneut auf die Treppen seiner Terrasse. Schon jetzt weiß er, dass dies sein liebster Platz auf dem ganzen Hof sein wird.

Waldauf sitzt, trinkt Kaffee, liest und genießt die wärmenden Sonnenstrahlen auf seinem Gesicht. An den bunt blühenden Rhododendronsträuchern herrscht ein reges Kommen und Gehen, während sich Bienen, Hummeln und Schmetterlinge zum gemeinschaftlichen Frühstück einfinden. Waldauf ist fasziniert von der Vielfalt unterschiedlicher Farben und Formen. Dinge, die es in der Stadt so nicht gibt oder die er vielleicht nur nie wahrgenommen hat. Er weiß es nicht. Möglicherweise ist er zu beschäftigt gewesen, immer viel zu beschäftigt. Während er die Insekten beobachtet und grübelt, nähern sich Fußtritte von der Straße her. Nackte, tastende Schritte.

„Guten Morgen, Nachbar", sagt Anke, die wieder dieselbe gelbe Jacke trägt. „Und? Haben Sie gut geschlafen?"

Waldauf schüttelt den Kopf und antwortet: „Guten Morgen, Nachbarin."

Sie lacht kurz auf, und er ergänzt mit einem Fingerzeig auf ihre Füße: „Sie laufen ja wirklich immer so rum."

„Sag ich ja."

„Tasse Kaffee?"

„Nein, danke." Anke betrachtet ebenfalls die Sträucher. „Ich bin eher die Teetrinkerin. Schön haben Sie's hier."

Waldauf sieht sich um, wie um sich selbst nochmals zu vergewissern. „Ja, nicht? Bin mal gespannt, ob das Dach hält, wenn der erste Regen kommt."

Ankes Beine stecken in knappen Shorts, darüber trägt sie ihre Regenjacke. Die Hände ruhen in den Jackentaschen. „Ach, Sie werden's schon rausfinden", sagt sie und grinst. „Sind Sie handwerklich begabt?"

Waldauf hält die Hände so, dass beide Daumen nach rechts zeigen.

„Geht so."

Anke lacht wieder – ein kurzes, markantes „Haha" –, und Waldauf erkennt, dass er aufpassen muss, sonst würde dieses Lachen sein Untergang sein. Er hat sich geschworen, sein Leben nicht wieder kompliziert werden zu lassen. Nicht umsonst hat er sich den abgeschiedensten Ort ausgesucht, den er hat finden können.

„Machen Sie das jeden Tag?", fragt er nach einiger Zeit. „Wandern?"

„Ne, nur wenn ich Lust hab. Und wenn das Wetter stimmt." Sie hebt noch einmal den Kopf, wie um ihr Umfeld in sich aufzusaugen. „Na dann, bis morgen", sagt sie beinahe so, als wäre es bereits beschlossene Sache.

„Ja", erwidert Waldauf, während er ihr beim Davongehen zusieht. „Bis morgen." Er bemerkt ein Zucken um seine Mundwinkel, es fühlt sich merkwürdig und ungewohnt an. Seine Ex-Kollegen hätten ihn vermutlich auf der Stelle erschossen, ausgestopft und in ein Museum verfrachtet, um diesen seltensten aller Augenblicke für die Ewigkeit festzuhalten. Waldauf lächelt. Gestattet er sich tatsächlich, glücklich zu sein? Wie kann er? Waldaufs Mundwinkel fallen nach unten.

Tja, die Scheune, denkt er, und es fällt ihm schwer, Freude dabei zu empfinden. Er leert die Tasse, erhebt sich und klopft sich den Staub vom Hosenboden. „Heute ist Scheunentag."

2. DANIS TEELADEN

Die folgenden Tage verbringt Waldauf damit, sich weiter einzurichten. Er hat den Schuppen erkundet, in dem viele alte Möbel, rostiges Werkzeug und Dinge lagern, die er noch nicht zuordnen kann, darunter ein hölzerner Wagen, dem die Räder fehlen und der früher Gott weiß wozu gedient hat. Anke ist am nächsten Morgen wiedergekommen. Sie hat ihm eine große Muschel geschenkt, die sie beim Wandern gefunden hat. Eine Sandklaffmuschel, deren Schalen beinahe so groß waren wie ihre Handfläche.

„Große sind selten", hat sie gesagt. „Vielleicht bringt sie Glück."

„Danke", hat Waldauf geantwortet.

Jetzt liegt die Muschel auf seinem Fensterbrett, das von der Küchenspüle aus den hinteren Teil des Gartens überblickt. Der sonnigste Platz im Haus.

Dann ist Anke drei Tage lang nicht vorbeigekommen, und Waldauf treibt es nach draußen. Er hat ohnehin einige Erledigungen zu machen. Die wenigen Lebensmittel, die er bei seinem Einzug mitgebracht hat, sind ihm ausgegangen, und er hat noch keine Waschmaschine. Es ist Montag, und Waldauf hat sich vorgenommen, ebenfalls ein wenig zu wandern. Ja, er wird langsamer gehen müssen, aber bis nach Neuharlingersiel wird er es wohl irgendwie schaffen. Der kleine Ort direkt an der Nordseeküste ist keine fünf Kilometer entfernt, und irgendeine Art von Bäckerei oder Lebensmittelladen wird er auf dem Weg dorthin bestimmt finden. Dann kann er sich auch gleich erkundigen, wie er zum nächsten Elektronikladen kommt.

Waldauf wandert den schmalen Weg entlang. Auf einer nahen Wiese grasen Schafe und würdigen ihn keines Blickes. Im Norden erstreckt sich das Watt. Eine schlammige, weite Ebene, die ihn schon immer fasziniert hat. Er fixiert einen Punkt am Horizont zwischen den flachen Inseln hindurch, die einige Kilometer vor der Küste liegen. Wenn ich bis dorthin laufen würde, denkt er, was wäre dann? Und dann, ein paar Kilometer weiter, was wäre dort? Was würde ich sehen?

Eine endlose Weite, die einmal Meer ist und einmal nicht, je nach Laune der Gezeiten. Waldauf stellt fest, dass er nicht weiß, wie es sich anfühlt, dieses Watt. Er verlässt den Weg, wandert ein Stück nach unten, bis sich die letzten Grashalme im Schlamm verlieren. Die schmatzenden Laute seiner Fußtritte auf dem weicher werdenden Untergrund amüsieren ihn. Mahlzeit, denkt er, als sich plötzlich einer seiner Schuhe – es sind seine gewöhnlichen Straßenschuhe aus Leder, die er immer trägt – im Schlamm festfrisst. Waldauf strauchelt, sein Bein will nicht freikommen, und dann, mit einem Ruck, gelingt es doch, und Waldauf kippt rücklings in den Matsch. Zumindest befürchtet er das. Er lehnt sich gefährlich nach hinten und lässt sich dann zur Sicherheit nach vorn fallen und landet auf den Knien. Was folgt, ist blankes Grauen. Die eiskalte, schleimige Masse heftet sich an seine Beine, sickert durch das Gewebe seiner Kleidung, bis sie, sozusagen Haut auf Haut, an ihm klebt. Sie umarmt ihn, zieht ihn nach unten. Waldauf windet sich und macht es dadurch nur noch schlimmer. Wenn er sein Gewicht verlagert, kann er vielleicht ein Bein freibekommen. Er zieht. Der Matsch protestiert. Der Kompromiss, auf den sie sich einigen: Waldauf bekommt sein Bein, ein nackter Fuß kommt zum Vorschein, das Watt behält den Schuh. Waldauf geht erneut auf die Knie. Er schnauft, blinzelt Schweißtropfen weg und fasst bis zum Ellenbogen in das Loch hinein, das seinen Schuh beherbergt.

Minuten später steht er wieder auf festem Boden. Er hat sich zu dem Weg zurückgerettet, und seine Lunge fühlt sich an, als hätte sie sich auf die Größe eines Golfballs zusammengezogen. Er bekommt kaum Luft. Sterne tanzen vor seinen Augen. Waldauf hält die Schuhe in der Hand, blickt auf seine nackten, lichtscheuen Füße hinab. Blasse, höhlenbewohnende Organismen, die sich allein mithilfe ihres Tastsinns orientieren. Sie sind in dieser fremden Umgebung völlig fehl am Platz. Er schlägt die beschmutzten Hosenbeine hoch, aber seine matschverschmierten Hände und Schuhe lassen sich nicht verbergen. Er marschiert weiter, und das Watt scheint einen Teil seiner magischen Faszination fürs Erste verloren zu haben.

Waldauf schafft es schließlich bis Neuharlingersiel, der beschaulichen Tausendseelengemeinschaft, die sich hier vor Hunderten von Jahren niedergelassen hat und immer noch siedelt. Auch wenn sie sich mittlerweile mehr vom Tourismus als von der Landwirtschaft und dem Fischfang erhält, ist die Aura des Ortes geprägt von dem kleinen Fischereihafen. Es riecht nach Fisch und frisch gebackenem Brot. Waldauf bekommt

Hunger, obwohl es noch nicht einmal zehn Uhr vormittags ist. Er kauft sich ein Fischbrötchen an einem Stand direkt am Hafen, isst und verschnauft. Er beobachtet die Menschen, den Hafen und die Seevögel, die auf Holzpfählen sitzen. Auf jedem Pfahl genau ein Vogel, so als ob man sie im Baumarkt ausschließlich im attraktiven Kombiangebot bekäme. Sie benötigen einen Pfahl für Ihren Hafen? Hier, nehmen Sie diese praktische Möwe gleich mit dazu. Kostet praktisch nichts.

Waldauf überlegt, was er alles einkaufen will, und sein Blick fällt auf das Schild eines der kleinen Läden, die sich in einem Bogen um das Hafenbecken reihen. „Danis Teeladen" steht darauf zu lesen. Waldauf hadert. Er verabschiedet sich von dem Betreiber der Fischbude und beschließt, einmal einen Blick zu riskieren. Was kann schon schiefgehen? *Über 150 Sorten Tee,* verkündet ein Schild vor dem Laden. Waldauf ist eingeschüchtert. Tee ist für ihn immer nur Tee gewesen. So wie Kaffee einfach Kaffee ist. Gut, es gibt schwarzen Tee und Kamille, überlegt Waldauf. Aber was sind die restlichen 148 Sorten? Er verlagert das Gewicht von einem Bein aufs andere.

Themenwechsel, sagt er sich und wendet sich zum Gehen. Die Bäckerei ist ganz in der Nähe. Das weiß Waldauf, weil er auf dem Weg zum Hafen an ihr vorbeigelaufen ist. Und es gibt einen kleinen Kaufladen ein Stück weit die Straße hinunter. Aber so weit kommt er nicht.

„Hallo, Fremder", sagt jemand. Sie hat die Hände in den Taschen ihrer Regenjacke vergraben. „Na, laufen Sie immer so rum?"

Waldauf wirft einen Blick auf seine hochgerollten Hosenbeine. „Nein, eigentlich nicht“, antwortet er.

„Haben Sie Lust auf einen Kaffee?“, fragt Anke, deren blondes, schulterlanges Haar der Wind zerzaust.

„Nein, ich ...“, Waldaufs Hände beginnen zu schwitzen. Er wischt die letzten Reste verräterischen Fischbrötchensafts mit einer Serviette aus seinem Mundwinkel. „Ich war gerade ... muss noch ein paar Dinge einkaufen. Aber ...“ Er sieht den Blick in ihren Augen, der kein bisschen vorwurfsvoll oder enttäuscht wirkt. „Ein andermal sehr gerne.“

Anke lächelt, wirft noch einmal einen Blick auf den Teeladen, vor dem sie stehen.

„Gerne“, sagt sie. „Ich wünsche Ihnen noch einen schönen Tag.“

„Ja, danke. Ihnen auch.“

Dann geht sie weiter in Richtung Hafen. Waldauf ertappt sich dabei, wie er sich fragt, ob sie mit jemandem verabredet ist, einer Freundin vielleicht. Er stellt sich vor, wie sie in einem kleinen Café sitzen, Brötchen essen, aufs Meer hinausblicken und sich über die neuesten Ereignisse in der Nachbarschaft unterhalten. Oder vielleicht sitzt sie allein, trinkt eine Tasse Tee, liest in einem Buch. Waldauf hat ein schlechtes Gewissen. Dann schüttelt er sich und macht sich auf den Weg zur Bäckerei. Er kauft Brot, denkt an seine imaginäre Einkaufsliste und marschiert weiter zu dem Kaufladen. Dort fühlt er sich etwas wohler, das Umfeld ist ein wenig vertrauter, städtischer. Er kauft seine Sachen, stockt wieder kurz vor dem Teeregal und studiert die Packung einer Kräuterteemischung. Er hat Ankes Angebot zu einer Tasse Kaffee ausgeschlagen, nicht, weil ihm ihre Gesellschaft unangenehm gewesen wäre, ganz im Gegenteil. Eben weil sie ihm angenehm wäre, viel zu angenehm. Soll er jetzt ihretwegen eine Packung Tee kaufen? Er will aber auch nicht unhöflich sein. Bei ihrem nächsten Besuch würde sie sich vielleicht freuen, wenn er Tee im Haus hätte. Waldauf schimpft sich selbst einen Hornochsen, schnappt sich die Packung und lässt sie in die Leinentasche fallen, die er mitgebracht hat.

„Ist der aus dem Teeladen?“, fragt Anke in seiner Fantasie.

„Nein, leider“, sagt Waldauf. „Aus dem Kaufladen. Ich hoffe, er ist in Ordnung?“

„Doch, der ist gut“, sagt sie und hält die große, bauchige Tasse in beiden Händen. Sie zieht ihre nackten Beine an, schlüpft damit unter den großen Strickpulli, den sie trägt.

Die Dame an der Kasse wünscht ihm einen guten Morgen.

Waldauf ist immer noch in Gedanken. „Dazu bitte noch zwei Schachteln ...“

„Ja, bitte?“ Sie hält die Hand vor das Regal mit den Zigaretten.

„Nein ... nichts“, sagt Waldauf. „Nur das hier.“

Auf dem Weg nach draußen besinnt er sich.

„Sagen Sie, wo finde ich den nächsten Elektronikladen?“

Die Packung Tee liegt im Küchenschrank und wartet auf ihren großen Moment, während Waldauf die kommenden Tage damit verbringt, eine Waschmaschine zu kaufen und Schränke einzuräumen. Einige der Fensterläden nimmt er ab, schleift und repariert sie. Noch grübelt er, welche Farbe er kaufen soll. Er tendiert zu Hellblau. Vielleicht fragt er Anke, wenn er sie das nächste Mal sieht. Nein, sagt er sich. Das geht nicht. Er hat sich bewusst für diesen Schritt in die Einsamkeit entschieden, und dabei möchte er es auch belassen. Bis er wieder mit sich selbst und allem, was vorgefallen ist, klarkommt, falls ihm das jemals gelingen sollte.

3. WEIL SIE ES IST

Lukas Waldauf ist Polizist, Kriminaloberkommissar bei der Hamburger Kripo, Chefermittler. Zumindest war er das – bis zu jenem Tag, an dem er gestorben ist. Klinisch tot, haben es die Ärzte genannt. Seine Lunge ist kollabiert, aufgrund zweier Einschüsse. Die Kugeln wurden entfernt, ebenso jene aus seiner Schulter. Dann ist sein System zusammengebrochen. Herzstillstand. Aber irgendwie ist es den Ärzten gelungen, ihn zurückzuholen. Und nach zwei Wochen auf der Intensivstation und im künstlichen Tiefschlaf ist Waldauf wieder aufgewacht. Hat er es verdient? Zu sterben, vermutlich, ja. Wiedergeboren zu werden, während seine Hauptzeugin tot blieb, nein.

Nein. Waldauf kniet im Regen. Die junge Frau, die er in den Armen hält, hat das Gesicht – dieses blasse, wächserne Gesicht – zum Himmel gewandt. Regentropfen fallen auf ihre weit aufgerissenen, starrenden Augen, und sie blinzelt nicht. Ihre Atmung ist so schwach, dass Waldauf sie kaum wahrnimmt. Er sieht das hellrote, schäumende Blut auf ihren Lippen und weiß, was es bedeutet. Er ruft. Ruft ihren Namen und kann seine eigene Stimme nicht hören. Alles, was er hört, ist das Pfeifen, das dem Donner der Pistolenschüsse gefolgt ist.

Sarah, das ist der Name der jungen Prostituierten, und Waldauf ruft ihn immer wieder. Er ruft, sie solle bei ihm bleiben, dass die Rettung bereits auf dem Weg sei. Er lügt. Sein Mobiltelefon liegt irgendwo auf der Straße. Er konnte niemanden alarmieren, aber jemand, irgendjemand muss die Schüsse gehört haben. Dieser unsichtbare Jemand hat bestimmt schon die Rettungskräfte informiert. Sie werden kommen. Waldauf weiß es. Sie müssen, denn es ist seine Schuld, dass sie nun hier sind, in dieser Situation. Es ist seine Schuld und es darf so nicht enden. Doch für Sarah endet es genau so.

***

Waldauf schreckt hoch. Sein Blick fliegt zu der fremden Decke, die von massiven Holzbalken getragen wird. Er versucht, sich aufzusetzen, hat das Gefühl, nicht atmen zu können. Panikattacke haben es die Ärzte genannt, besonders gefährlich bei reduzierter Lungenkapazität. Waldauf ist es egal, wie sie es nennen, er kriegt keine Luft.

Als er endlich aufrecht sitzt, bemerkt er, dass er, wenn er es flach und vorsichtig tut, doch irgendwie atmen kann. Aber es geht langsam, viel zu langsam, und es kostet ihn unendlich viel Kraft, die nötige Geduld aufzubringen. Tränen laufen seine Wangen hinab. Sein Herzschlag hämmert in seiner Brust und seinen Schläfen. Das weiße Unterhemd klebt an seinem Körper. Waldauf schiebt sich aus dem Bett, bis seine Füße den alten Holzboden berühren. Er ballt die Zehen, lässt los, ballt sie erneut und lässt wieder los. Wie oft er das macht, weiß er nicht. Es dauert so unendlich lange. Dann kommt die Luft endlich wieder, und Waldauf keucht.

Waldauf versucht, seiner neuen Routine zu folgen. Er macht Kaffee, isst Müsli zum Frühstück. Frühstücken, noch so eine Sache, die er zu seiner aktiven Zeit niemals getan hätte, zu viel Zeit für zu wenig Nutzen. Er tapst aus dem Haus in Richtung seines Briefkastens, doch da kommt ihm bereits jemand entgegen. Anke hält seine Zeitung und einen Brief in der Hand. Sie kommt auf ihn zu, und Waldauf stellt fest, dass er nur mit Unterhemd und Unterhose bekleidet ist. Zu spät. Anke stellt sich vor ihn hin und überreicht ihm seine Post.

„Guten Morgen“, sagt sie.

„Guten Morgen“, spricht Waldauf ihr nach. Zu gerne hätte er sie gefragt, ob sie mit ihm frühstücken möchte, er hat sogar Tee. Aber je größer diese Versuchung wird, desto stärker wird auch der Impuls in ihm, sich zurückzuziehen.

„Danke“, sagt er hölzern. Als er die Zeitung entgegennimmt, fällt Ankes Blick auf den Brief, dessen Kopf das Wappen des Landeskriminalamts Hamburg ziert.

„Haben Sie was verbrochen?“, scherzt sie.

Waldauf ist durch die Frage wie vor den Kopf gestoßen. „Ja“, antwortet er. „Bitte verzeihen Sie, ich fühle mich heute nicht so gut.“

Anke übergibt Waldauf auch den Brief und sagt: „Das macht nichts.“

Er nickt, versucht sich an einem Lächeln und hasst sich dafür, weil er sich wie ein Heuchler vorkommt.

***

„Willst du, dass ich dir einen blase?“

Die Frage irritiert Waldauf. Er liegt auf der viel zu weichen Matratze eines Hotelbetts auf dem Rücken, Sarah an seiner Seite. Ihr schmaler, zerbrechlicher Körper plötzlich eng an seinen gepresst. In dem Fernsehgerät an der gegenüberliegenden Wand plappert die viel zu laute Stimme eines TV-Moderators. Ein aufgetakelter, übertriebener Weihnachtsbaum. Lacht zu laut, seine Zähne strahlen zu weiß, und seine Mimik wirkt wie die eines Darstellers in einer alten Schwarz-Weiß-Komödie. Genauso gut könnte er aus Plastik sein, denkt Waldauf.

„Nein“, sagt er. „Ich ... will einfach nur, dass es dir gut geht.“

Sie blickt zu ihm hoch. Es ist derselbe Blick, der ihn dazu gebracht hat, sich näher mit ihr als möglicher Hauptzeugin zu befassen. Lange bevor er sie angesprochen hat. Der ihn dazu gebracht hat, ihr ein Versprechen zu geben, das er nicht wird halten können, aber davon weiß Waldauf noch nichts. Er wird sich um sie kümmern, hat er versprochen. Ihr Schutz bieten, ein neues Leben, wenn sie nur aussagt. Einen Neuanfang.

Wie kann jemand in ihrem Gewerbe nur so unschuldig aussehen, fragt er sich jetzt, als sie neben ihm liegt, in dem billigen Hotelzimmer, das sie gemietet haben, um so lange unterzutauchen, bis der Prozess beginnen kann. Ganz einfach, denkt er, weil sie es ist.

„Warum?“, fragt sie.

„Weil es mir wichtig ist.“

Die Antwort scheint ihr zu genügen. Sie legt den Kopf an seine Schulter, und gemeinsam starren sie weiter in das TV-Gerät, in dem eine beleibte ältere Dame gerade ein „E" gekauft hat.

***

„Willst du das tatsächlich tun?", fragt Bruno ihn Wochen später. Sein Kollege – baldiger Ex-Kollege – über so viele Jahre.

„Was meinst du?"

„Hab gehört, du hörst auf."

Waldauf starrt in seine Tasse und sagt nichts.

„Hab außerdem gehört, du ziehst weg, verlässt die Stadt." Als Waldauf abermals nicht antwortet, sagt Bruno, was er offenbar gehofft hat, nicht sagen zu müssen. „Du denkst doch nicht etwa, dass sie das wieder lebendig macht, oder?"

Waldauf hebt den Blick, schaut ihm direkt in die Augen, und seine Kiefer mahlen. Bruno schluckt, aber spricht weiter. „Und davonlaufen kannst du auch nicht. Was geschehen ist, ist geschehen. Und es hätte verdammt noch mal jedem von uns passieren können ..."

„Es ist aber nicht jedem passiert!" Waldauf schlägt mit der Faust auf den Tisch, und seine Tasse macht einen Sprung. „Es ist mir passiert, Bruno! Mir ganz allein!"

Bevor sich das Schweigen wie eine aufgewirbelte Staubschicht wieder herabsenken kann, sagt Bruno: „Aber das bedeutet nicht, dass du allein damit klarkommen musst."

„Doch." Waldauf erhebt sich. Er ist stocknüchtern. Seit dem Vorfall hat er nicht gewagt, auch nur einen Tropfen Alkohol zu trinken, hat keine Zigarette geraucht. Er braucht die Klarheit, fürchtet den Rausch wie ein unsichtbares Wesen, das aus den Tiefen seiner Seele emporkriechen könnte, um seinen Verstand zu fressen. Es beobachtet ihn, lauert, hofft auf seinen Fehltritt.

„Genau das bedeutet es, Bruno."

Waldauf trägt seine Tasse zur Spüle, kippt den Inhalt hinein und sieht der trüben, hellbraunen Flüssigkeit dabei zu, wie sie im Abfluss verschwindet.

„Sarah ist tot. Und es gibt nichts, was ich dagegen tun kann ..."

Waldauf wendet sich zum Gehen. Bruno streckt eine Hand nach ihm aus.

„Lass es", sagt Waldauf, und seine kalte Stimme ängstigt Bruno mehr, als jeder Schrei es gekonnt hätte.

An jenem Nachmittag betritt Waldauf das Zimmer seines Vorgesetzten, legt Marke und Dienstwaffe wortlos auf dessen Tisch und verlässt das Bürogebäude des Landeskriminalamts Hamburg, in dem er seit über fünfundzwanzig Jahren gearbeitet hat. Er spricht kein Wort, lässt seinen Arbeitsplatz so zurück, wie er ihn an jenem Morgen vorgefunden hat. Die Blumen und Glückwunschkarten, die ihn zurück im Dienst willkommen heißen sollten, das Foto seiner Schwester und ihrer Familie ... Es ist der erste Tag nach seiner Entlassung aus dem Krankenhaus und sein letzter als Polizist.

Zwei Minuten dreißig tot.
Vierzehn Tage Tiefschlaf.
Ein Leben lang Schuld.

Waldauf wird nie wieder zurückkehren.

4. SIE WAREN BEI DER POLIZEI

Die Tage vergehen, und Waldaufs Renovierungsarbeiten werden schleppender, bis sie irgendwann ganz zum Erliegen kommen. Er genießt die Stille, die Einsamkeit, und fürchtet sie zugleich. Er sucht sie, wie die Nähe einer Geliebten, von der er bereits weiß, dass sie ihm das Herz brechen wird. Dennoch braucht er sie.

An manchen Tagen vergisst er zu essen, aber das ist nicht weiter schlimm. In manchen Nächten kann er nicht schlafen. Er fürchtet die Nächte, mehr noch als die Einsamkeit. In der Abwesenheit des Lichts zeigt diese Welt erst ihr wahres Gesicht, denkt Waldauf. Die Geräusche sind lauter, die Schatten schwärzer und die Abgründe tiefer, als sie es bei Tage jemals sein könnten. Und ihre Anziehungskraft ist verheerender.

Waldauf sitzt auf der Terrasse, trinkt Kaffee. Sein Körper sitzt, während seine Gedanken viele Kilometer und Monate weit entfernt sind, manchmal auch Jahre. Er war ein hochdekorierter Polizist, die Medien haben ihn geliebt, nun ja, die meisten von ihnen. Für viele war er vielleicht sogar so etwas wie ein Held. Jetzt ist er nichts mehr von alldem, ein Geist, ein Schatten, ein Nichts. Er dachte, er wäre unfehlbar, unantastbar. Dann machte er Fehler, und jemand anders musste dafür bezahlen, und nun macht sich die Zeit über die Reste der Erinnerungen her. In einigen Jahren wird nichts mehr davon übrig sein. Und je mehr seine

Schuld und Sarahs Tod in Vergessenheit zu geraten drohen, desto mehr versucht Waldauf sich daran zu erinnern. Versucht zu verhindern, was nicht zu verhindern ist. Irgendwann wird sich niemand mehr an Sarah Brehm erinnern oder daran, warum sie sterben musste.

Es ist früher Morgen, ein neuer Tag wird aus seiner blutigen Taufe gehoben. Waldauf versucht sich zu erinnern, seit wie vielen Tagen er nicht in den Spiegel geschaut hat. Wann hat er sich zuletzt rasiert oder geduscht? Eine Handbewegung über sein Kinn sagt ihm, dass es einige Zeit her sein muss, und es kümmert ihn nicht. Waldauf hat daran gedacht, sich das Leben zu nehmen, unzählige Male. Aber dann würde Sarahs Gedenken nur noch schneller aus dieser Welt verschwinden. Er hat sich selbst dazu verdammt, mit seiner Schuld zu leben. Als Mahnmal ... aber für wen überhaupt?

Waldauf erhebt sich, und seine Knie ächzen. Er überlegt, sich ein Fitnessprogramm zuzulegen. Einen Ablauf, der seinen Tag strukturiert. Aber soll er sich tatsächlich um sein eigenes Wohlergehen kümmern, um seine Gesundheit, während Sarah in ihrem Grab ...? Waldauf schafft es nicht, den Gedanken zu Ende zu denken. Das Bild hat ihn abgeschreckt, ihr nach oben gewandter, unschuldiger Blick, ihr goldblondes Haar, das auf der Erde zwischen sich windenden, weißen Madenkörpern glänzt.

Waldaufs Augen brennen vor Wut und Schmerz, sein Hals schnürt sich zusammen. Es ist kein Kloß, der darin steckt, es ist Erde, kalte, feuchte Erde. Waldauf würgt. Er stürzt zur Küchenspüle, gießt sich ein Glas

Wasser ein und trinkt es in ruckartigen Zügen leer. Als seine Lunge immer noch zu explodieren droht, schellt es an der Tür. Er wankt ins Vorzimmer und öffnet sie, ohne darüber nachzudenken, und dann ist er plötzlich hellwach. Vielleicht liegt es an ihrem Gesichtsausdruck oder der Art, wie sie „Hallo“, sagt, irgendetwas an Ankes Verhalten holt Waldauf augenblicklich ins Hier und Jetzt zurück.

„Guten Tag“, sagt er und bittet sie herein. In den Zimmern herrschen Unordnung und Chaos, und für den Bruchteil einer Sekunde fragt sich Waldauf, wie lange er in den Räumen nicht mehr gelüftet hat. Er befreit einen der Stühle von einem Berg ungewaschener Wäsche und bietet ihn Anke an. Dann reißt er einige Fenster auf und packt den Wäscheberg auf eine der Umzugskisten, die er bisher noch nicht geöffnet hat.

„Wollen Sie ein Glas Wasser? Oder ... sollen wir uns besser nach draußen setzen?“, fragt er, als ihm bewusst wird, dass Anke zum ersten Mal tatsächlich in seinem Haus ist. Das mit dem ersten Eindruck hat er sich anders vorgestellt.

„Nein, hier ist es gut“, sagt sie, und Waldauf sieht, dass sie geweint hat.

„Kann ich Ihnen irgendwie helfen?“

Sie beginnt sich in seinem Haus umzusehen, bis ihre Augen auf ihm zur Ruhe kommen.

„Sie waren bei der Polizei, nicht wahr?“, eröffnet sie das Gespräch.

„Das ist richtig.“

„Bei der Kriminalpolizei in Hamburg?“

„Ja.“

„Könnte ich ... jetzt vielleicht doch ein Glas Wasser haben, bitte?"

Waldauf geht zur Spüle, fischt ein sauberes Glas aus dem Regal und gießt es für sie ein.

„Ich weiß nicht", sagt Anke nach einem Schluck und zerzaust ihr schulterlanges Haar. „Es war vielleicht keine gute Idee herzukommen. Sie wollen bestimmt Ihre Ruhe haben und ..." Sie dreht das Glas zwischen ihren Fingern. „Aber Sie wirken ... *nett*, verstehen Sie?"

Waldauf setzt sich ihr gegenüber.

„Nun ja, noch nicht ganz. Aber wenn Sie es mir erzählen, kann ich vielleicht versuchen, Ihnen zu helfen."

Sie mustert ihn, ihre Augen blicken zuerst auf sein rechtes Auge, dann auf sein linkes, sie springen hin und her, als versuche sie etwas in ihnen zu erkennen, das noch im Verborgenen liegt. Etwas dahinter.

„Der Sohn einer Freundin wurde verhaftet", platzt sie heraus. „Sie sagen, es war Mord."

„Mord?"

Anke nickt.

„Sie liebt ihren Jungen, und er würde nie ... ich meine, Mord, können Sie sich das vorstellen?"

Waldauf kann. Er hat in seiner Laufbahn mehr als genug Tote gesehen, sodass er irgendwann aufgehört hat, mitzuzählen. Er hat die Zahl vergessen, aber er erinnert sich an jedes einzelne ihrer Gesichter.

„Vielleicht gibt es eine Erklärung", beginnt er vorsichtig.

„Ja, so muss es sein. Verstehen Sie, er ist ein guter Junge. War immer gut in der Schule, studiert Informatik, er ist klug, freundlich ..."

Anke verfällt in Schweigen, vielleicht wird ihr bewusst, dass das die Worte beinahe aller Personen sind, die man zu einem kürzlichen Mord befragt. Der mutmaßliche Täter? Oh, nein, er war immer höflich, zuvorkommend. Ja, einmal hat er mir sogar mit dem Sicherungskasten geholfen. So ein freundlicher, netter Mann.

Tja, und einmal hat er dann doch zu dem dreißig Zentimeter langen Küchenmesser gegriffen und seine Stiefmutter für alle Zeiten zum Schweigen gebracht, denkt Waldauf. Oft genügt nur ein kurzer Augenblick, um jemanden zum Mörder zu machen. Aber das sagt er nicht.

Stattdessen sagt er: „Wann wurde er verhaftet?"

„Gestern Nacht."

„Und was haben die Kolleg... die Polizeibeamten gesagt?"

„Sie würden ihn wegen Mordverdachts festnehmen."

„Mordverdacht ... an wem?"

„An seiner Ex-Freundin. Christina Riemann."

„Wann soll das Ganze vorgefallen sein?"

„Ich weiß es nicht genau ... am Tag davor, denke ich. Aber es ergibt keinen Sinn, Tom hat sie geliebt." Richtig, denkt Waldauf. Meistens ist es Geld oder eben die Liebe.

„Sie waren mit einem Boot draußen, und sie ist über Bord gefallen. Sie muss sich dabei den Kopf gestoßen haben oder etwas in der Art. Er ... er sagt, er habe Panik bekommen, und als sie nicht mehr aufgetaucht ist, als er sie nicht mehr finden konnte, hat er die Rettungskräfte alarmiert. Er hat sie selbst gerufen, verstehen Sie? Aber sie haben sie nicht gefunden. Bisher. Und jetzt

... haben sie ihn festgenommen. Und ich weiß nicht, Elsa ... seine Mutter, sie ist völlig aufgelöst, und dann sind Sie mir wieder eingefallen, wegen des Briefs ... aus Hamburg, und ich habe Sie gegoogelt ... es tut mir leid."

„Dann wissen Sie bestimmt auch, warum ich nicht mehr im Dienst bin."

„Ja, aber ... können Sie ihm helfen? Vielleicht finden Sie etwas, was dieses Missverständnis aufklären kann."

Waldauf starrt aus dem Fenster.

„Ich weiß es nicht."

„Ja, ich verstehe", sagt Anke und blickt hinunter auf ihr Glas. „Ich musste Sie trotzdem fragen. Danke ... für das Wasser. Und dass Sie mir zugehört haben."

Sie erhebt sich und macht sich allein auf den Weg zur Tür.

„Ich hoffe, Sie sind mir deswegen nicht böse."

„Nein. Es ist in Ordnung."

Als sie die Tür hinter sich geschlossen hat und Waldauf wieder allein ist, fixiert er den kaum sichtbaren Abdruck ihrer Lippen auf dem halb leeren Glas, und alles, woran er denken kann, ist Sarah Brehm.

***

Der Lippenstift auf dem Rand ihres Glases ist rot – knallrot. Sarah lehnt in ihrem Lounge-Stuhl und sieht sich um, während sie anscheinend über Waldaufs Worte nachdenkt. Die Farbe des Abdrucks wechselt von Rot zu Lila und dann zu blassem Grün, während die Laser-Scheinwerfer in dem dröhnend lauten und berstend vollen Club über die Wände tanzen.

Waldauf nimmt einen Schluck von seinem Whiskey Sour und zündet sich eine Zigarette an, während er auf ihre Antwort wartet. Er rechnet mit einem einfachen Ja oder Nein. Stattdessen beugt sie sich zu ihm und sagt: „Ich hatte einmal eine Abtreibung. Eine richtige, in einer Klink. Weißt du, wie das ist?"

Waldauf schüttelt den Kopf.

„Kannst du dir vorstellen, wie das ist, wenn man Nein sagt zu seinem Baby?"

Sie blickt zur Decke und zieht die Nase hoch, versucht, sich nicht mit den Händen ihre Schminke zu verwischen.

„Ich weiß, wie das ist", sagt sie. „Es ist scheiße. Und trotzdem tut man es, weil man irgendwie leben muss."

Sie fischt ebenfalls eine Zigarette aus seiner Packung, zündet sie an, nimmt einen tiefen Zug und hustet.

„Sie zwingen einen dazu, verstehst du? Vanessa, eines der anderen Mädchen, hatte auch eine Abtreibung. Sie hat's selbst gemacht. Mit einer Stricknadel oder so. Vielleicht war's auch Oleg, ich weiß es nicht."

Noch weiß Waldauf nicht, warum sie ihm das erzählt oder worauf ihre Geschichte hinausläuft. Aber wenn er etwas in seinem Job gelernt hat, dann ist es, Leute, die reden wollen, nicht zu unterbrechen und zuzuhören.

„Sie sagen, das hat er schon bei vielen Mädchen gemacht. Wenn sie sich keine Klink leisten konnten. Er ist einer von Shahids Leuten."

Sie nimmt einen weiteren Zug, hustet und steckt den Zigarettenstummel in ihr Glas.

„Für die sind wir nur Fleisch. Und wenn wir nicht mehr funktionieren ... Vanessa hat getrauert um ihr Baby, verstehst du? Sie war jung, keine zwanzig, beinahe selbst noch ein Kind. Und ... ich weiß nicht, was sie genommen hat oder was sie ihr gegeben haben, jedenfalls ist sie umgekippt. Hat sich nicht mehr bewegt. Der Typ, den sie gerade bei sich auf dem Zimmer hatte, ist völlig ausgeflippt, hat herumgeschrien, er wolle damit nichts zu tun haben. Shahid hat ihm zwei Hunderter gegeben und ihn nach Hause geschickt. Hat ihm gesagt, die Rettung sei schon auf dem Weg und er würde sich um alles kümmern. Zwei Tage später hatte ein anderes Mädchen Vanessas Zimmer. Sie haben sie einfach ... ersetzt. Die Rettung ist nie gekommen."

Sie blickt Waldauf in die Augen.

„Ich weiß, was du von mir willst."

Dann kaut sie an ihren Fingernägeln und schnauft.

„Aber was passiert dann mit mir, nachdem ich dir erzählt habe, was du wissen willst?"

„Wenn du eine offizielle Aussage machst, kommst du ins Zeugenschutzprogramm."

Sarah schnauft wieder.

„Nein", sagt sie. „Ich will Garantien. Ich will da raus, verstehst du?"

Waldauf verspricht ihr Garantien. Er verspricht ihr einen Neuanfang, ein neues Leben. Die Zigarette schwimmt in dem halb vollen Glas. Der Lippenstift leuchtet rot.

***

Waldauf weiß nicht, wo er anfangen soll. Er ist etwa zwei Kilometer gelaufen und blickt sich um. Vor ihm erstreckt sich eine kleine Siedlung, vereinzelte alte Bauernhöfe, größtenteils moderne Ferienhäuser. Aus einem Mangel an Ideen beginnt er, die Namensschilder zu lesen. Er betrachtet die Häuser, während er die schmalen Wege entlangspaziert, und fragt sich, wie Anke wohl wohnt.

Was, wenn sie Kinder hat und einen Mann? Einen mittelgroßen Hund mit struppigem, beigem Fell und getrocknetem Matsch an den Pfoten. Was, wenn es ihr überhaupt nicht passt, dass er einfach so bei ihr aufkreuzt?

Ein älteres Paar kommt ihm entgegen und grüßt Waldauf mit neugierigen Blicken.

„Guten Tag", antwortet er. „Wissen Sie, ob hier in der Nähe eine Anke wohnt? Etwa eins siebzig groß, mittellanges, blondes Haar."

„Meinen Sie Frau Manning?"

Darauf weiß Waldauf keine Antwort.

„Ach, Sie meinen bestimmt Frau Manning", sagt die Frau und stößt ihren Mann, bei dem sie sich untergehakt hat, in die Seite. „Was denkst du, Hans? Er meint doch bestimmt Frau Manning, nicht?" Hans nickt pflichtbewusst.

„Es gibt nicht gerade viele Leute, die das ganze Jahr hier wohnen, und ich wüsste nicht, wer hier sonst noch Anke heißen sollte", spricht sie weiter.

Waldauf folgt ihrer mit blumigen Details ausgeschmückten Wegbeschreibung, bis er vor einem hellblau gestrichenen Haus steht, verharrt und wartet. Er hat sich ein paar Dinge zurechtgelegt, die er sagen möchte. Anke soll verstehen können, aber er will sie damit nicht überfallen. Offizielle Gespräche als Polizist sind ihm immer leichtgefallen, es gibt einen klaren Auftrag, ein Ziel, die einzelnen Fragen ergeben sich ganz automatisch. Private Gespräche sind komplizierter, das

Ziel ist unklar, zur inhaltlichen Ebene kommt eine persönliche hinzu. Waldauf war nie besonders gut darin.

Dann nimmt er eine Bewegung hinter einem der Fenster wahr und schaut auf. Er sieht ihre Silhouette durch den warmen Lichtschein wandern. Es ist Abend, und der Wind hat aufgefrischt. Möglicherweise möchte sie ungestört sein, vielleicht ist der Zeitpunkt ungünstig. Soll er besser noch einmal über die Sache schlafen? Es war eine dumme Idee herzukommen. Waldauf wendet sich ab und läuft ein paar Schritte die Straße entlang, als er ihre Stimme hinter sich hört.

„Lukas?"

Er dreht sich zu ihr um.

„Was ...?" Vermutlich will sie ihn fragen, was er hier tut, besinnt sich aber und sagt: „Warten Sie kurz."

Sie schließt das Fenster, von dem aus sie ihm zugerufen hat. Waldauf wartet. Kurz darauf kommt sie die Straße hinter ihm hergelaufen.

„Ich habe nach Ihnen gesucht", sagt er und beißt sich auf die Lippen. Was für eine idiotische Eröffnung.

„Gefunden", sagt sie und grinst.

„Ich wollte mit Ihnen reden ... über Ihren Besuch heute."

„Sollen wir ein Stück gehen?"

„Ja, das wäre ... vermutlich hilfreich."

Sie laufen nebeneinanderher, während Waldauf nach den richtigen Worten sucht.

„Sehen Sie, es ist ... kompliziert. Ich habe über Ihre Frage nachgedacht. Vielleicht könnte ich mit Ihrer Bekannten sprechen, ihr die übliche Vorgehensweise erklären. Wenn Sie der Meinung sind, dass ihr das helfen könnte."

„Ja, das würde vielleicht ein paar Dinge klarer machen. Sie macht sich große Sorgen. Es ist ... sehr schwer für sie. Verstehen Sie, sie *weiß*, dass ihr Sohn diese Tat nicht begangen hat. Vermutlich gab es nicht einmal eine Tat. Es muss alles ein ... schrecklicher Unfall gewesen sein."

„Ja, ich verstehe. Ich könnte ja morgen ... also, falls das geht?"

„Ja, morgen wäre gut. Warten Sie, ich schreibe Ihnen die Adresse auf und werde Sie ihr ankündigen."

Sie läuft zurück zum Haus und kommt kurz darauf mit einer handgeschriebenen Notiz zurück.

„Das ist ihr Name und die Adresse ... und das ist meine Telefonnummer, falls Sie ... nun ja, falls Sie reden wollen."

Sie drückt ihm einen Kuss auf die Wange.

„Ich danke Ihnen."

5. DER 23. MAI

Waldauf parkt seinen dunkelgrünen SUV ein Stück weit die Straße runter und läuft den restlichen Weg zu Fuß. Es ist eine schöne Siedlung mit gepflegten Gärten und Häusern am nördlichen Stadtrand von Wilhelmshaven. „Wandern mit den Alpakas“ steht auf einem Schild an einem Gartenzaun zu lesen. Nicht gerade die Gegend für zwielichtige Verbrechen, geschweige denn Mord, denkt Waldauf, aber was heißt das schon?

Er sucht nach der Adresse auf dem Zettel, während ihn Ankes Telefonnummer immerzu aufzufordern scheint, es schneller zu tun, damit er bald Neuigkeiten zu berichten hat.

„Sie müssen Ankes Freund sein“, begrüßt ihn die dunkelhaarige Frau, nachdem sie die Tür geöffnet hat.

„Ihr ... Freund, ja.“

„Ich bin Elisabeth. Bitte, kommen Sie herein.“

„Waldauf“, sagt Waldauf.

Sie lächelt und ist offenkundig bemüht, ihre Anspannung im Zaum zu halten, aber Waldauf sieht die Spuren der letzten Nacht. Dunkle Augenringe, gerötete Wangen, zitternde Hände. Sie hat vermutlich kaum geschlafen.

„Vielen Dank.“

Sie führt ihn an einen großen Esstisch in einer modernen und chic eingerichteten Wohnküche. An den

Wänden hängen Fotos. Alles ist schlicht, sauber, ordentlich. Elisabeth Buchner setzt sich ihm gegenüber. Auf dem Tisch stehen eine Karaffe mit Wasser und zwei Gläsern angerichtet. Sie streicht sich ihr Haar hinter die Ohren, legt die Hände auf den Tisch, verschränkt die Finger ineinander. Waldauf weiß, dass es nicht viel braucht, um den Damm zu brechen.

„Schön haben Sie es hier“, sagt er, und ihr Kinn beginnt zu beben. „Sie machen das sehr gut.“ Er möchte ihr keine Zeit geben, zu lange nachzudenken. Solange er spricht, wird sie ihre Konzentration auf seine Worte richten.

„Ich weiß nicht, wie viel Ihnen Anke schon erzählt hat. Wir kennen uns noch nicht allzu lange. Eigentlich sind wir nur Nachbarn. Ich bin erst vor Kurzem in die Gegend gezogen. Davor war ich Polizist, Ermittler bei der Hamburger Kriminalpolizei. Deswegen kann ich Ihnen ein wenig über die übliche Vorgehensweise bei Fällen mit Mordverdacht erzählen und über den Ablauf solcher Ermittlungen. Ich werde Ihnen zwischendurch einige Fragen stellen, wenn das für Sie in Ordnung ist. Keine Sorge, nichts allzu Privates, und wie gesagt ... ich bin kein Polizist mehr. Das ist keine Vorladung. Sie müssen also keine meiner Fragen beantworten, wenn Sie das nicht wollen.“

„Ich will meinen Sohn zurück“, sagt sie und ringt erneut um Fassung.

„Daran arbeiten wir. Haben Sie bereits einen Anwalt hinzugezogen?“

„Mein Mann ... kümmert sich darum.“

„Das ist gut. Ich kenne einige Anwälte in Hamburg. Wenn Sie wollen, kann ich Ihnen ein paar Namen nennen."

Sie nickt und holt nun doch ein Taschentuch hervor, von dem Waldauf weiß, dass es schon die ganze Zeit über da gewesen ist.

„Gut. Einen Anwalt einzuschalten ist der wichtigste Schritt. Dann kommen wir zu einem Teil, der wesentlich schwerer wird. Sie müssen mir alles erzählen, was Sie wissen."

Waldauf holt ein kleines, schwarzes Buch hervor.

„Und wenn Sie gestatten, werde ich mir einige Notizen machen."

Später wird Waldauf sich oft fragen, wie es dazu kommen konnte, dass er nun wieder mit Toten zu tun hat. Hat er den Job nicht genau deswegen an den Nagel gehängt, um mit alldem abzuschließen? Wieso kann er nicht loslassen, und was ... was hat diese Anke nur an sich, dass er ihr keinen Wunsch abschlagen kann?

Elisabeth erzählt Waldauf alles, was sie bisher in Erfahrung bringen konnte. Sie erzählt über Tom und Christina und alles, was sie über den Unfall, wie sie es nennt, weiß. Und über ihre endlosen ergebnislosen Telefonate mit der Polizei.

„Sie lernten sich im Studium in Hamburg kennen, und seit etwa zwei Jahren sind sie ein Paar. Tom ist ... war ... ist verrückt nach ihr. Ich denke, er liebt Christina wirklich sehr ... und jetzt ..." Sie schluchzt, vergräbt das Gesicht in ihren Händen.

„Jetzt ist sie fort, und er ist ... ganz allein da drinnen, im Gefängnis, wie ein Schwerverbrecher. Er hat alles verloren ... und niemanden, mit dem er darüber reden kann. Ich habe schreckliche Angst um ihn, und gleichzeitig ... muss ich ständig an Christinas Mutter denken ... diese arme Frau."

„Kennen Sie sie?"

„Nicht besonders gut, nein. Es ist nicht gerade leicht, mit ihr zu sprechen."

„Wie meinen Sie das?"

„Nun ... Christina. Sie ist Christina Riemann."

„Riemann."

„Die Tochter von Henning Riemann, dem Unternehmer."

„Das heißt, sie ist reich?"

„Ihre Familie zählt zu den reichsten Deutschlands. Sie besitzen Häuser und Firmen und, na ja, dementsprechend reserviert sind sie. Sie leben ziemlich zurückgezogen."

Waldauf legt Daumen und Zeigefinger an seinen Nasenrücken, während er nachdenkt.

„Bitte erzählen Sie mir alles, was Sie über den Unfall wissen."

Zwei Tage zuvor, am 23. Mai, sind Tom und Christina mit einem Segelboot der Riemanns hinausgefahren. Sie sind vormittags gegen 10:00 Uhr von dem kleinen Hafen auf Juist gestartet. Dort besitzen die Riemanns ein Ferienhaus. Etwa zwei Stunden später und einige Kilometer vor der Küste der Nordseeinsel Norderney, vielleicht war die See an diesem Tag ungewöhnlich rau, ist Christina gestürzt. Vielleicht hat sie sich den Kopf gestoßen. Sie ist ins Wasser gefallen und nicht wieder aufgetaucht. Tom hat das Boot gewendet, den Bug in den Wind gedreht. Die Stelle, an der Christina über Bord gefallen ist, war nicht leicht zu finden, die See unruhig. Tom hat nach ihr gesucht. Als er sie nicht finden konnte, hat er über Funk die Seenotrettung alarmiert. Er ist befragt worden, und nachdem ihn seine Mutter abgeholt und nach Hause gebracht hat, ist er am folgenden Tag dann verhaftet worden.

„Wenn er so schnell in Gewahrsam genommen wurde, muss es stark belastende Beweise geben oder ... andere Gründe. Hat Ihr Sohn hier bei Ihnen gewohnt?"

„Ja, nun, übers Wochenende. Unter der Woche wohnte er in Hamburg, wegen des Studiums."

Nachdem er sich alles notiert hat, erhebt sich Waldauf und streckt seinen Rücken.

„Haben Sie etwas dagegen, wenn ich mich ein wenig umsehe?"

„Nein, aber die Polizei hat schon alles mitgenommen."

„Was haben sie mitgenommen?"

„Fotos, sein Portemonnaie, seinen Laptop, Handy, die Schuhe, die er an jenem Tag getragen hat ... ich weiß nicht mehr, es ist alles so ... unwirklich."

„Machen Sie sich keine Sorgen. Ich werde nichts mitnehmen."

Toms Mutter begleitet ihn die Treppen hoch in ein Zimmer, das genauso ordentlich ist wie die Wohnküche im Erdgeschoss. Waldauf sieht sie an.

„Ich habe aufgeräumt ... konnte nicht schlafen. Das war dumm, nicht wahr?"

„Nein, das macht nichts."

„Wissen Sie, was mir nicht aus dem Kopf will? Er hat immerzu gesagt, dass es seine Schuld sei. Und ich weiß nicht, was er damit meint. Ist es seine Schuld, dass sie über Bord gefallen ist? Oder dass sie immer noch dort draußen ist, irgendwo? Als ich ihn an jenem Tag abholte, war er immer noch pitschnass. Er ist ihr hinterhergesprungen, hat sie gesucht. Doch das Boot ist immer weiter fortgetrieben. Er musste zurück. Dann hat er den Funkspruch abgesetzt. Ich weiß nicht, wie lange er da draußen nach ihr gesucht hat."

„Denken Sie, er wollte etwas gestehen?"

„Gestehen? Nein, ich denke ... Ich weiß es nicht."

Waldauf berührt sie an der Schulter und deutet auf Toms Schrank.

„Gestatten Sie?"

Elisabeth hat die Arme um ihren Körper geschlungen und nickt. Waldauf öffnet die Schranktüren, betrachtet Toms Kleidung, Turnhosen, Sweatshirts, zwei elegante Anzüge. Er weiß noch nicht, wonach er sucht, das weiß er anfangs nie, durchstöbert die Sockenschublade, den Rucksack, der auf dem Boden des Schranks steht, die Sporttasche und arbeitet sich nach und nach durch Toms gesamtes Zimmer. Er betrachtet die Bücher, die auf den Regalen stehen, fährt mit dem Finger über einige der Buchtitel.

„Hat Ihr Sohn viel gelesen?"

„Nun, ab und zu, denke ich, wie jeder."

Waldauf prägt sich die Titel mancher der Bücher ein und nickt. Dann widmet er sich den Fotos, die an einer Pinnwand über dem Schreibtisch befestigt sind.

„Sie sehen glücklich aus", sagt er, als er eines der Fotos betrachtet.

„Ja, das war ihr letzter gemeinsamer Urlaub, letzten Herbst. Sie sind mit einem geliehenen Camper durch Skandinavien gefahren. Das ist das Opernhaus in Oslo."

„Sehr schön. Sieht sehr professionell aus."

„Ja, sie sind hochgefahren, um die Polarlichter zu beobachten. Und sie zu fotografieren. Christina hat es geliebt, Fotos zu machen."

„Führte Ihr Sohn ein Tagebuch oder ... macht er irgendeine andere Art von Notizen?"

„Nein, nicht dass ich wüsste."

„War er auf Social Media?"

„Ich nehme an, er hatte Profile, so wie alle jungen Leute."

„Wissen Sie, ob ich sie unter seinem echten Namen finden kann?"

„Nein, tut mir leid. Um ehrlich zu sein, war ich in solchen Dingen nie besonders aktiv."

„Das macht nichts. Ist es für Sie in Ordnung, wenn ich ein paar Bilder mache?"

Er holt sein Handy heraus. Elisabeth nickt. Waldauf macht Fotos vom Schrank, von der Pinnwand, den Büchern. Er fotografiert einige Kleidungsstücke.

„Was macht Ihr Sohn gerne? Womit verbringt er seine Zeit?"

„Wenn er nicht bei Christina ist ... war ..." Elisabeth macht einen tiefen Atemzug. „Er liebt das Meer, wie die meisten hier. Er macht Sport, trifft sich mit Freunden, geht aus. Er verbringt viel Zeit mit dem Studium, liest viel. Wie ein ganz normaler Junge eben."

„Hat er einen besten Freund, Sie wissen schon, jemand, dem er sich anvertrauen würde?"

Für einen kurzen Augenblick wirkt sie verletzt, dann nickt sie.

„Eine Liste wäre hilfreich", sagt Waldauf. „Personen, mit denen Tom und Christina in engem Kontakt standen. Freunde, Familie, Kommilitonen, alles, was Ihnen einfällt. Und Telefonnummern, Adressen, sofern Sie sie kennen."

„Ja, ich kann ... ich schreibe etwas für Sie zusammen."

Sie macht sich auf den Weg nach unten.

„Ich bin gleich bei Ihnen. Nur noch ein paar letzte Fotos."

„Lassen Sie sich Zeit."

Als Waldauf allein ist, setzt er sich auf Toms Bett. Er versucht, den Ort in sich aufzusaugen, überprüft noch einmal alle Fotos, die er gemacht hat, und vergleicht sie mit den realen Gegebenheiten. Er schaut aus dem Fenster auf den darunterliegenden Garten, die im Wind wogenden Baumkronen und die grauen Wolkenbänder dahinter. Als er sich nochmals zu dem Raum umdreht und sich dabei vergewissert, dass Elisabeth tatsächlich unten im Erdgeschoss ist, beginnt er zu stöbern. Er hebt die Matratze hoch, zieht ein Nachtschränkchen von der Wand weg und schaut dahinter. Im Schrank greift er hinter die Stapel sorgfältig zusammengelegter Kleidung. Er wühlt in der Sockenschublade. Wenn dieser Junge Geheimnisse hat, dann anscheinend nicht hier, in diesem Zimmer. Waldauf marschiert durch den Raum und stampft an manchen Stellen auf den Holzboden, doch keine der Dielen klingt hohl. Sein Blick fällt abermals auf das Regal mit den Büchern, und diesmal weckt einer der Titel seine Neugier. Es ist ein altes Buch, ein Horrorroman, der nicht ganz zu den Technik-

und Fachbüchern und den wenigen neueren Romanen passen will. Der Titel lautet „Christine".

„Kam Ihnen in den letzten Tagen und Wochen irgendetwas an Tom merkwürdig vor?", fragt Waldauf, als er wieder in dem großen Wohnraum steht.

„Nein", sagt Elisabeth über ein Blatt Papier gebeugt, auf dem sie angefangen hat, sich Notizen zu machen. „Eigentlich war alles wie immer. Wobei ... nun ja, vielleicht war da eine Sache, aber ich bin mir nicht sicher, ob es überhaupt etwas zu bedeuten hat."

„Das ist nicht weiter schlimm. Alles, was Sie sagen, kann hilfreich sein. Nur zu."

„Vor Kurzem erwähnte er den Namen Chiko am Telefon, den ich noch nie zuvor gehört hatte. Es war ihm anscheinend unangenehm, denn als ich hereinkam, hat er das Thema gewechselt."

„Steht der auf der Liste?"

Elisabeth wirft einen Blick auf ihre Aufzeichnungen und ergänzt den Namen.

6. ARBEITSRAUM

„Delfs“, meldet sich die Stimme nach dem ersten Läuten.

„Was weißt du über den Fall der jungen Riemann?“, fragt er mit dem Handy zwischen Schulter und Ohr geklemmt, während er seinen Wagen steuert.

„Waldauf, bist du das? Kein ‚Hallo, Bruno!‘ oder ‚Wie geht es dir?‘?“

„Es tut mir leid, Bruno, ich hab echt nicht viel Zeit ...“ Waldauf weiß nicht, warum er diesen Satz sagt, vielleicht aus Gewohnheit, vielleicht um nicht Gefahr zu laufen, über sich selbst reden zu müssen.

„Das hattest du noch nie ... warum rufst du mich an?“

„Hier in Wilhelmshaven gibt es einen Fall mit Mordverdacht. Das Opfer heißt Christina Riemann. Ich brauche alle Informationen, die du dazu hast.“

Ein trockenes Lachen am anderen Ende der Leitung.

„Ich weiß zwar nicht, was du gerade treibst“, sagt Bruno. „Aber du bist kein Polizist mehr, Waldauf.“

„Ja, ich weiß, aber der Fall könnte komplizierter sein, als die hier oben annehmen. Was kannst du mir erzählen?“

„Erzählen? Gar nichts, aber das hast du sowieso schon vorher gewusst. Also noch mal, warum rufst du mich an?“

„Denkst du, die haben den Fall hier im Griff?“

Bruno seufzt.

„Um ehrlich zu sein, habe ich keine Ahnung. Aber ich vermute, die beißen sich gerade die Zähne aus. Die Medien schauen ihnen auf die Finger, und sie suchen immer noch nach der Toten. Der Vater hat seine eigenen Leute engagiert und macht ihnen gerade die Hölle heiß."

„Sie haben sie noch nicht gefunden?"

„Nein."

„Warum gehen sie von einem Mordfall aus?"

„Machst du Witze? Du weißt genauso gut wie ich, dass ich dir das nicht sagen darf, selbst wenn ich es wüsste. Aber ich nehme einmal an, dass es damit zu tun hat, dass sie zu zweit mit dem Boot hinausgefahren sind und der Junge allein zurückgekommen ist. Vielleicht haben sie Blut gefunden, ich weiß es nicht. Solange sie das Mädchen nicht haben ..."

„Haben sie denn Blut auf dem Boot gefunden?"

„Waldauf!"

„Bruno? Also gut ... ich deute dein Schweigen als ein Ja."

„Deute lieber das hier: Du solltest die Finger von dem Fall lassen."

„Danke, Bruno."

„Waldauf, ich meine es ernst, lass es gut sein. Geh auf deinen Hof. Du hast dir die Ruhe verdient. Wer, wenn nicht du?"

„Hast du mich eben einen alten Mann genannt?"

„Ich habe dich gerade einen verdammten Dickschädel genannt!"

„Danke, Bruno."

Waldauf legt auf und wirft das Handy auf den Beifahrersitz. Die Wolken haben sich zu einer dichten Decke verdunkelt, und es hat zu regnen begonnen. Er schaltet das Radio ein, nestelt an den Knöpfen, bis die CD zu spielen beginnt. Kurz darauf ertönt Arrigo Boitos „Mefistofele“ aus den Lautsprechern. Waldauf ist versucht, die Augen zu schließen, er liebt klassische Opern, sie helfen ihm beim Nachdenken.

Dann holt er das andere Handy aus seiner Tasche, das er in Toms Zimmer gefunden und eingesteckt hat, obwohl er seiner Mutter versprochen hat, er würde nichts mitnehmen. Er hat das Buch mit dem Titel „Christine“ vom Regal genommen. Auf dem Cover war ein roter Oldtimer abgebildet und in seinem Inneren, in einem aus den Seiten geschnittenen Hohlraum, hat das Handy gelegen. Beinahe wie das Versteck einer Waffe in einer Gefängniszelle, denkt Waldauf und grübelt, wie er an die Informationen in dem Gerät gelangen soll.

Abends sitzt Waldauf erneut mit seinem Handy in der Hand da und grübelt. Er hat Ankes Nummer mittlerweile dreimal eingetippt und wieder gelöscht. Er nippt an seiner Tasse, und wider Erwarten muss er dabei nicht das Gesicht verziehen. Noch so eine Sache, die seine Ex-Kollegen erheitert hätte. Waldauf trinkt Tee – die Kräuterteemischung, die er in dem kleinen Supermarkt gekauft hat. Bleiben noch 147 Sorten, denkt er.

In seinem Kopf spulen sich immer wieder dieselben Informationen ab. Auf dem Boot war Blut. Die Leiche fehlt. Tom hat die Rettungskräfte selbst alarmiert. Der Junge hat ein geheimes Handy. Wo ist das Mädchen?

Waldauf wägt seine Optionen ab. Er tippt Ankes Nummer in sein Telefon und löscht sie wieder. Was soll er ihr sagen? Worum hat sie ihn eigentlich gebeten, und was tut er hier? Konnte er Elisabeth helfen? Nein. Wenn, dann kann er das nur auf eine Art tun – die einzige Art, die er kennt. Er beschließt, am kommenden Morgen die Fotos aus seinem Handy entwickeln zu lassen und bei der Gelegenheit gleich zu fragen, ob man Toms geheimes Handy möglicherweise entsperren kann. Aber ohne die entsprechenden Codes oder die Quittung für das Gerät stehen seine Chancen vermutlich schlecht. Dann packt ihn erneut die Ruhelosigkeit. Was, wenn das Mädchen noch irgendwo da draußen ist? Wozu diente dieses Handy?

Waldauf erhebt sich von seinem Stuhl und geht in eines der Nebenzimmer. Er hat bisher nur zwei der Räume eingerichtet, nun ja, er hat damit begonnen sie einzurichten. Das waren die Wohnküche und sein Schlafzimmer. Waldauf öffnet nun die Tür zu einem der beiden anderen Zimmer. Die nackten fleckigen Wände und die Glühbirne, die an einer einfachen Fassung an Drähten aus der Decke hängt, erinnern ihn daran, dass er mit seinen Arbeiten am Hof in Verzug ist. Waldauf braucht einen Tisch, eine Pinnwand, Reißzwecken und Stifte. In einem Anfall von Tatendrang nimmt er einen Bleistift und schreibt das Wort „Arbeitsraum" an eine der Wände.

Früh am nächsten Morgen wälzt sich Waldauf aus dem Bett, sein Rücken schmerzt, und er hat kaum Ruhe gefunden. Er schaltet die Kaffeemaschine ein, stapft in den Garten und von dort weiter in den Geräteschuppen. Zuerst findet er nichts Brauchbares, weder eine Korkwand noch Reißzwecken und auch keine Stifte. Aber ein leerer Bierkasten fällt ihm ins Auge, danach eine Wäscheleine und schließlich ein zusammengeklappter Tapeziertisch. Zuletzt findet er eine Schachtel mit alten Nägeln und einen Hammer, dessen Kopf durch jahrelange Nichtverwendung Flugrost angesetzt hat. Dasselbe hätte meinem bevorgestanden, denkt Waldauf.

Er geht zurück ins Haus, schlägt zwei der Nägel in die Wände seines neuen Arbeitszimmers ein, spannt die Wäscheleine, klappt den Tapeziertisch auf und stellt den Bierkasten hochkant davor. Dann geht er in die Küche, schenkt sich eine Tasse des frisch gebrühten Kaffees ein, nimmt einen Schluck und fährt mit einem Zischen zurück, als er sich die Lippen daran verbrennt.

„Verdammt!"

Er muss sich konzentrieren, darf sich keine Fehler erlauben. Fehler. Das Wort drängt sich in sein Bewusstsein und lähmt ihn. Waldauf lässt sich auf einen Stuhl sinken. Was zur Hölle tut er hier? Versucht er gerade im Alleingang den Fall einer toten Millionärstochter zu lösen? Hat er nicht schon genug Schaden angerichtet?

Sarah Brehm ist tot. Sie hätte für ihn ausgesagt, hätte alles erzählt, was sie über den Drogenring weiß, gegen den Waldauf schon seit Jahren erfolglos ermittelt hat. Alles über die Lieferungen, die sie in dem zentralen Hamburger Bordell beinahe wöchentlich aus Berlin erhalten haben. Sie war seine Zeugin, und er konnte sie nicht beschützen. Er war unachtsam, nachlässig. Aber nein, das stimmt nicht, er hat doch an alles gedacht. Wie konnte es nur ...?

Waldauf lässt den Kopf hängen. Wem versucht er hier etwas vorzumachen? Natürlich hätte er sie niemals allein da rausholen dürfen. Aber er hat es für das

Vernünftigste gehalten, rasch und ohne viel Aufsehen zu handeln. Es gab schon länger Gerüchte, dass der Drogenring auch polizeiinterne Informationen rasch in die Finger bekam. Waldauf hat Sarah in einer Nacht-und-Nebel-Aktion abgeholt, den Zeugenschutz beantragt, intern alles in die Wege geleitet. Sie mussten nur ein wenig Zeit überbrücken, haben ein Zimmer in einem abgelegenen Hotel bezogen, um abzuwarten. Doch statt der Kollegen vom Zeugenschutz hat jemand anders an ihre Tür geklopft. Sie sind über den Balkon im ersten Stock geklettert und durch die regnerische Nacht geflohen.

Waldauf zückt sein Handy, will eine Nummer wählen, es rutscht ihm aus der nassen Hand. Dann zwei Scheinwerfer. Schüsse donnern und lassen das Prasseln des Regens verstummen. Sarah geht zu Boden. Waldauf stürzt zu ihr, sucht zeitgleich nach seiner Waffe. Die Waffe ist fort. Er sieht ihre aufgerissenen Augen. Sie starrt ihn an, an ihm vorbei, sucht nach einer Erklärung für etwas, das ihr Verstand nicht begreifen kann. Waldauf brüllt ihren Namen, er streicht ihr das Haar aus dem Gesicht, blickt um sich. Sein Handy muss hier irgendwo auf der Straße ... sein fahriger Blick sucht und findet die schwarze Mündung einer Pistole, die auf ihn gerichtet ist, und dahinter die Unendlichkeit.

Waldauf tippt Ankes Nummer zum zigsten Mal in sein Mobiltelefon. Auch so kann man seine Zeit verbringen, denkt er. Er will ihr sagen, dass er Toms Fall nicht weiter untersuchen wird. Er hat getan, was er konnte, hat Toms Mutter die Namen der Anwälte gegeben. Der Rest ist Sache der Polizei. Doch irgendwo da draußen treibt eine junge Frau im Meer, eine tote Frau. Und der Täter wird sich dafür verantworten müssen. Sofern die Beweise ausreichen, wird er verurteilt werden, und Anke sollte sich glücklich schätzen, dass er ins Gefängnis kommt, statt frei herumzulaufen wie Sarah Brehms Mörder. Waldauf löscht die Nummer wieder. Sarahs Mörder wurde bisher nicht gefasst und wird es vermutlich auch nie. Denn wer sollte ein Interesse daran haben, den Fall weiter zu verfolgen?

Während Waldauf im künstlichen Tiefschlaf lag, wurde Sarah beerdigt. Später stellte sich heraus, dass Brehm vermutlich nicht ihr richtiger Name war. Alle Nachforschungen ergaben keine Wohnadresse, keine Angehörigen. Sie wurde in einem Armengrab beigesetzt, es gab keine Zeremonie und niemanden außer den Totengräbern, der ihr die letzte Ehre erwies. Sarah hat ihm einmal erzählt, dass sie sich zeit ihres Lebens um sich selbst kümmern musste. Sie war immer allein. Selbst bei ihrem Begräbnis.

Sarah hätte gewollt, dass er Christina findet. Waldauf flucht in sich hinein.

7. WERDEN SIE IHM HELFEN?

Waldauf parkt vor dem Polizeirevier in Wilhelmshaven, es ist kurz vor 7:00 Uhr morgens, und beobachtet zwei Fernsehteams, die offenbar auf einen Sensationsfund lauern oder ein paar letzte Texte vor der Kulisse des roten Backsteingebäudes einsprechen wollen. Ursprünglich wollte er der Polizei seine Mithilfe anbieten oder zumindest das Mobiltelefon abgeben. Jetzt überlegt er, ob das eine gute Idee ist – mit Medienvertretern vor Ort, die ihn filmen und sein Gesicht erkennen könnten. Waldauf startet den Motor und beschließt, stattdessen zur Stadtbibliothek zu fahren.

Nach einer etwa dreißigsekündigen Recherche im Internet und zwei Straßen weiter stellt er sein Fahrzeug wieder ab. Das Gebäude war keine zweihundert Meter vom Polizeirevier entfernt. Dennoch hat er an diesem Vormittag das Gefühl, endlich wieder etwas Sinnvolles zu leisten. Er geht in die Bibliothek, fotokopiert die wichtigsten Zeitungsberichte aus den letzten zwei Tagen, die mit Christinas Fall zu tun haben, er druckt Berichte und Einträge zu Henning Riemann, seiner Familie und einigen der Unternehmen aus, an denen sie beteiligt sind. Danach kauft er sich einen Kaffee an einem Stand und ein Brötchen, das ihm der Verkäufer als Krintstuut anpreist und das mehr Rosinen als Teig zu enthalten scheint, setzt sich auf eine Bank vor dem Gebäude und liest alle Berichte, die er ausgedruckt hat.

Ein gewisser Kriminalhauptkommissar Schäfer, den Waldauf nicht kennt, ist mit den Ermittlungen betraut, die Seenotrettung hat auch nach zweitägiger Suche keine Spur von Christina Riemann gefunden, man rechnet mit dem Schlimmsten. Der mutmaßliche Täter, ihr Ex-Freund, ist in Gewahrsam. Ex-Freund? Waldauf grübelt. Darüber hat Toms Mutter nichts erzählt. Entweder wusste sie nichts von der Trennung, oder aber sie wollte es ihm nicht erzählen. Oder die Medien liegen falsch, aber warum?

Waldauf beschließt, möglichst bald mit den Riemanns zu sprechen. Doch davor fährt er zu einem Elektronikladen.

„Können Sie mir hierbei helfen?“, fragt Waldauf. „Das ist das Handy einer Freundin. Sie sagt, sie kann sich nicht an den Code erinnern und hat schon zweimal den falschen eingegeben. Nun fürchtet sie, dass er beim dritten Versuch auch falsch sein könnte. Haben Sie eine Idee, wie ich das Gerät entsperren kann?“

„Ohne PIN? Ne, sorry. Da ist nix zu machen“, sagt der junge Verkäufer. „Aber Ihre Bekannte hat die SIM-Karte in einer größeren Scheckkarte gekauft. Auf der Rückseite dieser Karte steht der PUK.“

„Der PUK?“

„Ja, den können Sie eingeben, wenn Sie den PIN vergessen haben, und damit das Gerät entsperren.“

„Und wenn sie die Scheckkarte nicht mehr hat?“

Der Verkäufer deutet auf das Regal, in dem einige Handywertkarten hängen.

„Dann kann ich Ihnen nur ’ne neue Karte anbieten.“

„Und sonst gibt es keine Möglichkeit, das Handy zu knacken?"

„Ja, vielleicht im Film, oder wenn Sie von der Polizei sind und einen richterlichen Beschluss haben, dann vielleicht."

Waldauf nickt.

„Danke für Ihre Hilfe."

„Nichts zu danken."

Waldauf wendet sich zum Gehen und fragt: „Wissen Sie, ob es in der Nähe einen Laden für Büroartikel gibt?"

„Einfach ein Stück die Straße runter, dann kommen Sie direkt zu einer überdachten Einkaufsstraße. Das Ding mit dem Glasdach, Sie können es gar nicht verfehlen."

„Danke."

Waldauf besorgt Stifte, Papier, Klammern, Ordner, alles, was er braucht. Auf dem Rückweg kommt er wieder an dem Elektronikladen vorbei. Dort lehnt ein schickes Notebook in der Auslage. Waldauf kauft es, zusammen mit einer mobilen Internetbox.

Auf dem Nachhauseweg geht er gedanklich alle Möglichkeiten durch, die er hat, Familie Riemann zu kontaktieren. Mit dem aktuellen Medienrummel wird das bestimmt nicht leicht werden. Sollte er sich so etwas wie einen Privatdetektiv-Ausweis beschaffen? Vermutlich wäre es die einfachste Lösung, seinen Führerschein vorzuzeigen und sie aufzufordern, seinen Namen im Internet zu recherchieren. Sie würden schnell fündig werden. Aber will er die Familie eines vermissten und vielleicht sogar toten Mädchens tatsächlich die

Geschichte lesen lassen, wie eine Frau, die unter seinem polizeilichen Schutz stand, ums Leben kam? Es muss einen anderen Weg geben.

Waldauf parkt seinen Wagen vor dem Hof, holt die Kiste mit seinen Einkäufen aus dem Kofferraum und drückt die Heckklappe mit dem Ellenbogen zu. Es ist bereits Abend. Vielleicht liegt es am schwindenden Tageslicht, dass er die Person, die auf den Stufen sitzt, nicht gleich bemerkt. Anke steht auf, als sie ihn sieht, und streckt ihren Rücken.

„Guten Abend."

„Warten Sie schon lange hier?"

„Sie haben nicht angerufen."

„Ja, ich ... nun, noch weiß ich nicht allzu viel. Es ... wollen Sie hereinkommen?"

„Nein, danke. Ich wollte Sie nicht überfallen. Na ja, ein kleines bisschen vielleicht." Sie beißt sich auf die Lippe. „Elsa hat mir erzählt, Sie haben ihr eine Liste mit den Namen von Anwälten gegeben."

Waldauf stellt die Kiste ab und fischt die Schlüssel aus seiner Hosentasche.

„Liste ist vielleicht übertrieben. Es waren nur ein paar Namen."

„Sie dankt Ihnen herzlich. Es gibt nicht viele Menschen, die sich in der aktuellen Situation wohlwollend ihr gegenüber verhalten. Das macht die ganze Sache umso schwerer."

„Ja, das kann ich mir vorstellen. Ich habe die Zeitungsberichte gelesen und die Kommentare in den Onlineforen. Viele haben ihr Urteil offensichtlich schon gefällt."

Anke nickt und schaut hinab auf ihre Schuhspitzen – diesmal trägt sie flache Sportschuhe.

„Lassen Sie den Kopf nicht hängen. Kommen Sie, ich habe sogar Tee im Haus.“ Seinen großen Tee-Moment hat Waldauf sich zwar ganz anders vorgestellt, aber so ist das mit der Realität nun mal, denkt er, selten tut sie das, was wir von ihr wollen.

„Und Sie?“, fragt Anke, ohne auf seine Einladung einzugehen. „Haben Sie Ihr Urteil schon gefällt?“

Waldauf erkennt, dass diese Frage sehr wichtig für sie ist. Vielleicht weil sie ihn vorgeschlagen hat, ohne ihn überhaupt richtig zu kennen, ihn eingeladen hat und damit zugelassen, dass sich ihre Freundin einem Fremden gegenüber von ihrer privatesten und verletzlichsten Seite zeigt, in einem Moment der Not.

„Nein“, sagt Waldauf. „Ich fälle keine Urteile. Ich sammle Beweise und ziehe Schlüsse daraus.“

„Ja, als Polizist, aber irgendwann werden Sie sich eine Meinung gebildet haben.“

„Natürlich. Ich vermute, davor ist kein Mensch gefeit. So funktionieren wir nun mal. Aber über Tom und Christina habe ich mir kein Urteil gebildet. Für mich sieht es so aus, als wären sie ein glückliches Paar gewesen, aber ich darf nicht voreingenommen sein.“

Anke schaut ihn an und macht eine Handbewegung zur offen stehenden Tür.

„Beim nächsten Mal vielleicht“, sagt sie.

„Ja, das wäre schön.“ Er spricht die Worte aus, ehe er darüber nachgedacht hat. Sie lächelt kurz, trotz ihrer zusammengezogenen Augenbrauen, und wünscht ihm im Davongehen einen schönen Abend.

„Ja, Ihnen auch“, antwortet Waldauf und sieht ihr erneut dabei zu, wie sie den Weg zwischen weiten Wiesen und gelegentlichen Sträuchern hindurch nach Hause läuft.

Den restlichen Abend verbringt er damit, sein Arbeitszimmer weiter einzurichten. Die ausgedruckten Fotos hängt er an die Wäscheleinen, die quer durch den Raum gespannt sind. Die Zeitungsberichte legt er auf dem langen Tapeziertisch aus, auf anderen Papieren beginnt er Notizen zusammenzutragen, Tathergang und die ungefähren Uhrzeiten, soweit er es aus den Berichten herauslesen kann, Schauplätze, eine Liste der Akteure und Akteurinnen. Natürlich stehen keine Namen in den Zeitungsartikeln, aber die Namen der Schauplätze und beteiligten Organisationen schon. Einzig der Name der Riemanns taucht ständig auf. Zusammen mit Details über ihre Vermögenswerte und privatem Klatsch und Tratsch über Henning Riemanns erste Ehe, die Scheidung und so weiter. Als Personen des öffentlichen Lebens ist ihnen auch bei Tragödien keine Privatsphäre vergönnt. Waldauf kann sich kaum vorstellen, wie es sich anfühlen muss, um seine eigene Tochter zu bangen und zu trauern, aber er weiß, wie es ist, wenn man ungewollt im Rampenlicht steht und Fremde ungefragt intime Details aus seinem Privatleben veröffentlichen, denn auch sein Fall wurde in der Öffentlichkeit breitgetreten. Niemand liest gerne in Artikeln über sich, die Titel tragen wie „Die Hinrichtung der Sarah B.“ oder „Der Fall Christina Riemann – Unfall oder Mord?“ Andere der Berichte, die er gesammelt hat, titeln „Tod im goldenen Käfig“, „Bluttat auf offener See“ oder „Mordseegrab“.

Waldauf notiert sich die Namen der entsprechenden Redakteure. Aber noch weiß er nicht, ob er sich wird überwinden können, einen von ihnen anzurufen. Denn was er auf jeden Fall vermeiden will, sind Schlagzeilen wie „Ex-Kommissar ermittelt im Fall Riemann". Damit wäre niemandem geholfen.

Am folgenden Morgen versucht Waldauf erfolglos, Familie Riemann zu erreichen oder ihren Wohnort herauszufinden. Bei allen Unternehmen, bei denen Henning Riemann als Geschäftsführer eingetragen ist, hinterlässt Waldauf seine Telefonnummer und E-Mail-Adresse, ohne große Hoffnung, jemals einen Rückruf zu erhalten.

Dann hat er eine Idee. Er sucht im Internet nach offiziellen Stellungnahmen der Familie, Presseaussendungen oder Ähnlichem und wird fündig. Er wählt die Telefonnummer der Kanzlei, die die offiziellen Presseaussendungen der Riemanns getextet hat, und hängt in der Warteschleife fest. Er stellt das Handy auf Lautsprecher und legt es in die Mitte des Tisches. Dann beginnt er im Raum auf und ab zu wandern, beschließt, Kaffee zu kochen, sammelt eine Ladung Wäsche zusammen, die überall im Haus verteilt liegt, und schaltet schließlich die Waschmaschine ein. Während er darüber nachdenkt, ob er einen Staubwedel besitzt und falls ja, wo dieser abgeblieben sein könnte, meldet sich eine junge Frauenstimme aus dem Lautsprecher.

„Armand und Valentin, Rechtsanwälte, was kann ich für Sie tun?"

„Hallo", Waldauf stürzt zum Tisch und will das Telefon ans Ohr heben, wodurch es ihm beinahe aus der

Hand rutscht, weil er zeitgleich versucht, den Lautsprecher auszustellen. Dann fängt er das Gerät gerade noch rechtzeitig und schiebt es behutsam wieder auf den Tisch zurück.

„Hallo, mein Name ist Waldauf", ruft er. „Lukas Waldauf."

„Schön, dass Sie uns anrufen, wie kann ich Ihnen helfen?"

„Ja ..." Waldauf wird bewusst, dass er mittlerweile fast schreit, obwohl ihm kein Grund einfällt, warum die Frau ihn nicht hören sollte.

„Hören Sie, ich ermittle im Fall der jungen Riemann, Christina Riemann. Ich bin Privatdetektiv im Auftrag der Mutter des inhaftierten Thomas Buchner ..."

Bis hierhin war beinahe alles gelogen, und Waldauf zögert.

„Ja?"

Ja, was wollte er eigentlich?

„Ich suche nach einer Möglichkeit, mit der Familie Riemann in Kontakt zu treten. Mir ist bewusst, dass sie sich derzeit in einer unfassbar schwierigen Lage befinden ... und ich kann mir nicht ausmalen, was für ein Gefühl das sein muss ... aber, ich bin da auf etwas gestoßen, was sie möglicherweise interessieren könnte. Es könnte helfen, den Fall aufzuklären."

„Und was wäre das?"

Tja, wenn er eine Chance wollte, mit den Riemanns zu sprechen, musste er seine Karten auf den Tisch legen und sich darüber hinaus zur Farbe seine Unterhosen bekennen.

„Ein verstecktes Mobiltelefon, das ich im Zimmer des Jungen gefunden habe. Möglichweise kann es helfen, ein wenig Licht in die Angelegenheiten zu bringen."

Schweigen kehrt am anderen Ende der Leitung ein.

„Hallo?"

„Ja, ich höre Sie ... ich muss Sie bitten, mit dieser Information zur Polizei zu gehen. Falls es sich um ein Beweisstück handelt ..."

„Ich war bei der Polizei", fast gelogen. „Hören Sie, alles, was ich will, ist eine Gelegenheit, mit der Familie zu sprechen. Falls Sie Interesse haben, kann ich Ihnen meine Kontaktdaten hinterlassen."

„Einverstanden."

Nachdem er sich den Namen der jungen Frau notiert hat, fertigt er eine Liste mit allen Gesprächsnotizen des Tages an und wirft erneut einen Blick auf eine andere Liste, die er vor sich auf dem Tisch liegen hat. Es ist die handschriftliche Liste mit Namen, die er von Toms Mutter erhalten hat. Dann recherchiert er im Internet die Adresse des nächstgelegenen Stützpunktes der Seenotrettung und die Fahrzeiten der Fähre nach Juist. Dabei liest er, dass die Fährverbindung tideabhängig ist und die nächste Fähre erst am folgenden Tag geht. In der Zwischenzeit liefert Waldaufs Anfrage beim Einwohnermeldeamt ein Ergebnis. Es lautet: Auskunftssperre. Damit hat er zwar gerechnet, aber dennoch musste er sichergehen. Mit anderen Worten, auch so würde er Henning Riemanns Hauptwohnsitz nicht in Erfahrung bringen. Waldauf trommelt mit den Fingern auf dem Tapeziertisch und streckt seinen Rücken. Bierkästen waren früher auch komfortabler, denkt er, hält seinen Kugelschreiber zwischen Zeigefinger und Mittelfinger geklemmt und schnippt mit dem Daumen über dessen hinteres Ende, als wäre er eine Zigarette. Waldauf lässt den Stift fallen. In seinen Gedanken legt er eine weitere Liste an. „Mögliche Motive: Hass, Eifersucht, Liebe, Rache, Geld?" Und bei all diesen Begriffen hat er stets Henning Riemanns Gesicht vor Augen. Stimmt, Christina könnte ermordet worden sein, um ihrem Vater zu schaden, aber was könnte Toms Motiv gewesen sein? Da fällt Waldauf nur eines ein: die Trennung. Warum hat ihm Toms Mutter nichts darüber erzählt? Möglicherweise weil sie selbst nichts davon wusste? Waldaufs Gedanken drehen sich im Kreis. Er erhebt sich und packt seine alte Sporttasche mit dem Nötigsten, das er für den nächsten Tag braucht.

Ein mögliches Mordmotiv hat Waldauf nicht aufgeschrieben: Trauer.

„Sagen Sie, wollen Sie sich umbringen?"

Der Arzt stürzt auf ihn zu und reißt ihm die Zigarette aus dem Mund. Waldauf hat eben versucht, sie anzuzünden, aber seine Lunge ist zu schwach, um den nötigen Zug zustande zu bringen.

„Kann's ja mal versuchen."

Waldauf legt das Feuerzeug auf den Tisch. Der Arzt schleudert es quer durch den Raum. Die anderen Patienten starren ihn an.

„Sind Sie völlig wahnsinnig geworden? Ich flicke Sie doch nicht auf dem OP-Tisch zusammen, damit Sie sich bei der nächstbesten Gelegenheit in die Kiste legen!"

„Kann Ihnen ... doch egal sein."

Der Arzt kommt näher.

„Sie haben getrunken?!“

Waldauf streckt das Kinn vor.

„Ich trauere.“

„Sie waren zwei Wochen lang im künstlichen Tiefschlaf. Sie haben noch etwa fünfzehn Prozent Ihrer Lungenkapazität, und zurzeit nehmen Sie gerinnungshemmende Medikamente! Kein Alkohol! Kein Nikotin!“

Der Arzt, er ist vielleicht Mitte vierzig, stemmt die Hände in die Hüften und verschnauft.

„Hören Sie, ich weiß, was Ihnen zugestoßen ist. Die Zeitungen waren voll davon. Und ich kann mir kaum vorstellen, was Sie durchgemacht haben ...“

„Dann lassen Sie's.“

Der Arzt beißt sich auf die Zunge.

„Fragen Sie sich einfach, ob sie das gewollt hätte, okay?“

Waldauf zuckt zusammen, als hätte ihm der Arzt einen Faustschlag versetzt. Was für ein mieser Schachzug. Hätte Waldauf gekonnt, hätte er ihm ins Gesicht gespuckt.

„Das brauche ich mich nicht zu fragen“, sagt er. „Sarah will gar nichts mehr. Sarah ist tot.“

Der Arzt verstummt. Waldauf starrt ihn an und wartet darauf, dass er verschwindet, aber der Arzt verschwindet nicht.

„Kommen Sie“, sagt er stattdessen. „Gehen wir. Zwingen Sie mich nicht dazu, die Pflegekräfte zu rufen.“

Waldauf lässt sich von dem Arzt aus dem Aufenthaltsraum führen. Doch statt auf sein Zimmer bringt dieser ihn zu einem Raum mit bunt schimmernden Glasfenstern.

„Das ist unsere Kapelle", sagt er. „Trauern Sie. Und danach bringe ich Sie zurück auf Ihr Zimmer. Wenn Sie können, leben Sie. Damit die Erinnerung an Ihre Freundin lebt."

Waldauf hasst diesen Mann aus tiefster Seele, er verachtet ihn, er will ihm die Augen auskratzen, auf sein Grab pinkeln. Weil er recht hat.

Waldauf wankt in die Kapelle, kniet sich vor den Altar und betet und weint zwei Stunden lang. Als er am nächsten Morgen in seinem Krankenbett erwacht, liegt ein Zettel auf seinem Nachtschränkchen. Darauf steht:

Trauerbewältigung. 14:30 Uhr.

***

„Hier bei Buchner", meldet sich Elisabeths monotone Stimme.

„Waldauf hier. Äh, Lukas Waldauf, Ankes Freund."

„Ja, hallo, wie geht es Ihnen?"

„Danke, gut", antwortet Waldauf, ehe er bemerkt, dass er die Frage nicht erwidern kann. Wie sollte es ihr schon gehen? Ihr Sohn sitzt wegen mutmaßlichen Mordes in Untersuchungshaft.

„Ich arbeite gerade an einigen Recherchen, allerdings finde ich keinen Ansatzpunkt, wie ich mit den Riemanns in Kontakt treten soll. Sie haben nicht zufällig eine Telefonnummer für mich?"

Das war die leichtere der beiden Fragen, die er an Elisabeth hat.

„Nein, leider. Wie gesagt, sie waren immer sehr distanziert." Waldauf fragt sich, ob sie Schmerzmittel oder Antidepressiva genommen hat. Vermutlich beides.

„Sehen Sie, Elisabeth, mir stellt sich da auch noch eine andere Frage, und ich wäre sehr froh, wenn ich sie Ihnen stellen dürfte, aber die Frage wird keine leichte sein."

„Fragen Sie."

„Die Medien schreiben von einer Trennung von Tom und Christina. Ich muss wissen, ob da was dran ist, denn es könnte in diesem Fall als mögliches Motiv gehandelt werden." Waldauf hat bei seiner Formulierung darauf geachtet, das Wort Mord unerwähnt zu lassen.

„Ja", sagt Elisabeth und schweigt.

„Was, ja?"

„Ja, es könnte das Mordmotiv sein ... Wenn Tom sie getötet hätte."

„Wussten Sie von der Trennung?"

„Nein."

Waldauf hört sie atmen.

„Nein, ich wusste es nicht. Aber ich hatte so ein Gefühl, etwa ... vor einem halben Jahr. Vielleicht. Tom war eine Zeit lang, ein paar Wochen vielleicht, sehr ... abwesend. Aber was auch immer es war, dann wurde es besser. Er war ... glücklich."

„Gut, danke, Elisabeth."

„Können Sie ihn da rausholen? Bitte." Die Frage trifft ihn unvorbereitet. Wie die Kugel aus einer Pistole, die sie hinter einem Kissen gehalten hat.

„Elisabeth, ich ..."

„Anke sagt, Sie recherchieren. Sie selbst sagen, Sie recherchieren. Werden Sie ihm helfen?"

„Ja ... ich gebe mein Bestes."

„Ich danke Ihnen."

Stunden später liegt Waldauf wach in seinem Bett und starrt auf die schweren Holzbalken, die die Decke über ihm tragen. Dazwischen verstecken sich Schatten hinter Schatten. Die Nacht ist die Zeit der dunklen Gedanken. Ist das tatsächlich sein Vorsatz?, fragt er sich. Toms Unschuld zu beweisen und ihn aus dem Gefängnis zu holen? Nein. Wenn Waldauf ehrlich ist, geht es ihm nicht um Tom. Er will Christina finden. Er will sie retten für die eine Frau, die er nicht retten konnte. Ab und zu liegt sie bei ihm, den Kopf an seine Schulter gelehnt, und sie sehen der Frau im Fernseher dabei zu, wie sie ein „E" kauft.

Am nächsten Morgen fühlt sich Waldauf beinahe selbst wie ein Schatten. Er fährt erneut aufs Polizeirevier in Wilhelmshaven, und diesmal sind keine Kamerateams da.

„Ich suche nach Kriminalhauptkommissar Schäfer."

„Ach, da sind Sie Gott sei Dank der Einzige", antwortet der Beamte am Empfang.

„Ich habe Informationen zum Fall Christina Riemann. Ich war früher selbst Polizist, drüben in ..."

„Ja, sehr interessant. Und welche Art von Information soll das sein?"

„Sie haben etwas übersehen. Ein Handy. Im Zimmer des Jungen."

„Wissen Sie, wie viele Leute wir schon hier hatten, die behaupten, etwas über den Fall zu wissen? Sobald sich die Medien einmal auf die Geschichte gestürzt haben, bringen sie die Spinner mit, wie die Schmeißfliegen über einem Haufen ... na ja, Sie wissen bestimmt, was ich meine. Wir hatten Leute hier, die mit Kriminalhauptkommissar Schäfer sprechen wollten, Leute, die mit dem mutmaßlichen Täter sprechen wollten, Leute mit Informationen über den Tathergang, Leute, die Kontakt mit Frau Riemann im Jenseits aufgenommen haben. Mein bisheriges Highlight war eine Dame, die mir ihre Katze hier auf den Tresen gesetzt hat und behauptete, dass Frau Riemann nun aus dieser Katze sprechen würde ... zugegeben, das Tier war schwarz ... also was weiß ich schon."

Der Beamte blickt Waldauf an.

„Haben Sie das besagte Gerät hier? Wenn Sie wollen, können Sie es bei mir abgeben. Wir packen es gemeinsam in eine Plastiktüte, ich nehme Ihren Namen und Ihre Kontaktdaten auf, und danach kann ich es zu Kriminalhauptkommissar Schäfer bringen. Na, wie klingt das für Sie?"

„Das klingt ganz hervorragend für mich. Vor allem Ihre herablassende Art, mit Menschen umzugehen, ist eine Wohltat. Aber ich muss wissen, was auf dem Handy drauf ist. Nachrichten, ausgehende und eingehende Anrufe. Das ganze Programm. Ich brauche die Informationen."

„Einverstanden, aber ich glaube, zuerst sollten wir Ihnen Kopien sämtlicher polizeilicher Akten zu dem Fall besorgen, damit Sie sich einen guten Überblick verschaffen können."

„Schon mal über eine Karriere als Komiker nachgedacht?"

„Eigentlich ständig."

„Schön."

Waldauf dreht sich um und geht in Richtung Ausgang.

„Haben Sie es sich anders überlegt? War wohl doch nicht so wichtig?"

„Mann, Sie lieben Ihren Job wirklich. Wissen Sie, was? Ich gebe Ihnen meine Nummer. Falls Schäfer Interesse an dem Telefon oder einem Gespräch hat, soll er mich anrufen. Haben Sie was zum Schreiben da?"

Der Beamte reicht ihm einen Stift und ein Blatt Papier. Waldauf hinterlässt seine Nummer sowie die Notiz:

Ihr Mann am Empfang ist ein Vollidiot. Beste Grüße, Lukas Waldauf

8. DAS RICHTIGE ZU TUN

Von Wilhelmshaven nach Norddeich sind es etwa anderthalb Stunden Autofahrt. Von dort geht die Fähre nach Juist. Die Bundesstraße führt über endlose grüne Ebenen, vorbei an Feldern und verstreut liegenden Höfen. Hie und da grasen Schafsherden, und manche der vorbeiziehenden Orte wirken, als wären sie ausschließlich aus rotem Backstein erbaut worden. Häuser, Dächer, sogar manche Straßenteilstrecken leuchten rot. Backstein, Backfisch, Rosinenbrötchen. Worum auch immer es sich handelt, unser ursprünglichster Impuls scheint darin zu bestehen, es in Öfen zu stecken, denkt Waldauf.

Während der Fahrt verbringt er die Zeit damit, einige Telefonate zu führen, hauptsächlich mit den Personen von Elisabeths Liste. Jugendfreunde von Tom und Christina, Kommilitonen. Und er wählt einige Nummern von Unterkünften auf Juist. Waldauf braucht ein Zimmer, denn seine Fähre wird die Letzte sein, die an diesem Tag zu der Nordseeinsel übersetzt. Ansonsten bliebe ihm nur der Transfer mit einer der kleinen Propellermaschinen, denn die restlichen Fähren an diesem Tag fallen aus. Das also bedeutet tideabhängig.

Zum Auftakt der Urlaubssaison sind sowohl Unterkünfte als auch Flugzeuge, in die ihn ohnehin kein Umstand der Welt freiwillig hineingebracht hätte, so kurzfristig kaum zu bekommen. Aber Waldauf hat Glück, wie ihm die Dame am Telefon versichert. Einer ihrer langjährigen Stammgäste hat seine Buchung krankheitsbedingt storniert.

„Aber es ist ein kleines Zimmer. Herr Wilkes ist Schriftsteller, wissen Sie, und er mag es eher schlicht."

„Hat es ein Bett?"

„Natürlich."

„Dann ist es völlig ausreichend, ich danke Ihnen vielmals."

***

Der Jachthafen von Juist liegt direkt neben dem Fähranlegeplatz. Die Stimmen der anderen Urlaubsgäste wabern um ihn herum. Waldauf ignoriert sie, während sie Eis essend und Sonnenbrillen tragend Fotos knipsen, posieren, lachen. Er wirft sich seinen Rucksack über die Schultern, während das bräunliche Wasser unter ihm gurgelt, und stellt sich auf einen beschwerlichen Fußmarsch ein, denn seinen SUV musste er auf dem Festland zurücklassen. Juist ist autofrei. Wo andernorts Pkw um Abstellplätze kämpfen, reihen sich hier Bollerwagen und Fahrräder aneinander, was zur Folge hat, dass auch hier mit an langen Stangen montierten Mobiltelefonen Fotoaufnahmen gemacht werden. Abbilder von Ereignissen, die so niemals stattgefunden haben. Waldauf macht einen Bogen um sie, doch kaum hat er einen Fuß an Land gesetzt, ruft ihm ein Einheimischer zu, er solle zur Seite gehen.

„Hier kommt ein Boot durch."

Waldauf hat noch nie zuvor gesehen, wie ein Boot mithilfe eines Pferdewagens transportiert wird, doch für die Tiere scheint das ein alltäglicher Vorgang zu sein. Sie befolgen die Anweisungen des Kutschers, nahezu teilnahmslos lassen sie das Boot an Waldauf vorüberschweben.

„Entschuldigen Sie bitte, mit wem muss ich hier reden, wenn ich mehr über den Hafen erfahren will?"

„Was wollen Sie denn wissen?"

„Ich bin eben erst angekommen und würde mich gerne über beliebte Segelrouten informieren und in Erfahrung bringen, ob man hier ein Boot mieten kann. Sie wissen schon, ich suche jemanden, der mich ein bisschen rumfährt."

„Fragen Sie mal dort drüben beim Hafenmeister nach. In dem gelben Container."

An dem Container ist ein Schild mit der Aufschrift „Hafenwart" angebracht, aber die Rollläden sind heruntergelassen, und als Waldauf den Hafen näher betrachtet, sieht er, dass alle Boote auf dem Trockenen liegen. Im Hafenbecken befindet sich kein Wasser. Tja, dann müssen sie ja mit dem Pferdewagen transportiert werden, denkt Waldauf und stemmt die Hände in die Hüften.

„Kennt sich hier sonst noch jemand mit dem Hafen aus?", fragt er.

Der Mann, der den Pferdewagen dirigiert, seufzt und schiebt seine Wollmütze ein Stück nach oben, damit seine schweißgebadete Stirn etwas Luft bekommt.

„Ja?"

„Ich suche ein bestimmtes Boot."

„Sind Sie einer von diesen Schreiberlingen?"

„Wie meinen Sie das?"

„Bei uns laufen seit drei Tagen die Telefone heiß. Jeder will wissen, ob das Mädchen gefunden wurde, das über Bord gegangen ist. Wenn Sie mich fragen, sind das alles Bluthunde. Sind Sie auch so einer?"

„Nein. Ich war früher bei der Polizei."

„Fast genauso schlimm", antwortet der Mann und spuckt auf den Boden, während seine Tiere ein paar Grashalme vom Wegesrand rupfen.

„Nur dass ich kein Blut will, sondern den Fall aufklären. Ich will wissen, was passiert ist."

„Tja, das wollen alle, nicht wahr? Aber das Boot hat die Polizei in Beschlag genommen. Und sie haben gesagt, dass ich nicht darüber reden darf. Wegen der laufenden Ermittlungen."

„Ja, weiß ich. Ich sehe mich nur ein wenig um, okay?"

„Klar doch."

Waldauf wendet sich zum Gehen, aber dann fällt ihm noch etwas ein.

„Sagen Sie, wie verlaufen die Strömungen hier vor der Küste?"

„Grundsätzlich geht hier alles Richtung Osten und dann später hoch nach Norden."

„Das heißt, wenn ich hier eine Flaschenpost ins Wasser werfe, wo würde die ankommen?"

„Vermutlich in Dänemark. Oder auf Sylt. Oder nirgendwo, weil es sie einfach aufs offene Meer hinauszieht."

„Und wenn jemand ins Wasser fällt, wie lange würde die Küstenwache suchen, was meinen Sie?"

„Zwei bis drei Tage? Eine Woche vielleicht? Keine Ahnung, das kommt vermutlich darauf an, ob die Person 'ne Schwimmweste trägt."

Waldauf nickt. Ja, darüber hat er auch schon nachgedacht.

„Wo finde ich die Pension Petersen?“, ruft er dem Mann hinterher, der sich mittlerweile wieder in Bewegung gesetzt hat.

„Immer der Straße nach, Mann! Immer der Straße nach.“

„Und gibt es hier auch einen Stützpunkt der Seenotrettung?“

„Ja, gibt's!“

Großartig. Wenn alle Gespräche auf dieser Insel so hilfreich sind, wird Waldauf hier jede Menge Zeit versenken, während Christina irgendwo da draußen ist und Tom in seiner Zelle sitzt. Aber es ist ein Anfang, sagt er sich und stapft den Weg entlang, der ihn weiter in die besiedelten Gebiete der Insel hineinführt. Er folgt der Straße, so wie der Pferdemann es ihm geraten hat, und bald verfällt er in einen gemächlichen Trott und fühlt sich wie in eine andere Zeit versetzt. Die meisten Menschen, denen er auf der Straße begegnet, sind mit einem Lächeln auf dem Gesicht unterwegs. Sie sitzen auf Fahrrädern oder ziehen Handwagen hinter sich her. Dann sieht Waldauf einen weiteren Pferdewagen. Dieser transportiert kein Boot, sondern Kästen mit Bier, Mineralwasser, Toilettenpapier und Säcke mit Zwiebeln und Kartoffeln. Vermutlich eine Lieferung für einen der hiesigen Kaufläden.

Waldauf überkommt der brennende Wunsch, mit Anke zu sprechen. Er will es mit ihr teilen, ihr erzählen, was er sieht. Er stellt sich vor, sie wäre hier bei ihm.

Waldauf ist nie wirklich einsam gewesen. Er hat stets Kollegen und Kolleginnen um sich gehabt, Personen, die dieselben Ziele verfolgten wie er, dieselben Ideale hatten. Seine Beziehungen beschränkten sich zumeist auf das rein Berufliche. Dennoch hat er nie das Gefühl gehabt, allein zu sein. In den letzten Wochen hat sich das geändert, und er fragt sich, was sich noch alles ändern wird, jetzt, da er kein Polizist mehr ist.

Er schlendert die Straßen entlang, vorbei an Kaufläden, Pensionen und Restaurants. Er entdeckt ein Café, das eine Terrasse mit Blick über die weitläufigen Dünen und die Unendlichkeit des Ozeans bietet, und beschließt, eine Pause einzulegen. Er setzt sich an einen Tisch nahe der Glasscheibe, die ihn vor den rauen Winden schützt, und blickt nach draußen. Und ehe er es sichs versieht, bestellt er eine Tasse Tee und ein Stück warmen Apfelstrudel. Ein Helikopter kreuzt über ihren Köpfen, und Waldauf hört ein Gespräch an einem der anderen Tische mit.

„Seit drei Tagen suchen sie nun schon“, sagt eine der Damen über ihr Stück Friesentorte gebeugt.

„Ist das ein Rettungshubschrauber?“

„Vielleicht ein privater.“

„Das arme Ding.“

„Sie hat hier gewohnt, nicht?“, schaltet sich Waldauf in das Gespräch am Nachbartisch ein.

Die beiden Frauen blicken ihn an.

„Na ja, gewohnt wäre übertrieben. Die Familie besitzt ein Haus hier.“

„Und Sie denken, der Hubschrauber war keiner der Luftrettung?“, stellt sich Waldauf dumm. Er hat selbst gesehen, dass der Hubschrauber nicht die typische Lackierung hatte. Die Frauen schütteln den Kopf.

„Ne, wenn Sie mich fragen, kommt der von der Familie. Die haben auch Boote draußen, haben bestimmt mehrere Gesellschaften beauftragt. Ich würd's jedenfalls tun."

Die zweite Frau steckt eine weitere Gabel ihrer Torte in den Mund und nickt.

„Könnte kein Auge zutun."

„Starten die hier von der Insel?"

„Ne, die kommen alle vom Festland."

„Wissen Sie, ob die Familie zurzeit auf Juist ist?"

Die Frauen mustern ihn.

„Ne."

Es wäre ein Glückstreffer gewesen. Die beiden Frauen haben jedenfalls beschlossen, das Gespräch zu beenden – möglicherweise haben auch sie bereits mehr als genug Fragen von sogenannten Schreiberlingen gestellt bekommen. Waldauf beginnt, seinen Apfelstrudel zu essen, und auch wenn er gerne bleiben würde, befällt ihn danach immer stärkere Unruhe. Er tritt auf der Stelle, verliert wertvolle Zeit. Er bezahlt, wünscht den Damen einen schönen Tag und setzt seine Suche nach der Pension Petersen fort, die schon bald von Erfolg gekrönt ist. Sie liegt genau dort, wo der Pferdemann gesagt hat, einfach die Straße lang.

Waldauf bezieht das schlichte, aber gepflegte Zimmer, öffnet sein Notebook, stellt die Internetverbindung her und startet seine Recherche. Die Social-Media-Profile von Christina und Tom bestätigen, was Toms Mutter ihm bereits erzählt hat. Sie scheinen eine Zeit lang sehr glücklich gewesen zu sein. Waldauf entdeckt Urlaubsfotos, kunstvolle Aufnahmen von Landschaften und Architektur, einige Bilder von Tom, kaum Fotos von Christina. Ihr ganzes Profil scheint ein einziger Schaukasten ihrer schönsten Erinnerungen zu sein, jedoch ohne sie selbst darin. Eine Sammlung wundervoller, stiller Momente und beeindruckender Natur.

Toms Profil ist lebhafter. Es zeigt mehr über ihn, viele Freunde, oft große Gruppen auf Feiern, an der Universität, im Urlaub. Einige der Fotos zeigen Tom und Christina als Paar, und sofern Waldauf das aufgrund der Bilder beurteilen kann, war das zwischen ihnen mehr als eine jugendliche Romanze. Tom himmelt sie auf den Bildern förmlich an. Und dann, vor etwa einem halben Jahr, haben die Bilder aufgehört.

Waldaufs Augen brennen, und er hat das Gefühl, sich bewegen zu müssen, damit er wieder klar denken kann, bis er es in dem kleinen Zimmer nicht länger aushält. Er wirft einen Blick auf den Laptop. Es ist mittlerweile nach 21:00 Uhr, und er hat Hunger. Auf dem Weg nach draußen macht er noch einmal kehrt und schnappt sich sein Handy. Auf der Straße, die sich dank der fehlenden Autos alles andere als nach Straße anfühlt, wählt er Ankes Nummer und fragt sich erst, während es läutet, ob er sie um diese Uhrzeit überhaupt noch anrufen soll. Als er es sich schon anders überlegen will, hebt sie ab. Lange Zeit spricht keiner von beiden ein Wort.

„Hallo, Nachbar“, sagt sie dann.

Waldauf muss lächeln.

„Hallo, Nachbarin“, antwortet er.

Er läuft eine Straße entlang, die sich längs der Insel in Richtung Osten zieht, und achtet nicht darauf, wohin seine Schritte ihn führen.

„Wie geht es Ihnen? Haben Sie in letzter Zeit mit Elisabeth gesprochen?“

„Ich tue kaum noch etwas anderes." Waldauf bemerkt die Erschöpfung in ihrer Stimme. „Ich höre ihr zu, ich versuche sie aufzumuntern, versuche sie abzulenken, spreche mit ihr über den Anwalt, all das."

„Es tut mir leid, ich wollte Sie so spät eigentlich nicht mehr stören und ... ich habe keine wirklichen Neuigkeiten zu berichten. Also wenn Sie müde sind ..."

„Nein, um ehrlich zu sein, tut mir ein bisschen Ablenkung ganz gut. Es ist schön, Ihre Stimme zu hören."

Waldaufs Gedanken stehen still. Über ihm gleiten zwei Möwen auf dem Wind und schweben dabei scheinbar bewegungslos auf der Stelle.

„Geht mir genauso."

„Wo sind Sie gerade?", fragt sie, und Waldauf fühlt sich ertappt.

„Auf Juist. Hier gibt es keine Autos."

„Ja, ist schön da, nicht? ... Wenn die Umstände andere wären."

„Ja. Wirklich schön, beinahe wie aus einer anderen Zeit." Waldauf setzt einen Fuß vor den anderen, betrachtet die Menschen, denen er begegnet. „Man beginnt nachzudenken, wie das Leben noch sein könnte. ... Kennen Sie Tom oder Christina persönlich?"

„Ich kenne Tom, seit er ein kleiner Junge war."

„Wann haben Sie ihn zuletzt gesehen? Ist Ihnen an ihm irgendeine Veränderung aufgefallen? Elisabeth sagt, sie wusste nichts von der Trennung, über die die Medien berichten. Aber die erscheint mir zunehmend plausibler."

„Inwiefern?"

„Es gibt Hinweise. Dinge, die Sinn ergeben würden, wenn sie getrennt gewesen wären. Zum Beispiel Fotos auf ihren Social-Media-Profilen."

Nur wie das Mobiltelefon, das er in Toms Zimmer gefunden hat, zu alldem passen soll, weiß er noch nicht. Falls es dazu passt.

„Ich habe Tom nicht besonders oft gesehen, seit er für das Studium nach Hamburg gezogen ist. Ab und zu am Wochenende, eher zufällig. Also nein, ich hätte keine Veränderungen bemerkt. Aber das muss nicht viel bedeuten."

„Ich verstehe." Waldauf hat alle Vorwände, warum er sie hätte anrufen sollen, aufgebraucht. Was will er sie noch fragen?

„Wo ... würden Sie gerne essen gehen?"

„Wie bitte?"

„Das hat wohl etwas merkwürdig geklungen. Ich war noch nie auf dieser Insel ... wo kann man hier zu Abend essen?"

„Nun ja, ich war schon länger nicht ... aber ich denke, ‚Mieles' ist ganz gut. Die Besitzerin ist auf der Insel eine echte Berühmtheit. Jeder kennt Miele. Es liegt auf der westlichen Seite der Insel, nahe den Dünen."

„Ja, Dünen", sagt Waldauf und fühlt, wie immer mehr Sand in seine Schuhe rieselt. „Ich denke, ich bin nun eher am östlichen Ende." Er setzt sich auf einen grasbewachsenen Hügel, legt die Jacke, die er in der Hand getragen hat, neben sich ab.

„Momentan trete ich auf der Stelle", gesteht er. „Ohne die offiziellen Polizeiberichte und Zeugenaussagen geht alles langsamer voran, als ich mir wünsche." Trotz des schwindenden Tageslichts sieht er weit vor der Küste ein kleines Boot kreuzen.

„Ich werde versuchen, einige Gespräche mit den Seenotrettern zu führen, aber ich fürchte, Elisabeth muss sich darauf einstellen, dass die Behörden das Verfahren gegen ihren Sohn eröffnen werden."

„Ich verstehe."

„Ich werde tun, was ich kann, und meine Recherchen weiterführen, mit einigen von Toms und Christinas Freunden sprechen ..."

Anke schweigt.

„Ist alles in Ordnung bei Ihnen?"

„Es tut mir leid, dass ich Sie da mit hineingezogen habe ... dass Sie nun so einen Aufwand betreiben."

„Das muss es nicht. Ich wünschte, ich könnte das Mädchen finden. Sie ihren Eltern zurückbringen, aber ... die suchen hier Tag und Nacht, wie es aussieht. Auch private Unternehmen."

„Wo sind Sie jetzt?"

„Ich sitze auf einer Düne, hier irgendwo ... meine Schuhe sind voller Sand."

„Das klingt schön."

„Ja ... das ist es. Irgendwie."

Die Sonne in seinem Rücken lehnt sich gegen die Häuser und wird bald verschwunden sein. Waldaufs Magen knurrt. Er wird den ganzen Weg zurücklaufen müssen.

„Danke", sagt sie dann. „Für Ihre Hilfe ... und alles."

Waldauf seufzt.

„Danken Sie mir nicht. Noch habe ich nichts erreicht."

„Aber Sie versuchen es. Das ist viel wert."

Waldauf blickt aufs Meer hinaus.
„Es ist nett von Ihnen, dass Sie das sagen."
„Aber ...? Sie glauben nicht daran?"
„An Versuche und gute Absichten? Solange das Ergebnis das Gleiche bleibt ... Nein."
„Sie sind ziemlich hart mit sich."
„Hoffen wir, dass es nicht dabei bleibt. Ich ... wünsche Ihnen noch einen schönen Abend."
„Danke. Ihnen ebenfalls."

Am nächsten Morgen erwacht er abermals in einem fremden Bett. Er rafft sich auf, packt seine Sachen und gönnt sich als Frühstück eine Tasse Kaffee. Die Inhaberin nötigt ihm ein Rosinenbrötchen auf – als Wegzehrung, wie sie sagt, und weigert sich, Geld dafür anzunehmen. Auch sie kann oder will ihm nicht sagen, wo er das Haus der Riemanns findet. Und selbst wenn, wären sie vermutlich nicht dort. Waldauf bezahlt seine Rechnung und macht sich auf den Weg.

Zurück am Hafen hat er zum ersten Mal Glück, wie es scheint. Ein Helikopter hat gerade eine Gruppe der Seenotrettung auf der Insel abgesetzt. Vielleicht sollen sie die hiesigen Einsatzkräfte ablösen. Die Frauen und Männer packen ihre Seesäcke und Taschen und machen sich auf den Weg zum Pier, während Waldauf ihnen zusieht. Ein junger Mann dreht sich zu ihm um.

„Sind Sie schon mal mit einem geflogen?", fragt er und deutet auf den Helikopter.

„Ja", antwortet Waldauf wahrheitsgemäß. „Ist schon eine Weile her."

Alles, woran er sich erinnern kann, ist die Decke des Helikopters. Seine Innenseite war weiß, strahlend weiß. Er hat sich ihn danach noch einmal angesehen. Dennoch hätte er während seines Flugs ins Krankenhaus schwören können, dass sie blutrot war. So wie der Schaum um Sarahs Lippen.

„Und Sie? Sind Sie schon lange dabei?", fragt er, um sich aus der Erinnerung zu reißen.

„Zwei Jahre."

„Muss ein gutes Gefühl sein, Menschen in Not zu helfen."

Der Mann nickt.

„Wie lange suchen die, wenn jemand auf See vermisst wird?"

„Nach drei Tagen sind die Überlebenschancen so gering und der Suchradius so groß, dass die meisten Suchen abgebrochen werden. Außer wenn wir wissen, dass jemand eine Schwimmweste trägt, in einer Rettungsinsel sitzt oder Ähnliches. Trotzdem sind die Chancen nach drei Tagen gering. Die Flüssigkeit ist das größte Problem."

„Und dann?"

Der Mann schüttelt den Kopf.

„Wer bis dahin nicht wieder auftaucht, bleibt in der Regel verschwunden."

„Das ist hart."

„Ja, das ist es. Aber die meisten finden wir Gott sei Dank vorher." Der Mann besinnt sich und fährt sich über den Nacken.

„Verzeihen Sie, das war unsensibel. Kannten Sie die Frau?"

„Nicht persönlich, eine Freundin von mir kannte sie. Es geht uns allen sehr nahe."

„Das tut mir leid."

„Wissen Sie, wo genau sie über Bord gegangen ist? Wo suchen Sie?“

„Das ist genau das Problem, sie dürfte auf der Überfahrt zwischen Norderney und Juist über Bord gegangen sein, und wenn die Gezeiten sie dort erwischt haben ...“

Der Mann verstummt und sieht Waldauf in die Augen.

„Dann könnte es sie auch aufs offene Meer hinausgezogen haben. Aber wir hoffen, dass dem nicht so ist. Es sind jedenfalls jede Menge Boote draußen, die nach ihr suchen. Sie bedeutet vielen Leuten sehr viel.“

„Ich verstehe, danke. Sie machen einen wichtigen Job.“

„Ich drücke uns die Daumen, dass wir sie bald haben.“

Der junge Mann wirft sich seinen Seesack über die Schultern und folgt seinen Kollegen hinunter zum Hafen.

„Ja, ich auch“, sagt Waldauf.

Sie bedeutet vielen Leuten sehr viel, hat der Seenotretter gesagt. Ja, denkt Waldauf, so ganz anders als Sarah. Er betrachtet die Boote, die im Hafen liegen, der jetzt wieder Wasser führt. Da sieht er einen Mann auf einem der Stege, der ihm bekannt vorkommt.

„Ach, Sie sind also der Hafenwart, ja?“

Der Mann schiebt seine Wollmütze ein Stück weit nach oben.

„Ich hab Ihnen doch schon erklärt, dass ich nichts sagen darf.“

„Richtig, das haben Sie. Über das Boot der Riemanns. Waren Sie an dem Tag hier, als die beiden rausgefahren sind?“

„Natürlich war ich hier, aber ich beobachte nicht jedes einzelne Boot, das hinausfährt. Ich hab sie an dem Tag nicht gesehen."

„Kannten Sie die beiden?"

„Nicht besonders gut."

Waldauf überlegt, ob der Man nicht reden will oder ob er die Wahrheit sagt.

„Zeigen Sie mir ein Schiff."

„Wie meinen Sie das?"

„Zeigen Sie mir eines, das so aussieht wie das der Riemanns, wäre das in Ordnung?"

„Nein, das wäre natürlich nicht in Ordnung. Diese Boote gehören alle jemandem. Ich laufe doch nicht rum und zeige Fremden irgendwelche Boote."

„Hören Sie, ich will nur verhindern, dass die jemanden für etwas verurteilen, was er nicht getan hat. Waren Sie mal jung?"

„Natürlich. Aber ich habe Mädchen, die mit mir nichts zu tun haben wollten, nicht einfach im Meer versenkt."

„Das hat der Junge vielleicht auch nicht getan. Tom ist dreiundzwanzig, er hat seine Freundin verloren, und er wird sich vermutlich sein Leben lang Vorwürfe deswegen machen. Und jetzt gerade sitzt er allein in einer Gefängniszelle, während alle Welt ihn einen Mörder nennt."

„Wenn er's getan hat, hat er's verdient."

„Und wenn nicht?"

Der Mann starrt Waldauf an, während er ein Stück Kaugummi in seinem Mund von einer Seite zur anderen schiebt.

„Beschreiben Sie mir einfach das Schiff, okay? Und dann fahren Sie mit mir raus, Sie wissen schon, an die Stelle zwischen Norderney und Juist, und erklären Sie mir die Strömungen."

„Sie sind ganz schön hartnäckig, was?"

„Ich gebe Ihnen einfach die Chance, das Richtige zu tun." Waldauf zieht sein Portemonnaie aus der Tasche. Der Mann spuckt seinen Kaugummi aus und sagt: „Lassen Sie's stecken ... Also gut, kommen Sie mit."

Er zeigt Waldauf eines der größeren Segelboote.

„Die hier ist sehr ähnlich, etwa zehn Meter lang, nahezu baugleich."

Danach fährt der Hafenwart, der sich ihm als Wilhelm Jansen vorstellt, mit Waldauf hinaus, vorbei an den langen sandigen Ebenen des Ostendes der Insel bis zu einer Stelle, die er Busetief nennt.

„Und, was sehen Sie?"

„Ganz schön viel los hier."

„Ja. Fischkutter, Fährbetrieb, private Boote. Es ist natürlich möglich, dass sie noch weiter draußen waren, Richtung Norden, aber wenn Sie mich fragen, grenzt es an ein verdammtes Wunder, dass sie bisher niemand gefunden hat."

„Das sieht nicht gut aus."

„Für den Jungen? Ne, absolut nicht. Wo auch immer er sie versteckt hat, hier ist sie nicht."

9. OB SIE DAS AKZEPTIEREN

Waldauf steht an einem anonymen Urnengemeinschaftsgrab. Es gibt keine Namenstafel, keinen Namen. Er hat Blumen mitgebracht, eine Kerze aufgestellt. Sarah wollte für ihn aussagen. Der Berliner Drogenring, gegen den Waldauf ermittelt hat, ist der deutsche Ableger einer international agierenden Gruppe rund um eine Figur, die alle nur als Toto kennen. Drogenhandel, Menschenhandel, Glücksspiel, Waffen, Immobilien, Autos und wer weiß, was noch alles. Sie dehnten ihren Einfluss von Berlin aus in immer mehr deutsche Städte aus, auch Hamburg. Waldauf hat das Bundeskriminalamt informiert und Unterstützung angefordert. Dann hat er Sarah doch allein herausgeholt – sie hatte Angst. Sarah hat Toto bei einigen wenigen Gelegenheiten sogar gesehen. Offenbar hat er seinen wichtigsten neuen Märkten auch persönliche Besuche abgestattet, um nach dem Rechten zu sehen. Das Bordell, in dem sie gearbeitet hat, wurde als Zwischenlager genutzt, um Drogenlieferungen von dort an die Straßendealer zu verteilen. Sarah war sich nicht sicher, ob sie ihn identifizieren kann. Er hat stets Sonnenbrillen getragen. Auch drinnen. Aber manche seiner engeren Mitarbeiter kennt sie namentlich. Und sie kennt alle Details zu Vanessas Fall – alle Details, bis auf den Verbleib ihrer Leiche. Viel konnte Sarah ihm nicht erzählen. Und alles, was er über ihre Gespräche an Notizen angelegt hat, ist verloren. Sie waren im Hotelzimmer. Jetzt sind sie fort. Sarah wollte aussagen, auch sie ist fort.

***

„Lass mich“, sagt sie, als sie dort im Regen liegt, in seinen Armen, mit schäumendem Blut auf den Lippen, „... zu meinem Baby gehen ... Waldauf.“ Sie atmet, spricht zwei Wörter, atmet, kraftlos ... quälend langsam.

„Stelle mir vor ... sie wartet auf mich ... mein kleines Mädchen ... mit blonden Haaren ... wie ich ...“

***

Sein Therapeut hat ihm den Besuch am Grab empfohlen. Waldauf muss sich der Wahrheit stellen, aber die Wahrheit schmerzt, und sich ihr zu stellen ändert nichts daran. „Das nicht“, hat der Therapeut gesagt, „aber es hilft uns, gewisse Dinge zu akzeptieren.“ Waldauf akzeptiert nur, dass die Leute, für die dieses Menschenleben nichts wert war, immer noch da draußen sind. Ungestraft.

***

Er sitzt neben dem jungen Mann auf einer Steinmauer in einem Park nahe Wilhelmshaven, und die Bäume ringsum erinnern ihn an den Friedhof.

„Sie sind Matze, richtig? Ich heiße Waldauf. Toms Mutter sagt, Sie sind sein bester Freund.“

„Kann sein, aber ich red nicht mit Fremden. Das hab ich Ihnen schon am Telefon gesagt. Hab der Polizei schon alles erzählt, was sie wissen wollte.“

„Ja, ich weiß. Danke, dass Sie trotzdem gekommen sind. Ich möchte Tom helfen, wenn ich kann. Und ... ich denke, das würden Sie auch gerne.“

„Sie kennen mich nicht.“

„Das stimmt, und leider weiß ich auch zu wenig über Tom und Christina. Ich weiß nicht, ob es ein Verbrechen oder ein Unfall war, aber eines weiß ich mit Sicherheit. Ich weiß, dass irgendetwas an der Geschichte faul ist.“

„Wieso glauben Sie das?“

„Deswegen.“ Waldauf hält Matze Toms geheimes Handy unter die Nase.

„Was soll das sein?“

„Das habe ich in Toms Zimmer gefunden, es war versteckt. Ich habe gehofft, Sie könnten mir mehr darüber erzählen.“

Matze legt die Stirn in Falten.

„Das soll Toms gewesen sein? Hab ich noch nie zuvor gesehen.“

„Glauben Sie, er hat es getan? Hat er Christina umgebracht?“

„Sie können mich mal.“

Waldauf mustert ihn.

„Es ist okay, wenn Sie wütend sind. Sehen Sie, ich bin ein Freund von Toms Mutter. Sie macht sich große Sorgen, und ich habe ihr versprochen zu helfen, wenn ich kann. Aber dazu brauche ich Ihre Hilfe. Und ich glaube, dass Sie mehr wissen, als Sie sagen.“

Damit lässt er Matze eine Zeit lang allein und geht wieder dazu über, die Bäume zu betrachten.

„Glauben Sie, dass er's war?“, fragt Matze schließlich.

„Das versuche ich herauszufinden. Aber ich gehe in jedem Fall davon aus, dass er ins Gefängnis wandert, wenn ich ihm nicht helfen kann. Er behauptet anscheinend, es sei seine Schuld gewesen, dass Christina ins

Wasser gefallen ist. Und auf dem Boot wurde Blut gefunden."

„Ich will mit dieser ganzen Sache nichts zu tun haben, Mann."

„Welche Sache?"

„Ach, hören Sie auf mit Ihren Psychospielchen! Ich meine diese ganze Scheiß-Mordgeschichte. Das ist doch krank."

„Woher kannten sich die beiden?"

„Von der Uni in Hamburg."

Waldauf nickt. Das deckt sich mit der Information, die er von Toms Mutter erhalten hat.

„Was haben sie studiert? Kennen Sie jemanden, mit dem ich dort sprechen kann?"

„Sie haben sich beide für dieses Exzellenz-Programm beworben. Tom in Informatik. Christina in Wirtschaft, soweit ich weiß."

„Exzellenz-Programm?"

„Irgend so ein Stipendien-Ding für besonders Begabte. Dort haben sie sich kennengelernt."

„Und Sie? Studieren Sie auch?"

„Weiß nicht. Macht wohl nicht viel Unterschied."

„Wie meinen Sie das?"

„Manche Leute stecken einen in 'ne Ecke, und egal, was man tut, man wird immer in dieser Ecke sein, verstehen Sie? Nein, ich arbeite unten am Hafen in einer der Raffinerien. Ich bin einfacher Arbeiter, so wie meine Eltern. Das ist alles, was ich jemals sein werde."

„Mag sein. Die Frage ist nur, ob Sie das akzeptieren. Wenn es das Richtige für Sie ist."

Matze zuckt mit den Schultern.

„Wann genau haben sich Tom und Christina getrennt und warum?"

Es ist ein Schuss ins Blaue.

„Weiß nicht mehr genau", sagt Matze, und Waldauf wird hellhörig. „Vor 'nem halben Jahr vielleicht. Christina hat gesagt, sie kann ihn nicht mehr treffen. Ihr Vater wollte, dass sie sich auf das Studium konzentriert ... oder sie selbst wollte das, ich weiß es nicht. Tom hat 'n Riesengeheimnis draus gemacht. Wollte nicht drüber reden."

„Ist es dann nicht merkwürdig, dass sie zu zweit einen Segelausflug gemacht haben?"

„Schon, aber vielleicht wollten sie sich einfach nur sehen. Sie wissen schon, darüber reden, wie es so gekommen ist, oder so. Ich weiß es nicht."

„Danke, Matze. Wenn Ihnen noch irgendetwas einfällt, melden Sie sich bitte."

Er schreibt seinen Namen und seine Telefonnummer auf ein Stück Papier und drückt es Matze in die Hand. Dieser betrachtet es wie das Willkommensgeschenk eines Außerirdischen. Wie eine Möglichkeit, die er noch nie zuvor in Betracht gezogen hat. Die Möglichkeit, etwas zu ändern, einen Unterschied zu machen.

„Er hätte ihr niemals etwas getan", sagt er dann. „Es muss ein Unfall gewesen sein."

„Eine letzte Sache fällt mir da noch ein. Kennen Sie jemanden namens Chiko? Oder haben Tom oder Christina den Namen irgendwann erwähnt?"

Matze kratzt sich am Hals, und seine Antwort wirkt ehrlich.

„Nicht wirklich. Könnte der was damit zu tun haben?"

„Schätze, das muss ich erst noch herausfinden."

***

„Hast du es schon gesehen?“

Anke klingt aufgeregt – und sie duzt ihn.

„Was ist passiert, was meinst ... du?“

„Warte. Ich schick dir ein Foto.“

Einen Augenblick herrscht Stille, dann vibriert es an Waldaufs Ohr.

„Hast du es bekommen?“

„Ich bin mir nicht sicher ... wir telefonieren ja gerade.“

„Na, dann sieh nach! Es ist wichtig.“

Waldauf nimmt das Handy vom Ohr, drückt auf die Taste und navigiert sich zu Ankes Nachricht. Auf den ersten Blick erkennt er nur einen Zeitungsbericht, eine schmale Kolumne mit einem kleinen Foto – von ihm selbst. Dann bemerkt er den Titel des Artikels.

„Wer ermittelt im Fall Riemann?“

Wer auch immer dieses Foto gemacht hat, es zeigt ihn beim Verlassen der Polizeistation in Wilhelmshaven. Waldauf schlägt sich mit der flachen Hand gegen die Stirn.

„Was war das? Bist du noch dran?“, tönt Ankes Stimme aus dem Telefon.

„Ja“, Waldauf hält das Gerät wieder an sein glühendes Gesicht und knirscht mit den Zähnen. „Ja, ich bin hier.“

Er wollte all das endlich hinter sich lassen, und jetzt hatten sie ihn wieder auf dem Kieker.

„Sieh mal, ich trete auf der Stelle, und wenn jetzt auch noch die Medien Wind von der Sache bekommen. Ich meine ... ich sollte meine Recherchen womöglich einstellen. Das kann die ganze Sache nur schlimmer machen."

Anke schweigt. Dann sagt sie: „Ja, ich verstehe. Aber ... im Moment bist du der Einzige, der Tom helfen kann. So wie ich das sehe, haben alle anderen ihr Urteil längst gefällt. Manche nennen ihn schon den ‚Killer vom Wattenmeer'. Alte Seeunfälle mit vermissten Personen oder Ertrunkenen kommen plötzlich wieder ans Tageslicht. Es ist absurd."

„Ja, das ist es. Trotzdem ... hast du schon mal in Erwägung gezogen, dass er es gewesen sein könnte?"

10. DIE BRIEFKÄSTEN

„Hallo, Bruno. Wie geht es dir?“

„Hahaha“, der Mann am anderen Ende der Leitung lacht, was Waldauf entgegen seiner grundsätzlichen Laune ebenfalls grinsen lässt.

„Waldauf, du bist ein Idiot.“

„Aber ein lernwilliger Idiot.“

„Besser als nichts. Was macht das Leben auf dem Bauernhof?“

„Keine Ahnung, um ehrlich zu sein.“

„Dacht ich mir schon. Hab den Zeitungsartikel gesehen. Diesem Schäfer wird das nicht gefallen.“

„Nein, bestimmt nicht. Hör zu, du musst mir einen Gefallen tun.“

„Waldauf.“

„Hör mir doch erst mal zu. Ich wollte ja zu Schäfer, habe es ihm angeboten, zumindest habe ich es ihm ausrichten lassen. Aber du weißt, wie das bei dieser Art von Fällen ist. Die sind bis oben hin zu mit Hinweisen aus der Bevölkerung.“

„Der Großteil davon sind Spinner.“

„Natürlich. Sieh mal, ich habe hier einen Namen ...“

„Waldauf, was soll ich damit?“

„Prüfe ihn einfach für mich.“

„Geh zu Schäfer, sag ihm, was du weißt.“

„Das habe ich versucht.“

„Versuche es noch mal.“

„Prüfe den Namen für mich. Ich brauche den bürgerlichen Namen von jemandem, der sich Chiko nennt, haben wir da was?"

„Waldauf ..."

„Den Rest schaffe ich allein, gib mir einfach nur den Namen, Bruno."

Bruno seufzt.

„Lass mich kurz nachsehen."

Während Waldauf wartet, rotieren seine Gedanken. Ihm fallen nicht viele Gründe ein, warum Tom ein Handy in seinem Zimmer versteckt haben sollte. Entweder hat er Dreck am Stecken, oder er hat Dreck am Stecken ... oder er schützt jemand anderen ... und hat Dreck am Stecken.

„Okay, Waldauf, ich habe keine Ahnung, ob das für dich irgendeinen Sinn ergibt", meldet sich Bruno zurück. „Wir hatten einmal jemanden für zwei Jahre drinnen wegen wiederholter Drogendelikte, der sich anscheinend so nannte. Aber das war hier in Hamburg."

„Könnte passen. Wie heißt der Mann?"

„Ich kann dir den Namen nicht sagen, wie stellst du dir das vor?"

„Dann gib mir wenigstens den Vornamen, irgendwas!"

„Chihan."

„Danke, Bruno."

***

Als Waldauf in Hamburg aus dem Auto steigt, brummt sein Schädel. Das Tempo und die Geschäftigkeit der Stadt sind etwas, was er nicht mehr gewohnt ist. Das ging schneller, als er erwartet hätte. Er hat die

Gelegenheit seines Besuchs genutzt und sich an einem seiner Lieblingsstände ein Backfischbrötchen geholt, sich an die Landungsbrücken gesetzt und aus der Ferne beobachtet, wie sich ganze Kolonnen von Menschen auf der Aussichtsplattform der Elbphilharmonie tummeln, um einen Blick auf die Hafenanlagen und die gigantischen Containerschiffe am gegenüberliegenden Elbufer zu erhaschen. Ein Koloss aus Glas, der Kolossen aus Stahl dabei zusieht, wie sie Tausende und Abertausende Tonnen an Ladung transportieren, entladen werden, kommen und gehen, während er selbst hier still sitzt. Waldauf wirft seine Serviette in den Müll.

Waldauf parkt seinen Wagen in der Nähe der Universität, läuft die letzten hundert Meter zu Fuß und merkt rasch, dass ihm das warme Wetter an diesem Tag stärker zusetzt, als ihm lieb ist. An einer Parkbank stützt er sich ab und muss eine Pause einlegen. Aus dem nahe gelegenen Studentenwohnheim kommt eine junge Frau mit dunklen Haaren und schlendert auf ihn zu. Die nächste Person auf seiner Liste wohnt laut Elisabeths Angaben ebenfalls hier, allerdings konnte sie Waldauf lediglich den Namen nennen, ohne zugehörige Adresse oder Telefonnummer.

„Entschuldigen Sie", keucht er. „Wohnen Sie hier?"

„Ja, wieso?"

„Ich bin auf der Suche nach jemandem. Vielleicht können Sie mir einen Tipp geben?"

Sie wirft ihm einen verschwörerischen Blick zu.

„Die Briefkästen."

„Ich fürchte, ich verstehe nicht."

„Die Briefkästen sollten eigentlich nur nummeriert sein, Sie wissen schon, weil die Mieter hier recht häufig wechseln. Aber viele Studenten schreiben dennoch ihren Namen drauf, weil, nun ja, wir kriegen häufig falsche Post zugestellt. Keine Ahnung wieso. Mit den Namen klappt's irgendwie besser."

„Das ist sogar ein sehr guter Tipp, vielen Dank."

„Haben Sie vielleicht 'ne Zigarette?"

„Ha", Waldauf keucht. „Sie meinen, weil ich aus der Puste bin?"

Sie zuckt mit den Schultern und sieht ihn entschuldigend an.

„Na ja, ich dachte ja nur."

„Ne, keine Zigaretten für mich. Ich krieg so schon keine Luft."

„Wie meinen Sie das? Sind Sie krank? Haben Sie ... irgendeine Art von Medizin dabei, die Sie brauchen?"

Waldauf richtet sich auf und streckt seinen Rücken.

„Nein, nein. Schussverletzung."

Sie lacht. Dann deutet sie auf seinen Zettel.

„Nach wem suchen Sie denn?"

„Larissa Herold."

Sie schüttelt den Kopf.

„Kenn ich nicht. Haben Sie zufällig die Türnummer?"

Sie grinst Waldauf an, der trotz seiner mangelnden Luft ebenfalls lachen muss.

Später, Waldauf hat bereits die Schilder auf allen Briefkästen gelesen, ohne fündig zu werden, steht er im Eingang des Studentenwohnheims, überfliegt die Einträge auf dem Schwarzen Brett und wundert sich, dass dieses Relikt aus vordigitalen Zeiten noch im Einsatz ist. Jemand möchte Topfpflanzen verschenken, während andere Nachhilfestunden oder gebrauchte Bücher anbieten. Waldauf liest und vergleicht die Namen mit jenen auf seiner Liste, während immer wieder Studierende an ihm vorbeilaufen. Manche von ihnen spricht er an, ohne Erfolg. Er weiß nicht viel über Larissa, nur dass sie hier wohnen soll. Matze hat es ihm erzählt, auch wenn er nichts Genaueres wusste. Waldauf liest jeden einzelnen Zettel, überfliegt abermals jeden Briefkasten, notiert sich die Nummern derer, auf denen kein Name steht. Nach einiger Zeit kommt eine Studentin mit einer blonden unbändigen Mähne die Treppen herab, sieht ihn und wendet den Blick ab, während sie sich auf den Ausgang zubewegt. Sie trägt ein buntes Kleid und schwarze Armeestiefel.

„Verzeihen Sie", sagt Waldauf instinktiv. „Wohnen Sie hier?"

Sie hebt den Blick.

„Ich bin auf der Suche nach Larissa Herold. Kennen Sie sie?"

„Nein, tut mir leid", antwortet ihr Mund, während ihre Augen zum Ausgang fliegen.

Waldauf achtet darauf, keinen weiteren Schritt auf sie zuzugehen.

„Ich verstehe", sagt er. „Ich versuche, einer Freundin zu helfen, und es ist wirklich wichtig, dass ich mit Larissa spreche."

Sie steht still, aber es ist vielleicht nur eine Frage von Sekunden, bis sie lossprintet. Während Waldauf noch überlegt, was er sagen soll, platzt sie heraus: „Hat dieser Typ Sie geschickt?"

„Ich weiß nicht, wovon Sie sprechen. Welchen Typ meinen Sie?“

„Na, dieser schräge Privatdetektiv oder was auch immer der ist, den die Riemanns angeheuert haben.“

„Mich schickt niemand“, versichert Waldauf ihr.

„Sagen Sie ihm, dass ich verdammt noch mal nichts weiß, kapiert? Sonst ruf ich die Polizei!“

„Schon gut, schon gut. Ich arbeite nicht für die Riemanns. Ich versuche lediglich herauszufinden, was passiert ist. Mein Name ist Lukas Waldauf. Ich bin ein Freund von Toms Mutter, Elisabeth Buchner. Sie hat mich gebeten, zu helfen. Und das versuche ich.“

Larissa kaut an ihrer Unterlippe.

„Ich weiß nichts.“

„Ich verstehe. Wenn Sie wollen, schreibe ich Ihnen meine Nummer auf. Rufen Sie Frau Buchner an. Sie wird bestätigen, was ich Ihnen gesagt habe. Und dann können Sie sich immer noch überlegen, ob Sie mit mir reden wollen.“

„Werden Sie Tom da rausholen?“

„Das kann ich Ihnen nicht versprechen. Ich versuche nur, die Wahrheit herauszufinden, das ist alles. Und ich möchte Christina finden. Falls ... ihre Familie sollte zumindest die Möglichkeit haben, sich zu verabschieden. Es tut mir leid. Sie kannten sie sehr gut, nicht wahr?“

Larissa zerzaust sich die Haare, während sie über seine Worte nachdenkt.

„Also gut. Ich kenne ein Café in der Nähe. Dort können wir reden.“

„Ich danke Ihnen“, sagt Waldauf, als sie sich in dem überfüllten Studentenlokal an einen schmalen Tisch setzen.

„Ich hab keine Ahnung, ob ich Ihnen tatsächlich helfen kann. Aber ... ja, ich kannte Christina sehr gut. Tom hätte ihr nie etwas angetan.“

„Das habe ich schon von mehreren Seiten gehört. Was denken Sie, wieso sagt er, dass er die Tat begangen hat?“

„Was? Er hat es gestanden?“

Waldauf nickt.

„Er sagt, es war ein Unfall, aber es wäre seine Schuld gewesen.“

„Er ist ein verdammter Idiot!“

„Die Ermittler wissen anscheinend noch nicht, ob sie es als Mord, fahrlässige Tötung oder als Unfall einordnen sollen, aber ich fürchte, es wird wohl Ersteres werden.“

„Das ist doch völliger Schwachsinn!“ Sie wippt von einer Seite zur anderen. „Er hat sie geliebt, und sie hat ihn geliebt.“

„Erzählen Sie mir mehr von diesem Privatdetektiv. Was haben Sie damit gemeint?“

„Ich denke, die Riemanns versuchen selbst herauszufinden, was mit Christina passiert ist, beziehungsweise wollen verhindern, dass jemand mit der Presse redet, damit die nicht ständig mit irgendwelchen Sensationsmeldungen über ihr Privatleben aufwarten.“

„Haben sie versucht, Sie einzuschüchtern?“

„Nicht direkt. Aber sie haben gesagt, ich darf mit niemandem über Christina sprechen, insbesondere nicht mit der Presse. Ansonsten würden sie mich mit Verleumdungsklagen überschütten. Und sie wollten unbedingt wissen, was ich weiß. Ich habe ihnen erklärt, dass ich nicht gegen Tom aussagen werde."

„Sie wollten Sie als Zeugin für den Fall gewinnen?"

„Vielleicht. Ich vermute, darauf wäre es hinausgelaufen. Sie wollen ihn nicht davonkommen lassen. Für die scheint der Fall klar zu sein. Aber ... ich kann das einfach nicht glauben."

„Sie glauben nicht, dass er es gewesen ist?"

„Sie meinen Mord?"

Waldauf betrachtet sie, während sie zum ersten Mal ernsthaft über diese Möglichkeit nachzudenken scheint.

„Wurde Tom schnell wütend? Ich meine, kann es sein, dass er über ihre Trennung verbittert war, dass er ... im Affekt die Kontrolle verloren hat? Vielleicht hatte er nicht vor, sie zu töten. Womöglich kam es zu einem Streit?"

„Nein. Nein, nein." Larissa schüttelt den Kopf. „So ist er nicht. Tom ist ein guter Kerl, aufgeweckt, ja ... Sie wissen schon, nicht der stille, unscheinbare Typ, der irgendwann durchdreht. Er ist lebhaft, weiß, wie man feiert, aber er würde nie absichtlich jemandem Schaden zufügen. Schon gar nicht Christina. Sie war ... wie ein Engel für ihn."

„Und diesen Engel hat er verloren", knüpft Waldauf an ihre Formulierung an, und sie verfällt in Schweigen.

„Hat Ihnen dieser Detektiv seine Karte gegeben, einen Namen oder eine Telefonnummer?"

„Keinen Namen. Nur eine Nummer."

Waldauf notiert sich die Telefonnummer auf einer Papierserviette.

„Wie ist es ihnen seit der Trennung gegangen? Tom und Christina waren doch getrennt, nicht wahr?"

„Sie meinen offiziell? Na klar. Sonst wäre ihr Vater wahrscheinlich durchgedreht."

„Und inoffiziell?"

Larissa rollt mit den Augen.

„Das weiß niemand so genau."

„Wieso wollte ihr Vater, dass sich Christina von Tom trennt?"

Larissa lacht.

„Weil er ihr gutgetan hat, schätze ich mal. Vermutlich sollte sie sich mehr auf ihr Studium konzentrieren und auf ihre Arbeit. Sie hat nebenbei in einer seiner Firmen gearbeitet, um Erfahrungen zu sammeln. Wenn Sie mich fragen, wollte er sie als seine Nachfolgerin aufbauen, und da hat Tom einfach nicht ins Bild gepasst."

„Haben sie irgendwas über ihre Zukunftspläne gesagt? Ich meine vor der Trennung. Was wollten sie nach ihrem Studium machen?"

„Na ja, sie waren beide in diesem Exzellenz-Programm. Die Absolventen sind auf dem Arbeitsmarkt sehr begehrt. Sie hatten ihre Jobchancen so gut wie sicher und ihre Karrieren auch."

„Klingt, als wären sie auf dem besten Weg gewesen."

„Nun ja, ich denke, Christina hatte ohnehin nicht viele Wahlmöglichkeiten."

„Wieso das?"

„Sie hat nie viel erzählt, aber ich denke, sie stand unter enormem Druck. Ihr Vater hat alles für sie geplant: was sie studieren soll, was sie später beruflich machen wird, einfach alles. Der Typ ist 'n richtiger Psycho, wenn Sie mich fragen."

„Haben Sie ihn kennengelernt?“

Larissa lacht.

„Ne. Den lernt niemand einfach so kennen.“

„Der spricht nicht mit jedem, was?“

„Ich weiß nur, was Christina mir erzählt hat. Dieses eine Mal, als ihr Vater von ihr verlangt hat, mit Tom Schluss zu machen. Sie war völlig aufgelöst, hat geweint und davon geredet, abzuhauen oder sich umzubringen.“

„Denken Sie, sie hat das ernst gemeint?“

„Nein, aber sie war am Boden zerstört. Hat gesagt, ihr Vater würde ihr das Leben zur Hölle machen, wenn sie nicht tut, was er sagt. Und Toms ebenso.“

„Was hat sie dann getan?“

„Na, Schluss gemacht.“

„Wie hat Tom es aufgenommen?“

„Er war entgegen seiner üblichen Art sehr schweigsam, hat kaum darüber gesprochen. Das kam mir merkwürdig vor, aber jeder geht anders mit so was um. Ich meine, er war verrückt nach ihr. Und trotzdem wirkte er irgendwie, ich weiß auch nicht, als wäre es gar nicht geschehen. Ich denke, er versuchte es zu verdrängen.“

„Und Dinge, die man lange verdrängt, brechen irgendwann an die Oberfläche, nicht wahr?“

„Ich ... das glaube ich nicht. Ich weiß nicht ...“

„Waren sie vielleicht heimlich noch zusammen?“

Larissa hebt die Schultern.

„Keine Ahnung.“

„Sie waren also getrennt, vielleicht auch nicht. Dennoch treffen sie sich ein halbes Jahr später, um eine

Bootsfahrt zu machen. Wenn Sie raten müssten, was auf diesem Boot passiert ist, was würden Sie sagen?"

„Ich weiß es nicht. Vielleicht hatten sie Streit, vielleicht auch nicht ... vielleicht haben sie versucht, sich zu versöhnen, Sie wissen schon, einfach Freunde zu bleiben. Es muss ein Unfall gewesen sein."

„Haben sie das nach ihrer Trennung öfter gemacht? Sich getroffen?"

„Nicht, dass ich wüsste."

Waldauf zeigt Larissa das Telefon.

„Was ist hiermit? Wissen Sie, wem das gehört?"

„Ne."

„Hatten Christina und Tom möglicherweise irgendwelche anderen Probleme? Drogen? Sie waren in diesem Leistungsprogramm, nicht wahr? Dazu der ständige Druck durch den Vater."

Larissa lacht.

„Nein, im Gegenteil. Christina hätte ein Drink oder ein Joint ab und zu ganz gutgetan, wenn Sie mich fragen. Aber das war nichts für sie. Sie wollte immer 'nen klaren Kopf behalten, hat sie gesagt. Musste immer die Kontrolle bewahren. Irgendwie hat sie mir leidgetan, wissen Sie? Da träumen alle ständig davon, erfolgreich zu sein und reich und berühmt. Aber wenn man dann sieht, wie es so jemandem tatsächlich geht ... die ständige Angst, zu scheitern und alles zu verlieren, die Angst vor Skandalen. Der andauernde Druck, perfekt sein zu müssen."

Larissa nimmt einen Schluck von ihrem Chai Latte und blickt aus dem Fenster.

„Da ist man schon fast froh, wenn man anonym bleiben darf."

„Da haben Sie bestimmt recht. Was ist mit leistungssteigernden Substanzen? Speed? Antidepressiva?"

„Wie gesagt, sie hat nichts von dem Zeug angerührt."

„Und Tom?"

„Tom war für sie so etwas wie ein Ausweg, eine Zuflucht. Klar hat er ab und zu was getrunken oder mal was geraucht, wenn jemand etwas dabeihatte, aber er hat nie selbst was gehabt. War nur so ein Gelegenheitsding. Ich denke, Christina hat sich in ihn verliebt, weil er keine Verpflichtungen hatte ... auch keine selbst auferlegten, verstehen Sie? Er hat einfach getan, worauf er Lust hatte, studierte, was ihn interessierte, war charmant, höflich ... intelligent. Auch die Professoren mochten ihn. Der hätte praktisch alles machen können."

„Hatte er Geldprobleme oder andere Laster? Glücksspiel? Schlägereien?"

„Nein, nein. Nichts von alldem."

„Sagt Ihnen der Name Chiko irgendetwas? Oder Chihan?"

„Nein."

Die Antwort kommt schnell, vielleicht zu schnell. Ihr Blick, der gerade noch auf seinem Gesicht geruht hat, fliegt für den Bruchteil einer Sekunde zum Fenster. Waldauf bemerkt ihre Reaktion, will aber ihr Vertrauen nicht verspielen und lässt es auf sich beruhen.

„Okay, dann ... danke für Ihre Zeit ... und Ihr Vertrauen. Falls Ihnen noch etwas einfällt ..."

Er reicht ihr eine handgeschriebene Notiz mit seiner Mobilnummer.

„Und falls dieser Privatdetektiv Sie nochmals belästigt, rufen Sie die Polizei. Dafür ist sie da. Sie können auch mich jederzeit anrufen."

„Danke."
„Ich danke Ihnen."

Waldaufs nächstes Ziel liegt in einer weiteren Wohnanlage auf der gegenüberliegenden Seite des Universitätsgeländes. Hier hat Tom eine kleine Wohnung gemietet, die er unter der Woche bewohnte. Waldauf fischt den Zweitschlüssel aus der Jackentasche, den er von Elisabeth bekommen hat. Es ist ein kleines Appartement, kaum größer als ein Einzelzimmer in einem Hotel. Es gibt eine schmale Küchenzeile, einen Schreibtisch, einen Schrank, ein Bett, ein Fahrrad, das an einem Haken an der Wand hängt. Dusche und WC befinden sich nebenan in einem winzigen Badezimmer.

Auch hier ist die Polizei schon gewesen. Einen Laptop oder andere Geräte sucht Waldauf vergebens. Er blättert einige Notizhefte und Skripten durch, die auf dem Tisch liegen, öffnet den Schrank. In einer Ecke liegt eine Sporttasche, die nach Schweiß riecht. Ungewaschenes Geschirr, das in der Küchenspüle liegt, hat einige kleinere Besucher angelockt. Anders als in Toms Jugendzimmer gibt es hier keine elterliche Hand, die das Chaos für ihn beseitigt. Noch, denkt Waldauf. Es ist vermutlich nur eine Frage der Zeit, bis Elisabeth es nicht mehr aushält und beginnt, auch hier für ihren Sohn aufzuräumen. Deswegen hofft Waldauf, hier mehr zu finden, den authentischen Tom, und zum Teil gelingt ihm das auch. Denn auch hier gibt es ausgedruckte Fotos, sogar einige größere, hochwertigere Abzüge von Naturfotos, die anscheinend auf der Reise durch Norwegen entstanden sind. Alles, was Waldauf findet, sind Erinnerungen an glückliche Momente, keine zerrissenen oder unkenntlich gemachten Fotos. Da ist Christina, die in einer weitläufigen, wunderschönen Landschaft steht, ein Porträt von Christina in einem kleinen Café, Tom und Christina mit ihren Wanderrucksäcken. Keine Anzeichen von Groll oder Gewalt. Falls die Trennung echt war, dann ist Tom nicht der Typ, der seine Trauer durch Wut zum Ausdruck bringt oder schöne Erinnerungen zerstört, weil er sie nicht mehr ertragen kann.

Nach einigen Stunden erfolgloser Suche treibt der Hunger Waldauf weiter. Sein Magen knurrt, und er merkt, wie seine Konzentration schwindet. Wonach auch immer er gesucht hat, es ist nicht hier. Dann kommt ihm ein Gedanke. Er öffnet den Spiegelschrank im Bad, aber bis auf Aspirin findet er keinerlei Medikamente darin. Natürlich nicht, die Polizei ist vor ihm hier gewesen. Waldauf gehen die Ideen aus. Und die Optionen.

Später, nach einer kleinen Mahlzeit in einem weiteren Studentenlokal, wählt Waldauf die Nummer, die Larissa ihm gegeben hat.

„Hallo?"

Die Stimme am anderen Ende klingt nach einem erwachsenen Mann, etwa Mitte vierzig.

„Ja, hallo. Mit wem spreche ich, bitte?"

„Woher haben Sie diese Nummer?"

„Eine Freundin hat sie mir gegeben. Sie sagt, sie arbeiten sehr professionell ... sie schätzt Sie für Ihre außerordentliche Diskretion."

„Das ist eine tolle Geschichte, aber wir arbeiten nicht mit der Presse zusammen."

„Ich bin nicht von der Presse."

„Schön für Sie."

„Ich arbeite an dem Fall Christina Riemann. Die Mutter des Hauptverdächtigen hat mich ..."

Ein Klicken am anderen Ende der Leitung signalisiert ihm, dass kein gegenseitiges Interesse an einer Unterhaltung besteht. Waldauf wählt die Nummer erneut, und jemand hebt ab.

„Hören Sie, ich habe Informationen. Wir können uns gegenseitig helfen ..."

„Ich weiß nicht, woher Sie diese Nummer haben, aber wenn Ihnen die Person auch nur irgendetwas über unser Unternehmen erzählt hat, dann wissen Sie, dass der Schutz unserer Klienten für uns an oberster Stelle steht. Also ... welche Art von Information auch immer Sie zu haben glauben, ich muss Ihnen ausdrücklich raten, damit zur Polizei zu gehen. Wir danken Ihnen für Ihren Anruf."

Erneut wird Waldauf aus der Leitung geworfen.

11. GELÄCHTER

Waldauf ist unentschlossen. In Hamburg hat er noch einige Dinge zu erledigen – zeitaufwendige Dinge, die ihm mittlerweile aber notwendig erscheinen. Aber dafür muss er sich eingestehen, dass seine Chancen, Christina lebend wiederzufinden, praktisch gegen null gehen. Er wird scheitern. Erneut. Gleichzeitig zieht es ihn zurück an seinen Hof. Er will Anke wiedersehen, aber er bringt es nicht über sich, ihr in die Augen zu blicken und seine Niederlage einzugestehen. Noch nicht. Vielleicht nie. Die Autofahrt beträgt in etwa drei Stunden. Waldauf entscheidet sich, stattdessen ein Hotel zu suchen, bucht ein Zimmer, isst zu Abend und zieht sich anschließend zurück, um weiter zu recherchieren. Diesmal über Henning Riemann, Christinas Vater, über den er bisher nur wenig in Erfahrung gebracht hat. Er findet Pressefotos, Presseberichte, Einträge in Internet-Datenbanken und jede Menge Zeitungsartikel.

Riemann ist ein Selfmade-Millionär – Milliardär, wenn man den neuesten Schätzungen Glauben schenkt –, der Anteile an diversen sehr erfolgreichen Firmen hält. Sein erstes Unternehmen gründete er bereits während seiner Studienzeit in den 1990er-Jahren und brachte es nach mehreren Finanzierungsrunden erfolgreich an die Börse. Darauf folgten die Internationalisierung, Unternehmenszukäufe, zahlreiche Patente sowie die Gründung mehrerer Tochtergesellschaften. Er investierte in junge Unternehmen und Start-ups, darunter zwei, die mittlerweile als sogenannte Unicorns gehandelt werden. Technologieunternehmen, die aktuell die Logistik- und Immobilienbranche aufrütteln, denn wer sagt denn, dass nicht jede Privatperson mit ihrem Pkw kleinere Güter transportieren oder diese in ihren privaten Räumlichkeiten lagern könne oder den hundertsten oder gar tausendsten Teil einer Immobilie besitzen könne? Waldauf liest von Blockchain-Technologie, Big Data, Cyber-Security und digitalen Marktplätzen. Die nächsten Bestrebungen Riemanns scheinen darin zu bestehen, eine eigene Kryptowährung auf den Markt zu bringen, die als Zahlungsmittel in all seinen Unternehmen akzeptiert wird und vollständig auf end-to-end-verschlüsselter Technologie basieren soll. Zahlreiche Experten warnen in den Medien bereits davor, dass dies der Geldwäsche und Steuerflucht Tür und Tor öffnen würde, weil niemand mehr nachvollziehen könne, wer die Vermögenswerte nun tatsächlich halte. Riemann hält dem entgegen, dass dies über die internationalen Finanzmärkte schon längst möglich sei und damit kein Alleinstellungsmerkmal für seine geplante Währung darstelle. Auch wenn Waldauf nicht alles davon versteht, erkennt er doch, dass Riemann alles andere als konfliktscheu ist und auch vor kontroversen Themen nicht zurückschreckt. Er zieht den Kopf nicht ein, wenn er Gegenwind bekommt. Aber so viele Artikel er über den Geschäftsmann Riemann auch findet, es gibt kaum Informationen über ihn als Privatperson. Und alle Suchen mit

Kombinationen aus den Namen Chihan, Chiko und Riemann liefern keine brauchbaren Ergebnisse.

Waldauf sitzt auf dem viel zu weichen Bett, zermartert sich das Gehirn und sieht der Welt durch die Fenster dabei zu, wie sie allmählich in Dunkelheit versinkt. Und dennoch wird sie nie ganz finster. Die künstliche Beleuchtung von Straßen und Gebäuden gaukelt uns Sicherheit vor. Sie will uns glauben machen, dass die wahre Dunkelheit gar nicht existiere, dass wir sie erfolgreich aus unserer Welt vertrieben hätten. Waldauf weiß, dass es eine Lüge ist. Er hat die Dunkelheit gesehen, aber sie liegt nicht da draußen, sondern in den Menschen selbst.

Wenn er einigen seiner alten Informanten einen Besuch abstatten will, ist jetzt die richtige Zeit dafür. Er schnappt sich seine Jacke, verlässt das Zimmer und zieht durch die Straßen. Die Stadt liegt in Nebel gehüllt, Waldauf stellt den Kragen hoch, das konstante Dröhnen der Hauptstraßen wabert wie ein diffuses Echo durch die Nacht.

„Hallo, Herr Rentner“, begrüßt ihn der Mann hinter der Theke, einer seiner langjährigsten Informanten. Waldauf würde ihn sogar als Freund bezeichnen. „Wie geht es Ihnen?“

„Ich lebe, und selbst?“

„Kann mich nicht beklagen.“

Der Mann, der eine kleine Imbissbude betreibt, fragt ihn, was er essen will, und nimmt seine Bestellung auf. Waldauf schiebt einen Geldschein und ein darin eingeschlagenes Stück Papier über die Theke, und ihm wird bewusst, dass er außer Geld keine Gegenleistung für die Information, die er sucht, anzubieten hat. Darauf hat er den Namen Chiko und Universität Hamburg geschrieben.

„Das ist ziemlich vage, finden Sie nicht?“, fragt der Mann.

„Das ist alles, was ich habe, Jonas.“

Der Mann seufzt und gibt Waldauf sein Wechselgeld heraus.

„Sehen Sie, ich würde Ihnen den Gefallen auch einfach so tun. Sie haben mir oft genug aus der Patsche geholfen, aber ...“

„Aber?“

Jonas wirft sich ein Geschirrtuch über die Schulter und mustert ihn.

„Wollen Sie das wirklich tun? Ich meine, ich könnte mich für Sie umhören, wenn Sie das wollen, aber Sie sind ein Privatmann, kein Polizist mehr. Wenn Sie meinen ehrlichen Rat hören wollen: Lassen Sie es gut sein. Genießen Sie Ihren Ruhestand.“

„Wieso will mich alle Welt loswerden?“

Jonas lacht und entblößt eine klaffende Zahnlücke, dort wo links oben einmal Backenzähne gesessen haben.

„Ich will Sie nicht loswerden. Sehen Sie, ich hatte in meinem Leben öfter als einmal Ärger, hab nie gekniffen, wenn's hart auf hart kam. Aber ich habe auch nie darum gebeten, verstehen Sie, was ich sagen will?“

„Ja, ich denke ... ich verstehe.“

„Hier, ich geb Ihnen einen aus. Ich freue mich, wenn Sie mich besuchen kommen.“

„Nein, danke.“ Waldauf legt einen Zwanzigeuroschein auf den Tresen. „Schönen Abend noch.“

„Ebenfalls, Herr Rentner.“

Waldauf schlendert durch die Straßen, die Reeperbahn entlang, das dumpfe Dröhnen von Musik und das Leuchten der Neonschilder bilden einen nächtlichen Puls, der ihn weitertreibt. Zwei Männer und zwei Frauen kommen ihm wankend Arm in Arm entgegen. Sie lachen, und der Blick in ihren glasigen Augen zeugt von manischer Hysterie. Sie haben ihre nüchternen, sorgenbelasteten Leben für einen Moment wie einen schweren Rucksack abgestellt, sind aus der Realität gefallen und finden es saukomisch, keinen einzigen klaren Gedanken mehr fassen zu können. Geistlose Hüllen. Während ihre Verpflichtungen und die Menschen, denen sie etwas bedeuten, wie abgelegte Säuglinge hungernd und zitternd nach ihrer Nähe gieren. Eine der Frauen trägt eine kurze Jacke aus getüpfeltem Kunstpelz. Der Speichel, der auf ihren Lippen glänzt, bildet einen langen Faden, ehe sie sich vornüberbeugt und sich in den Rinnstein übergibt, was die anderen drei dazu bringt, nur noch lauter zu lachen.

Sie sind Hyänen, denkt Waldauf, und es hätte ihn nicht weiter gewundert, wenn die drei über ihre geschwächte Kumpanin hergefallen wären und sie bei lebendigem Leib zerfleischt hätten. Er bleibt stehen und wirft einen Blick die Straße entlang. Sie wirkt wie eine fremde Welt. Vielleicht sind nicht sie es, die aus der Realität gefallen sind, vielleicht ist er es. Er sehnt sich nach Anke und beschließt, am nächsten Morgen für eine kurze Verschnaufpause nach Hause zu fahren. Aber ein Gedanke lässt ihn dennoch nicht los. Wovor hat Jonas versucht ihn zu warnen?

Am nächsten Morgen fühlt Waldauf sich, als hätte er kein Auge zugetan. Und er hat das vage Gefühl, dass er den menschlichen Hyänen bei seiner nächtlichen Wanderung ein zweites Mal über den Weg gelaufen ist. Die würgende Frau steht immer noch über den Rinnstein gebeugt da, während ihr männlicher Begleiter mit einem zähnebleckenden Grinsen einen Pflasterstein über ihren Kopf hält. Die anderen beiden gackern, und als er ihren Schädel damit zertrümmert, klingt es wie ein orgastischer Höhepunkt. Waldauf steht still, während sich die drei auf ihr Opfer stürzen, das Geräusch von reißendem Stoff, als sie ihr Muskelgewebe mit bloßen Händen zerteilen, das Knirschen ihrer Hauer, das Knacken und Splittern von Knochen. Eine der Kreaturen hebt den Kopf und wischt eine blonde Haarsträhne von ihren Lefzen. Dann lacht sie, und ihr Gesicht wird zu einer blutüberströmten, grinsenden Fratze. Waldauf rennt und weiß, dass es bereits zu spät ist. Er stürzt sich auf die Kreaturen, will sie von ihrem Opfer herunterzerren, aber sie sind kräftig, zu kräftig. Es wird ihm nicht gelingen. Aber er muss ... Dann drängt sich ein Gedanke, eine unbändige Angst in seinen Schädel. Eine brennende Frage. Wenn er sie endlich von den Bestien befreit hat, wenn es ihm gelingt, wen wird er dann dort im Rinnstein finden? Ist es Christina oder Sarah?

Oder Anke?

Waldauf schießt in eine aufrechte Sitzhaltung. Es ist immer noch Nacht. Er springt aus dem Bett, packt seine Sachen, stürzt die Treppen hinunter und trinkt, obwohl er für Übernachtung und Frühstück bezahlt hat, lediglich zwei Tassen Kaffee. Dann fährt er los, und das

Gefühl der Dringlichkeit und der Gefahr sitzen ihm immer noch im Nacken. Er kann ihr Gelächter immer noch hören. Denn in Wahrheit haben sie niemals über die Frau gelacht – sie lachen über ihn!

Er konnte diese Frau nicht retten, er konnte Sarah nicht beschützen, er kann Christina nicht finden. Irgendetwas an dem Fall ist faul, und Waldauf kann es nicht entdecken. Es liegt direkt vor seinen Augen, und er kann es nicht sehen, und alles, was er hört, ist ihr Gelächter und Sarahs Stimme, die ihn bittet, sie gehen zu lassen.

Wo ist Christina? Warum hat Tom ein geheimes Handy? Warum gesteht er eine Tat, die er genauso gut hätte leugnen und als Unfall abtun können? Hat er Schuldgefühle? Hat er Angst? Waldauf rast über die Autobahn, während sich seine Gedanken überschlagen. Wovor hat Jonas versucht ihn zu warnen? Kennt er Chiko? Weiß er, wer er ist? Was, wenn Christina noch am Leben ist? Was, wenn sie entführt wurde und Tom lediglich als Ablenkungsmanöver dient? Wenn er nicht mitspielt, bringen sie sie um. Riemann wird erpresst. Wenn er nicht bezahlt oder mit der Polizei redet, bringen sie sie um. Tom sitzt im Gefängnis und gesteht. Und während die Augen der Ermittler und der Medien auf ihn gerichtet sind, bezahlt Riemann das verlangte Lösegeld. Könnte es so gewesen sein? Wenn sie sich darauf einlassen, ist Christina so gut wie tot. Sie werden sie in irgendeinem Rinnstein entsorgen, und sie werden dabei lachen.

Waldauf tritt das Gaspedal durch, beschleunigt seinen Wagen noch weiter und ärgert sich über sich selbst. Jonas wusste etwas! Er wusste etwas, und Waldauf ließ sich mit einer Warnung abspeisen. Wovor hat er Angst? Ist er tatsächlich zu alt geworden, zu weich? Hat ihn sein Scheitern zu einem schlechten Ermittler gemacht? Hat er sein Urteilsvermögen verloren? Waldauf ist wie in Schockstarre, er lässt den Fuß vom Pedal gleiten, und das Fahrzeug hinter ihm betätigt die Lichthupe. Er lenkt seinen Wagen auf die rechte Fahrbahnspur. Dann sieht er den hellen Lichtschein hinter sich, das Fernlicht des hinteren Fahrzeugs blendet ihn immer noch, es fährt viel zu dicht auf, bedrängt ihn. Waldauf ist irritiert. Er hat doch die Fahrspur bereits gewechselt. Trotz des gleißenden Fernlichts versucht er, das Nummernschild des Wagens zu lesen. Dann holt ein innerer Impuls seinen Blick wieder nach vorn, und der Lkw vor ihm bremst! Waldauf reißt das Steuer zur Seite, die Räder graben sich in den Schotter der Trasse, und sein SUV gerät ins Schlingern. Der rechte Vorderreifen explodiert, das Metall der Felge beginnt zu kreischen, die Böschung rast auf ihn zu. Äste zerschlagen die Windschutzscheibe. Waldaufs letzter Gedanke ist, dass er irgendwie sein Gesicht schützen muss. Er will die Arme nach oben reißen ...

12. DESWEGEN ARBEITE ICH NACHTS

Waldaufs Kopf ist ein Ballon, der statt mit heißer Luft mit Schmerzen gefüllt ist. Er öffnet die Augen, und strahlendes Licht blendet ihn. Er blinzelt, versucht den Blick abzuwenden, und als er seine Augen mit der Hand schützen will, bemerkt er, dass sein rechter Arm in einer Schlinge liegt. Metallstangen, Schläuche und Geräte schweben über ihm, und er wundert sich, ob dies eine Erinnerung ist, denn Waldauf erkennt ein Krankenhauszimmer, wenn er eines sieht. Aber es ist keine Erinnerung, sein Brustkorb ist unversehrt, bis auf die alten Narben. Er versucht, sich in eine aufrechte Position zu bringen, was weitere Schmerzexplosionen in seinem Kopf auslöst und mit nur einem Arm nahezu unmöglich ist. Als er nach Minuten des Robbens und Sichherumwälzens schließlich aufgibt, liegt er in einer seitlichen Lage, die deutlich unangenehmer ist als seine ursprüngliche Position. Waldauf flucht, und seine durch Schmerzmittel gedämpften Gedanken fühlen sich an wie in Watte gepackt. Er kommt nicht heran, sieht sie nicht, versteht sie nicht. Die beiden anderen Betten in dem Raum sind leer, er ist allein, und er muss pinkeln. Waldauf sucht das Gerät, das von der Stange über dem Bett hängt, und drückt den roten Knopf.

Eine Krankenpflegerin erscheint im Türrahmen.

„Ah, Sie sind wach. Brauchen Sie etwas?“

„Ich ... wie lange bin ich schon hier?“

„Seit gestern.“

„Ich habe einen ganzen Tag verloren?“

„Keine Sorge, Sie waren die meiste Zeit über ansprechbar. Die Erinnerungen werden bald wiederkommen. Sie hatten einen Autounfall, und ihr Kopf hat ganz schön was einstecken müssen. Gehirnerschütterung, vermutlich sogar Hirnprellung, aber nichts, was ein wenig Zeit nicht wieder heilen könnte.“

Zeit. Waldauf hat keine Zeit.

„Mein Wagen?“

„Typisch Mann.“ Sie stemmt die Hände in die Hüften. „Kaum bei Bewusstsein, sorgen sie sich mehr um das Wohlergehen ihres Autos als um ihr eigenes. Aber ich bin leider nur Krankenschwester, deswegen kann ich Ihnen über den Zustand Ihres Fahrzeugs keine Auskunft erteilen.“

Sie sieht ihn mit gespielt strengem Blick an.

„Kann ich sonst etwas für Sie tun?“

„Ich müsste auf die Toilette ... und telefonieren ... und haben Sie hier vielleicht einen Computer mit Internet?“

„Sehr gerne, Kaffee und Kuchen dazu?“

„Später, erst mal die Toilette.“

Die Pflegerin schüttelt ihr kurz geschnittenes rötliches Haar und gluckst.

„Na, wenigstens Ihren Humor haben Sie nicht verloren.“

„Nur einige meiner Gedanken, wie es aussieht.“

Wie sich herausstellt, ist Waldaufs Arm nicht gebrochen, lediglich stark geprellt, ebenso wie das Handgelenk sowie zwei seiner Finger der linken Hand. Was allerdings gebrochen sein dürfte, wenn auch nur mit einem Haarriss, wie ihm die Schwester erklärt, ist sein Nasenbein.

„Aber Sie haben Glück gehabt, denn in der Regel zertrümmern Airbags Nasenbeine."

„Das ist beruhigend."

„Sie können froh sein, dass Sie kein Brillenträger sind. Die erwischt es meist am schlimmsten."

„Okay, ich denke, Sie können mich jetzt loslassen", sagt Waldauf, als sie an der Toilettentür angekommen sind. „Den Rest schaffe ich allein."

Die Schwester, die sich ihm als Nina vorgestellt hat – zum zweiten Mal, wie sie ihm versichert, lässt ihn los, und Waldauf geht die letzten drei Schritte selbst, zumindest denkt er, dass er geht, denn alles, was sein Körper tut, ist, sich gefährlich nach vorn zu lehnen. Sie stützt ihn ab und sagt: „Ich bringe Sie lieber bis ganz ans Ziel, wenn Sie einverstanden sind."

„Einverstanden", keucht Waldauf.

Waldauf pinkelt, und Nina bringt ihn zurück an sein Bett.

„Wo sind eigentlich meine Sachen? Mein Handy, Computer, Notizen?"

„Das weiß ich leider nicht, aber ich werde mich für Sie schlaumachen, okay? Aber dafür tun Sie mir jetzt auch einen Gefallen, gehen zurück in Ihr Bett und ruhen sich aus, ja?"

„Ich muss telefonieren, aber dazu brauche ich meine Notizen."

„Aus-ru-hen. Ich kümmere mich um Ihre Notizen."

„Alles klar, schon gut."

Waldauf lässt sich in die Kissen sinken.

„Könnte ich jetzt vielleicht doch Kaffee und Kuchen bekommen?“

Nina gluckst wieder.

„Sehr witzig, Herr Waldauf.“

Etwa eine Stunde später kommt sie wieder. Ob Waldauf in der Zwischenzeit geschlafen hat, weiß er nicht. Sie stellt ein Tablett auf sein fahrbares Nachtschränkchen. Darauf befinden sich eine Tasse, eine Thermoskanne und ein Teller mit einem Brötchen, einem Stück Butter und einer kleinen Packung Marmelade.

„Es ist zwar kein Kuchen, aber vielleicht kann ich das wiedergutmachen, denn ich habe das hier für Sie.“

Sie holt einen Zettel aus der Tasche ihres Schwesternkittels und legt ihn ebenfalls auf das Tablett.

„Das ist die Nummer des Abschleppdienstes, der Ihr Fahrzeug abgeholt hat. Die wissen bestimmt auch, wo Ihre restlichen Sachen sind.“

„Danke“, sagt Waldauf und räuspert sich, weil sein Hals völlig ausgetrocknet ist.

„Ich tue nur meine Pflicht.“ Sie schenkt ihm ein Lächeln und ergänzt: „Geben Sie mir Bescheid, wenn Sie zum Telefon wollen.“

„Ja, danke.“

Waldauf isst, dabei schmerzen seine Kiefer, sein Hals, sein Nacken und alle Muskeln bis hinunter zu den Schultern. Selbst das Atmen verursacht ihm Schmerzen. Er gießt sich eine dampfende Tasse Kaffee ein und freut sich über den Duft, der sich im Raum ausbreitet. Diese Nina ist nicht nur Krankenpflegerin, sie ist eine Lebensretterin. Waldauf sieht den Zettel mit der Adresse des Abschleppdienstes und presst die Augen zusammen. Er weiß Ankes Nummer nicht auswendig. Er braucht seine Notizen, sein Handy.

Nachdem er gegessen hat, fühlt er die Erschöpfung und Müdigkeit in sich hochkriechen. Er lässt sich nach hinten sinken und schließt die Augen. In seinem Auto ertönt das Opernstück von Arrigo Boito, und Mefistofele erhebt sich zum dritten Akt. Waldauf freut sich auf Anke. Ein großer schwarzer Geländewagen kommt von hinten mit hoher Geschwindigkeit auf ihn zugerast. Er will zur Seite fahren, um ihm auszuweichen, doch auf der Fahrspur neben ihm ist kein Platz. Laster mit der Länge von Güterzügen kriechen neben ihm her. Der schwarze Wagen prescht heran, blendet ihn. Er hat es auf ihn abgesehen. Waldauf reißt das Steuer herum, der Geländewagen schiebt seinen deutlich kleineren SUV zur Seite. Dieser durchschlägt den Anhänger eines Lkw, wird von der Fahrbahn geschleudert und stürzt in einen Abgrund. Der Geländewagen beschleunigt und prescht weiter. Aber wohin, hatte er es nicht auf ihn abgesehen?

Waldauf befreit sich aus dem Fahrzeugwrack, kämpft sich durch einen nebeldurchzogenen Sumpf. Der Untergrund ist weich und matschig und schmatzt bei jedem seiner Schritte. Er stolpert weiter und findet sich kurz darauf in den Straßen Hamburgs wieder. Er ist allein. Waldaufs Kopf dröhnt. Wenn der Wagen nicht ihn wollte ... Auf dem Weg vor ihm kauert eine Kreatur. Sie ist von gedrungener und buckeliger Gestalt, mit getüpfeltem Fell und beugt sich über etwas. Sie hebt den Kopf, wittert ihn und blickt in seine Richtung. Ihr Gesicht ist eine blutverschmierte Fratze. Sie grinst und wischt sich über die Lefzen. Ein Büschel blonder Haare löst sich und schwebt zu Boden. Sein Blick fällt auf die Füße des Opfers. Sie sind nackt.

Erneut reißt es Waldauf aus dem Schlaf. Er hat das Gefühl, sich übergeben zu müssen, hustet und würgt. Das Zimmer um ihn herum ist schwarz, alles ist still, einzig die Tasten an einigen der Geräte glühen in der Finsternis wie die Augen nachtaktiver Tiere. Dann die Erkenntnis: Er hat schon wieder einen Tag verloren. Der schwarze Wagen ist längst weitergefahren, uneinholbar. Ist Anke tatsächlich in Gefahr? Weil sie ihm nahesteht? Aber wer sollte davon wissen? Der Teufel weiß alles. Erneut ertönt Boitos Oper in seinem Kopf. Er hat das Blut Unschuldiger an seinen Händen. Ist das nun die Strafe dafür? Als wäre der Verlust Sarahs nicht Strafe genug.

Waldauf gießt sich ein Glas Wasser ein. Er muss Anke erreichen, sonst verliert er noch den Verstand. Er trinkt, und seine Atmung wird regelmäßiger. Hat ihn der Geländewagen mit Absicht bedrängt, nicht weil er an ihm vorbeiwollte, sondern weil er er war, wegen seiner Ermittlungen? Waldauf ist sich beinahe sicher. Aber wer ... und warum? All das liegt im Verborgenen. Wenn er nur etwas kräftiger wäre, sein Kopf klarer, Waldauf würde sich sofort auf den Weg machen. Doch er hat kein Auto, keine Unterlagen. Er braucht seine Sachen.

Aber soll er mitten in der Nacht zu Anke preschen, um zu sehen, ob es ihr gut geht? Was würde sie denken? Egal, was sie denkt, solange er nur weiß, dass sie in Sicherheit ist. Auf den einfachen Gedanken, ein Taxi zu nehmen, kommt er nicht.

Die viel zu stark nach Waschmittel riechende Krankenhauskleidung klebt an seinem Körper. Er schiebt die Beine aus dem Bett, wankt zum Kleiderschrank und rechnet damit, sein Hemd darin blutüberströmt und zerrissen vorzufinden. Stattdessen hängt es gewaschen und gebügelt im Schrank, ebenso wie seine Hose, und sogar seine Unterwäsche liegt gefaltet in einem Fach. Waldauf greift nach dem Hemd, doch er vergisst dabei, dass sein Arm immer noch in einer Schlinge hängt. Der Kleiderbügel rutscht ihm aus den Fingern und fällt scheppernd zu Boden.

Keine Sekunde später steht ein großer, dunkelhäutiger Pfleger neben ihm. Er verschränkt die Arme vor seiner breiten Brust und fragt weder, was Waldauf vorhat, noch, was der Radau mitten in der Nacht zu bedeuten hat.

Stattdessen lächelt er und sagt: „Wenn Sie mir sagen, was Sie brauchen, helfe ich Ihnen bei der Suche, okay?“

„Vielen Dank, das ist sehr freundlich, aber ich ... habe eine Menge zu erledigen, verstehen Sie? Ich muss los.“

„Es ist zwei Uhr nachts. Brauchen Sie etwas, um schlafen zu können?“

„Nein, ich ...“

„Ich mache Ihnen einen Vorschlag. Sie schlafen eine Runde, und wenn Sie morgen Früh immer noch loswollen, dann organisiere ich Ihnen ein Taxi oder was immer Sie brauchen, okay?“

„Es ist nur ... die Nächte sind am schlimmsten.“

Der Pfleger lächelt.

„Deswegen arbeite ich nachts.“

„Ja, das erscheint mir sinnvoll.“

Der Mann steht im Türrahmen, und das Ganglicht, das ihn von hinten beleuchtet, lässt in noch größer und dunkler erscheinen. Waldauf legt sein Hemd zurück in den Schrank und sieht in einem Fach neben seinem Kleiderstapel etwas glänzen, das ihm zuvor nicht aufgefallen ist. Es sind seine Schlüssel, und daneben liegt sein Mobiltelefon. Möglicherweise hatte er es in seiner Hosentasche, als der Unfall geschah. Er nimmt das Gerät aus dem Schrank und erkennt, dass der Akku leer ist.

„Sie haben nicht zufällig ein Ladekabel?"

„Lassen Sie mal sehen."

Waldauf zeigt dem Pfleger sein altes Mobiltelefon.

„Sie gehen zurück ins Bett, und ich organisiere Ihnen ein Kabel, abgemacht?"

Warum liegt nur allen Leuten daran, dass er im Bett bleibt? Waldauf übergibt dem Pfleger sein Telefon und schlurft zurück zu seiner Schlafstätte.

„Haben Sie auch etwas gegen böse Träume und Erinnerungen?"

„Hab gehört, Hirnprellungen sollen da ganz gut sein."

„Ja ... vielleicht sollte ich das bei Gelegenheit mal ausprobieren."

Am nächsten Morgen liegt Waldaufs Handy geladen auf seinem Nachtschränkchen. Ein Blick aufs Display sagt ihm, dass es bereits nach sieben Uhr ist, und er hat drei Anrufe in Abwesenheit, alle von Anke. Ohne nachzudenken, tippt er auf Rückruf und will eigentlich wieder auflegen, doch da ertönt das erste Freizeichen, und keine Sekunde später hebt sie ab.

„Hallo Lukas!“, sagt sie, nicht Waldauf, nicht Nachbar. „Ist bei dir alles in Ordnung? Ich habe mir Sorgen gemacht.“

„Es geht mir gut, ich bin nur ... im Krankenhaus.“

„Im Krankenhaus? Wo? Was ist passiert?“

„Wo?, ist eine sehr gut Frage. Muss irgendwo zwischen Hamburg und Wilhelmshaven liegen, ich weiß nicht mehr ... ich hatte einen Autounfall.“

„Geht es dir gut?“

„Ja, nur eine kleine Gehirnerschütterung.“

„Klein? Ich versuche seit drei Tagen dich zu erreichen. Ich weiß eigentlich gar nicht mehr, warum, es war nichts Wichtiges, aber nachdem du nicht rangegangen bist, habe ich angefangen, mir Sorgen zu machen.“

„Es ist alles gut. Ich werde heute entlassen.“ Er weiß zwar nicht, ob das der Wahrheit entspricht, aber er hat soeben beschlossen, sich selbst zu entlassen. Er muss zu seinem Wagen, seine Sachen abholen. Er verliert Zeit. Schon wieder.

„Ist sonst jemand zu Schaden gekommen?“

„Nein, ich war allein. Es war kein anderes Fahrzeug involviert.“ Wieder ertappt er sich bei einer Lüge. Der schwarze Geländewagen war involviert, aber er blieb unbeschadet, deswegen war es wohl nicht ganz gelogen.

„Ich komme dich abholen.“

„Mach dir keine Umstände, ich nehme ein Taxi. Ich muss auch noch zu der Firma, die meinen Wagen abgeschleppt hat ... und zur Polizei.“

„Das ist doch viel zu teuer mit dem Taxi. Sag mir Bescheid, wenn du weißt, in welchem Krankenhaus du bist, okay?“

„Ja, gut ... ich melde mich."

„Bitte, tu das."

Waldauf beendet das Gespräch und lässt den Kopf nach hinten sinken. Er ist drauf und dran, just in jene Situation zu stolpern, die er von Anfang an hat vermeiden wollen. Gleichzeitig ist er so unendlich froh und erleichtert, dass es Anke gut geht, als würde er nun einige Zentimeter über seiner Matratze schweben, statt auf ihr zu liegen, und die Schrecken seiner halb durchschlafenen Nächte ziehen sich wieder ein wenig in die Schatten zurück, aus denen sie gekrochen sind. Dann eben beim nächsten Mal, scheinen sie ihm zuzuflüstern.

„Ja, beim nächsten Mal", stöhnt Waldauf und schwingt die Beine aus dem Bett. Er schlurft auf den Gang hinaus, blickt nach links und rechts und hat keine Ahnung, wo sich der Stützpunkt des Pflegepersonals befindet. Dann sieht er den großen Pfleger am Ende des Ganges. Er hat soeben einen Wagen aus einem anderen Zimmer geschoben.

„Hey, Sie!", ruft Waldauf.

Der Krankenpfleger hebt den Kopf.

„Ja, bitte?"

„Danke, dass Sie mein Handy geladen haben."

„Keine Ursache. Sollen wir jetzt Ihr Taxi rufen?"

„Nein, ich werde abgeholt ... das klingt jetzt bestimmt dämlich, aber ..."

„Sie wollen wissen, in welchem Krankenhaus Sie sind?"

„Ja. Woher wissen Sie ...?"

Der Mann tippt sich an die Schläfe und zeigt dann auf Waldauf.

„Klinikum Bremen-Mitte."

„Bremen-Mitte? Liegt das überhaupt auf dem Weg?"

„Soweit ich weiß, hat der Helikopter Sie gebracht. Kann nicht jeder von sich behaupten."

„Nicht zum ersten Mal."

„Wie meinen Sie das? Sind Sie schon mal mit einem Rettungshubschrauber geflogen?"

Waldauf verzieht das Gesicht und nickt.

„Danke."

„Wie gesagt, keine Ursache."

Waldauf duscht und wäscht sich und stellt fest, dass er keine Zahnbürste hat. Er tapst zu seinem Bett und drückt die rote Taste.

„Sie haben ja ganz schön Sehnsucht", sagt der Pfleger, als er hereinkommt.

„Sie haben nicht zufällig Zahnputzzeug für mich?"

Der Pfleger grinst und fasst in seine Tasche.

Als Anke das Zimmer betritt, ist Waldauf immer noch dabei, sein Hemd anzuziehen, was mit seinem geprellten Arm eine schier unlösbare Aufgabe darstellt.

„Du bist schon da."

„Bin gleich losgefahren."

Sie kommt auf ihn zu, breitet kurz die Arme aus, als wolle sie ihn an sich ziehen, und entscheidet sich dann doch für einen kurzen Kuss auf den Mund. Waldauf erstarrt.

„Es tut mir leid, es war nur ..." Sie deutet auf seinen Arm. „Ich wusste nicht, wie ..."

Wogen der Anspannung und Freude und Angst durchlaufen seinen Körper.

„Das. Es ...“

„Na, so schlimm wird es hoffentlich nicht gewesen sein?“

„Nein, tatsächlich ... es war sehr schön.“

„Brauchst du Hilfe?“

Waldauf blickt an sich herab. Sein linker Arm und der Oberkörper stecken im Hemd, während sein rechter immer noch heraushängt.

„Ich fürchte schon, ja.“

Anke kommt näher und betrachtet seine Brust, die Narben der Eintrittswunden und jene der Operation. Sie verzieht das Gesicht, als hätte sie selbst Schmerzen.

„Entschuldige bitte.“

„Schon gut, es tut nicht weh. Nur der Arm will nicht mitspielen.“

Sie versucht, ihn anzufassen, zögert und überlegt.

„Ich denke, du musst von vorn anfangen. Wir sollten den kaputten Arm zuerst einpacken.“

„Ja, vermutlich hast du recht.“

Anke hilft Waldauf, das Hemd auszuziehen und wieder anzuziehen, und diesmal klappt es.

„Danke.“

„Hast du Hunger?“, fragt sie, und Waldauf meint, zu erkennen, dass ihre Wangen einen sanften Rosaton angenommen haben. Er fühlt sich geschmeichelt und ist zugleich verblüfft, weil ihm bewusst ist, dass sein Gesicht mit dem angeknacksten Nasenbein und seinen restlichen Blessuren nicht gerade hübsch anzusehen ist. Vielleicht spielt ihm seine Fantasie aber auch einen Streich. Wunschdenken, sagt er sich.

„Ja, Frühstück wäre gut.“

Sie sitzen in der Cafeteria im Erdgeschoss des Krankenhauses, und Waldauf ist wie vor den Kopf gestoßen. Seine Vorstellung von ihrem ersten gemeinsamen Essen sah anders aus. Zugleich ermahnt er sich, dass er es nie hätte dazu kommen lassen dürfen.

„Ich habe mir Sorgen gemacht", sagt Anke. „Immerhin ist es meine Schuld, dass du in diese Sache hineingeraten bist. Und jetzt hattest du auch noch diesen Unfall."

„Das hat nichts mit dir zu tun. Es war einfach dieser Wagen ..."

„Ist noch jemand zu Schaden gekommen?"

„Nein, das nicht. Aber ... ich bin mir nicht sicher ..."

Waldauf nimmt einen Schluck Kaffee und reibt sich über die Stirn. Viele seiner Erinnerungen sind durcheinandergeworfen, wie Puzzlesteine, die nicht mehr zusammenpassen wollen. Und er hat ständig das Verlangen, Anke zu fragen, ob sie Zigaretten dabeihat, als hätte ihn seine Gehirnprellung in die Vergangenheit zurückgeschleudert. Er will Anke nicht noch mehr beunruhigen, aber er ist sich beinahe sicher, dass der schwarze Geländewagen ihn absichtlich bedrängt hat. Aber wer ... und warum?

Waldauf braucht Toms Handy, und er muss mit Kriminalhauptkommissar Schäfer sprechen. Irgendetwas an diesem Fall will nicht passen, genauso wie Waldaufs Erinnerungen nicht passen wollen. Er muss wissen, was Schäfer weiß, und gleichzeitig wird ihm bewusst, wie viel Zeit er durch seinen Unfall verloren hat.

„Hat man Christina gefunden?", fragt er, als er aus seinen Gedanken wieder auftaucht.

Anke schüttelt den Kopf.

„Nein, Lukas. Es ... ist vorbei."

„Was meinst du damit?"

„Ich glaube, du kannst mit deinen Ermittlungen aufhören. Es tut mir leid, dass wir ... Elisabeth sagt, sie kann nicht mehr. Sie ..."

Anke dreht die Tasse in ihren Händen, während sie nach Worten sucht.

„Manchmal nimmt sie Medikamente, um nicht völlig durchzudrehen, und an manchen Tagen wirkt sie sehr gefasst, aber ... ich will mir gar nicht vorstellen, wie es in ihr drinnen aussehen muss. Bei meinem gestrigen Besuch hat sie mit alten Kinderfotos von Tom dagesessen. Es ist ... schwer mitanzusehen. Sie möchte jedenfalls das Gerichtsverfahren abwarten und hofft nun auf die Vernunft oder Menschlichkeit der Richter und Geschworenen."

„Gerichtsverfahren? Aber sie können kein Verfahren machen! Es gibt noch so viel, was sie nicht wissen ... ich habe Hinweise ..."

„Die Seenotrettung und Luftrettung haben die Suche nach Christina offiziell eingestellt."

„Und wenn mehr dahintersteckt als ein einfacher Unfall oder ... selbst fahrlässige Tötung oder Mord? Was, wenn Tom diese Geschichte erfunden hat, um jemand anders zu decken, möglicherweise eine Entführung? Sie wurden im Hafen gesehen, als sie losfuhren, aber niemand weiß, was draußen geschehen ist, auf offener See. Möglicherweise wurden sie überfallen oder ... Tom hatte dieses geheime Handy, und es gab anscheinend den Kontakt zu einer aktenkundigen Person, ein Kleinkrimineller, möglicherweise ... ich weiß es nicht – noch nicht. Mein Kopf ist noch nicht wieder ganz auf der Höhe. Alles ist ... verworren."

„Ja, ich weiß." Sie legt eine Hand auf seine. „Es tut mir so leid."

„Das muss es nicht. Ich bin zwar nicht mehr bei der Polizei, aber dieser Fall, die Ermittlungen haben mir gezeigt, dass ich immer noch zu etwas gut bin, auch wenn die Umstände ... sehr ernste sind, aber ich kann helfen."

„Ja, du bist gut ..."

„Ich habe dieses ständige Gefühl, dass ich da einer Sache auf der Spur bin, verstehst du? Irgendjemand will mich da raushalten. Und ich werde herausfinden, wer es ist."

„Raushalten?"

„Ach, ich weiß auch nicht. Manche Gedanken sind ... noch nicht wieder an ihrem richtigen Platz. Mach dir keine Sorgen. Es ist vermutlich nur Einbildung. Trotzdem ... an diesem Fall ist mehr dran, als man auf den ersten Blick sieht. Ich muss mit Christinas Familie sprechen."

Anke sieht ihm in die Augen.

„Lukas. Ich hätte dich niemals fragen dürfen. Ich danke dir – trotz alldem hier – für deine Hilfe. Komm, ich fahr dich nach Hause."

Waldauf trinkt seine Tasse leer.

„Zuerst muss ich zu diesem Abschleppdienst."

Er zeigt Anke den Zettel, den ihm Schwester Nina gegeben hat.

„Die sollten meinen Wagen und alle Sachen haben, die darin waren ... wenn das in Ordnung ist?"

„Ja, gerne."

Sie fahren zu dem Abschleppdienst und holen Waldaufs Sachen oder was davon übrig ist. Sein Laptop ist nicht zu retten gewesen, nur noch Splitter und Einzelteile. Toms Handy ist unversehrt, der Wagen selbst ein Totalschaden. Die Front ist bis auf wenige Zentimeter zusammengequetscht, sodass es wie ein Wunder erscheint, dass der Motorblock nicht Waldaufs Beine oder seinen Brustkorb zertrümmert hat. Die Windschutzscheibe ist zerschlagen, der Airbag ein weißer, schlaffer Sack, der Waldauf vermutlich das Leben gerettet hat. Anke hält die Hände vor den Mund. Waldauf nimmt seine Sachen entgegen, die wenigen, die ihm geblieben sind, und unterzeichnet die Papiere für die Verschrottung des Fahrzeugs.

Auf der Fahrt zurück zu seinem Hof wird ihm allmählich klar, dass es wirklich aus ist. Anke und er sitzen schweigend nebeneinander, während die Landschaft an ihnen vorüberzieht. Auch das Radio ist ausgeschaltet und bringt keine Abwechslung in das monotone Brummen des Motors. Die Fahrt gleicht einem Traum, wie die Tauchfahrt eines U-Boots, denkt Waldauf. Merkwürdig zäh und schwerelos. Geräuschlos. Bedeutungslos. So, dass er auch nicht bemerkt, als Anke den Wagen schließlich anhält. Er fühlt sich immer noch träge, als er die Wagentür öffnet, will sie fragen, ob ... und lässt es. Er bedankt sich, steigt aus dem Auto und sein Mund sagt: „Auf Wiedersehen“, ehe er Zeit hat, genauer darüber nachzudenken.

„Auf Wiedersehen“, sagt sie und lächelt kurz, bevor ihre Mundwinkel wieder nach unten sacken. Ihre Augen leuchten ungemindert.

Waldauf hebt die Hand und geht ins Haus, ohne sich nochmals umzudrehen. Der Motor des Wagens erwacht zum Leben, während Waldauf die Tür öffnet und sich in seinen Hof zurückzieht. Er setzt sich auf einen Küchenstuhl und wartet. Wenn dir der Boden unter den Füßen fehlt, denkt er, dann musst du dich eben auf einen Stuhl setzen. Der Satz klingt optimistischer, als er sich anfühlt. Er erhebt sich, wandert durch die Zimmer, bis er vor dem Tapeziertisch mit seinen Aufzeichnungen steht und die an die Wand gekritzelten Buchstaben wieder sieht. „Arbeitsraum" steht dort zu lesen, es gibt jedoch nichts mehr, woran er arbeiten könnte.

Aber stimmt das? Wer hat das zu entscheiden? Waldauf lässt Toms Handy in seine Jackentasche gleiten, und Minuten später steht er wieder vor seinem Hof und wartet auf sein Taxi. Er fährt nach Wilhelmshaven, lässt den Fahrer vor einem Geldautomaten nahe dem Polizeirevier halten und bezahlt ihn, nachdem er Geld abgehoben hat.

Der Beamte am Empfang ist derselbe, der Waldauf schon bei seinem ersten Besuch begrüßt hat. Er erblickt Waldaufs Arm in der Schlinge und die Schrammen in seinem Gesicht.

„Was ist Ihnen denn widerfahren? Haben Sie neue Beweise gefunden?"

„Ich muss mit Kriminalhauptkommissar Schäfer sprechen."

„Sehr gerne. Es kann einen Augenblick dauern, denn im Moment ist gerade der Papst bei ihm, aber Sie sind gleich der Nächste."

Waldauf knirscht mit den Zähnen.

„Sie haben echt den Beruf verfehlt."
„Kann ich sonst noch etwas für Sie tun?"
„Geben Sie ihm das hier."
Waldauf legt Toms Telefon zusammen mit einem Stück Papier auf die Theke.
„Das habe ich in Thomas Buchners Zimmer gefunden. Ihre Kollegen haben es übersehen. Ich ermittle im Auftrag seiner Mutter in dem Fall Christina Riemann. Tom ist der Hauptverdächtige. Wenn die Nachrichten und Anrufe auf dem Gerät interessant für Schäfer sind, sagen Sie ihm, er soll mich anrufen. Mein Name ist Lukas Waldauf. Die Nummer steht auf dem Zettel. Schönen Tag noch."
Der Beamte glotzt ihn an, überlegt, ob er das Telefon nehmen soll oder nicht. Waldauf hat gesagt, was er sagen wollte, und hat keine Zeit, auf den nächsten pfiffigen Kommentar zu warten. Er hat zu tun. Und er braucht einen neuen Laptop.

Er möchte möglichst bald wieder nach Hamburg fahren. Jetzt, im Nachhinein, fragt er sich, warum er Jonas nicht gleich darauf festgenagelt hat. Er wusste, für wen Chiko arbeitet, und Waldauf hat sich von seiner Warnung beeindrucken lassen. Allerdings war es Jonas' Entscheidung, wie viel er Waldauf erzählen wollte. Vielleicht ist es falsch gewesen, ihn direkt an seinem Stand aufzusuchen. Auf dem Rückweg führt ihn der Weg seines Taxis beinahe an Ankes Haus vorbei, und für einen kurzen Augenblick ist Waldauf versucht, dem Fahrer doch ihre Adresse als Ziel zu nennen.

Abends stellt Waldauf fest, dass er kaum noch genießbare Lebensmittel im Haus hat. Aber der Wasserhahn spendet immer noch Wasser, und manchmal rettet einen auch eine einfache Dose Bohnen vor dem Hungertod.

13. DAS BIN ICH

Der Abend verläuft wie die meisten von Waldaufs Abenden. Er ist erschöpft und dennoch unruhig, seine Gedanken halten ihn auf Trab. Er wandert in seinem Arbeitszimmer auf und ab und weiß, dass er heute Nacht kaum Schlaf finden wird. Sein Gehirn rast. Aber er braucht seine Kräfte und seinen Verstand ... und beide tendieren dazu, ihn im Stich zu lassen, wenn er übermüdet ist.

Waldauf nimmt eine heiße Dusche, legt sich ins Bett, und sein Blick fällt auf den Reiseführer. Er kann sich nicht einmal erinnern, ihn gekauft zu haben. Dann fällt ihm Larissa wieder ein, auch sie – da ist er sich beinahe sicher – hat auf die Erwähnung von Chikos Namen reagiert. Waldauf schiebt die Beine aus dem Bett und läuft ins Arbeitszimmer. Er wirft einen Blick auf Larissas Steckbrief und seine Notizen, sucht einen Stift und ergänzt Chikos Namen.

Im Laufe des Abends geht Waldauf noch zwei weitere Male ins Arbeitszimmer, um Ideen und Fragen festzuhalten, bis er irgendwann spätnachts in einen unruhigen Schlaf sinkt.

In seinen Gedanken ist Sarah bei ihm. Sarah Brehm in seinen Armen, der Lauf einer Pistole in seinem Gesicht. Der Geruch von Regen, und irgendwo in der Ferne bellt ein Hund. Der Mann, der die Waffe auf ihn richtet, trägt eine Maske über Mund und Nase. Das halbe Gesicht eines Totenkopfs grinst ihn an. Waldauf sieht das Blut auf Sarahs Lippen. Er wird sie nicht loslassen, wird nicht auf den Mann losgehen, wie es sein erster Impuls gewesen wäre.

„Schieß doch!", brüllt er stattdessen. „Schieß doch endlich!"

Der Mann in der Motorradjacke starrt ihn an. Vermutlich weiß er weder, wer Waldauf ist, noch, warum er ihn und Sarah töten soll. Er tut, wozu er beauftragt wurde, kassiert die Belohnung, überlebt – irgendwie – in einer Welt, die keinen Gesetzen folgt, sondern einer einfachen Regel: Überlebe oder überlebe nicht.

Waldauf war so nah dran. Sarah hätte nicht nur ihrem Zuhälter gefährlich werden können, sondern auch – endlich – wertvolle Hinweise zu Toto selbst liefern können. Doch die ominöse Figur, die vermutlich von Berlin aus ein gigantisches internationales Netzwerk leitet und sich stets in den Schatten hält, war schneller. Wie konnte er von Sarah erfahren? Wie konnte er ...? Waldauf hat niemandem etwas davon erzählt, sie in einer Nacht-und-Nebel-Aktion abgeholt. Er hat Unterstützung beim Bundeskriminalamt angefordert ... Sein letzter Gedanke endet, bevor er fertig ist – mit einem Lichtblitz.

Waldauf erwacht, und die Frage, die ihn seit diesem Vorfall nicht mehr loslässt, brennt in seiner Brust. Wer hat ihn verraten? War er unvorsichtig? Hat er etwas übersehen? Sarahs Handy hat er weggeworfen ... hatte sie ein zweites, geheimes Gerät so wie Tom? Hat Toto seine Mädchen chippen lassen, um sie orten zu können? Der Gedanke macht Waldauf krank. Oder gibt es jemanden beim BKA, der für Toto arbeitet?

Er tapst in die Küche, und die digitale Anzeige seines Backofens sagt ihm, dass die Nacht für ihn möglicherweise gelaufen sein könnte. 5:30 Uhr. Nicht mehr lange, bis die ersten glühend roten Wolkenfetzen über den Horizont ziehen werden. Waldauf öffnet eine Schranktür, holt Kaffeefilter und gemahlene Bohnen heraus. Die Nacht hat sowieso nicht viel getaugt, denkt er, der Tag kann nur besser werden. Er befüllt die Maschine, drückt die Taste, und mit dem ersten feinen Kaffeegeruch steigt ihm ein Gedanke in den Kopf. Wer weiß, dass er im Fall Christina Riemann ermittelt, und wer könnte etwas dagegen haben – so sehr, dass dieser Jemand ihn mit einem schwarzen Geländewagen von der Autobahn drängen würde? War es ein erneutes Attentat auf ihn?

Waldauf gießt sich eine Tasse ein und stakst zur Verandatür, um sich auf sein Plätzchen auf den Terrassentreppen zu setzen, und erstarrt. Etwa einen halben Meter vor ihm liegt eine tote Maus auf der Terrasse. Er blickt sich um, doch weit und breit ist keine Katze zu sehen. Das Tier muss seine Beute hier abgelegt haben, allerdings vor dem falschen Hof. Hatte der Vorbesitzer Tiere? Waldauf weiß so gut wie nichts über ihn.

Die Maus liegt auf der Seite, sie hat die Augen geöffnet und die Vorderbeine angezogen und wirkt so, als könne sie jederzeit aufspringen und loslaufen. Er geht in die Hocke und betrachtet das kleine Tier. Es sieht unversehrt aus, womöglich verdeckt das Fell die kleinen Löcher im Nacken. Waldaufs Kiefer mahlen, und er sieht sich erneut um. Könnte es jemand als Drohung hier platziert haben? Möglich, allerdings sehr subtil. Dennoch setzt sich der Gedanke bei ihm fest, nistet sich ein wie ein kleiner, ungebetener Gast.

Waldauf grübelt, wie er die Maus von seiner Terrasse bekommen soll. Sie einfach in den Müll zu werfen, würde er nicht übers Herz bringen. Er sucht nach einer Schaufel und einem Besen, doch auch das kommt ihm dann sehr respektlos vor. Er fasst das Tier mit einem Taschentuch an und wundert sich, wie leicht der kleine Körper in seiner Hand ist. Seine Kaffeetasse hat er auf den Boden gestellt und trägt die Maus zu einem der bunt blühenden Sträucher. Er bettet den Körper auf die Erde und erhebt sich wieder, betrachtet die Maus, und dann schießt ihm ein Gedanke durch den Kopf, kristallklar und gleißend hell. Das da, das bin ich ... eines Tages.

Waldauf läuft ins Haus, lässt Maus und Kaffeetasse zurück, wo sie sind, und beginnt sich zu waschen und anzuziehen. Ein Blick in den Spiegel zeigt ihm, dass die dunkelblaue Färbung, die vom Nasenbein aus sein gesamtes Gesicht erfasst hat, mittlerweile einen gelblichen Ton angenommen hat. Dennoch ist sein Anblick nichts, was er sich freiwillig in die Ahnengalerie hängen würde. Waldauf wirft sich eine Jacke über und verlässt das Haus. Draußen ist es trüb, und der dichte Morgennebel hängt über den Salzwiesen. Etwa zwei Kilometer Richtung Osten, denkt er, während er läuft und den Karton in seiner Hand hin und her dreht und sich selbst dabei ertappt, wie er auf dem Boden nach den Abdrücken nackter Füßen Ausschau hält. Als er sein Ziel erreicht, ist ihm kalt, denn obwohl er eine Jacke trägt, fühlt es sich an, als wäre ihm die feuchte Luft bis in die

Knochen gekrochen. Und sein Vorhaben kommt ihm mittlerweile gar nicht mehr so schlau vor, sondern töricht.

In dem Haus brennt kein Licht, und Waldauf zögert. Seine Schulter schmerzt in der Kälte, und auch sein Arm, den er heute nicht in der Schlinge trägt, pocht. War es eine dumme Idee, herzukommen? Waldauf denkt an die Maus, die nun unter seinem Rosenstock ruht. Nein, denkt er, untätig herumzusitzen und auf das Ende zu warten, das wäre dumm. Er drückt auf die Klingel, und auf das kurze Schellen im Haus folgt Stille. Der Wind frischt auf. Waldauf zieht den Kopf ein und müht sich ab, mit nur einer Hand seinen Jackenkragen hochzustellen. Dabei fällt ihm ein, dass er überhaupt nicht weiß, wie spät es ist ... 5:30 Uhr ist die letzte Information, die er hat. Im Haus geht ein schwaches Licht an, und Waldaufs Puls schießt wie eine Flutwelle durch seine Adern. Anke blickt aus einem schmalen Fenster neben der Eingangstür, Waldauf hebt zum Gruß den Arm, und ein stechender Schmerz schießt bis in seine Fingerspitzen. Er zuckt zusammen.

Anke öffnet die Tür.

„Lukas? Ist alles in Ordnung?"

Er hält die Schachtel in seiner Hand.

„Ja, alles gut. Ich wollte nur ..."

Anke kommt aus dem Haus auf ihn zu. Sie trägt einen großen Strickpulli. Waldauf hält die Packung Tee hoch – eine von 147 Sorten, die er noch nicht kennt. Er will erklären, öffnet den Mund, und Ankes Lippen pressen sich auf die seinen, ehe er ein Wort sagen kann.

Ihr Kuss ist sanft und heiß, und sie duftet nach Kräutern und etwas Undefinierbarem, ein Blütenduft, den

Waldauf nicht kennt. Sie schmiegt sich an ihn, kriecht unter seine Arme und in seinen Verstand. Sie zittert. Waldauf will seine Jacke öffnen, um sie näher an sich zu ziehen, und erkennt, dass es nutzlos wäre, denn sie trägt weder Hose noch Schuhe.

„Du erkältest dich ..."

„Das ist mir egal."

„Mir nicht ..."

Sie nimmt sein Gesicht in ihre Hände.

„Willst du reinkommen?"

„Ja ... ich wollte dich sprechen."

Sie nickt und küsst ihn.

„Ich möchte mich bei dir entschuldigen", sagt er, als sie im Haus sind. „Ich habe mich wie ein Idiot benommen. Ich ..." Er hebt die Hand. „Willst du Tee?"

„Sehr gerne." Sie nimmt die Packung entgegen und führt ihn in die Küche, und ihr Lächeln führt dazu, dass er nicht mehr weiß, was er eigentlich sagen wollte. Er ist Anke plötzlich so nah wie noch nie, und die Eindrücke überfluten seine Sinne. Sein Blick huscht über Möbel und Gardinen, fliegt über die Rücken einiger Bücher, und über allem liegt ihr Duft. Eine Katze kommt und streift um seine Beine. Waldauf fühlt sich, als stolpere er durch einen seiner Träume. Die Uhr an der Wand zeigt fünf Minuten nach sechs, und er bekommt ein schlechtes Gewissen.

„Ich ... habe ich dich geweckt?"

„Konnte sowieso nicht schlafen", sagt sie, fängt eine Haarsträhne ein und klemmt sie hinter ihr Ohr.

„Woher wusstest du, dass ...?" Er deutet auf seine Lippen.

„Wusste ich nicht“, antwortet Anke. Dann lächelt sie wieder. Als der Wasserkocher zischt und dampft, dreht sie sich zu ihm um.

„Warum bist du hergekommen?“

„Ich wollte dir sagen, dass ich weitermache ... mit dem Fall.“

„Oh“, sagt sie, und zum ersten Mal hat Waldauf das Gefühl, dass sie tatsächlich überrascht ist.

„Es ist ... irgendetwas stimmt daran nicht, und ich werde herausfinden, was es ist.“

Sie betrachtet ihn.

„Warum bist du wirklich hier, Lukas?“

„Ich ... wollte dich sehen. Ich glaube, ich brauche dich.“

„Du kennst mich doch gar nicht.“

„Aber das würde ich gerne.“

Wieder wirkt es so, als hätten ihre Wangen einen sanften Rosaton angenommen. Sie kommt auf ihn zu, mit Zehen, die sich vorwärtstasten, bis sie seine Schuhspitzen berühren. Dann sinkt sie in seine Arme und küsst ihn erneut. Nach einer langen Zeit blickt sie zu ihm hoch.

„Warum tust du das?“

„Weil es richtig ist. Und ich habe das Gefühl, dass mir die Zeit davonläuft. Ich muss herausfinden, was es mit Christinas Verschwinden auf sich hat, bevor es zu spät ist.“

„Zu spät?“

„Ich kann es nicht erklären, aber ... ich muss es tun. Ich muss zurück nach Hamburg ... aber davor wollte ich dich sehen.“

„Und dein Unfall?“

„Alles wieder bestens", sagt er, grinst und will sich gar nicht ausmalen, wie sein gelb-blaues Gesicht dabei aussieht. „Ich ... denke, ich musste einfach sehen, dass es dir gut geht."

„Mir?" Anke wirkt erstaunt.

„Es muss bestimmt schwer sein und kräftezehrend, deine Freundin leiden zu sehen."

„Ja, das ist es. Aber ich denke, das Schlimmste daran ist, dass ich ihr trotz allem nicht helfen kann ... ich höre ihr zu und rede mit ihr, aber welchen Trost kann ich ihr schon spenden? ... es ist zermürbend."

„Ja, das ist es. Und genau deswegen muss ich fahren."

„Dann fahre."

Vielleicht sind diese Worte alles, was Waldauf hören musste. Vielleicht ist er deswegen hier. Für ihre Erlaubnis, weiterzumachen.

„Soll ich mitkommen?" Ihr Vorschlag überrumpelt ihn.

„Nein, ich ..." Waldauf muss plötzlich an den schwarzen Jeep denken. War es ein Jeep? Jedenfalls ein Geländewagen. Sein Gedächtnis ist immer noch eine Schachtel mit Puzzlesteinen, die jemand kräftig durchgeschüttelt hat.

„Ich hätte dich wirklich gerne bei mir, aber ... ich habe das Gefühl, dass ich mir dieses Recht erst verdienen muss, verstehst du? Ich will es mir nicht erschleichen. Deswegen muss ich diesen Fall lösen."

„Um bei mir sein zu dürfen?"

Weil er es nicht besser erklären kann, hebt Waldauf die Schultern, und aus einem Grund, den er nicht versteht, laufen Tränen ihre Wangen hinab. Er fängt eine davon mit seinen Fingerspitzen auf und entschuldigt sich, obwohl er nicht genau weiß, wofür.

„Es tut mir leid."

Mit einer seltsamen Mischung aus Wehmut und Freude fährt Waldauf Stunden später mit seinem Mietwagen los. Wehmut, weil er auf Ankes Begleitung verzichtet, und Freude, weil er heute Morgen bei ihr sein durfte und weil sie anscheinend ebenfalls etwas für ihn empfindet. Er fährt die Autobahn entlang nach Bremen und weiter Richtung Hamburg, und alles, woran er denken kann, ist Anke. Er hat einen neuen Laptop dabei und Kopien all seiner Notizen. Toms Handy liegt bei der Polizei, und Waldauf kann nur hoffen, dass Schäfer die Sache ernst nimmt und sich einen richterlichen Beschluss holt, um das Gerät entsperren zu lassen. Ob er sich danach bei ihm melden wird, ist fraglich.

Er nimmt sich ein billiges Hotelzimmer in der Nähe der Universität, der „Safe" ist eine Holzkiste mit Vorhängeschloss, und manche der Sitzgelegenheiten sind umgedrehte Bierkästen. Er beginnt, seine Sachen auszuräumen, als ein junger Mann in Badeschlappen und mit einem Handtuch um die schmalen Hüften in sein Zimmer kommt und ihn mit den Worten „Hey, Dude!" begrüßt.

„Guten Tag", sagt Waldauf. „Haben Sie sich ... im Zimmer geirrt?"

Der junge Mann schlurft zur Tür.

„27, oder?"

„Richtig."

„Ne, Mann, alles gut."

Er wickelt sein langes Haar zu einem dicken Knoten und grinst Waldauf an.

„Ist 'n Gruppenzimmer, wussten Sie das nicht?"

„Nein, tatsächlich ..."

„Kein Problem. Machen Sie es sich gemütlich. Wir kommen schon klar."

Kurz darauf kommt eine junge Frau dazu.

„Das ist Paula", sagt der Mann. „Ich heiße Flo."

„Hallo", sagt sie. Auch sie scheint soeben von der Dusche zu kommen. Sie lässt ihr Badetuch fallen und beginnt, sich mitten im Zimmer anzukleiden, ehe Waldauf den Blick abwenden kann.

„Oh, tut mir leid ... stört es Sie?", fragt sie.

„Nein, kein Problem", sagt Waldauf mit starrem Blick auf das Fenster gerichtet.

„Und wie heißen Sie?", fragt Flo.

„Waldauf."

Kurz darauf sagt Paula: „So, fertig. Sie können sich wieder umdrehen."

Als er sie wieder ansieht, grinst sie.

„Sorry."

„Macht nichts. Ich bin es nur nicht gewohnt ..."

Der junge Mann, der nun ebenfalls sein Handtuch abwirft, um sich anzukleiden, sagt: „Sind Sie zum ersten Mal hier? In Hamburg, meine ich?"

„Nein, ich habe früher hier gewohnt."

„Cool. Wahnsinnsstadt, oder?"

„Ja. Das Schanzenviertel wird euch gefallen."

„Wir sind gekommen, um uns *König der Löwen* anzusehen, das Musical", sagt Flo.

„Ist es gut?", fragt Paula.

„Ja, ich denke ... nun, ehrlich gesagt, weiß ich es nicht. Ich habe es noch nie gesehen."

„Echt? Warum nicht? Ich würde es jede Woche anschauen, wenn ich hier leben würde."

„Vermutlich ist es überall so. Man weiß die Dinge nicht zu schätzen, die man jeden Tag sehen kann."

„Absolut. Aber die Kostüme sollen gigantisch sein!"

„Ja, vermutlich hast du recht, vielleicht sollte ich es mir einmal ansehen."

Wieder denkt Waldauf an Anke. Vielleicht wird er sie fragen, ob sie es sich mit ihm ansehen möchte, wenn das hier alles vorbei ist.

„Wieso kommen Sie nicht mit?"

„Ja, Dude", stimmt Flo zu. „Das wäre echt mega."

„Danke, das ist sehr freundlich von euch, aber ich muss leider arbeiten."

„Abends?"

„Ja, ich bin von Beruf Stripteasetänzer."

Für einen kurzen Moment herrscht Stille im Raum.

„War ein Scherz. Ich arbeite im Tourismus. Mache Touren über die Reeperbahn."

Flo und Paula lachen. Waldauf lacht ebenfalls. Vielleicht tut ihm die Gesellschaft des jungen Paares sogar ganz gut. Die beiden machen sich fertig und wünschen ihm einen schönen Tag, ehe sie kurz darauf das Zimmer verlassen.

Waldauf ist für sich. Er klappt seinen Laptop auf und überfliegt abermals seine Notizen zu Larissa Herold.

14. SIE VERSTEHEN ÜBERHAUPT NICHTS!

„Hallo, Jonas."

Der Imbissbudenbesitzer dreht sich zu ihm um.

„Was ist denn mit Ihnen passiert? Da lässt man Sie nur einen Moment aus den Augen ..."

„Autounfall. Hör zu, Jonas, ich muss dich um einen Gefallen bitten."

„Ja, das hab ich mir schon gedacht. Nur zum Plaudern sind Sie noch nie vorbeigekommen."

„Das holen wir nach, versprochen."

„Haha. Diese Liste wäre lang, wenn ich sie tatsächlich führen würde."

„Ich weiß. Hör zu, kannst du dich an den Namen erinnern, nach dem ich dich gefragt habe?"

Jonas verzieht das Gesicht und verschränkt die Arme vor der Brust.

„Wie lange kennen Sie mich schon?"

„Schon gut. Ich muss wissen ..."

Jonas winkt ab.

„Ja, ja, ich hab's kapiert. Kommen Sie in zwei Tagen wieder. Ich werde sehen, was ich herausfinden kann."

„Danke, Jonas."

„Haben Sie überhaupt schon gefrühstückt? Hier, ich mach Ihnen 'nen Kaffee."

Waldauf wirft einen Blick auf die Karte.

„Hast du auch ein Brötchen?"

„Ja, ja, eins nach dem anderen, Herr Rentner. Kaum im Ruhestand, haben sie plötzlich für nichts mehr Zeit ... so sind sie, die Alten."

Jonas grinst ihn an.

Nachdem Waldauf gefrühstückt und Jonas sein Trinkgeld gegeben hat, wirft er einen Blick auf seine Armbanduhr. Es ist ein mechanisches Modell, ohne Batterie, das er schon ewig trägt. Etwas, das läuft, solange er sich darum kümmert, und das nicht irgendwann eigenmächtig beschließt, den Geist aufzugeben.

Er marschiert in Richtung Universität und muss immer wieder haltmachen, um seiner Lunge eine Verschnaufpause zu gönnen. Manchmal fragt er sich, warum der Attentäter nie zurückgekommen ist, nachdem sich herausgestellt hat, dass er überlebt hat. Vielleicht hatten sie erreicht, was sie wollten? Sarah war keine Gefahr mehr, und Waldauf? Er stützt sich an dem Wartehäuschen einer Bushaltestelle ab. Nein, sein Körper ist definitiv keine Gefahr mehr, aber seine größte Waffe war nie sein Körper, nicht wahr? Es war sein Verstand. Das redet Waldauf sich jedenfalls ein. Dieser ist zurzeit allerdings nur damit beschäftigt, sich zu überlegen, wie er wieder Luft bekommt. Waldauf stützt die Hände auf seine Knie, beugt sich vornüber, und ihm wird schwindelig. Er wankt und setzt sich auf die Wartebank. Manche der Passanten werfen ihm sorgenvolle Blicke zu. Ja, denkt er und wartet, bis sich sein Schwindel gelegt hat, sie haben mich getötet, aber wenn die wollen, dass ich tot bleibe, müssen sie sich verdammt noch mal mehr anstrengen. Er rappelt sich auf, der

Weg bis zu Larissas Studentenwohnheim ist nicht mehr weit, der Wind bläst ihm um die Ohren, und Waldauf denkt an Anke. Er schöpft Kraft aus der Erinnerung an das Gefühl ihrer Haut, den Duft ihres Haars, den Blick in ihren Augen. Während seine Gedanken in der Vergangenheit weilen, kämpft er sich vorwärts und schafft es schließlich bis vor Larissas Wohnungstür. Doch auf sein Klopfen folgt keine Antwort. Er geht zum nahe gelegenen Treppenhaus, setzt sich auf die Stufen und macht sich Gedanken, wie er das Gespräch mit Larissa angehen soll. Ab und zu kommen Studenten vorbei, doch erst am späten Abend vernimmt Waldauf das Rasseln der Schlüssel.

„Oh, Sie sind's“, sagt Larissa, als Waldauf sich von den Stufen erhebt. „Haben Sie mich erschreckt. Was machen Sie hier?“

Waldauf tritt in den Schein der Gangbeleuchtung, und Larissa fährt zurück.

„Ach du meine Güte, was ist denn mit Ihnen passiert?“

„Autounfall. Ich ... wollte Sie gerne sprechen.“

„Wieso haben Sie nicht angerufen?“

„War zufällig in der Nähe.“

Larissa lacht und hält die Schlüssel in der Hand.

„Wollen Sie ... vielleicht reinkommen?“

„Um ehrlich zu sein, bin ich ganz schön hungrig. Ich habe gehofft, wir könnten uns irgendwo unterhalten, wo ...“

„Wie lange sitzen Sie schon hier?“

„Beinahe den ganzen Tag.“

„Sie hätten wirklich anrufen sollen. Aber ... ich kenne ein indisches Deli ganz in der Nähe. Die machen gutes Naan-Brot.“

„Klingt gut“, sagt Waldauf. Alles, was ihm ein Gespräch mit Larissa ermöglicht und gleichzeitig vermag, seinen Hunger zu stillen, klingt gut, auch wenn er noch nie indisch essen war und keine Vorstellung hat, was Naan-Brot sein soll.

Als sie kurze Zeit später an einem kleinen Zweipersonentisch sitzen, steigen Waldauf die vielfältigsten Düfte nach Kräutern und Gewürzen in die Nase, die er noch nie zuvor gerochen hat. Sein Magen rumort, und er hat seine liebe Not, seine Speichelproduktion im Zaum zu halten. Sie bestellen Tee, und Waldauf folgt Larissas Empfehlung und ordert ein Linsengericht mit Reis und eine Portion des viel gepriesenen Naan-Brots.

„Danke für Ihre Zeit“, sagt er um einen Bissen Brot herum. „Das schmeckt wirklich fantastisch. Womit würzen die das?“

„Die Linsen? Mit Kurkuma oder Cumin vermutlich.“

„Nie gehört.“

„Kreuzkümmel?“

Waldauf schüttelt den Kopf.

„Haha, na, dann gern geschehen. Ich finde, ein Leben ohne Kreuzkümmel wäre nur ein halbes Leben. Und was meine Zeit angeht ... ich wünschte, ich könnte mehr tun.“

„Ich bin leider kein Polizist mehr. Deswegen fehlt mir der Zugang zu vielen Informationen. Ich muss verstehen, was Christina und Tom in der Zeit vor dem Vorfall bewegt hat. Wie waren sie? Was verband sie? Was hatten sie gemeinsam? Wo lagen ihre Differenzen?“

Larissa mustert ihn und hebt die Hand ans Gesicht.

„Hat das alles etwas mit Ihrem ... zu tun?“

„Das weiß ich noch nicht. Was können Sie mir über Christinas Leben erzählen? Wie lief das mit ihrem Vater? Sie sagten, er wollte sie kontrollieren?“

„Ich kenne Christina schon länger, wir waren zusammen auf dem Gymnasium. Wir haben zusammen Abitur gemacht. Nun ja, sie hatte lauter Einsen, und ich bin gerade so durchgerutscht, aber wir haben uns immer gut verstanden. Tom lernten wir dann an der Uni kennen. Christinas Vater trat so gut wie nie in Erscheinung, aber man merkte ständig, dass er da war. Verstehen Sie, was ich meine? Christina durfte erst ausgehen, als wir anderen schon längst alle Bars und Clubs in der Stadt unsicher gemacht hatten. Sie wurde von einem Fahrer gebracht und danach wieder abgeholt. Ich denke, auch die Entscheidung über ihr Studium war nicht ihre eigene. Wirtschaft war bestimmt nicht ihr Ding, aber sie hat es hingenommen oder für ihn getan, ich weiß es nicht. Auf den ersten Blick war sie schüchtern und distanziert und wirkte immer ein wenig, na ja, arrogant. Aber so war sie nicht wirklich. Das mit dem Fahrer war bestimmt nicht ihre eigene Idee. Sie wollte zwar nie darüber sprechen, aber ich weiß, dass es ihr sehr unangenehm war. Dass sie nie trank oder kiffte, habe ich Ihnen ja schon erzählt. Ich glaube, das Einzige, was ihr wirklich Freude machte, war draußen zu sein und Fotos zu schießen. Sie war fasziniert von der Natur, der Einsamkeit, aber auch von Menschen und Häusern, Sie wissen schon, Architektur, einfach allem, was sich als Motiv eignete.“

„Ja. Ich habe einige ihrer Bilder in Toms Zimmer gesehen. Die wirkten sehr professionell. Und voller Emotion.“

„Wenn Sie mich fragen, war das ihre wahre Leidenschaft. Nicht die Wirtschaft."

„Das heißt, wenn ich Sie richtig verstehe, hat sie sehr unter der Kontrolle ihres Vaters gelitten. Hat sie Versuche unternommen, sich davon zu befreien?"

Larissa zuckt mit den Schultern.

„Ich schätze schon, aber nachdem sie kaum darüber gesprochen hat, kann ich das nicht wirklich sagen ... sie hat jedenfalls getan, was er wollte."

„Hat sie Schwierigkeiten gehabt?"

„Schwierigkeiten? Inwiefern?"

Waldauf schluckt einen weiteren Löffel des Linsengerichts hinunter und zögert.

„Ich weiß, dass Tom mit jemandem in Kontakt stand, der sich Chiko nennt. Er hatte ein geheimes Handy, das ich in seinem Zimmer gefunden habe. Es war in einem Buch versteckt. Ich weiß noch nicht, ob es mit Christinas Unfall in Verbindung steht ... aber ich weiß, dass Sie diesen Namen schon mal gehört haben, richtig?"

Larissa erstarrt und kaut an ihrer Unterlippe.

„Woher wissen Sie das?"

„Keine Sorge, es hat mir niemand verraten. Es war die Art, wie Sie beim ersten Mal reagiert haben, als ich Sie danach gefragt habe. Ich wollte Sie eigentlich nicht darauf festnageln, aber ich muss es wissen. Chiko ist der einzige Name, die einzige Person, die möglicherweise Licht in die Angelegenheit bringen kann. Wer ist er?"

„Chiko? Das kann nicht sein. Er ist ... na ja, ich kaufe manchmal mein Zeug bei ihm."

„Sie kennen ihn näher?"

„Nein, wir laufen uns ab und zu über den Weg, und manchmal kaufe ich eben bei ihm."

„Was wollte er von Tom?"

Larissa versteinert, während die Gedanken in ihrem Kopf zu rasen scheinen.

„Larissa, hören Sie mir zu. Das ist verdammt wichtig. Ich werde niemandem etwas davon erzählen, aber ich muss es wissen. Christinas Leben hängt möglicherweise davon ab."

„Christinas Leben? Was soll das heißen? Sie ist ... ertrunken."

„Das weiß ich noch nicht. Aber es könnte sein, dass jemand Christina entführt hat und nun die Familie erpresst. Möglicherweise nutzen sie Toms Geständnis als Ablenkung, während eine Lösegeldübergabe stattfinden soll."

„Lösegeld? Das ... das ist mir alles zu viel. Ich weiß nicht ..."

Sie starrt ihn an, als müsse sie die gesamte Situation für sich neu bewerten. Waldauf nutzt die entstandene Pause.

„Es gibt noch eine Sache, bei der Sie mir helfen müssen. Als wir uns das erste Mal begegnet sind, haben Sie mich für einen Detektiv der Riemanns gehalten ... Sie müssen mir erzählen, was Sie darüber wissen."

„Ich muss? Hören Sie, ich kenne Sie doch kaum! Ich muss ... gar nichts. Ich muss mein eigenes Leben auf die Reihe kriegen, verstehen Sie? Ich habe eine meiner besten Freundinnen verloren! Das ist doch alles ... es ist völlig verrückt! So was passiert doch nicht wirklich!"

„Ich verstehe, dass das schwer für Sie ist ..."

„Sie verstehen überhaupt nichts! Ich war mit Tom zusammen, verdammt! ... einmal. Es war Alkohol im Spiel

– jede Menge davon –, während Christina für irgendeine Prüfung pauken musste. Sie hatte sich gerade von ihm getrennt. Ich wusste, dass sie das nicht wirklich wollte, aber irgendwie ... er war völlig am Boden zerstört. Ich bin nicht stolz darauf, okay?! Tom und ich ...", sie unterbricht sich und kämpft ihre zerzausten Haare nieder. „Wir sind uns einig, dass es nie wieder vorkommen wird ... er liebt sie! Aber jetzt ... jetzt stehe ich damit völlig allein da, und ... ich werde sie nie um Verzeihung bitten können ... ich werde ihr nie sagen können, wie leid es mir tut ... ich habe mit dem Freund meiner toten besten Freundin geschlafen!"

Larissa springt auf und läuft aus dem Lokal. Waldauf gibt dem Kellner ein Zeichen, legt die Geldscheine auf den Tisch und eilt ihr hinterher. Er hetzt auf die Straße und ruft: „Larissa! Larissa, bitte bleiben Sie stehen ... ich kann nicht ..." Waldauf kämpft seine Atemnot nieder. „Ich kann nicht so schnell! Bitte ..."

Einige Meter weiter bleibt sie stehen, sie schlingt die Arme um sich selbst und weint.

Als Waldauf näher kommt, sagt sie: „Bitte, lassen Sie mich in Ruhe. Es ist schwer genug für mich, wie es ist ..."

„Belästigt dich der Kerl?"

Drei junge Männer stehen mit den Händen in ihren Jackentaschen vor ihnen und beobachten Larissa.

„Nein, alles gut ... wir gehören zusammen."

Als die drei weitergehen, wischt sich Larissa übers Gesicht.

„Das ist alles zu viel für mich ... bitte entschuldigen Sie."

„Das macht nichts. Ich weiß, dass es schwer ist. Ich kann gehen, wenn Sie wollen, aber Sie sind die einzige Verbindung, die ich habe. Wenn Sie mir nicht helfen, werde ich Chiko nicht finden können. Und wir werden vielleicht nie erfahren, was wirklich auf diesem Boot passiert ist ..."

Er macht einen weiteren Schritt auf sie zu, und Larissa nickt.

„Verdammte Scheiße!", sagt sie und lässt zu, dass Waldauf sie in den Arm nimmt. „Okay, ich werd's versuchen."

„Danke, Larissa."

15. RED BLOSSOM

Waldauf sitzt an der Bushaltestelle, und Regen prasselt an die Scheiben. Die Tropfen laufen an der senkrechten Ebene entlang, und er fühlt sich an jene Nacht erinnert. Früher war Regen für ihn etwas Befreiendes gewesen, etwas, das die Welt reinwäscht. Jetzt ist jeder einzelne Tropfen ein Nadelstich, der ihn an seine Fehlschläge erinnert – an den schwersten Fehler seines Lebens. Waldauf wirft einen Blick auf die Uhr. Er hat noch mindestens zwanzig Minuten Zeit, und das untätige Herumsitzen und Warten bringt ihn um den Verstand. Es zerrt seine Gedanken in die Vergangenheit wie in einen Abgrund, der irgendwann auch ihn verschlingen wird. Waldauf springt auf und läuft auf die gegenüberliegende Straßenseite zu einem Kiosk, der auch Getränke und kleine Snacks verkauft.

Zurück im Wartehäuschen schlägt er die Zeitung auf, die er gekauft hat, und nimmt einen Schluck aus seiner Getränkedose. Er überfliegt die Artikel, ohne tatsächlich wahrzunehmen, was er liest. Seine Aufmerksamkeit ist auf den Platz gerichtet. Es herrscht ein Kommen und Gehen. Einige Menschen, die ihre Fahrräder abstellen und in die U-Bahn-Station eilen. Andere, die mit Schirmen vom Bahnhof kommen, Grüppchen von Menschen, die jeweils unter einem Dach oder Vorsprung darauf warten, dass der Regen nachlässt. Waldaufs Hand betastet immer wieder seine Jackentasche und befühlt die Konturen des Päckchens, das er gekauft hat. Wieso hat er es mitgenommen? Waldauf weiß es nicht. Er stellt seine Dose neben sich auf die Bank, holt die Schachtel heraus und betrachtet sie. Selbst jetzt hat er schon das Gefühl, den Tabak darin riechen zu können. Er löst die Plastikfolie ab und öffnet die Klappe. Tut er es, um sich zu bestrafen? Um sich abzulenken? Um ...? Er weiß es nicht, und all die Gedanken sind zu viel für ihn, er will endlich nichts mehr denken müssen.

Doch gleichzeitig versucht er, sich zu konzentrieren. Er muss aufmerksam bleiben, denn Larissa kann nun jeden Moment hier sein. Sie wird sich mit jemandem treffen, ein paar Worte wechseln und dann nach einer raschen Übergabe wieder verschwunden sein. So war es vereinbart, und wenn er den Moment verpasst, fällt sein Plan ins Wasser. Denn damit ist Larissas Teil ihrer Abmachung erfüllt, und Waldaufs Aufgabe beginnt. Ab dann liegt es an ihm, Chiko zu folgen. Wie lange und wie weit, weiß er nicht, und es ist ihm egal. Entscheidend ist nur, dass er ihn nicht verlieren darf. Und was mit seiner lädierten Lunge ohnehin schon herausfordernd genug ist, würde durch die Versuchung in seinen Händen zu einer schier unlösbaren Aufgabe werden. Und gerade deswegen wird die Verlockung nur umso größer ... Waldauf schüttelt eine Zigarette aus der Schachtel und lässt sie plötzlich zu Boden fallen. Auf dem Platz vor ihm läuft eine schlanke Figur zu einer Gruppe, die unter einem Dachvorsprung steht. Sie hat die Kapuze über den Kopf gezogen, aber Waldauf erkennt die dunkelrote Daunenjacke wieder. Er fragt sich, warum ein Kleidungsstück, das jemanden warm halten soll, nur so kurz ist. Er packt die Schachtel zurück in seine Jacke und hebt die Zeitung vor sein Gesicht, sodass er gerade noch darüber hinwegschauen kann. Larissa ist jetzt gut hundertfünfzig Meter vor ihm auf der anderen Seite des Platzes. Sie begrüßt einen jungen Mann, der einen guten Kopf größer ist als sie. Er trägt einen knielangen Mantel, wirkt elegant und gepflegt, und seine Zähne blitzen in seinem braun gebrannten Gesicht. Sie lachen, und er bietet ihr eine Zigarette an. Sie akzeptiert und lächelt, als wären sie schon ewig die besten Freunde. Sie schütteln sich die Hand, und das war's. Larissa macht sich wieder auf den Weg. Das war Waldaufs Startsignal, doch wann er loslaufen muss, weiß er noch nicht, denn Chikos Arbeitstag dürfte eben erst begonnen haben. Und dann, wenn der reguläre Busbetrieb eingestellt wird, wo soll Waldauf dann hingehen? Wie lange soll er hier sitzen, oder wo soll er sonst hingehen? In der Nähe gibt es keinen Imbissstand, aber ein Café, von dem aus er seine Beobachtung weiterführen könnte, wenn er einen Platz am Fenster bekäme ... Während er noch in Gedanken ist, setzt Chiko sich plötzlich in Bewegung und verschwindet in der Dunkelheit einer Unterführung, dort, wo die U-Bahn-Strecke über der viel befahrenen Straße verläuft. Waldauf rennt los. Er sieht Chiko vor sich, doch eine Gruppe von Personen, die soeben aus der Bahnstation auf den Platz strömt, versperrt ihm die Sicht, und er verliert ihn erneut aus den Augen. Er drängt sich zwischen den Personen hindurch.

„Entschuldigung, das ist ein Notfall, bitte entschuldigen Sie! Ich muss hier durch ...“

Er stürmt weiter, unter der Brücke hindurch. Die Absätze seiner Schuhe hallen unter den Brückenbögen. Wo ist Chiko? Als Waldauf wieder ins Freie kommt, peitscht ihm neuerlich der Regen ins Gesicht, und für einen kurzen Moment bleibt ihm die Luft weg. Er wischt sich über die Augen. Dann sieht er den Mann wieder, etwa zweihundert Meter vor ihm. Den eleganten Mantel um die Schultern geschlungen und mit eingezogenem Kopf. Waldauf verlangsamt seine Schritte und stellt ebenfalls den Jackenkragen hoch.

Chiko scheint mehrere Stationen auf seiner abendlichen Tour abzudecken, die ihn vom Schanzenviertel über St. Pauli bis nach St. Georg führt. Er geht in Clubs und Bars, trifft sich an öffentlichen Plätzen, und die Übergaben sind jeweils kaum mehr als eine flüchtige Umarmung oder ein kurzer Händedruck. Er unterhält sich, trinkt ab und zu ein Getränk, bleibt für ein kurzes Gespräch oder eine Zigarette. Währenddessen hält Waldauf sich im Verborgenen. Er wartet außerhalb der Lokale, hofft, dass er nicht aufgeflogen ist und Chiko durch einen Hinterausgang türmt. Sein Gesicht fühlt sich taub an und seine Hände kalt und feucht, obwohl er sie so tief in seinen Jackentaschen vergraben hat wie möglich. Der Regen ist durch seine Kleidung gesickert, und ohne Sonnenlicht wird es immer schlimmer. Allmählich überkommt ihn die Ungeduld, und ständig tasten seine Finger nach der Schachtel in seiner Tasche, wie um sich zu vergewissern, dass sie noch da ist. Waldauf hasst sich dafür, so wie er sich seit Sarahs Tod für nahezu alles hasst. Manchmal ist seine Wut kaum zu bändigen. Er presst die Augenlider zusammen. Seit über einer halben Stunde steht er bereits hier in dieser durchnässten und durchtränkten Großstadt, auf der gegenüberliegenden Straßenseite des Clubs, in den Chiko verschwunden ist. Was auch immer er verkauft, es dürfte ein einträglicher Abend für ihn sein. Waldauf tippt auf Cannabis, Kokain, Partydrogen, kein Heroin, denn es zu spritzen ist weit aufwendiger und auffälliger, als eine dünne Linie weißen Pulvers durch ein Röhrchen zu inhalieren. Waldauf blickt erneut auf die Uhr. Er folgt Chiko nun schon seit über vier Stunden durch die Stadt, und bis zum Sonnenaufgang könnten noch vier weitere dazukommen. Er ist müde und fahrig und muss sich in Acht nehmen, nicht unaufmerksam zu werden. Ehe er es bemerkt, hält er eine Zigarette und das neu gekaufte, fröhlich bunte Feuerzeug in der Hand. Sein Daumen rollt über das Metallrädchen, und das vertraute raspelnde Geräusch klingt wie ein verheißungsvolles Flüstern in seinen Ohren.

Zusätzlich trägt Waldauf zwei kleine Wodkafläschchen in der Tasche. Mehr zur Tarnung als für den tatsächlichen Konsum. Er ist ein Streuner, ein Herumtreiber auf seinem Weg durch die Stadt. Nicht zwangsläufig obdachlos, aber zumindest arbeitslos, ruhelos. Mittlerweile fragt er sich, ob er nicht eines davon trinken soll, um sich zumindest kurzzeitig aufzuwärmen. Dann wundert er sich, wie weit diese Tarnung von seiner Realität eigentlich entfernt ist, und stellt fest, dass sie bis auf die gespielte Alkoholsucht identisch sind. Ein Grund mehr, sich zu hassen. Anke ist vermutlich das einzig Gute, das ihm seit einer gefühlten Ewigkeit widerfahren ist, wenn er nur diesen Fall aufklären könnte. Er spürt, dass etwas damit nicht stimmt, und er verliert Zeit, so viel Zeit, ohne wirklichen Fortschritt zu machen. Dann kommt Chiko aus dem Lokal, blickt weder nach links noch nach rechts und läuft die Straße entlang, und Waldauf folgt ihm mit einigem Abstand. Er fragt sich, wie er seine Beschattung fortsetzen soll, falls Chiko in einen der weniger genutzten Nachtbusse steigt oder einen Weg einschlägt, auf dem kaum Menschen unterwegs sind. Es ist vier Uhr morgens, und die Straßen Hamburgs haben sich geleert, die meisten Lokale haben geschlossen, und Chiko scheint seine Tour für heute beendet zu haben, und ihn zu verfolgen wird nun immer schwerer, denn sie sind meistens allein. Während des Gehens raucht Chiko eine Zigarette, und Waldauf prägt sich die Straßennamen ein, alle Restaurants und Imbisse, an denen er vorüberläuft. Und er braucht leisere Schuhe. Er überlegt, seine Verfolgung abzubrechen, was ein Risiko ist, denn er weiß nicht, wann Chiko zu seiner nächsten Tour aufbricht und ob sie ihn an dieselben Orte führen wird. Er könnte damit Tage, wenn nicht Wochen verlieren, bis er ihn wiederfindet. Waldauf ist hin- und hergerissen, aber sein Instinkt rät ihm, abzubrechen. Er biegt in eine Seitenstraße und läuft in Richtung Innenstadt. Es ist Samstagmorgen, und in wenigen Stunden werden die Läden öffnen. Waldauf hat also Zeit. Zurück im Hotel nimmt er eine Dusche, klappt den neuen Laptop auf und macht sich Notizen zur Nacht. Er notiert sich die Namen der Bars, zeichnet die Route seiner nächtlichen Tour auf einem Stadtplan nach.

Flo und Paula liegen aneinandergekuschelt in ihrer Koje, ihr Kopf ruht auf seinem Arm. Nicht alles im Leben ist schlecht geworden, denkt Waldauf. Aber das wird es, irgendwann. Seine Mundwinkel sinken herab.

Er wendet sich ab und konzentriert sich wieder auf seine Arbeit, was ihm immer schwerer fällt, denn er kann seine Augen kaum noch offen halten.

Sonnenlicht blendet ihn. Waldauf schreckt hoch. Flo steht über ihn gebeugt da und erschrickt ebenfalls. Er zeigt auf Waldauf.

„Keine Sorge ... ich wollte nur Ihren Laptop auf Ihr Nachtschränkchen stellen, bevor er abstürzt."

Waldauf blickt nach unten. Sein Notebook liegt zur Hälfte auf seinem Bauch. Die andere Hälfte steht gefährlich über die Kante seines Betts hinaus. Waldauf blinzelt, dann nickt er. Flo nimmt das Gerät und legt es auf das Schränkchen.

„Danke."

„Lange Nacht gehabt?"

„Kann man so sagen", antwortet Waldauf mit der verbrauchten Stimme eines Fremden. „Wie spät ist es?"

Flo zuckt mit den Schultern.

„Schätze halb zehn."

„Gut, dann ... vielleicht bis später."

Flo grinst. Waldauf dreht sich auf die Seite und zieht sich seine Decke über den Körper.

„Alles klar, ruhen Sie sich aus."

Als Waldauf das nächste Mal erwacht, ist es bereits nach Mittag. Er wäscht sich und trinkt ein Glas Wasser. Im Hotelrestaurant, das einem schicken kleinen Café gleicht, bestellt er einen Kaffee, lässt seinen Magen jedoch leer. Es zieht ihn weiter. Er kauft ein Paar Laufschuhe mit weicher Sohle, eine Sporthose, eine Trainingsjacke. Als er den dreistelligen Betrag an der Kasse sieht, verwandelt sich sein Magen in ein kleines, krampfendes Knäuel. Wie können sich all die jungen Leute diese Art von Kleidung nur leisten? Kein Wunder, dass manche von ihnen eine kriminelle Laufbahn einschlagen. Zurück im Hotel wechselt Waldauf die Kleidung, isst eine Kleinigkeit und bereitet sich auf den Abend vor.

Es wird eine von vier weiteren Nächten werden, die Waldauf erfolglos damit verbringt, Chiko erneut ausfindig zu machen. Flo und Paula sind weitergezogen, berauscht von ihrem lange ersehnten Musical-Besuch, und Waldauf teilt sich sein Zimmer nun mit drei jungen Männern, deren einzige Beschäftigung darin zu bestehen scheint, bereits zum Frühstück Bier und Schnäpse in sich hineinzuschütten, um dann mehr oder weniger volltrunken auf Sightseeing-Tour durch die Stadt zu ziehen. Von dieser Sorte fischen sie jedes Jahr Dutzende aus der Elbe, denkt er. Mittlerweile werden Zweifel in ihm laut, ob er die richtige Entscheidung getroffen hat, als er Chiko in jener Nacht hat laufen lassen. Er bereitet sich auf eine weitere lange Nacht vor. Das Display seines Mobiltelefons leuchtet auf. Es ist eine Nachricht von Anke.

Wie geht es dir? Ist alles in Ordnung?

Waldauf hasst es, auf diesen kleinen Geräten Nachrichten zu tippen. Er ist schon mit der Tastatur seines Laptops ausreichend gefordert. Er tippt mit den Daumen, während er das Handy umklammert, und flucht in sich hinein, weil die automatische Korrektur seine Buchstaben auseinanderreißt und zu etwas werden lässt, das eher an Botschaften von einem anderen Stern erinnert. Nach mehreren Versuchen gelingt es ihm endlich, zumindest einige Worte zu tippen.

Noch in Hamburger. Alles Gute.

Er beschließt, die Nachricht zu versenden, bevor er es noch schlimmer macht. Dann fügt er hinzu:

Denke an dich.

Danach bleibt sein Mobilgerät wieder stumm, und Waldauf hat keine Zeit, über die Gründe dafür nachzudenken. Er muss los. Doch bevor er sich abermals auf die Suche nach Chiko macht, beschließt er, Jonas einen Besuch abzustatten. Vielleicht hat der Imbissbudenbesitzer bereits Informationen für ihn.

Waldauf grüßt, und Jonas nickt ihm zu, während er die Bestellungen anderer Kunden aufnimmt. Er verteilt Bier und Brötchen, beantwortet Fragen über die Stadt. An seinem Standplatz kommen häufig Touristen vorbei, entweder um sich eines der angepriesenen traditionellen Hamburger Fischbrötchen zu holen oder um Insidertipps über die Reeperbahn, den Hafen, den Dom oder andere Sehenswürdigkeiten zu ergattern. Und Jonas, der selbst nie auf einem Schiff gearbeitet hat und das Wasser scheut wie ein Straßenkater, gibt sein Wissen über die Stadt mit übertriebenem Seefahrer-Akzent wieder, was ihm wie so oft ein saftiges Trinkgeld einbringt.

„Wird dir die Seemannsnummer nicht irgendwann zu langweilig?"

„‚Von nüscht kommt nüscht', hat meine Omma immer jesacht". Jonas hat Tausende solcher Sprüche und Binsenweisheiten auf Lager. Doch statt seines typischen Grinsens wirft er Waldauf einen besorgten Blick zu.

„Du hast Neuigkeiten für mich?", fragt Waldauf.

„Sagen Sie, was wollen Sie von diesem Kerl? Hat das etwas mit damals zu tun?"

Der Boden unter Waldaufs Füßen zerreißt mit der Gewalt eines Pistolenschusses, und er befindet sich im freien Fall.

„Was ... meinst du?"

„Na ... mit Ihrem Unfall."

„Wieso fragst du mich das?"

Jonas mustert ihn.

„Sie wissen es nicht."

„Was weiß ich nicht, Jonas? Nun mach schon dein verdammtes Maul auf!"

„Scheiße, Waldauf! Sie müssen die Finger davonlassen, verstehen Sie nicht?"

„Jonas!"

„Er arbeitet für das *Red Blossom*, Waldauf! Das kennen Sie doch noch, oder?"

Waldauf muss sich am Tresen festhalten. Wie ist das möglich?

„Sarah hat im *Red Blossom* gearbeitet", keucht er.

„Ich weiß", sagt Jonas, und seine Stimme wird weich. „Hören Sie. Was auch immer Sie da vorhaben, vergessen Sie es. Sie sind Zivilist, Mann."

„Aber das ist ... das kann nicht ... Es ist ein völlig anderer Fall."

Jonas stellt Waldauf einen Kräuterschnaps hin und genehmigt sich selbst einen doppelten.

„Ein anderer Fall vielleicht, aber immer noch dieselbe Bande."

Jonas massiert sein Kinn.

„Die Vergangenheit lässt sich nicht abschütteln, was?"

Waldauf hat seinen Schnaps nicht angerührt. Die braune Flüssigkeit glänzt im Schein der Straßenlampen.

„Wie heißt er?"

„Was? Haben Sie mir gerade nicht zugehört? Sie sollen ..."

„Wie – heißt – er?", faucht Waldauf.

„Wenn ich Ihnen das sage, nimmt das kein gutes Ende."

„Hör mal, Jonas, ich weiß deine Fürsorge zu schätzen, aber es geht möglicherweise um das Leben einer jungen Frau ... da ist mir mein eigenes herzlich egal."

„Das ist es ja, was mir Sorgen bereitet."

„Spuck es endlich aus!"

Jonas' Kiefer mahlen. Noch nie hat Waldauf ihn bedroht oder angeschrien. Dann seufzt er.

„Er heißt Chihan Sahin. Vermutlich Türke."

„Wo wohnt er?"

„Waldauf, alles, was recht ist, ich bin schon froh, dass ich diese Informationen überhaupt auftreiben konnte, ohne gelyncht zu werden. Diese Gruppe ... das ist nicht irgendjemand, von dem wir hier sprechen ..."

„Ja, ja, ist ja gut."

Waldauf wendet sich zum Gehen.

„Was ist mit Ihrem Schnaps?“, ruft ihm Jonas hinterher.

„Keine Zeit, Jonas. Keine Zeit.“

Waldauf muss sich bewegen, er muss nachdenken. Wieso? Warum ausgerechnet ...? Er setzt einen Fuß vor den anderen, achtet nicht darauf, wohin er läuft, während sich seine Gedanken überschlagen. Tom stand aus irgendeinem Grund in Kontakt mit Chiko, einem Drogenhändler, den er vermutlich über Larissa kannte. Er hatte ein verstecktes Handy. Tom und Christina waren getrennt, dennoch fuhren sie gemeinsam mit einem Boot von Christinas Eltern zum Segeln hinaus. Dann, irgendwo zwischen den Nordseeinseln Juist und Norderney, geschieht etwas. Tom kommt allein zurück. Er alarmiert die Seenotrettung, macht seine Aussage. Am folgenden Tag wird er verhaftet. Christinas Leiche bleibt verschwunden. Chiko arbeitet für dasselbe Kartell, das Sarah getötet hat ... er arbeitet für Toto – im *Red Blossom*. Er verkauft Marihuana, Kokain, andere ... ein Gedanke sprengt Waldaufs Gehirn. Weiß Chiko, wer Sahras Mörder ist?

Waldauf bleibt stehen. Er bekommt kaum Luft. Lichtblitze tanzen vor seinen Augen. Jetzt bereut er, dass er den Schnaps nicht getrunken hat. Es gelingt ihm nicht, seine Gedanken einzufangen, sie sind zu schnell für ihn, zu wirr. Wenn sie nur einen Augenblick stillhalten würden ...

Waldauf lässt sich auf eine Parkbank sinken. Wenn er nun wieder gegen denselben Drogenring ermittelt ...

aber diesmal hat er einen Vorteil. Niemand weiß, woran er arbeitet oder dass er überhaupt arbeitet. Diesmal kann ihn niemand verraten. Dann muss er wieder an Anke denken und an die Hyänen. Sie wäre in Gefahr. Er muss den Fall niederlegen. Er weiß, wie brutal diese Gruppe vorgeht. Sie würden alles tun, um ihn auszuschalten oder zu verletzen ... die Sterne verschwinden, und für einen Augenblick wird alles schwarz. Waldauf kann nicht riskieren, Anke zu verlieren. Er fischt sein Telefon aus der Jackentasche und sucht nach der Nummer von Toms Mutter ... die grüne Telefonhörer-Taste leuchtet ihn an. Sein Daumen schwebt darüber wie über der Abschusstaste eines Atomsprengkopfs. Waldauf schreit, dann wirft er das Handy quer über die Straße, wo es auf der gegenüberliegenden Seite am Bordstein in tausend Teile zerspringt. Er rauft sich die Haare, und Tränen nehmen ihm die Sicht. Falls Christina nicht tot ist und er den Fall jetzt niederlegt, ist das möglicherweise ihr Todesurteil ... er ... kann nicht aufhören.

Wo er die letzte halbe Stunde gewesen ist, weiß Waldauf nicht. Sein Körper hat auf einer Parkbank gesessen, aber sein Geist, er selbst ... er weiß es nicht. Es ist, als erwache er aus einem traumlosen Schlaf. Jetzt erst bemerkt er, dass er überhaupt weg gewesen ist. Was, wenn er nicht zurückgekommen wäre? Hätte es überhaupt jemand bemerkt? Aber er ist wieder da. Immer noch! Waldauf ist wach und kann wieder halbwegs klar denken. Seine Hände fühlen sich taub an, und er hat Durst. Er erhebt sich, testet seine Beine. Sie halten der Belastung stand. Es geht ihm gut. Waldauf setzt sich in Bewegung, und als er bemerkt, wo er ist, muss er lachen. Nicht vor Freude ... er lacht vor Trauer, und erneut laufen Tränen seine Wangen hinab. Er ist nur noch eine Straße vom *Red Blossom* entfernt.

Seit dem Tag, an dem er Sarah aus dem Bordell abgeholt hat, ist er nicht mehr hier gewesen. So als hätte ein Besuch sein Scheitern noch realer gemacht. Aber egal, wo er ist, Sarah ist nicht mehr hier. Waldauf nimmt einen Zug von seiner Zigarette und hustet, und Verblüffung macht sich in seinem Gesicht breit. Wann hat er ...? Die beinahe bis zum Ende gerauchte Zigarette entgleitet seinen Fingern. Waldauf verfolgt ihre Leuchtspur bis zum Boden, wo sie in ein Meer aus Funken zerstiebt und nur ein schwaches Glühen zurücklässt.

An diesem Abend findet Waldauf Chiko wieder. Er dealt und nutzt beinahe dieselbe Route wie am ersten Abend, als Waldauf ihm gefolgt ist. Waldauf trägt seine neue Trainingskleidung und ertappt sich dabei, wie er in einem geradezu selbstzerstörerischen Wahn beinahe darauf hofft, dass Chiko ihn bemerkt und ihn konfrontiert. Doch dieser kümmert sich nicht um ihn und scheint ihn gar nicht zu bemerken. Waldauf folgt ihm über mehrere Stunden, bis sie schließlich zu einer ruhig gelegenen Wohnhausanlage nahe Altona-Altstadt kommen. In die Anlage kann er ihm nicht folgen. Auf der gegenüberliegenden Straßenseite bleibt er stehen und wartet. Jetzt braucht er Glück. Und tatsächlich geht nach wenigen Minuten in einer der der Straßenseite zugewandten Wohnungen das Licht an. Chiko wohnt im dritten Stockwerk. Waldauf blickt auf seine Uhr. Es ist halb zwei Uhr morgens.

16. WÄRE ES NÖTIG?

Waldauf hat die letzten Stunden damit verbracht, sich zu ärgern, dass er sein Handy in Teilen irgendwo auf der Straße zurückgelassen hat. Er geht zurück zu seinem Hotel, schläft kaum und kauft am nächsten Morgen ein neues sowie eine passende Prepaidkarte. Gegen Abend postiert er sich wieder vor der Wohnanlage und wartet darauf, dass Chiko seine Wohnung verlässt. Er betritt das Wohnhaus, begrüßt eine ältere Dame, die mit ihrem kleinen Pudel soeben das Haus verlässt, und studiert die Namensschilder auf den Briefkästen. Danach wählt er eine Telefonnummer, gibt einen Namen und die Adresse an, und kurze Zeit später erscheint ein Mitarbeiter des Schlüsseldienstes. Waldauf keucht, er lässt den wortkargen und stark übergewichtigen Mann herein, entschuldigt sich, dass er keinen Ausweis vorzeigen kann, und lächelt.

„Macht nichts", antwortet der Arbeiter Kaugummi kauend. „Passiert ständig."

Auf der Brust seiner roten Latzhose hat sich zwischen abgekauten Kugelschreibern ein Fettfleck breitgemacht, der von Mayonnaise oder Bratensoße stammen könnte. Er geht in die Hocke, betrachtet das Schloss.

„Sie sollten ein anderes Schloss kaufen", empfiehlt er.

„Wird der Schaden groß sein?", erkundigt sich Waldauf.

„Das nicht", sagt der Mann, während er Werkzeug aus seinem Koffer holt. Er lehnt sich gegen die Tür, und nach einem kurzen Ruck und einem knackenden Geräusch öffnet sich die Tür. „Eher wegen der Sicherheit."

„Verstehe." Waldauf gibt sich verblüfft. „Ähm. Wie viel macht das?"

„Hundertfünfzig. Sie können es auch überweisen."

„Nein, nein. Warten Sie." Er tut so, als müsse er sein Portemonnaie aus der Küche holen, und bezahlt den Mann, der sich wortlos umdreht und wieder verschwindet.

Waldauf lässt die Tür ins Schloss fallen. Das ging einfacher, als er erwartet hat. Er schließt die Augen, versucht, sich auf das zu konzentrieren, wonach er auf der Suche ist. Er braucht Antworten. Weswegen standen Tom und Chiko in Kontakt? War Chiko oder Totos Gruppe in Christinas Verschwinden involviert? Oder jagt er nur einem Wunschtraum hinterher? Einer fiktiven Chance, Christina zu retten und damit wiedergutzumachen, was er bei Sarah nicht geschafft hat? Es gibt nichts wiedergutzumachen, sagt er sich. Was er auch tut.

Waldauf sieht sich um. Die Wohnung ist ordentlich, sauber. Chiko hat weder eine Methküche in einem versteckten Hinterzimmer noch eine Hanfplantage oder sonstige Art von Drogenlabor. Es gibt keine Drogenpäckchen, Waffen oder Geldkoffer, die auf den Tischen herumliegen, und keine sonstigen Leichen im Keller. Die Wohnung ist eine geschmackvoll eingerichtete Singlewohnung. Genauso gut hätte Tom hier wohnen können oder er selbst. Waldauf achtet darauf, nichts anzufassen. Dann zieht er Einweghandschuhe über und macht sich auf die Suche. Er öffnet Schubladen und Schränke, geht dabei methodisch vor – von einem Raum zum nächsten. Doch selbst im Badezimmerschrank findet er nichts Außergewöhnliches, abgesehen von einer ganzen Sammlung teuer aussehender Parfumfläschchen, und alles, was Waldauf nach gut zweistündiger Suche findet, ist ein kleines schwarzes Notizbuch und eine auf dem Computer geschriebene Liste mit namenlosen Telefonnummern. Waldauf fragt sich, ob eine davon zu Toms Handy passt, das er bei der Polizeistation in Wilhelmshaven abgegeben hat. Dieser Schäfer hat sich bisher nicht gemeldet. Kann er auch nicht, ermahnt sich Waldauf, dein Handy liegt zertrümmert in irgendeinem Rinnstein. Ja, das mag sein, doch auch davor hat er sich nicht gemeldet.

Chikos Einrichtung ist einfach, schlicht, anonym. Es gibt keine Fotos, keine Bücher, nichts, was auf irgendwelche Neigungen oder Leidenschaften hinweisen würde. Der Dealer bleibt für Waldauf ein Schemen, nicht greifbar. Er trägt teure Kleidung, legt Wert auf sein Auftreten. Abgesehen davon weiß Waldauf nichts über ihn. Von einer Verbindung zu Tom oder den Riemanns fehlt jede Spur. Das Notizbuch enthält Einträge in einer Sprache, die Waldauf nicht versteht, vermutlich Türkisch – falls Jonas' Informationen korrekt sind. Er steckt das Buch und die Seite mit den Telefonnummern in seine Tasche und macht Fotos mit seinem neuen Telefon. Dann kommt ihm ein Gedanke. Waldauf geht zu dem Schlüsselkästchen. Dort hängt ein Schlüssel, der, wie Waldauf rasch feststellt, nicht zur

Wohnungstür passt und auch kein Autoschlüssel ist. Er überlegt, ihn ebenfalls mitzunehmen, entscheidet sich dann jedoch dagegen. Egal, wozu er gehört, das Risiko wäre zu groß. Waldauf blättert erneut im Notizbuch. Er muss es hierlassen. Alles davon. Wenn Chiko bemerkt, dass jemand in seiner Wohnung war und seine Unterlagen gestohlen hat, wird er das Appartement aufgeben und untertauchen, und Waldauf fängt wieder bei null an.

Er verbringt etwa zwanzig Minuten damit, die Telefonliste und jede einzelne Seite des Buches zu fotografieren, legt alles wieder zurück an seinen Platz und verlässt die Wohnung.

Waldauf studiert die Fotos, die er von dem Notizbuch gemacht hat. Er wird sie in einem Copyshop im A4-Format ausdrucken lassen. Dennoch ist ihm klar, dass er einen Übersetzer brauchen wird. Auf einigen der Seiten meint er, Namen zu erkennen, manchmal Uhrzeiten oder Plätze, aber nichts, was auf den ersten Blick auf Tom oder Christina hindeuten würde. Waldauf läuft die Straße entlang in Richtung Hamburg-Mitte und wählt Brunos Nummer.

„Ich brauche einen Übersetzer“, sagt er, ehe sich Bruno melden kann.

„Waldauf?“

„Höchstwahrscheinlich für Türkisch.“

„Weißt du eigentlich, wie spät es ist?“

„Spät? Nein. Ich brauche einen Übersetzer ...“

Bruno seufzt.

„Ja, Waldauf, wir haben natürlich einen Übersetzer für Türkisch, aber den werde ich jetzt um halb zwölf nachts nicht anrufen, und ich weiß nicht, ob er Aufträge von Privatpersonen annimmt."

„Was? Warum denn nicht?"

„Hör mal ..." Bruno klingt, als hätte er bereits geschlafen. „Ich kann dir morgen seine Nummer raussuchen, dann kannst du ihn selbst fragen."

„Das geht nicht. Ich brauche seine Nummer jetzt."

Bruno seufzt erneut. Er stöhnt, während er sich offensichtlich aus dem Bett erhebt. Waldauf denkt nach.

„Nein. Es ist besser, wenn du ihn direkt anrufst. Du kennst ihn."

„Ist das denn wirklich nötig?"

„Was, wenn es deine Tochter wäre, Bruno?", blafft Waldauf ins Telefon. „Würdest du warten? Hätte es Zeit bis morgen? Sag es mir!"

Bruno schweigt.

„Ich brauche ein Treffen, jetzt sofort!"

„Ist gut."

„Gib mir seine Adresse. Wir treffen uns dort."

Bruno nennt ihm Namen und Anschrift des Übersetzers, und Waldauf legt auf. Er stellt den Kragen seiner Jacke hoch, läuft auf die Fahrbahn und hält ein Taxi an.

Als er an seinem Zielort ankommt, ist Bruno schon da. Waldauf bezahlt den Fahrer und läuft zu ihm.

„Konntest du ihn erreichen?"

Bruno will etwas antworten, dann stockt er.

„Du siehst schrecklich aus. So schlimm habe ich dich nicht mehr erlebt ..."

„Halt ja die Klappe, hörst du? Wo wohnt der Mann?"

„Rauchst du etwa?"

„Was?“ Waldauf blickt auf seine Hände, und dort steckt wie selbstverständlich eine Zigarette zwischen den Fingern. So, als hätte sie dort schon immer hingehört. Er hat keine Zeit, sich darüber Gedanken zu machen, und wirft sie weg.

„Also? Wohin müssen wir?“

Bruno wirft ihm einen letzten sorgenvollen Blick zu und deutet ihm den Weg.

Die Wohnung des Mannes ist klein, aber sehr gepflegt, wie er selbst auch. Trotz der späten Stunde trägt er ein Hemd, sein Haar ist zurückgekämmt und duftet nach Haarpflegeprodukten.

„Bitte, kommen Sie herein“, sagt er. Er ist etwa Mitte vierzig und leicht untersetzt. Er schüttelt den Männern die Hand und führt sie an einen großen Esstisch, wo schon eine Karaffe mit Wasser und drei Gläser auf sie warten.

„Es tut mir leid, dass wir dich so spät noch stören, Afsar …“

Der Mann rückt seine goldgerahmte Brille zurecht und hebt abwehrend die Hand.

„Ich habe verstanden, es ist dringend?“

„Das ist es“, ergreift Waldauf das Wort. „Ich muss wissen, was hier steht.“

Er legt das Telefon auf den Tisch. Afsar schenkt ihnen Wasser ein und beugt sich über das Gerät.

Er hat einen Stift und Papier bereitgelegt und macht sich schweigend an die Übersetzung.

„Woher haben Sie das?“, fragt er nach einer Weile. „Ich benötige einen Kontext.“

„Ich weiß nicht, was der Kontext ist", lässt Waldauf die erste Frage unbeantwortet. „Dafür benötige ich Ihre Expertise. Es könnte um Termine gehen, Gespräche, Orte ..."

„Hm", grübelt Afsar. Dann arbeitet er weiter. Jedes einzelne Schriftstück, das er fertig übersetzt hat, legt er zur Seite, von wo Waldauf es sofort aufnimmt, um darin zu lesen. Bruno sitzt in der Zwischenzeit da und trinkt schweigend sein Wasser. Ab und zu wirft er Waldauf einen Blick zu, den dieser ignoriert. Er kann sich um die Sorgen seines Freundes jetzt keine Gedanken machen.

„Wofür steht diese Nummer hier?", fragt er nach einer Weile.

Afsar blickt von seinen Papieren auf und beugt sich zu ihm. Bruno kommt ebenfalls hinzu.

„Schwer zu sagen", sagt der Übersetzer schließlich. „Telefonnummern, Schiffsnummern ... Bankdaten, ich weiß es nicht."

„Schiffe?" Waldauf blättert die bereits übersetzten Seiten durch. „Steht dort irgendetwas über Schiffe?"

„Nein, nicht direkt. Und die Handschrift ist zum Teil schwer lesbar. Aber, nun ja, wir sind in Hamburg." Der Mann zuckt mit den Schultern.

„Ja, ich verstehe."

Etwa drei Stunden später hält Waldauf alle Übersetzungen in den Händen. Viele der Notizen waren unleserlich, weswegen einige Einträge mit Fragezeichen versehen sind. Bei den meisten dürfte es sich um Termine, Treffen mit Personen an bestimmten Orten und Daten handeln. Manchmal stehen Eurobeträge dabei, und oftmals finden sich Abkürzungen darin, wie etwa „RB“. Waldauf vermutet, dass es für *Red Blossom* steht.

Waldauf bedankt sich bei Afsar, schüttelt ihm die Hand und verlässt die Wohnung. Bruno folgt ihm, bittet ihn zu warten.

„Was hast du jetzt vor?“

Waldauf taucht aus seinen Gedanken empor und blinzelt, als müsse er sich an das Gesicht seines Freundes erst erinnern.

„Es war schön, dich zu sehen, Bruno. Danke.“

„Du hast meine Frage nicht beantwortet.“

„Ich ... muss dieses Mädchen finden.“

„Du siehst nicht gut aus. Wann hast du das letzte Mal gegessen?“ Bruno macht einen Schritt auf ihn zu, und Waldauf weicht zurück.

„Ich habe keine Zeit“, sagt er. „Danke, Bruno.“

„Du hilfst niemandem, indem du dich selbst kaputtmachst.“

Waldauf hebt den Blick, er hat dunkle Ringe unter den Augen.

„Ich helfe auch niemandem, wenn ich es nicht tue.“

Zurück im Hotelzimmer wirft Waldauf erneut einen Blick auf seine Armbanduhr. Wenn er jetzt aufbricht und die verbleibende Nacht nutzt, kann er um etwa sieben Uhr morgens in Wilhelmshaven sein. Seine drei Mitbewohner haben sich zu Bett gelegt und reichern die Gerüche, die sich in dem Zimmer gesammelt haben, um zusätzliche Ausdünstungen von Bier und Schnaps an. Waldauf nimmt den Laptop aus seiner Kiste ... das Vorhängeschloss hängt offen daran. Hat er vergessen, sie abzusperren?

Er recherchiert kurz im Internet und findet eine Autovermietung direkt an der Reeperbahn, die rund um die Uhr geöffnet hat. Waldauf sucht seine Sachen zusammen, wirft sie in seine Tasche und hält inne. Er muss seine Kiste abgesperrt haben ...

Waldauf macht das Licht an.

„Hey, Jungs. Aufwachen!"

Die jungen Männer blinzeln ihn an.

„Alter, hast du sie nicht mehr alle?"

„Was'n los?"

Schlaf- und alkoholgetränkte Gesichter starren ihn an.

„Wart ihr an meiner Kiste?"

„Alter, wen interessiert deine Kiste?"

„War jemand im Zimmer?"

Einer der drei zieht sich das Kissen über den Kopf, während die anderen beiden seiner Befragung weiter standhalten.

„War jemand hier – im Zimmer?"

„Ne ... nur die Putze."

„Putze?"

„Ja, so'n Hoteltyp eben. Hat sauber gemacht."

„Sieht es hier etwa sauber für dich aus?"

Der junge Mann zuckt mit den Schultern.

„Weiß nich', aber bekomm jetzt bloß keinen Putzfimmel, okay?"

„Ja, lass uns einfach schlafen, Mann."

Die drei drehen sich um, während Waldauf im Zimmer steht und nachdenkt.

„Licht aus!", ruft einer der Jungs, und er betätigt den Schalter.

Keine halbe Stunde später sitzt Waldauf in seinem Mietwagen und brettert über die A 1 in Richtung Bremen. Seine Gedanken rasen. Das Hotelpersonal hat sich an seiner Kiste zu schaffen gemacht? Nein. Dieser Mann, wer auch immer er war, hat mit dem Hotel nichts zu tun. Aber wer weiß von seinem Aufenthalt in Hamburg? Und wer sollte ein Interesse daran haben ...? Nichts von seinen Sachen fehlt ...

Immer wieder fliegen seine Augen zum Rückspiegel. Er erwartet geradezu, dort einen schwarzen Geländewagen zu entdecken, der auf ihn zurast. Doch die Fahrbahn ist leer. Kaum ein anderes Auto ist unterwegs, abgesehen von den nächtlichen Zügen an Lkw und Sattelschleppern, die wie gigantische Raupen am rechten Fahrbahnrand entlangkriechen. Waldauf bemerkt, dass sich das monotone Rauschen um ihn herum gelegentlich unterbricht, als hätte es Schluckauf. Ist er eingenickt? Sekundenschlaf hat ihm jetzt gerade noch gefehlt. Er schüttelt den Kopf, versucht seine brennenden Augen offen zu halten, die sich anfühlen, als würden sie innen an seinem Schädel scharren und allmählich in seinen Augenhöhlen zusammenschrumpfen wie Trockenobst. Waldauf betätigt den Blinker, als die nächste Tankstelle in Sichtweite kommt. Das Dröhnen des Motors macht wieder einen Hüpfer. Waldauf reißt die Augen auf.

Nach einer kurzen Pause und zwei Bechern Kaffee ist Waldaufs Kopf wieder etwas klarer. Er geht auf dem Parkplatz auf und ab, um sich die Beine zu vertreten und seinen Kreislauf in Schwung zu bringen. Eine Gruppe Männer steht um einen weißen Kleinlaster und diskutiert in einer Sprache, die er nicht versteht. Bei näherer Betrachtung wirken sie eher wie zwei Gruppen, und ihr Verhältnis scheint nicht unbedingt freundschaftlicher Natur zu sein. Waldauf hofft, dass sie ihn nicht bemerken, dreht sich um und geht in die andere Richtung. Was auch immer ihre Gemüter erhitzt, er will damit nichts zu tun haben. Er geht zurück zu seinem Auto, wirft einen Blick auf sein Handy. Dann wird ihm klar, dass sein kurzer Hoffnungsschimmer umsonst war. Anke kann ihm keine Nachricht geschrieben haben. Sie hat seine neue Telefonnummer nicht. Waldauf setzt sich in den Wagen und fährt weiter.

17. ICH STELLE HIER DIE FRAGEN

Waldauf parkt den Wagen vor dem roten Backsteingebäude und lässt den Kopf auf das Lenkrad sinken. Er schnauft tief durch, nur eine Sekunde, für einen kurzen Augenblick. Als er wieder in eine aufrechte Haltung schießt, muss er mehrfach blinzeln, bis sich seine Augen fokussieren. Seine Stirn brennt. Waldaufs Blick fliegt zu seiner Armbanduhr. Schon halb zehn! Er flucht und klettert aus dem Fahrzeug. Er hat viel zu viel Zeit verloren – schon wieder! Er packt seine Sachen und stolpert die Treppen hoch zum Eingang.

Der Beamte am Empfang begrüßt ihn mit den Worten: „Sie schon wieder."

„Hören Sie, es ist mir egal, wie Sie es anstellen, ich muss mit dem Chefermittler sprechen. Wo ist Frank Schäfer? Konnten Sie herausfinden, was auf dem Handy ist?"

„Sie sehen beschissen aus."

„Frank Schäfer!", wiederholt Waldauf.

„Hören Sie, ich weiß, dass Sie auch Polizist waren. Hab's in der Zeitung gelesen. Trotzdem, Vorschrift ist Vorschrift."

„Ja, aber ich gehe davon aus, dass Schäfer den Fall lösen will. Die Medien sitzen ihm im Nacken, und die Familie wird ihm ebenfalls gehörigen Druck machen. Er kann sich keine Fehler erlauben. Glauben Sie mir, ich weiß, wie sich das anfühlt."

Der Beamte seufzt.

„Wollen Sie 'nen Kaffee?"

„Ich will mit Schäfer sprechen. Wenn Sie mir sagen, dass das möglich ist, nehme ich auch einen Kaffee."

„Sie sind ganz schön anstrengend."

„Aber das hilft mir nicht, solange ich ..."

„Wenn Schäfer Ihnen persönlich sagt, dass Sie sich raushalten sollen, werden Sie dann endlich Ruhe geben?"

Waldauf lässt sich auf einen der Wartestühle fallen.

„Kann ich nicht versprechen. An dem Fall ist etwas faul. Ich werde erst Ruhe geben, wenn ich weiß, was es ist. Wir können uns gegenseitig helfen."

„So wie Sie aussehen, sollten Sie zuerst sich selbst helfen. Gesund kann das, was Sie da machen, auf Dauer nicht sein."

„Lassen Sie meine Gesundheit mal meine Sorge sein, ja? Frank Schäfer – ich flehe Sie an."

„Ist ja gut, Mann. Ich frage ihn, okay?"

„Ich danke Ihnen."

Waldauf legt den Kopf in den Nacken, bis er die mit schmutzabweisender Gummifarbe gestrichene Wand berührt, und schließt die Augen.

Etwa eine halbe Stunde später, Waldauf ist in seinem Besucherstuhl mehrmals beinahe wieder eingeschlafen, steht ein breitschultriger Mann mit Schnurrbart und schütterem, hellem Haar vor ihm. Er trägt zivile Kleidung und hat die Hände in die Hosentaschen gesteckt.

„Sie sind also unser Quälgeist?" Der Mann mustert ihn. „Ich bin Kriminalhauptkommissar Frank Schäfer."

„Waldauf", sagt Waldauf, rappelt sich hoch und schüttelt dem deutlich größeren Mann die Hand.

„Bitte, folgen Sie mir."

Der Beamte am Empfang reicht ihm eine Tasse, die Waldauf im Vorbeigehen entgegennimmt. Darin befindet sich warmer, dampfender Kaffee.

„Ich liebe Sie", sagt Waldauf.

„Weiß ich doch, Mann, weiß ich doch."

Schäfer führt ihn in ein Büro, einen schmalen Raum, der ringsum von hohen Fenstern umgeben ist, und bietet ihm einen Stuhl an.

„Nein danke, ich stehe lieber. Konnten Sie etwas über das Mobilgerät herausfinden?"

„Sie meinen, abgesehen davon, dass Ihre Fingerabdrücke überall drauf waren?"

Waldauf schnauft, während Schäfer weiterspricht.

„Aber es waren auch die des Jungen drauf."

„Nachrichten?"

„Keine. Und alle Anrufe führten ausschließlich zu zwei anderen Prepaidkarten-Nummern."

„Steht irgendeine davon auf dieser Liste?"

Waldauf zeigt Schäfer das Foto von der Liste mit Nummern aus Chikos Wohnung.

„Woher haben Sie das?"

„Kann ich Ihnen nicht sagen. Sind die Nummern darunter?"

„Nein, aber die da ..." Sein Finger zeigt auf eine der Nummern. „Das ist die Nummer von Toms Handy."

„Haben Sie Drogen bei ihm gefunden oder in seinem Blut?"

„Hören Sie, nichts für ungut, aber Sie sind Zivilist. Ich stelle hier die Fragen."

„Alles klar. Haben Sie welche gefunden?"

Schäfer lacht auf, was mehr nach einem Bellen klingt, und schüttelt den Kopf.

„Nichts."

„Wieso haben Sie sich anders entschieden?"

„Was meinen Sie?"

„Wieso sprechen Sie mit mir?"

„Okay, genug gefragt. Jetzt bin ich dran. Sie sagten, irgendetwas an dem Fall sei faul. Wie meinen Sie das?"

„Ist Tom bei seiner Aussage geblieben?"

„Beantworten Sie zuerst meine Frage."

„Sie waren allein da draußen. Offiziell waren sie getrennt. Seitdem ist Christina verschwunden, richtig? Was, wenn sie noch am Leben ist?"

„Nach so langer Zeit auf See?"

„Was, wenn sie nie wirklich da draußen war?"

„Sie meinen, es war vorgetäuscht? Und der Junge geht freiwillig wegen Mordes ins Gefängnis? Wozu?"

„Vielleicht eine Entführung? Was wissen Sie über den Vater?"

Schäfer verzieht das Gesicht und streicht sich über den Schnurrbart.

„Spricht nur mit einem, wenn man ihn per richterlicher Anordnung dazu zwingt. Und er hat ein Problem mit Autoritäten, insbesondere dann, wenn sie seiner Meinung nach stümperhafte Arbeit leisten."

„Wirkte er, als hätte er etwas zu verheimlichen? Stand er unter großem Stress?"

„Der Mann hat seine Tochter verloren."

„Nein, ich meine ... halten Sie eine Entführung für möglich, für die Tom den Kopf hinhält?"

„Laut unserer GPS-Daten des Schiffsverkehrs an jenem Tag waren sie mit ihrem Boot relativ allein da draußen. Kein anderes Boot wäre nahe genug gewesen. Es könnte natürlich ein kleines Boot ohne GPS gewesen sein, aber ... ich weiß nicht. Würden sich die Entführer einer Millionärstochter mit ihrem ausgeklügelten Plan tatsächlich darauf verlassen, dass ein Junge wie er jeder Befragung standhält, bis die Lösegeldübergabe vonstattengegangen ist? Mit ihm würde der gesamte Erfolg ihrer Entführung stehen und fallen. Er wäre aufgeregt, besorgt um ihr Wohlergehen. Das zu verbergen ... Ich halte das für nicht sehr wahrscheinlich."

„Ja, das wäre unüblich, zugegeben. Wenn wir davon ausgehen, dass die häufiger gewählte Nummer tatsächlich Christinas war, wem gehörte dann die andere? Die Anrufe an diese Nummer, wann haben die stattgefunden?"

„Es waren nur drei oder vier Gespräche. Das letzte etwa zwei Wochen vor der mutmaßlichen Tat."

„Was könnten die beiden gewollt haben?"

„Tom und Christina? Worauf wollen Sie hinaus?"

„Denken Sie, Christina war drogenabhängig und Tom hat ... nun ja, sie mit Stoff versorgt?"

„Wir haben jedenfalls nichts bei ihm gefunden. Weder in seiner Wohnung noch in seinem Zimmer noch in seinem Blut."

„Also nicht." Waldauf grübelt. „Lügt er?"

„Schwer zu sagen. Er erzählt uns immer wieder dieselbe Geschichte. Ich denke nicht, dass er uns die Wahrheit sagt. Entweder er hat etwas zu verbergen, oder er hält sich für besonders schlau."

Waldauf lässt sich auf den Besucherstuhl sinken.

„Oder er will ins Gefängnis. Sehen Sie? Ich sage doch, an dem Fall ist was faul."

„Das können Sie laut sagen. Aber ich halte Mord dennoch für am wahrscheinlichsten."

„Kann ich mit ihm sprechen?"

„Ausgeschlossen, das wissen Sie. Ich habe Sie zu dem Fall hinzugezogen, weil Sie möglicherweise wertvolle Informationen für uns haben. Nicht, damit Sie mit unserem Hauptverdächtigen ein Schwätzchen halten."

Waldauf fährt sich mit der Hand über sein mit Bartstoppeln übersätes Gesicht, überlegt, ob er Schäfer auf Chiko und Totos Drogennetzwerk ansprechen soll, und entscheidet sich dann dagegen.

„Denken Sie, Riemann hat Privatdetektive beauftragt? Wie war das Verhältnis zu seiner Tochter?"

„Dass Sie keine Fragen stellen, funktioniert nicht, was?"

„Jahrzehntelange Gewohnheit. Lässt sich nicht einfach abstellen", sagt Waldauf, während seine Finger die Zigarettenschachtel in seiner Jackentasche betasten.

„Kann ich mir vorstellen. Ich gehe davon aus, dass Sie mit Ihren Ermittlungen sowieso nicht aufhören werden, was? Ich mache Ihnen einen Vorschlag. Ein Angebot. Sie sagen mir, was Sie wissen, alles, was Sie bisher herausgefunden haben. Sie halten keine Beweise mehr zurück, nicht so wie bei dem verdammten Telefon. Sie geben mir alles, was Sie haben. Im Gegenzug beantworte ich Ihre Fragen, soweit ich kann."

„Einverstanden. Die Liste mit den Telefonnummern, wobei ich mir nicht bei allen sicher bin, ob sie wirklich Telefonnummern sind, habe ich aus einer Wohnung in Hamburg."

„Welche Wohnung?"

„Muss ich mich zu einem Verbrechen bekennen?"

„Scheiße, Waldauf! ... Erzählen Sie weiter."

„Offensichtlich stand der Besitzer mit Tom in Kontakt, aber ich weiß noch nicht, worum es dabei ging. Die Riemanns haben einen privaten Sicherheitsdienst damit beauftragt, nicht nur nach Christina zu suchen, sondern auch ihr gesamtes Umfeld sowie Toms Freunde und Familie auszuforschen. Zusätzlich halten sie mit ihren Anwälten und einer ganzen Reihe von Verleumdungsklagen die Medien in Schach. Ich weiß von einer Person, die sehr offensiv eingeschüchtert wurde, falls sie sich weigern sollte, vor Gericht gegen Tom auszusagen."

Schäfer sitzt in seinem Stuhl hinter dem breiten Bürotisch, auf dem sich fein säuberlich gestapelte Akten türmen. Er blättert in einem der Ordner und nickt.

„Was noch?"

„Ich frage mich, warum sie versuchen, Leute einzuschüchtern."

„Sie meinen die Riemanns?"

Schäfer macht ein ernstes Gesicht, wobei er seinen Mundwinkeln nicht gestattet, zu weit nach unten zu sinken.

„Henning Riemann ist einer der reichsten Männer Deutschlands. Er ist präsent in den Medien und weiß für gewöhnlich, sich im Rampenlicht zu inszenieren. Wie es aussieht, ist er ständig mit Personenschutz unterwegs. Der Sicherheitsdienst heißt *Security and Crime Prevention Bureau* und steht im Ruf, die Interessen seiner Klienten äußerst, nun ja, nennen wir es kompromisslos, zu vertreten."

„Wissen Sie zufällig, ob die schwarze Jeeps fahren?", fragt Waldauf, einer plötzlichen Eingebung folgend.

„Wieso fragen Sie?"

„Nicht so wichtig. Wie war Christinas Einstellung zu diesen ... Maßnahmen?"

„Schwer zu sagen. Christina ist ähnlich wie ihre Mutter kaum in der Öffentlichkeit in Erscheinung getreten, nur gelegentlich zu feierlichen Anlässen. Manche ihrer Freunde sagen, sie hätte stark unter den Einschränkungen gelitten. Welchen Eindruck haben Sie?"

„Nicht jeder fühlt sich wohl im Rampenlicht. Soweit ich weiß, hatte sie keine Wahl. Ihr Vater hat alles für sie vorhergeplant. Haben Sie Riemanns Geschäftspartner ins Visier genommen? Gibt es darunter jemanden, der ihm schaden will?"

„Da sind wir dran, aber die Liste seiner Geschäftspartner, Kunden und Auftraggeber ist lang. Allein die Kundenliste seines Logistikkonzerns umfasst über tausend Einträge, zu einem Großteil internationale Unternehmen. Wir betrachten seinen engsten Kreis und arbeiten uns von dort nach außen, aber ein Gesamtüberblick ist praktisch unmöglich. Bisher haben wir kaum Verdachtsmomente."

„Hat er in jüngster Zeit Drohungen erhalten?"

„Das wissen wir nicht. Seine Anwälte haben ihm geraten, diese Frage nicht zu beantworten."

„Seine Tochter verschwindet, und er will diese Frage nicht beantworten?"

„So sieht's aus."

„Was sagen die Zeugen? Hat sie jemand an jenem Tag gesehen?"

„Ja, sie wurden zusammen gesehen, aber alles war friedlich. Sie schienen glücklich zu sein."

„Also waren sie vielleicht noch ein Paar."

„Oder wieder."

Waldaufs Stirn fühlt sich an, als wolle sie verglühen. Er nimmt einen weiteren Schluck aus seiner Tasse.

„Denken Sie, er hat es getan?"

„Ich denke, was auch immer da draußen geschehen ist, er wird es uns nicht sagen. Und wir haben, soweit ich das sehen kann, keine andere Möglichkeit, es herauszufinden. Wir haben Blutspuren auf dem Boot sichergestellt, und sie stammen eindeutig von Christina Riemann. Aber es war wenig. Das heißt vermutlich stumpfe Gewalteinwirkung."

„Von einem Schlag? Womit?"

„Keine Tatwaffe. Entweder hat er sie mit ihr über Bord geworfen, oder es war ein Unfall. Tom selbst war völlig durchnässt, als die Einsatzkräfte eingetroffen sind. Das heißt, entweder ist er ihr hinterhergesprungen, wie er behauptet, oder es ist ein Ablenkungsmanöver. Oder er hat sie festgehalten, bis sie ... nun ja, Sie wissen schon. Er tischt uns immer wieder dieselbe Geschichte auf. Der Wind hätte plötzlich umgeschlagen. Wellen hätten das Boot zur Seite gekippt, und Christina wäre gestürzt und hätte sich dabei den Kopf gestoßen. Er hätte das Boot sofort beigedreht, aber bis er bei ihr im Wasser war, wäre sie bereits untergegangen gewesen. Und die Sicht in der Nordsee, die ist nicht gerade gut. Das Sediment, Sie verstehen?"

„Hat er gesehen, wie es passiert ist?"

„Er sagt, er sei mit dem Boot beschäftigt gewesen, dann habe er sie schreien gehört, und sie sei ins Wasser gefallen."

„Passiert das oft, dass Verunglückte auf See nicht mehr auftauchen? Bei all dem Aufgebot an Seenotrettung und den Suchdiensten der Familie ..."

„Wenn sie ohne Bewusstsein war, wäre das möglich, ja. Die Strömungen da draußen können stark sein."

Waldaufs Fingernägel scharren an der Oberfläche seiner Tasse.

„Was haben Sie jetzt vor?"

„Bis zu dem Zeitpunkt, an dem Sie das Handy bei uns abgegeben haben, war der Fall für mich ziemlich klar. Vielleicht war es ein Streit, ein Versehen oder tatsächlich ein Unfall. Es liegt beim Gericht und den Geschworenen, das zu entscheiden, aber unser Teil der Arbeit war nahezu abgeschlossen."

„Haben Sie Tom zu dem Handy befragt?"

„Er sagt, er hätte es benutzt, um heimlich mit Christina zu telefonieren. Ihr Vater habe ihr den Kontakt verboten, doch sie hätte ihm irgendwann ein Buch geschenkt, und darin sei das Handy versteckt gewesen."

„Und die andere Nummer?"

„Ein Freund."

„Und wie heißt der?"

„Will er nicht sagen."

„Das ist doch alles scheiße."

„Das können Sie laut sagen."

18. LEBERKÄSE UND COLA

Waldauf läuft die Straße entlang, und das Klacken seiner Absätze teilt das monotone Prasseln des Regens in regelmäßige Abschnitte. Sarah geht neben ihm und sagt, sie freue sich auf den Neuanfang. Auf ein Leben ohne Angst. Waldauf blickt zur Seite und lächelt sie an. Sie ist einen guten Kopf kleiner als er, und zart ist das Wort, das sie für ihn am besten beschreibt, obwohl er weiß, dass sie trotz ihres jungen Alters mehr aushalten musste als die meisten Menschen, die er kennt. Dennoch sieht sie glücklich aus und voller Hoffnung. Waldauf trägt die Tüte mit den Einkäufen, und er weiß, dass dieser Moment nicht von Dauer sein wird, aber auf merkwürdige Weise fühlt er sich ebenfalls glücklich.

Sie steigen die Treppen hinauf. Ein anderer Hotelgast kommt ihnen entgegen, grüßt und ist wieder fort. Die Beamten des Bundeskriminalamtes müssen bald hier sein – vermutlich. Waldauf stellt die Tüte auf den Tisch, und sie essen Leberkäse-Brötchen und trinken Cola aus Dosen.

„Wieso hast du mich an jenem Abend angesprochen?“, fragt sie und fixiert ihn mit ihren dunklen Augen.

„Ich weiß es nicht.“ Natürlich weiß er es, aber er kann es ihr nicht sagen. „Es war ein Gefühl.“

„Ein Gefühl?“ Sie bemüht sich, nicht zu grinsen.

„Ja. Es war die Art, wie du dort gesessen hast, an der Bar.“

„Ach ja? Wie habe ich denn dort gesessen?“, fragt sie, und ihre Augen werden noch größer.

„So, als wärst du lieber woanders.“

„Vielleicht ist das einfach nur meine Masche, um Kerle aufzureißen ... damit sie mir Leberkäse-Brötchen und ’ne Cola kaufen.“

Waldauf muss lachen, und Sarah lacht ebenfalls. Dann klopft es an der Tür. Waldauf wischt sich mit einer Papierserviette über den Mund und erhebt sich. Was er denkt, als er zur Tür geht, um sie zu öffnen, weiß er nicht. Vielleicht ist es die törichte Vorstellung, dass Sarahs Neuanfang auch sein eigener sein könnte. Er legt die Hand auf die Türklinke.

***

Waldauf starrt ins Leere. Vor den Fensterscheiben seines Mietwagens ist es dunkel geworden, und die Straßenbeleuchtung ist angegangen. Er lockert den Griff seiner Arme, die er vor der Brust verschränkt hatte. Seine linke Schulter, auf der er offenbar gelehnt hat, ist taub, und gleichzeitig schmerzt sie, als hätte jemand sein Gelenk durch ein glühendes Stück Eisen ersetzt. Er betastet den Oberarm mit seiner rechten Hand und beginnt, ihn zu kneten. Dieses Gewicht seiner Schuld, er wird es tragen, solange er kann. Um Buße zu tun oder um sich selbst zu bestrafen? Nein ... damit das Gedenken an Sarah nicht stirbt. Damit sie weiterlebt, wenn auch nur in seiner Erinnerung. Waldauf rutscht auf seinem Hintern hin und her, bis er wieder so weit aufrecht sitzen kann, dass die Taubheit in seinem Arm nachlässt.

Er startet den Wagen, ohne recht zu wissen, was er als Nächstes tun soll. Er hasst diese Phase, die sich nahezu in allen Ermittlungen früher oder später einschleicht. Wenn sich alle Spuren im Sand verlieren und alle Details und Hinweise, die auf dem Tisch liegen, plötzlich keinen Sinn mehr zu ergeben scheinen. Wenn er nur mit Henning Riemann sprechen könnte, mit Tom oder mit Chiko. Waldauf hat das Gefühl, einer Illusion hinterherzujagen. Alles, was er hat, sind Chikos Notizen und seine Liste mit Telefonnummern, worunter auch jene von Toms Handy ist. Und Schäfer hat ihm den Namen des Sicherheitsdienstes genannt, der in Riemanns Auftrag arbeitet und offenbar seine eigenen Ermittlungen anstellt.

Waldauf will nach Hause, eine Dusche nehmen und sich unter seiner Bettdecke verkriechen. Er will schlafen, vergessen. Aber zugleich drängt es ihn, diesen Fall zu lösen, der ihn nicht mehr loslässt. Denn irgendwie spielt Totos Drogenkartell darin eine Rolle, und Waldauf weiß nicht, welche. Vielleicht irrt er sich auch, und alles ist nur ein merkwürdiger Zufall. Unfall, denkt sein Gehirn, und Waldaufs Gedanken fliegen abermals zurück zu dem schwarzen Jeep. Er legt den ersten Gang ein und rollt aus der Parklücke. Manchmal hilft es ihm, wenn er in Bewegung ist, seinen Gedanken freien Lauf zu lassen. Aber seit Sarahs Tod führen sie ihn immer häufiger an dunkle Plätze voller Schmerz und Abgründen, aus denen es kein Entrinnen mehr gibt.

Eine Zeit lang fährt er umher, ziellos, wahllos. Irgendwann parkt er den Wagen schließlich vor seinem Hof.

Er tritt ein, lässt seine Tasche fallen, seine Schuhe, Jacke. Es ist Abend und bereits dämmrig. Waldauf macht kein Licht an. Er geht ins Badezimmer, lässt seine Kleidung fallen, stellt sich in die Dusche und betätigt den Wasserhahn. Mit geschlossenen Augen lässt er das heiße Wasser auf seinen Kopf prasseln. Rinnsale laufen ihm über Gesicht, Ohren und seinen restlichen Körper. Das dumpfe Dröhnen der Wasserstrahlen wäscht seine Gedanken fort. Es hilft ihm, sich wieder auf sich selbst zurückzuziehen. Es hält ihn im Moment. Da ist nur noch er, keine Welt mehr, die mit ihren Eindrücken und ungeklärten Fragen, mit Schuld und Problemen seinen Verstand überflutet. Waldauf ist allein. Endlich allein. Fort von allem. Von allen Pflichten und Erwartungen, die er nicht erfüllen kann. Nur Sarah ist noch bei ihm und blickt zu ihm hoch. Das wird sie immer sein. Waldaufs Tränen vermengen sich mit den Wasserstrahlen.

Als er fertig ist, ist seine Haut faltig, als wäre sie ihm durch die anhaltende Hitze zu groß geworden oder er in ihr geschrumpft. Als hätte das Wasser einen Teil von ihm fortgespült. Wenn er das häufiger macht, wird irgendwann nichts mehr von ihm übrig bleiben, denkt er. Er geht in die Küche, wo immer noch die Muschel, die Anke ihm geschenkt hat, auf dem Fensterbrett liegt. Im Kühlschrank findet er nichts Brauchbares. Die halb volle Packung Milch leert er in die Spüle, und einige andere Reste wirft er in den Müll. Etwas, das in einem früheren Leben einmal eine halbe Salatgurke gewesen ist, und einige Scheiben Wurst und Käse. Trotz des ekelerregenden Geruchs meldet sich Waldaufs Magen. Plötzlich fallen ihm wieder die Leberkäse-Brötchen ein und die Dosen mit Cola, und er verabscheut seinen Körper, der darauf mit Speichelfluss reagiert. Waldauf muss raus. Er eilt zu seinem Kleiderschrank, wirft eine Jeans und ein langärmeliges Shirt über, steckt seine nackten Füße in das Paar neuer Sportschuhe, schnappt sich Schlüssel und Portemonnaie und verlässt das Haus.

Draußen weht eine kühle Brise. Waldauf beschließt, ein Stück weit zu laufen. Vielleicht bis nach Neuharlingersiel, um dort nach einem Imbiss oder Restaurant Ausschau zu halten. Er nimmt sich vor, das Café zu suchen, in das Anke gegangen ist, an jenem Tag, der mittlerweile unendlich weit weg scheint, an dem sie sich zufällig über den Weg gelaufen sind, direkt vor dem kleinen Teeladen. In einer Realität, die nicht mehr existiert.

Waldauf hat Glück. Das Café liegt etwas erhöht nahe dem Pier und ist nicht schwer zu finden. Er ist erschöpft, aber nicht minder ruhelos. Es ist ein Tatendrang, der sich durch nichts stillen lässt. Eine junge Kellnerin führt ihn zu einem Tisch an den Panoramafenstern, die einen Ausblick auf das Meer und die vor der Küste liegenden Inseln bieten. Er sieht die flachen Umrisse von Langeoog und Spiekeroog und etwas weiter östlich, wie hinter einem Schleier, Wangerooge. Waldauf schaut auf die falschen Inseln. Er sollte Juist und Norderney betrachten, denn dort ist auf See etwas geschehen, das er noch immer nicht versteht. Hier verschwendet er nur seine Zeit. Er flucht in sich hinein, weiß, dass er keine Ruhe finden wird, erhebt sich, dankt der Kellnerin und entschuldigt sich. Draußen vor dem Restaurant überlegt er, ein Taxi zu nehmen, während sein Magen abermals einen Knoten bildet. Er beschließt, den Mietwagen zu nehmen, und läuft wieder nach Hause, Richtung Osten. Dann kommt ihm ein törichter Gedanke. Möglicherweise ist Anke ebenfalls hungrig, und vielleicht weiß sie, wo man in Norddeich, von wo aus die Fähren nach Norderney und Juist übersetzen, gut essen kann. Waldauf läuft am Hafen entlang und erblickt eine alte Uhr an einem Laternenpfahl. Es ist bereits nach neun. Bis er bei Anke ist und sie gemeinsam nach Norddeich gefahren sind, ist es für Abendessen vermutlich zu spät. Vielleicht sollte er die Mahlzeit einfach ausfallen lassen ... Er klopft seine Taschen ab. Die Zigarettenpackung muss er im Haus gelassen haben. Sein Kopf beginnt zu hämmern. Er hasst es, hungrig zu sein, er hasst es, aufgrund seines Hungers launisch zu sein, er hasst es, zu rauchen. Er hasst es, nutzlos zu sein. Will er in diesem Zustand tatsächlich zu Anke gehen?

Waldauf stakst den Weg entlang. Einige Hundebesitzer, Radfahrer und Läufer kreuzen seinen Weg, und er senkt jedes Mal den Blick, um nicht grüßen zu müssen. Selbst das ist ihm gerade zu viel Gesellschaft. Dann kommt ihm ein junges Paar entgegen, und Waldauf spricht sie doch an. Er ist in Gedanken, grübelt über Christina, über ihr Leben, ihre Wünsche und Träume nach und erkennt, dass er so gut wie nichts darüber weiß. Er bedankt sich, geht weiter. Minuten vergehen, dehnen sich zur Unendlichkeit, verfliegen, verlieren sich in der Bedeutungslosigkeit. Zeit ist ein nutzloses Konstrukt. Irgendwann steht er nur noch wenige Meter von seinem Hof entfernt und keucht und wirft rasch die Zigarette fort, als er eine Bewegung am Zaun wahrnimmt.

„Du bist wieder da?", ruft Anke ihm zu, als sie ihn erblickt.

„Ja, ich ..." Waldauf ist nicht darauf vorbereitet. Er wollte sich überlegen, was er sagt, wenn er Anke wiedersieht. Jetzt steht sie vor ihm und betrachtet ihn mit zusammengezogenen Augenbrauen.

„Seit wann bist du zurück? Und wieso gehst du nicht ans Telefon?" Sie stockt. „Es tut mir leid, ich meine ... du siehst erschöpft aus. Wie geht es dir?"

Waldauf kann dem Bombardement an Fragen nichts entgegenhalten.

„Du warst bei mir?", fragt er, um Zeit zu gewinnen, aber er weiß, dass es sinnlos ist. Ankes Antwort überrascht ihn.

„Ja, ich laufe diesen Weg oft entlang – viel öfter, als mir lieb ist. Ich ... nun ja, sehe ab und zu nach dem Rechten. Ob du da bist."

„Danke, das ist sehr nett von dir ..."

Sie hebt die Nase.

„Hast du geraucht? Ich wusste gar nicht, dass ..."

„Nein, ich ..." Waldaufs Gesicht glüht, er hasst es, zu lügen. „Es tut mir leid, ich wollte nicht ... Ja, ich habe geraucht. Es ist ... eigentlich darf ich nicht ... warte kurz. Bitte."

Er läuft ins Haus, und als er wiederkommt, drückt er Anke sein Feuerzeug und die Schachtel mit den Zigaretten in die Hand.

„Kannst du sie für mich wegwerfen, bitte? Ich weiß nicht, ob ich es selbst schaffe."

Anke schiebt die Gegenstände in ihre Jackentasche, und die Sorge in ihrem Blick ist unübersehbar.

„Was habe ich dir bloß angetan?"

„Nein, es ist gut ... ich kann ...“ Waldauf presst die Augen zusammen. „Um ehrlich zu sein, stecke ich fest. Ich weiß nicht, ob ich sie finden kann.“ Er spürt, wie seine Hände zu zittern beginnen.

„Wann hast du zuletzt geschlafen?“

„Heute.“

„Und gegessen?“

„Weiß nicht. Gestern, denke ich.“

„Hast du etwas zu Hause?“

„Nein, ich wollte ...“ Waldaufs Schädel hämmert. „Aber dann dachte ich, ich sollte besser nach Norddeich fahren. Ich muss verstehen, was passiert ist.“

Anke nimmt ihn an den Händen und fixiert ihn mit ihrem Blick.

„Du kommst mit zu mir.“

„Nein, mache dir keine Umstände ...“

„Ich mache dir etwas zu essen. Danach kannst du fahren, wenn du willst. Oder du fährst erst morgen Früh.“

Waldauf atmet ein, und Anke hebt die Hand.

„Entschuldige, so war das nicht gemeint. Ich möchte einfach nur, dass es dir gut geht.“

Waldauf stürzt ins Bodenlose. Es ist derselbe Satz, den er zu Sarah gesagt hat, vor all diesen Wochen, Monaten. In diesem anderen Leben, als sie nebeneinanderlagen in dem Hotelzimmer und ferngesehen haben. Diese Fernsehshow mit dem Moderator mit den viel zu hellen Zähnen. Zähnen, die ihn noch heute anlachen – auslachen, weil er tatsächlich daran glaubt, dass alles gut werden würde.

Anke drückt ihn fest an der Schulter. Sie steht vor ihm. Er erkennt ihr Gesicht. Sie sagt etwas.

„... du mich? Kannst du mich verstehen?“

„Ja. Ja, ich höre dich. Es ... geht schon. Geht schon wieder."

Waldauf richtet sich auf, atmet ein und scheitert an den Limitierungen seiner Lunge. Funken tanzen um ihn herum. Und dazwischen schweben Ankes wasserblaue Augen, groß und voller Angst.

„Gar nichts geht. Du wärst um ein Haar umgekippt. Kannst du stehen? Kannst du laufen?"

Nachdem Waldauf alle Fragen positiv beantwortet hat, schnappt sie seine Hand und er läuft neben ihr her, stets einen halben Schritt zu langsam, und betrachtet ihre ineinandergelegten Hände. Ihre schlank und hell, seine prankengleich und unbeholfen. Ihre behutsam, seine Schaden anrichtend, wo auch immer sie hin fassen.

„Komm rein", sagt sie, als sie ihre Schlüssel auf die Kommode wirft, die Schuhe abstreift und in einem Türrahmen verschwindet. Waldauf hört das Klimpern von Geschirr, das Öffnen und Schließen einiger Schubladen, eine Kühlschranktür.

Er steht in dem Vorraum und blickt durch die offen stehende Eingangstür nach draußen. Was werden die Nachbarn von ihr denken, wenn sie ihn hier stehen sehen? Erneut fühlt er das Aufwallen von Scham und schließt die Tür. Kurz darauf sitzt er an Ankes Esstisch und hält eine Tasse heißen Tee in seinen Händen, und obwohl es ein warmer Tag war, fühlt Waldauf, wie das Getränk die eigentümliche Kälte vertreibt, die ihn befallen hat. Er nimmt einen Biss von dem Käsebrot, das

Anke ihm hingestellt hat. Daneben liegen kleine Tomaten, eine aufgeschnittene Gurke und eine Handvoll roter Früchte.

„Das sind Cranberrys", sagt sie. „Iss."

„Cran...?"

„Cranberrys. Die werden dir guttun."

„Ja, danke."

Waldauf steckt sich ein paar davon in den Mund und verzieht das Gesicht, obwohl er sich vorgenommen hat, zu lächeln. Anke lacht.

„Sauer?"

„Eher lustig."

Waldauf isst, während sie ihm gegenübersitzt, mit einer Tasse Tee in den Händen, und ihn beobachtet.

„Stört es dich? Ich habe leider keine Wurst im Haus. Nur vegetarisch."

„Ich ..." liebe dich, will er aus einem plötzlichen Impuls heraus sagen und verschluckt sich beinahe. „Nein ... Nein, stört mich nicht. Es schmeckt sehr gut, danke."

„Auch die Beeren?", stichelt sie und grinst.

„Auch die Beeren." In ihren Augen erkennt er etwas, das sich mehr nach Zuhause anfühlt als alles, was er seit vielen Jahren kannte. Ein Gefühl, das er verloren zu haben glaubte. Und jetzt macht es ihm Angst. Wenn er es nun wiederfände und dann doch wieder verlieren würde?

Dann hört er wieder den Regen und dreht sich nach ihr um, wirft einen Blick über die Schulter, um zu sehen, ob sie verfolgt werden. Ein Pistolenschuss zerreißt die durchtränkte Nachtluft, und Anke stürzt zu Boden. Waldauf streckt seine Hand nach ihr aus. Eine weitere Explosion, und eine dunkle Gestalt löst sich aus dem

Regenschleier. Waldauf betastet seinen Brustgurt, seinen Gürtel. Seine Waffe ist nicht da. Er hat sie abgelegt, vorhin ... im Hotelzimmer. Er wirbelt herum, Anke liegt auf dem schwarzen Asphalt, das Gesicht zum Himmel gewandt, schnappt nach Luft, wie ein Fisch. Waldauf stürzt zu ihr, er ruft ihren Namen!

„Waldauf?"

Waldauf schreckt hoch, und das Brot fällt ihm aus den Händen.

„Ist alles in Ordnung?"

„Ich ... es ist ..."

Ihr Gesicht ist von blonden Haaren eingerahmt, und was er darin liest, sind nicht bloß Sorgen, es ist Entsetzen. Und er sieht seine schlimmsten Ängste bestätigt: Er richtet Schaden an. Er muss gehen, bevor er es noch schlimmer macht.

„Es tut mir leid", sagt er und erhebt sich.

„Aber du hast doch noch gar nicht aufgegessen."

„Ich kann nicht – muss gehen."

Er geht ins Vorzimmer, zieht seine Schuhe an und wankt aus dem Haus. Alles, was er tut, wird Schaden anrichten. Er weiß es. Anke läuft ihm hinterher. Sie stellt sich ihm in den Weg.

„Liegt es an mir? Habe ich etwas falsch gemacht?"

Die Frage trifft Waldauf wie ein Schlag ins Gesicht. Er schüttelt den Kopf, und Tränen bahnen sich ihren Weg, nehmen ihm die Sicht.

„Ich habe Angst ... dich zu verletzen."

„Das habe ich auch."

Waldauf blickt auf.

„Was denn? Denkst du etwa, ich hätte keine Geschichte?", fordert sie ihn heraus. „Ich habe auch Fehler gemacht, habe Dinge getan, auf die ich nicht stolz bin. Das gehört zum Leben nun mal dazu. Trotzdem habe ich Angst ..."

„Nicht solche Fehler."

Sie nimmt sich einen Moment Zeit.

„Das ... kann ich nicht beurteilen, aber du brauchst dir um mich keine Sorgen zu machen. Ich halte einiges aus." Sie fixiert ihn. „Ich bin robust."

„Ja, das ... kann ich sehen."

„Komm wieder rein. Iss wenigstens fertig. Danach kannst du gehen, wenn du willst."

Waldauf zögert. Er sieht sich um. Der Wind hat aufgefrischt. Dann nickt er.

„Ich habe Angst, dich zu verlieren", sagt er, versucht sich an einem Lächeln und scheitert, während er immer noch weint.

Anke zieht ihn zu sich heran und küsst ihn.

19. EINE ARBEITSHYPOTHESE

„Wie schlimm ist sie“, fragt Anke, „diese Sache, die dich beschäftigt?“

Waldauf kann nicht antworten.

Sie liegt in seinen Armen.

„Hat es etwas damit zu tun?“ Sie legt ihre Finger an die Narben auf seiner Brust. Wieder bleibt er stumm. Seine Augen füllen sich erneut mit Tränen. Doch er gestattet ihnen nicht, zu weinen. Nicht diesmal.

„Dachte ich mir schon.“

Waldauf fühlt, wie sich sein Körper anspannt, doch Anke bohrt nicht nach. Stattdessen lehnt sie ihren Kopf an seine Schulter und schweigt mit ihm.

Irgendwann, nach einer gefühlten Ewigkeit, blickt Waldauf zu ihr und sagt: „Danke.“

„Schon gut. Vielleicht erzählst du es mir irgendwann einmal – wenn du bereit dazu bist.“

Waldaufs Augen fliegen zu den Schatten an der Decke. Und während du noch darüber nachdenkst, ob ihr auch schnell genug lauft, denkt er, wird es zu spät sein. Er hasst seine Gedanken. Er hasst die Schatten. Er schließt die Augen und konzentriert sich auf das Geräusch von Ankes Atmung. Es ist ein gleichmäßiges, an- und abschwellendes Wogen, wie die Meeresbrandung.

Es ist Tag, und das Erste, was Waldauf wahrnimmt, ist der Duft ihres Kissens. Es riecht nach ihrem Haar. Er öffnet eines seiner Augen und sieht sich nach einem Wecker um. Er hört kein Ticken, und auf den Nachttischen liegt nichts außer einem Buch. Nachdem er sich gesammelt hat, wälzt er sich auf die Seite, lässt die Beine aus dem Bett hängen und wundert sich. Er hat geschlafen, ohne zu träumen, ohne Schmerzen, ohne die innere Unruhe, die ständig an ihm zerrt.

Er tapst in die Küche, und Anke ist nicht da. Ist sie spazieren gegangen und hat ihn hier in ihrem Haus zurückgelassen? Über der Küchentür entdeckt er eine Uhr. Sie zeigt ihm an, dass es kurz vor elf ist. Elf Uhr? Er hat schon wieder wertvolle Zeit verloren, und die Wahrscheinlichkeit, Christinas Fall zu lösen, bevor Toms Gerichtsverfahren beginnt, rückt in immer weitere Ferne.

Waldauf eilt zurück ins Schlafzimmer, sammelt seine Kleider vom Boden auf und schlüpft hinein. Er sucht nach einem Zettel und einem Stift, will eine Nachricht hinterlassen, doch alles, was er in ihrem Arbeitszimmer – oder besser gesagt Atelier – auf den ersten Blick wahrnimmt, sind Unmengen an Pinseln und Leinwänden. Dann findet er Bleistifte in einem Glas und einen Stapel Zeichenpapier und beginnt zu schreiben. Dabei fällt ihm auf, dass er seine neue Handynummer nicht weiß. Unter die kurzen Zeilen setzt er die Worte „Du bist wundervoll“ und unterzeichnet entgegen seinem ersten Impuls mit seinem Vornamen. Dann verlässt er das Haus.

Waldauf läuft die Straße entlang zurück zu seinem Hof. Der alte Holzzaun lehnt sich gefährlich auf den Weg hinaus. Er wollte ihn schon seit Langem reparieren. Jetzt sieht es so aus, als würde das üppige Grün dahinter geradezu zerbersten. Es quillt zwischen den Holzlatten hervor, wie durch die Rippenbögen eines urtümlichen Wesens. Und der Hof, in dem er haust, mit den schwarzen, dunklen Fenstern, war er einst der Schädel der Kreatur?

Waldauf wirft einen Blick in den Briefkasten. Dabei zieht eine kahle Stelle zwischen den Gräsern des Vorgartens seine Aufmerksamkeit auf sich. Dort in der weichen Erde entdeckt er den Teil eines Schuhabdrucks, der unmöglich sein eigener sein kann, denn er ist seit Tagen nicht mehr in seinem Garten gewesen. Und dann, einige Meter weiter, entdeckt er noch einen. Waldauf folgt den Spuren um das Haus herum. Anke hat ihm erzählt, dass sie hier gewesen ist. Doch die Abdrücke sehen nicht so aus, als könnten sie zu ihren Füßen passen. Er tritt in einen der Teilabdrücke hinein. Die Schuhe, von denen sie stammen, sind vermutlich ein bis zwei Nummern größer als seine eigenen.

Wenn die Abdrücke weder von Anke noch von ihm selbst stammen und wenn Waldaufs Autounfall kein Unfall gewesen ist, dann bedeutet das, dass jemand ein Problem mit seinen Ermittlungen hat – und dass er ermittelt, weiß spätestens seit dem Zeitungsartikel jeder, der sich für Christinas Fall interessiert. Aber wer?

Waldauf bezweifelt, dass die Gruppe um Toto dahintersteckt, denn sonst wäre er bereits tot. Außer sie hätten noch nicht herausgefunden, dass er in Chikos Wohnung war. Allerdings hatten sie mit Christinas Tod möglicherweise gar nichts zu tun …

Waldauf setzt sich auf die oberste Treppenstufe seiner Terrasse und bereut es, Anke seine Zigaretten gegeben zu haben. Er geht ins Haus, überprüft alle Fenster und Türen. Falls sich jemand Zutritt verschafft hat, ist es jetzt ohnehin zu spät. Er eilt ins Arbeitszimmer, sucht nach seinen Notizen, und sowohl seine Übersetzung von Chikos schwarzem Buch als auch die Liste und sogar sein Laptop sind noch da. Wird er allmählich paranoid?

Und falls nicht? Falls er tatsächlich beschattet wird? Hat er etwas übersehen? Vielleicht verliert er nicht nur seinen Verstand, sondern auch seinen Instinkt. Falls tatsächlich jemand hier war, bringt er Anke damit ebenfalls in Gefahr? Waldauf rauft sich die Haare. Er stürzt zur Kaffeemaschine, kippt Kaffeepulver in einen Filter, füllt den Wasserbehälter und drückt auf die Taste. Er darf sie dem nicht aussetzen! Aber ist es dafür nicht bereits zu spät?

Als die ersten Tropfen durch den Filter gelaufen sind, gießt er sich eine Tasse ein, trinkt und verbrennt sich an dem brühend heißen Getränk die Zunge. Waldauf flucht und eilt zum Wasserhahn, doch nachdem er ihn aufgedreht hat, passiert für mehrere Sekunden nichts, ehe ein dünner Strahl daraus hervorbricht.

Viele Optionen hat er nicht. Er kann versuchen, Chiko zur Rede zu stellen und aus ihm herauszuquetschen, was er mit Tom und Christina zu tun hatte. Und wenn Chiko nicht redet? Was dann? Dann hat er alle Karten auf den Tisch gelegt, alle Trümpfe verspielt und kann nur noch auf die Antwort des Kartells warten.

Nein, Waldauf beschließt, sich den Sicherheitsdienst näher anzusehen, den Riemann beauftragt hat. Dann fällt ihm der Zeitungsartikel wieder ein. Er läuft zurück ins Arbeitszimmer, wühlt in dem Stapel aus Zeitungsberichten über den Fall und findet jenen, der von ihm handelt. „Wer ermittelt im Fall Riemann?" lautet der Titel. Von Martin Emmerich. Waldauf klappt seinen Laptop auf und wählt kurze Zeit später die Nummer der Redaktion des *Friesland Wochenblatts*.

„Emmerich", meldet sich eine Stimme, nachdem Waldauf sich hat durchstellen lassen. Sie klingt viel zu jung, und Waldauf ist sich plötzlich nicht sicher, wie er das Gespräch beginnen soll. Was will er fragen?

„Ja, Waldauf hier", tastet er sich vor. „Sie schreiben über den Fall Riemann, stimmt das?"

„Das ist ... richtig. Sagten Sie Waldauf? Wie ... was kann ich für Sie tun?"

„Ich habe den Verdacht, dass jemand mit meinen Ermittlungen nicht einverstanden ist", fällt er mit der Tür ins Haus. Aber seiner Erfahrung nach hat es keinen Sinn, um den heißen Brei herumzureden. Wer wissen will, muss Fragen stellen. „Ich frage mich, ob es Ihnen da ähnlich geht."

Das Schweigen am anderen Ende der Leitung sagt ihm, dass er möglicherweise einen Nerv getroffen hat. „Hat Sie jemand bedroht? Möglicherweise jemand von einer Firma, die sich *Security and Crime Prevention Bureau* nennt?"

„Das ... kann ich nicht mit Sicherheit sagen", antwortet der Journalist. „Jedenfalls jemand, der mir nahegelegt hat, nichts mehr über die Familie Riemann zu schreiben oder mich darauf gefasst zu machen, mit Verleumdungsklagen überschüttet zu werden, bis ich in Rente gehe, sollte ich auch nur ein Wort schreiben, das der Unwahrheit entspricht." Dann nach einer kürzeren Pause: „Nun ja, ist nicht das erste Mal, dass mir so etwas passiert. Nur dieses Mal ... wie soll ich sagen, wirkte es nicht nur wie leeres Gerede, verstehen Sie?"

„Ich verstehe. Können wir uns treffen?"

„Sie sagten, Sie sind Lukas Waldauf? Der ehemalige Kriminalhauptkommissar Lukas Waldauf?"

„Kriminaloberkommissar."

„Oberkommissar, ja."

Waldauf lauscht dem Atmen am anderen Ende der Leitung. Dann stimmt der Journalist zu.

Sie treffen sich in einem Café. Waldauf hat sich für einen Treffpunkt in Norddeich entschieden. Der Journalist setzt die Tasse ab.

„Danke, dass Sie gekommen sind", sagt Waldauf.

Der junge Mann nickt und rückt seine Brille zurecht.

„Sehr gerne. Arbeiten Sie noch an dem Fall?"

Nun ist es an Waldauf, zu nicken. Er nimmt einen Schluck Kaffee.

„Wie sind Sie überhaupt darauf gekommen, dass ich daran arbeite?"

Der Journalist grinst.

„Berufsgeheimnis", sagt er. „Nun ja, nicht wirklich. Ich weiß, wie man recherchiert und ein Telefon benutzt. Wenn Sie mir die Wahl ließen zwischen dem Internet und meinem Telefon ..."

„Mit wem haben Sie gesprochen?"

„Über Sie? Mit niemandem. Es war reiner Zufall, dass Sie mir an jenem Tag vor die Linse gelaufen sind. Sie sind mir gleich bekannt vorgekommen. Ich habe Sie fotografiert, recherchiert, und ... nun ja, wie soll ich sagen, wenn man sich ein bisschen mit der Polizeiarbeit in Deutschland befasst, ist es schwer, Sie nicht zu kennen. Es hat einfach zusammengepasst."

„Was konnten Sie sonst noch über den Fall der jungen Riemann herausfinden?"

„Nun, ganz offensichtlich hat ihr Vater ein Kontrollproblem. So würde ich es nennen. Ich vermute, dass es ihr Vater ist. Jedenfalls habe ich kurz nach der Veröffentlichung des Artikels besagten Anruf erhalten."

„Und über Christina und den Hauptverdächtigen?"

„Ich bin mir nicht sicher. Entweder war es ein tragischer Unfall, an dem er sich selbst die Schuld gibt, oder er ... hat sie irgendwo versteckt."

„Und wie könnte er das gemacht haben?"

„Nun, das ist makaber, aber ich muss dabei ständig an die Geschichte vom Wolf und den sieben Geißlein denken – kennen Sie die?"

„Ja."

„Am Ende füllen sie den Magen des Wolfs mit Steinen, sodass er schließlich in den Brunnen fällt und ertrinkt. Daran musste ich dabei denken."

„Sie glauben, er hat sie versenkt? ... Was konnten Sie über ihre Beziehung herausfinden?"

„Hören Sie, ich helfe Ihnen gerne, aber irgendwie ist das ein sehr einseitiges Gespräch, finden Sie nicht?"

„Mag sein. Und? Was haben Sie herausgefunden?"

„Sie waren ein Paar, dann hat sie sich von ihm getrennt, vermutlich auf Drängen ihres Vaters hin. Allem Anschein nach sind sie dennoch in Kontakt geblieben."

„Und Tom? Welchen Eindruck haben Sie von ihm?"

„Der Hauptverdächtige? Er macht mir nicht den Eindruck wie jemand, der einen Mord begehen könnte, aber ... ist das nicht das, was man ständig über Mörder hört? Dass sie ruhig waren, unauffällig, immer höflich?"

„Manchmal, ja. Was wissen Sie über Christinas Leben?"

„Sie war intelligent, erfolgreich, wie Tom übrigens auch, exzellente Noten, hat Wirtschaft und Fotografie studiert ..."

„Fotografie?"

Der Journalist grinst.

„Ja. Wussten Sie das nicht?"

„Nein."

„Tja, niemand wusste davon. Sie hat sich auch nicht offiziell eingeschrieben, aber sie hat einige Kurse besucht – als Gasthörerin, wie es scheint."

„Okay. Glauben Sie, Tom deckt jemand anderen?"

„Und wer sollte das sein? Soweit ich weiß, waren sie zu zweit auf dem Boot."

„Richtig. Aber falls noch ein zweites Boot draußen war, zum selben Zeitpunkt, und jemand Christina entführt hätte?"

„Wissen Sie das, oder ist es eine Vermutung?"

„Es ist weniger als eine Vermutung. Es ist ... eine Arbeitshypothese, wenn Sie so wollen."

„Eine ziemlich gewagte, wenn Sie mich fragen."

„Nun ja, angenommen, jemand weiß, dass Christina die Tochter eines der reichsten Männer Deutschlands ist, beschattet sie, wartet auf eine passende Gelegenheit und schlägt dann zu. Sie entführen sie und drohen

Tom, sie umzubringen, sollte er reden. Tom geht ins Gefängnis und hält, abgeschnitten von der Außenwelt, dicht. Er hofft, irgendwann die Information zu bekommen, dass es Christina gut geht, dass möglicherweise ein entsprechendes Lösegeld übergeben wurde und sie in Sicherheit ist. Wie auch immer, er sitzt im Gefängnis und schweigt. Die Riemanns versuchen in der Zwischenzeit ihr Möglichstes, die Polizei und die Medien aus der Sache herauszuhalten, bis eine Übergabe stattfinden kann."

„Und dann? Was ist geschehen? Ist etwas schiefgelaufen? Christinas Verschwinden ist immerhin schon zwei Wochen her."

„Möglicherweise. Ich weiß es nicht ... hören Sie. Sie können nichts über die Sache schreiben. Eigentlich hätte ich Ihnen gar nichts davon erzählen sollen."

„Keine Sorge, ich werde nichts schreiben. Dieser Sicherheitsdienst und die Anwälte der Riemanns, mit denen ist nicht zu spaßen. Und alles, was Sie haben, ist eine gewagte Theorie, nichts Handfestes."

„Ja, aber, dass ich an Christinas Fall arbeite, war das nicht auch nur eine Theorie von Ihnen?"

Das Gesicht des Mannes nimmt einen rosigen Ton an.

„Um ehrlich zu sein, habe ich ein wenig gelauscht. Ich habe Ihr Gespräch mit dem Beamten gehört."

„Am Empfang?" Waldauf muss schmunzeln.

„Haben Sie mit der Seenotrettung oder anderen Einsatzkräften gesprochen?"

„Natürlich. Aber Sie wissen ja, wie die sind. Es gibt die offiziellen Stellungnahmen und Pressetexte, und das war's. Es sieht jedenfalls so aus, als wären die beiden zu zweit losgefahren und Tom allein wieder zurückgekommen. Seitdem ist sie nicht wieder aufgetaucht, weder tot noch lebendig. Obwohl man sie nach der tagelangen intensiven Suche, sogar mit Unterstützung dieser privaten Sicherheitskräfte, irgendwie hätte finden müssen. Aber, nun ja, auch ein Großaufgebot ist natürlich keine Garantie dafür. Manche finden sie nie."

Waldauf verdrängt den Gedanken.

„Und dieser Sicherheitsdienst? Welchen Eindruck macht der auf Sie?"

„Die machen keine halben Sachen. Wenn ich nochmals über den Fall schreibe und nur der Hauch eines Zweifels besteht, werden sie mich fertigmachen – mit so ziemlich allem, was ihnen einfällt."

„Haben sie Sie auch auf andere Weise bedroht?"

„Sie meinen körperlich?"

„Egal auf welche Weise."

„Eigentlich nicht, obwohl ich es ihnen zutrauen würde."

„Ja, den Eindruck hatte ich auch."

„Haben sie Sie auch bedroht?"

Waldauf massiert sein Kinn.

„Nein, nicht direkt. Hören Sie, ich habe meine Karten offen auf den Tisch gelegt. Wenn Sie irgendetwas hören, was meine Theorie stützen könnte, oder wenn Sie Neuigkeiten haben, melden Sie sich bei mir, okay?"

Er legt einen Zettel auf den Tisch und bemerkt, dass er seine neue Mobilnummer noch immer nicht auswendig weiß. Der junge Mann hilft ihm dabei, seine eigene Telefonnummer in dem neuen Gerät ausfindig zu machen.

***

Waldauf grübelt, ob es eine gute Idee war, mit dem Journalisten zu sprechen. Hat er dadurch irgendetwas erfahren, das er nicht schon davor wusste? Er beschließt, den restlichen Tag mit Chikos Notizen zu verbringen. Vielleicht muss er anfangen, alle Nummern auf der Liste durchzurufen, aber viel mehr als einen Glückstreffer kann er sich davon nicht erhoffen. Für den folgenden Tag nimmt er sich vor, dem Sicherheitsdienst nochmals auf den Zahn zu fühlen – allerdings verspricht er sich auch davon nicht allzu viel.

Dann blickt er auf die Papierserviette, die er aus dem Café mitgenommen hat. Endlich kann er Anke seine Telefonnummer geben.

20. WIR MÜSSEN REDEN

Nachdem Waldauf seine Einkäufe im Kühlschrank verstaut hat, will er zu Anke gehen, ihr die Serviette überbringen und sich danach wieder seiner Arbeit widmen. Oder er arbeitet zuerst, dann hat er etwas, worauf er sich freuen kann – und das ihm einen Teil seiner Aufmerksamkeit nimmt. Nein, wenn, dann muss er gleich gehen, die Serviette in ihren Briefkasten werfen und hoffen, dass sie ihn nicht sieht – anschließend wird er arbeiten. Er macht sich eine Kanne Kaffee, gießt sich eine Tasse ein und geht hinüber ins Arbeitszimmer.

Waldauf blättert die Übersetzungen von Chikos Notizbuchseiten durch. Es sind Einträge mit Namen und Mengen und zwischendurch Geldbeträge, Orte und Daten – möglicherweise von Treffpunkten –, ein Eintrag, in dem von Papieren die Rede ist – möglicherweise Frachtpapiere. Er sucht nach irgendetwas, das er mit Tom und Christina in Verbindung bringen kann. Er stellt einige Verweise zwischen Nummern auf der Liste und Einträgen im Buch her, allerdings vorerst keine zu Toms Nummer. Möglicherweise hat er Chiko einen falschen Namen genannt. Waldauf gießt sich eine zweite Tasse ein, zieht sich einen Bierkasten an den Tapeziertisch und liest weiter. Er weiß, dass hier etwas sein muss, irgendetwas. Toms Nummer steht auf Chikos Liste. Warum? Was wollte er von ihm? Selbst Larissa wusste es nicht, aber irgendeine Verbindung muss es geben. Sie hat zwar behauptet, dass Tom keine Drogen genommen hat, aber vielleicht hielt er es vor ihr geheim. Sie waren zwar Freunde, aber nicht mehr. Vielleicht war es die Trennung, die Trauer oder die Scham, die ihn dazu brachte?

Aber Christina und er mussten sich danach wieder angenähert haben. Wieso wären sie sonst zu zweit mit dem Boot hinausgefahren? Nachdem Christina die Trennung anscheinend nie wirklich gewollt hat, erscheint das Waldauf nur logisch. Wer außer ihrem Vater könnte noch etwas gegen die Verbindung gehabt haben? Denn der hätte seine eigene Tochter wohl kaum ... und welchen Grund hätte Tom, ihn zu decken? Und Larissa? Waldauf rutscht beinahe von seinem Bierkasten. Nein, nein, das kann nicht sein. Sie sind zu zweit auf dem Boot gewesen, dafür gibt es Zeugen. Waldauf hat selbst mit dem Hafenwart auf Juist gesprochen, der sie an jenem Tag hat hinausfahren sehen. Und viele Stunden später Tom, der allein mit dem Boot zurückgekommen ist, durchnässt und niedergeschlagen, zusammen mit einem Mann von den Rettungskräften, der ihm half, sicher in den Hafen zu kommen.

Waldauf findet sich erneut in einer Sackgasse wieder und geht dazu über, sich abermals Toms und Christinas Profile in den sozialen Netzwerken anzusehen. Christinas Landschaftsfotos sind tatsächlich außergewöhnlich. Was der junge Journalist ihm erzählt hat, scheint nun immer plausibler. Christina hat offenbar ohne das Wissen ihres Vaters auch Kurse in Fotografie belegt. Die Tatsache, dass sie dies heimlich tun musste, zeigt Waldauf, dass es für Christina schwer gewesen sein muss, ihre Wünsche auszuleben und ihr Leben nach ihrem Willen zu gestalten, geschweige denn mit jemandem darüber zu reden. Je mehr Waldauf ihre Bilder unter diesen Gesichtspunkten betrachtet, umso einsamer erscheinen ihm die Aufnahmen und umso sehnsuchtsvoller jene, auf denen Tom zu sehen ist – und er beginnt, sie zu bemitleiden. Als er zum Fenster hinausblickt, erkennt er, dass es unbemerkt von ihm Abend geworden ist. In seiner Tasse haben die letzten Überreste seines Kaffees einen eingetrockneten Rand hinterlassen. Ob sie freiwillig ins Wasser gegangen ist? Waldauf fröstelt bei dem Gedanken. Hat sie Tom abgelenkt oder ans andere Ende des Boots geschickt, bevor sie gesprungen ist? Aber woher kam dann das Blut? Haben sie gekämpft? Hat sie sich selbst verletzt? Bei all seinen Recherchen und Gesprächen wären ihm keine Hinweise darauf aufgefallen, dass sie depressiv oder auf andere Weise destruktiv gewesen wäre. Im Gegenteil. Ja, sie haben sie als still und reserviert beschrieben, aber nicht jeder Mensch, der reserviert ist, ist automatisch depressiv oder selbstmordgefährdet.

Waldauf blickt erneut zum Fenster. Er weiß, dass er essen sollte, und schafft es nicht, den nötigen Appetit aufzubringen. Wie kann er jetzt an Essen denken? Kaffee, ja. Zigaretten, aber Essen? Sein Magen windet sich. Waldauf sieht der Welt vor den Scheiben dabei zu, wie sie allmählich in der Nacht versinkt, und weiß, dass er heute keinen Schlaf finden wird. Zu viele Gedanken, zu viele Fragen, drehen sich in seinem Kopf.

Wenn er Anke die Serviette bringen will, sollte er es jetzt tun, solange er den Weg noch sehen kann. Die frische Luft könnte ihm helfen, nachzudenken. Er schlüpft in seine Schuhe, faltet die Serviette und überlegt, sie in seine Hosentasche zu schieben. Doch dann könnte die Schrift verwischen. Er beschließt, sie stattdessen wie ein wertvolles Dokument in der Hand zu tragen. Draußen ist es beinahe windstill, und der salzige und fischige Geruch der See hängt in der Luft. Wie passend, denkt Waldauf, irgendwie fühlt sich an diesem Tag alles nach Stillstand an.

Mit den Gedanken immer noch in den Tiefen seines Falls forschend, biegt er in Ankes Straße ein und bleibt stehen. Es sind noch gut hundert Meter bis zu ihrem Briefkasten, doch an Ankes Tür brennt Licht. Waldauf sieht sie im Gespräch mit einem Mann, der sich offensichtlich gerade verabschiedet und ihr einen schönen Abend wünscht. Eine kleine Furche entsteht auf Waldaufs Stirn, und er ertappt sich dabei, wie er zu erkennen versucht, welcher Art ihre Beziehung sein könnte. Er presst die Augen zusammen und schimpft sich einen Idioten. Dann sieht er, wie Anke den Mann umarmt und er im Davongehen nochmals die Hand zum Gruß hebt, und Waldauf fühlt ein Brennen in seiner Brust, während er sich vorstellt, wie er den Kerl verprügelt. Und danach eine Woge der Scham. Eifersucht, denkt er, sie bringt unsere hässlichsten Wesenszüge zum Vorschein. Er widersteht dem Impuls, sich umzudrehen und wieder nach Hause zu laufen.

Anke hat die Tür mittlerweile geschlossen, der Mann ist seines Weges gegangen, und Waldauf steht immer noch auf der Straße, abseits, im Schutz eines hohen Fliederstrauchs. Der schwere Duft der Blüten hängt über ihm. Waldauf pflückt eine von ihnen und hofft, dass ihr Besitzer es ihm nicht übel nimmt, läuft damit zum Briefkasten und legt sie zusammen mit der Serviette hinein. Er wirft einen Blick auf das Haus und hält inne, während sein Finger über dem Klingelknopf schwebt. Dann wendet er sich ab.

Als er zu Hause ankommt, macht er abermals kein Licht an. Er schließt die Tür, und die Welt bleibt draußen, während er hier drinnen ist. Dass Eifersucht auch in Christinas Fall eine Rolle gespielt haben könnte, hält er für unwahrscheinlich. Aber tut er das wirklich? Tatsächlich hat er bisher eine Entführung für das realistischste Szenario gehalten. Aber warum ist sie dann noch nicht wieder aufgetaucht? Eine Lösegeldforderung inklusive Übergabe hätte längst stattfinden können. Er setzt sich an seinen Küchentisch und legt den Kopf in die Hände. Wieder einmal hat er das Gefühl, festzustecken. Wie in einem Traum, in dem man läuft und doch nicht von der Stelle kommt.

Waldauf wird recht behalten. Er findet in dieser Nacht keine Ruhe, wälzt sich von einer Seite auf die andere, träumt im Halbschlaf von Anke, von Sarah, von seinem Autounfall und immer wieder von Christina, Larissa und Tom. Larissa, die mit Tom in den Armen an Bord eines Segelboots steht und lacht, während sie auf das Wasser hinausblicken.

Waldauf fährt hoch, und sein Unterhemd klebt an seiner Brust. Das ist alles Quatsch, und Waldauf weiß es, aber er ist nicht Herr seiner Träume. Abermals sieht er Larissa und Tom und Christina im Wasser, als er ein Geräusch an einem der Fenster wahrnimmt. Das grünlich schimmernde Ziffernblatt seines Weckers sagt ihm, dass es halb vier Uhr morgens ist. Jemand, etwas, bewegt sich um das Haus. Vielleicht die heimatlose Katze, die ihm in jener Nacht die Maus vor die Tür gelegt hat, denkt er in einem ersten schlaftrunkenen Impuls. Aber auch das ist Blödsinn, denn diese Katze müsste in etwa die Größe eines Panthers haben.

Waldauf stützt sich auf seine Ellbogen und blinzelt. Die Bäume und Büsche vor den Fenstern biegen sich im Wind, der nachts zurückgekehrt ist. Möglicherweise hat einer der Äste ... Waldauf sieht eine schwarze Silhouette, die sich aus einem der Gebüsche löst und mit einem anderen wieder verschmilzt. Ein Schatten, sagt er sich, nichts weiter. Dann fallen ihm die Schuhabdrücke wieder ein, und Waldauf wälzt sich aus dem Bett. Er weiß, dass er nichts sieht, wenn er im Haus Licht anmacht. Deswegen schleicht er geduckt zur Verandatür, hält inne, wartet. Er hasst die Nächte, die Nächte mehr als alles andere. Während er dort steht, sieht er vor seinen Augen immer noch die Bilder aus seinen Träumen. Christina im Wasser, während Larissa sich an Tom lehnt und lacht. Aber Larissa kann nicht dort gewesen sein. Und dann blickt er erneut hin, und Christina lacht ebenfalls, wie ist das möglich? Lachen sie über ihn? Eine erneute Bewegung in seinem Garten lässt den Gedanken abreißen, und Waldauf öffnet die Verandatür. Er tastet nach dem Lichtschalter, findet ihn und sprintet zu der Stelle, an der er die Bewegung wahrgenommen hat. Das Rauschen der Blätter im Wind und das ferne Tosen der Brandung verschlucken alle anderen Geräusche, während Waldauf um die Ecke seines alten Hofs stürmt. Das nasse Gras klebt an seinen nackten Füssen, kriecht zwischen seine Zehen.

„Stehen bleiben!“, ruft er.

Waldauf schnauft, und sein Gehirn versteht nicht, dass er halb nackt und ohne seine Dienstwaffe ist. Ohne Dienst und ohne Waffe. Er hetzt an die Stelle, an der er die Bewegung zuletzt wahrgenommen hat, läuft an den Büschen vorbei bis auf die Straße hinaus, doch da ist niemand, keine Bewegung mehr, niemand, der vor ihm flieht, keine Person, kein Laut, nichts. Nur Waldauf, der keuchend mitten auf der Straße steht, in Unterhemd und Unterhosen bekleidet, die Hände vornübergebeugt auf die Knie gestützt, zugleich schwitzend und zitternd, und irgendwo in den Tiefen seines Wachtraums hört er Larissa immer noch lachen. Zu Recht, denkt er, er benimmt sich wie ein Idiot.

Er geht zurück an die Stelle in den Büschen, doch ob neue Schuhabdrücke hinzugekommen sind, ist kaum festzustellen, denn der Boden liegt in tiefes Schwarz gehüllt und entzieht sich seinen Blicken. Allein seine Füße spüren, was unter ihm ist. Soll er eine Taschenlampe holen? Besitzt er überhaupt eine?

Waldauf erhebt sich und hält inne. Nichts rührt sich. Ist er sich sicher, dass er vorhin eine Bewegung am Fenster wahrgenommen hat? Eine Bewegung ja, aber war es eine Person? Er beschließt, dass es jetzt keinen Unterschied macht, und geht zurück ins Haus. Beinahe vier Uhr, ruft ihm das fluoreszierende Ziffernblatt mit einem stummen Aufschrei zu, und Waldauf beschließt, die Nacht für beendet zu erklären. Er stapft zu seiner Kaffeemaschine, macht das Licht an und startet in den kommenden Tag, der noch keiner ist.

Zurück an seinem Arbeitstisch schreitet er vor seinen Notizen auf und ab und klappt seinen Laptop auf. Erneut gibt er alle Nummern von Chikos Liste in allen möglichen Suchmaschinen ein – von denen keine einen brauchbaren Treffer liefert – und befasst sich dann eingehend mit dem *Security and Crime Prevention Bureau*, doch auch dazu gibt es kaum brauchbare Informationen. Eine Website mit sehr allgemein gehaltenen Leistungsbeschreibungen und einem Kontaktformular. Keine Namen, keine Geschäftsadresse und auch sonst keinerlei Hinweise. In Online-Foren findet er immer wieder Einträge zu möglichen Fällen oder Kunden, für die es aktiv gewesen sein könnte, und Waldauf gewinnt den Eindruck, dass dieses Unternehmen äußerst diskret, aber sehr vehement bei seinen Aufträgen vorgeht. Von Klagen ist die Rede, Körperverletzung, Drohungen, keine Gerichtsverfahren, keine Urteile. Waldauf durchsucht das deutsche Unternehmensregister und findet auch dort weder eine Niederlassung noch eine Registernummer. Dann findet er endlich das Impressum auf der Website, aber es führt lediglich zu einer Marketingagentur. Waldauf notiert sich die Anschrift in Berlin und lässt den Stift aufs Papier sinken. Dann wählt er die Nummer, die er von dem jungen Journalisten erhalten hat, und stellt fest, dass sie ihm auf merkwürdige Weise vertraut vorkommt. Er legt auf, durchsucht seine Notizen und wird fündig. Es ist dieselbe Nummer, die er von Larissa erhalten hat. Er wählt sie erneut, und sobald sich die Stimme am anderen Ende meldet, sagt er: „Hier spricht Waldauf. Wir müssen reden.“

21. DIE FALSCHE INSEL

Der Mann ist kräftig, breitschultrig, sein Gesichtsausdruck nichtssagend. Waldauf mustert ihn, und sein Blick bleibt für einen Augenblick an seinen Schuhen haften. Sie sind groß, vermutlich zwei bis drei Nummern größer als seine eigenen. Es sind schwarze Lederschuhe, mit einer dicken Sohle, die der Mann zu einem schlichten schwarzen Anzug trägt.

„Gefallen sie Ihnen?"

Waldauf fixiert seine Augen.

„Ja, ganz chic. Ich habe mir neulich selbst ein Paar gekauft. Sportschuhe. Na ja, keine Ahnung, ob ich jemals tatsächlich Sport damit machen werde."

„So ist die Mode. Was kann ich für Sie tun, Herr Waldauf?"

Sie stehen an einer Kreuzung in der Nähe des Hafens in Norddeich. Waldauf hat den Ort vorgeschlagen, weil er weit genug weg ist von Anke und allen anderen Dingen, die in seinem Leben eine Rolle spielen. Aber wenn der Mann tatsächlich auf seinem Hof war, wird das vermutlich nicht allzu viel nützen. Menschen laufen an Ihnen vorüber, nur etwa hundert Meter weiter legt gerade eine Fähre ab. Waldauf entscheidet sich für Offenheit.

„Ich wollte nur das Gesicht der Person sehen, die um mich herumschleicht, als wäre ich ein verängstigtes, kleines Beutetier. Warum haben Sie versucht, Larissa Herold einzuschüchtern?“

„Wen?“

„Hm. Wenn Sie das Gespräch tatsächlich auf diese Weise führen wollen, frage ich mich, wieso Sie dem Treffen überhaupt zugestimmt haben.“

Die Mundwinkel des Mannes heben sich für den Bruchteil einer Sekunde.

„Vielleicht wollte ich nur das Gesicht der Person sehen, die um mich herumschleicht.“

„Hören Sie, so wie ich das sehe, verfolgen wir beide dasselbe Ziel.“

„Und welches wäre das?“

„Ich versuche herauszufinden, was mit Christina Riemann geschehen ist.“

„Tja, dann verfolgen wir nicht dasselbe Ziel, Herr Waldauf. Denn ich versuche, die Interessen unserer Klienten zu schützen.“

„Und welche wären das?“

„Ich halte abgehalfterte Schnüffler, Ex-Polizisten und Zeitungsfritzen aus den privaten Angelegenheiten unserer Klienten raus, verstehen Sie?“

„Und was ist mit der Tochter?“

„Was mit ihr ist? Die Behörden haben nach ihr gesucht, private Unternehmen haben nach ihr gesucht, die Seenotrettung und alle möglichen Leute. Ohne Ergebnis. Wenn Sie mich fragen, ist es eine verdammte Tragödie und ein Verbrechen, und Leute wie Sie, die wie die Fliegen davon angezogen werden und versuchen, sich einen Namen damit zu machen, gehören meiner Meinung nach allesamt hinter Gitter.“ Der Mann mustert ihn. „Oder sehen Sie das anders?“

Waldauf stemmt die Beine in den Boden.

„Sie sind ein Zyniker."

„Ich sehe mich eher als Realisten."

„Hören Sie auf, Leute zu bedrohen."

„Ach was!? Denken Sie, Sie wären immer noch der Kriminaloberboss und könnten anderen Leuten Befehle erteilen?"

„Ich sehe es eher als guten Rat."

Die Kiefer des Mannes mahlen.

„Also, was wollen Sie wissen?"

„Waren Sie auf meinem Hof?"

„Kann sein."

„Und wo haben Sie sonst noch herumgeschnüffelt?"

„Machen Sie sich keine Sorgen um Ihre kleine Freundin, Mann. Falls ich die wollte, hätte ich sie mir schon längst geschnappt."

Waldaufs Hände beginnen zu zittern.

„Halten Sie sich fern", knurrt er.

„Ha. Für einen Ex-Bullen haben Sie aber eine ganz schön dünne Haut, was? Sind Sie deswegen rausgeflogen? Haben Sie die Nerven verloren?"

„Ich habe schon ganz andere Dinge verloren. Sie halten sich jedenfalls von mir und meinen Freunden fern, sonst sehen wir uns wieder."

„Und das konnten Sie mir nicht am Telefon sagen?"

„Ursprünglich wollte ich Ihnen anbieten, unsere Informationen auszutauschen."

„Sie stehen an und wollen mich um Hilfe bitten?" Der Mann lacht.

„Ja, zu Beginn vielleicht. Aber Ihre Art, zu arbeiten, gefällt mir nicht. Deswegen beende ich unser Gespräch ... und noch mal: Halten Sie sich fern!"

Der Mann packt Waldauf am Kragen und zieht ihn zu sich heran.

„Jetzt hören Sie mal mir zu. Sie sind derjenige, der sich in Dinge einmischt, die ihn nichts angehen! Lassen Sie die Riemanns in Frieden, sonst mache ich Sie fertig, ist das klar?"

„Wissen Sie, ob Christina noch am Leben ist? Wurde sie entführt?", platzt Waldauf heraus.

„Sie sind ja noch verzweifelter, als ich dachte. Eine Entführung?" Der Mann macht ein angewidertes Gesicht, und Waldauf hält es für echt. „Haben Sie noch andere Verschwörungstheorien auf Lager? Ich sage Ihnen jetzt, was ich allen Idioten sage: Wenn auch nur ein Wort davon an die Öffentlichkeit gelangt und Sie den Namen unserer Klienten in den Dreck ziehen, werden wir rechtliche Schritte einleiten. Wir werden Sie mit Klagen überhäufen, bis Sie kein Land mehr sehen. Und dann werde ich Ihnen persönlich die Scheiße aus dem Leib prügeln, ist das klar?"

Waldauf windet sich im Griff des Hünen.

„Haben Sie mich verstanden?", bellt dieser erneut. Waldaufs Blick wird ernst.

„Halten Sie sich von Anke fern, sonst töte ich Sie."

Der Mann lacht auf und stößt Waldauf von sich. Dann macht er einen blitzschnellen Satz vorwärts und schlägt ihm gegen den Solarplexus, und Waldauf sackt zusammen. Wieder einmal bekommt er keine Luft, und ein brennender Schmerz schießt wie eine Welle aus Feuer durch seinen gesamten Körper. Aber mittlerweile ist er es gewohnt, keine Luft zu bekommen. Er stemmt sich hoch, während die Wogen immer heftiger auf ihn eindringen. Er nimmt die Hände hoch wie ein

Boxer. Dann kommt ein zweiter Schlag, heftiger als der erste. Waldauf geht zu Boden. Nur schemenhaft nimmt er die Umrisse der umstehenden Menschen wahr. Dann verliert er das Bewusstsein.

„Waldauf?" Eine Stimme bricht durch das stetig an- und abschwellende Gemurmel. „Waldauf, können Sie mich hören? Geht es Ihnen gut?"

Waldauf kann sie nicht zuordnen. Er ist unter Wasser, schwerelos, atemlos. Unter ihm endlose Tiefen, über ihm und um ihn herum tiefblaue Unendlichkeit. Er wird hier sterben, denkt er. Aber es könnte schlimmer sein. Wenn er davor nur Christina finden könnte. Irgendwo hier muss sie sein. Wenn er sie findet ... vielleicht geht er dann sogar freiwillig ...

„Waldauf!" Das Erste, was Waldauf wahrnimmt, ist die dunkle Silhouette eines Seevogels, der über den Himmel gleitet. Ohne ein einziges Mal mit den Flügeln zu schlagen, steht er scheinbar reglos in der Luft. Ob er ihn gerade ansieht? Das Gesicht des jungen Journalisten schiebt sich in Waldaufs Blickfeld.

„Hey! Hey, Mann, sind Sie da?"

Waldauf nickt, bringt jedoch kein Wort heraus.

„Kommen Sie, kommen Sie, ich helfe Ihnen hoch."

Er packt ihn unter den Armen.

„Haben Sie die Fotos?", keucht Waldauf.

„Ja. Alles im Kasten."

„Haben Sie auch die Nummerntafel?"

„Die Nummerntafel?"

„Des Fahrzeugs. Es ist höchstwahrscheinlich auf den Sicherheitsdienst zugelassen."

„Ja, ja, den Wagen habe ich. Es ist ein schwarzer Jeep ... Cherokee, wenn Sie mich fragen."

Wieder verschlägt es Waldauf die Sprache.

Als er sich endlich aufgerappelt hat, blickt der Journalist ihn an.

„War das Ihr Plan? Sich von dem Kerl fertigmachen zu lassen?"

„Zeigen Sie mir die Fotos."

„Fotos und Video", entgegnet der junge Mann und beantwortet dann Waldaufs fragenden Blick. „Na ja, hier – mit dem Handy."

„Sehr gut. Sie müssen mir alles davon zusenden."

Waldauf gibt dem Mann seine E-Mail-Adresse.

„Okay, warten Sie. So, gesendet."

„Danke."

„Was haben Sie jetzt vor?"

„Ich weiß es noch nicht. Ich dachte ursprünglich, jemand anders hätte es auf mich abgesehen ..." Waldauf unterbricht sich. „Hören Sie, ich danke Ihnen für Ihre Hilfe, aber diese Sache könnte zu gefährlich sein. Es ist besser, Sie lassen sie auf sich beruhen."

„Wie meinen Sie das?"

Dann kommt Waldauf ein Gedanke.

„Wie haben Sie herausgefunden, dass Christina auch andere Kurse belegt hatte? Kurse, von denen ihr Vater nichts wusste?"

Der junge Mann grinst.

„Das klingt bestimmt total bescheuert, aber ich habe mir Toms und Christinas Internetprofile angesehen, na ja, und die ihrer Freunde und Freundinnen, soweit ich sie finden konnte ... Es gab Bilder von Christina beim Fotografieren, Bilder auf dem Campus in Hamburg ...

Bilder von einer Ausstellung ... ich bin mir nicht sicher, aber für mich sah es so aus, als wären die ausgestellten Fotografien Christinas gewesen, obwohl man sie auf den Bildern kaum erkennen konnte. Die ausgestellten Fotos waren jedenfalls gut gemachte Aufnahmen – Menschen, Landschaften, Architektur ... Skandinavien, wenn Sie mich fragen."

„Aber davon hätte ihr Vater doch bestimmt etwas mitbekommen."

Der Journalist kratzt sich am Kopf und zündet sich eine Zigarette an.

„Stimmt. Er soll ein ziemlicher Tyrann sein. Vielleicht ein Künstlername?"

„Ja, vielleicht."

Eine Fähre legt im Hafen an, und weitere Besucherströme drängen sich darauf, um einen Ausflug auf eine der Inseln zu machen.

„Manchmal frage ich mich, wie man zwischen all diesen Menschen überhaupt eine einzelne Person finden soll. Sie wissen schon. Die Richtige." Der junge Mann blickt zu Boden. „Na ja, Sie sind bestimmt nicht hier, um sich meine privaten Sorgen anzuhören. Also ... wenn es Ihnen so weit gut geht, werde ich mich wieder hinter meinen Rechner klemmen. Ich habe noch einige Abgabetermine, die mir im Nacken sitzen."

„Ja. Ja, natürlich. Danke für Ihre Hilfe. Ach, haben Sie vielleicht noch eine für mich?", fragt Waldauf und deutet auf seine Hand.

***

Rauchend und mit der damit einhergehenden Kurzatmigkeit kämpfend sitzt Waldauf am Hafen und betrachtet die Massen, die mit Fahrrädern, Rucksäcken und Picknickkörben bewaffnet auf die beliebten Urlaubsinseln drängen. Und mit den Strömen von Menschen beginnen auch Waldaufs Gedanken zu fließen.

Ja, möglicherweise hat Christina heimlich Fotografie studiert oder sogar unter einem Künstlernamen Ausstellungen gemacht. Sie hatte Tom. Sie war glücklich – im Rahmen ihrer Möglichkeiten. Und dann? Dann hat ihr Vater ihr den Umgang mit Tom verboten und damit Dinge in Gang gesetzt, von denen er nichts ahnte. Christina gehorcht ihm und trennt sich von Tom. Aber sie leidet darunter ... so sehr, dass sie Tom irgendwann ein Buch schenkt. Ein Buch mit einem geheimen Handy darin. Sie bleiben in Kontakt und stellen fest, dass sie ohneeinander nicht sein können. Während die Kontrollsucht ihres Vaters immer schlimmere Ausmaße annimmt, er ihre Kreditkarten sperren lässt und ihren Tagesablauf minutiös überwacht, schmieden sie einen Plan.

Sie starten mit dem Segelboot von Juist, Christina geht nahe der Küste von Norderney von Bord, schwimmt an Land und taucht zwischen all den anderen Ausflüglern unter. Zuvor lässt sie einige Blutstropfen auf dem Boot zurück, eine falsche Fährte. Tom verständigt die Seenotrettung und tischt den Einsatzkräften die Geschichte von Christinas Sturz auf. Und während die Blicke aller auf Tom und die beiden Nordseeinseln gerichtet sind, setzt sich Christina ab. Tom riskiert, wegen Mordes ins Gefängnis zu gehen, um die

Liebe seines Lebens vor dem Einfluss ihres tyrannischen Vaters zu retten?

Eine Furche entsteht auf Waldaufs Stirn, während er darüber nachdenkt. Das wäre ein sehr hoher Preis, den er für ihre Freiheit bezahlen würde – und sie wären getrennt; möglicherweise für eine lange Zeit. Das kann nicht ihr Plan gewesen sein. Und dennoch ist Tom hier, sitzt in Untersuchungshaft und wartet auf seinen Prozess. Aber wo ist Christina? Und Chiko? Warum war seine Nummer in Toms Handy gespeichert? Steht er mit dem Fall überhaupt in Zusammenhang? ... Wenn Christina und Tom nun aus Deutschland fortwollten ... für einen Neuanfang brauchten sie neue Namen, neue Papiere ... Papiere! Hat Chiko möglicherweise gefälschte Ausweispapiere für sie besorgt?

In Waldaufs Kopf dreht sich alles. Er lässt die Zigarette zu Boden fallen und tritt sie aus. Nicht ohne sich die missbilligenden Blicke einer älteren Dame einzufangen, die mit einem kleinen, weißen Hund spazieren geht. „Umweltverschmutzer", murmelt sie, und Waldauf hebt den Zigarettenstummel wieder auf.

Aber wie soll er seine Theorie beweisen? Oder sieht er Zusammenhänge, wo keine sind, einzig deswegen, weil er nicht wahrhaben will, dass er gescheitert ist? Er ist gescheitert, und wie auch immer sich seine Beziehung zu Anke weiter entwickeln wird, dieses Scheitern wird immer zwischen ihnen stehen. Vielleicht sollte er sich zurückziehen, solange er noch kann, sich entschuldigen und zu seinem ursprünglichen Plan zurückkehren – auf seinem Hof, allein. Hat er in seinem Leben nicht schon genug Schaden angerichtet? Waldauf erhebt sich von der Steinmauer, auf der er gesessen hat, klopft sich den Hosenboden ab und macht sich auf die Suche nach einem Kiosk.

Viele Stunden und Zigaretten später, während Waldauf auf einer Parkbank sitzt und aufs Meer hinausstarrt, läutet sein Telefon. Ankes Name leuchtet auf dem Display. Waldauf seufzt.

„Danke für die Blumen", sagt sie und klingt fröhlich.

„Sehr gerne."

„Hast du Lust, essen zu gehen? Ich sterbe vor Hunger."

Waldauf will nicht unhöflich sein, nicht schon wieder jemandes Gefühle verletzen. Vor allem nicht Ankes. „Ja, das ... wäre schön. Aber ich sitze hier in Norddeich."

Er wirft seine Zigarette weg, während sein Gesicht vor Scham brennt. Obwohl er weiß, dass es Unsinn ist, fühlt er sich ertappt. Und falls sie sich tatsächlich treffen, wird sie bemerken, dass er wieder geraucht hat.

„Du klingst niedergeschlagen ... geht es dir gut? Ich kann zu dir kommen, wenn du willst."

Waldauf spürt die eiskalten Linien, wo der Wind seine Tränen trocknet. Was ist nur los mit ihm?

„Nein, das, ja ..." Er gibt auf. „Ich würde dich gerne sehen."

Noch während ihres Gesprächs steht Waldauf auf, wirft die neu gekaufte Packung Zigaretten, die auf wundersame Weise nur noch halb voll ist, in eine Mülltonne und läuft den Weg am Deich entlang zurück in Richtung des Fährhafens. Und während er abermals einen Blick auf die flachen Umrisse der Inseln wirft, an deren Küsten sich weiß leuchtende Gebäudekomplexe abheben, hat Waldauf plötzlich einen Gedanken. Möglicherweise war er auf der falschen Insel.

Etwa eine Stunde später steht Anke vor ihm, und Waldauf hofft, dass der Kaugummi den Rauchgeruch überdecken wird. Aber er hofft umsonst, denn alles, was Anke zu tun braucht, ist, in seine Augen zu sehen. Sie verzieht den Mund.

„Ich muss wohl besser auf dich aufpassen."

„Es geht mir gut", lügt Waldauf und besinnt sich. „Jetzt jedenfalls." Und dann muss er zu seiner eigenen Überraschung lächeln, und Anke lächelt ebenfalls. Sein Blick fällt auf ihr Fahrzeug.

„Das ist aber nicht dasselbe Auto, mit dem du mich aus dem Krankenhaus abgeholt hast, oder?"

„Nein. Na ja, ich besitze kein eigenes, borge mir meistens eines von den Nachbarn. Aber ich weiß, wie man damit fährt."

„Aber du hast einen Führerschein?"

Anke kneift ein Auge zusammen und blickt ihn an.

„Ja, natürlich habe ich einen Führerschein – Herr Kommissar. Wollen Sie meine Papiere sehen?"

„Es tut mir leid, ich ..."

„Ach, Quatsch! Du musst dringend auf andere Gedanken kommen. Worauf hast du Lust?" Sie bemerkt Waldaufs erstaunten Gesichtsausdruck. „Ich meine Essen. Nahrungsaufnahme, meine Güte." Sie lacht und hängt ihren Arm in seinen. „Isst du gerne Fisch?"

Waldauf bejaht die Frage und läuft neben ihr her. Er lässt sich von ihr entführen, und gleichzeitig denkt er an die Worte, die er zu dem Mann gesagt hat, und stellt fest, dass sie nicht gelogen waren. Wenn er Anke etwas zuleide täte, würde er ihn töten. Und gleichzeitig lässt der Gedanke einen schrecklichen Beigeschmack bei ihm zurück. Denn Waldauf weiß, wie der Tod aussieht ...

Sie schlendern durch Gassen, über Plätze und Straßen, am Hafen entlang, während Waldauf einen inneren, unsichtbaren Kampf austrägt. Irgendwann landen sie in einem alten Fischrestaurant mit kleinen Tischen und Kerzen, die in Glasflaschen stecken. Waldauf versteht kaum ein Wort, das der Kellner in urigem Dialekt spricht, vielleicht eine Masche, eine Rolle, aber er tut Waldauf nicht den Gefallen, sie abzulegen. und Anke lacht wieder ihr unwiderstehliches Lachen. Sie übersetzt für ihn, und er fragt sich, ob er nicht einfach loslassen sollte. Wenn er sich nur ein bisschen mehr anstrengen würde, könnte es jeden Tag so sein. Er könnte bei ihr sein, glücklich. Dann fällt ihm der Mann wieder ein, den er aus Ankes Haus hat kommen sehen – und die Umarmung. Er weiß, dass es ihn nichts angeht, und dennoch würde er sie gerne danach fragen.

„Sag es", fordert Anke ihn auf, und ihre wasserblauen Augen schimmern im Kerzenlicht.

„Was meinst du?"

„Dir liegt doch etwas auf dem Herzen. Sag es einfach."

Erneut fühlt Waldauf sich ertappt. Es ist einschüchternd und zugleich befreiend. Sie kennt ihn, auch wenn er das Gefühl hat, sie überhaupt nicht zu kennen. Sie versteht ihn, auch wenn er nicht spricht. Er weiß, dass es sinnlos wäre, zu leugnen, und entscheidet sich für die Wahrheit.

„Mir ... Ich weiß, es geht mich nichts an, aber an dem Tag, als ich dir die Blumen und meine Telefonnummer gebracht habe ..."

„Ja, auf eine Serviette gekritzelt wie ein Teenager ... so romantisch."

Sie grinst ihn an.

„Nun, du warst mit jemandem zusammen. Es war ein Zufall. Ich wollte dir nicht hinterherspionieren. Aber ihr habt euch umarmt, und ich ..."

„Du meinst Mark?"

Waldauf hat keine Ahnung, wen er meint.

„Ich ... du musst wirklich nicht antworten ... eigentlich wollte ich gar nicht ..."

„Schon gut, sei doch mal kurz still. Mark ist mein Galerist ... wir haben über meine nächste Ausstellung gesprochen, die Eröffnung, die Einladungen und solche Dinge. Das ganze organisatorische Zeug."

„Eine Ausstellung? Das ist großartig."

„Ja, ganz gut, denke ich."

„Bist du sauer?"

„Nein. Ich bin froh, dass du fragst", sagt sie, aber ihr Gesicht ist ernst, und Waldauf fühlt etwas in sich zerbrechen.

„Ich werde immer ehrlich zu dir sein, solange du nur versprichst, dass du mich fragst." Sie wartet, bis Waldauf nickt, und ergänzt dann: „Ich mag keine Geheimnisse. Aber ..." Sie blickt auf seine Brust. „Ich verstehe, dass manche Dinge einfach Zeit brauchen, bis sie geteilt werden können. Entschuldige ... ich setze dich ganz schön unter Druck, was? Oh, Mann. Können wir bitte fünf Minuten zurückspulen und von vorn anfangen? Ich werde dich jedenfalls zu nichts drängen. Nur Lügen vertrage ich nicht." Sie blickt ihm in die Augen. „Kommst du damit klar?"

In Waldaufs Innerem scheint sich die Zeit wie auf magische Weise zurückzudrehen, und was eben noch zerbrochen schien, ist wieder ganz.

„Einverstanden“, sagt er und fügt dann mit knurrendem Magen hinzu: „Aber jetzt lass uns essen.“

Sie verbringen den Abend zusammen, essen Filets in Weißwein mit Reis und Salaten, und Waldauf fühlt sich in eine andere Welt versetzt, in der die Zeit stillsteht. Sie ist gefüllt mit Ankes Lachen und dem Duft ihres dezenten Parfums, das sich – kaum zu erhaschen – durch seine Gedanken webt wie ein unsichtbarer Faden. Und Waldauf fühlt sich – möglicherweise zum ersten Mal in seinem Leben – ganz.

22. IHRE FREIHEIT

Am nächsten Morgen verlässt Waldauf früh Ankes Haus und läuft zurück zu seinem Hof. Und obwohl die Sonne noch gar nicht richtig aufgegangen ist, stehen ihm Schweißtropfen auf der Stirn. Er keucht. In seinem Arbeitszimmer spielt er die Fotos und Videos, die er von dem Journalisten erhalten hat, auf seinen Laptop und betrachtet sie auf dem größeren Bildschirm. Da sind er und der Detektiv auf der anderen Straßenseite, das Gerangel, der Schlag, Waldauf am Boden. Er überfliegt die Bilder und vergrößert jene von dem Gesicht des Mannes. Er versucht zu erkennen, welcher Typ Mensch er ist ... und wie weit er gehen würde.

Dann widmet Waldauf sich den Aufnahmen des Fahrzeugs. Es ist ein schwarzer Jeep, aber ist es derselbe, der ihn beinahe von der Straße gedrängt hätte, was schließlich zu seinem Unfall geführt hat? Er holt das Kennzeichen näher heran. Seine Erinnerungen an jenen Tag sind immer noch bruchstückhaft, und Waldauf fragt sich, ob das jemals anders werden wird. Er kann es nicht mit Sicherheit sagen, aber die Fahrzeuge wirken definitiv baugleich, und sein Gefühl sagt ihm, dass sie identisch sind, auch wenn er es nicht beweisen kann.

Wieder muss Waldauf an Anke denken. Sie hat noch in ihrem Bett gelegen, als er aufgebrochen ist, und hat geschlafen. Er hat wohl kaum jemals etwas Friedvolleres erlebt, als dieser Frau beim Schlafen zuzusehen. Und dann ein paradoxer Gedanke. Soll er sich eine Schusswaffe kaufen? Wie sollte er sie sonst beschützen? Er wird seine Recherchen nicht fallen lassen, und er kann Anke nicht aufgeben. Vielleicht hat er sich geirrt. Vielleicht liegt seine Heilung nicht in der Einsamkeit, die er gesucht hat. Er weiß es nicht. Er weiß nur, dass er mit Schäfer sprechen muss. Wenn seine Theorie stimmt, müssen sie Tom zum Reden bringen. Sie müssen ihn damit konfrontieren, ihn aus der Reserve locken und dafür sorgen, dass er etwas preisgibt. Denn falls Waldauf recht hat und Toms Fall bald vor Gericht kommt, wird das Medieninteresse erneut aufflammen, und die offiziellen Stellen werden versuchen, die Sache so wasserdicht und so schnell wie möglich hinter sich zu bringen. Sie werden das Gerichtsverfahren so bald wie möglich ansetzen. Wieder hat er das Gefühl, Zeit zu verlieren. Er greift zum Telefon und wählt Schäfers Nummer. Danach ruft er die Websites einiger Fährbetriebe auf und bucht eine Überfahrt nach Norderney.

Waldauf weiß nicht, was er sich von der Fahrt zu dieser Insel erhofft. Er hat es aufgegeben, mit vorgefertigten Vorstellungen an die Dinge heranzugehen, aber er weiß, dass er dort stehen muss, am Strand, an der Küste, den Blick auf das Meer gerichtet, um sich ein Bild machen zu können. Er muss es fühlen, um es zu verstehen. Falls Christina hier an Land gegangen ist, um ihrem alten Leben zu entfliehen und sich dem übermächtigen Einfluss ihres Vaters zu entziehen, dann wird er es erkennen, wenn er dort steht. Noch weiß er nicht, ob er sich vorstellen kann, wie das für sie gewesen sein muss. Ein Leben unter ständiger Kontrolle, ständiger Überwachung. Waldauf würde interessieren, was ihre Mutter von alldem gehalten hat und wie viel sie davon wusste. Aber ihm fehlt der Zugang zur Familie, und so ist er auf die Aussagen ihrer Freunde angewiesen. Und auf seinen Instinkt.

Der Tag verspricht heißes Wetter, und die Fähre ist voller Menschen. Waldauf sucht sich einen Sitzplatz nahe der Mitte des Schiffs und räumt diesen sogleich wieder für eine Mutter, die mit ihren zwei kleinen Söhnen und Rucksäcken keinen Sitzplatz mehr ergattern konnte. Waldauf erhebt sich und lächelt den Jungen mit ihren weißblonden Haarschöpfen zu. Die Frau dankt ihm.

„Nicht der Rede wert", antwortet Waldauf und sucht sich einen Platz an einem der Geländer auf der unteren Etage.

Er trägt seine neuen Sportschuhe und eine leichte Jacke. In einem Rucksack hat er seinen Laptop und frische Kleidung dabei. An sein Handy hat er mittlerweile Kopfhörer gehängt – etwas, das er früher nie getan hätte. Wann hätte er jemals die Zeit gehabt, Musik zu hören, außer wenn er mit seinem Dienstwagen unterwegs war? Und selbst dann.

Waldauf öffnet seine Musik-App – noch so eine neue Sache. Anke hat ihm geholfen, sie einzurichten, und er ist erstaunt, dass, egal, welche Oper, welche Arie oder welchen Namen eines Komponisten er in die Suchleiste eingibt, die App fündig wird. Waldauf lächelt und tippt mit seinen Fingern, die ihm immer noch wie tollpatschige Elefantenbeine vorkommen, auf ein Stück eines seiner liebsten Komponisten, Vincenzo Bellini.

Zu den ansetzenden Klängen des Orchesters blickt er über die wogende Meeresoberfläche hinaus auf die flachen Umrisse der Insel. An deren Westufer heben sich weiße Gebäude ab, während sie gegen Osten hin immer wilder und flacher wird. Falls Christina hier war, muss sie Ersatzkleidung, Geld und ihre Papiere mitgebracht haben. Von der Insel aus muss sie nach Norddeich gefahren sein und von dort weiter nach wohin auch immer.

Waldauf versucht, sie sich vorzustellen, an Bord der Fähre, mit einem Rucksack, einer Kappe auf dem Kopf. Möglicherweise hat sie ihre Frisur verändert und eine Sonnenbrille getragen. Wie hat sie all diese Dinge vom Segelboot trocken an Land gebracht? Oder ... vielleicht hat sie sie bereits zuvor auf der Insel deponiert. In einem Zimmer, das sie gebucht und in das sie alle Sachen gebracht hat. Hätte sie das ohne das Wissen ihres Vaters bewerkstelligen können? Unwahrscheinlich. Und sie wäre Menschen begegnet, die sich später an sie erinnern könnten. Christina muss Hilfe gehabt haben. Während die *Sinfonia* der *Norma* in seinen Ohren zu ihrem Höhepunkt ansetzt, springen Waldaufs Gedanken zu Tom. Er muss ihr geholfen haben. Alle Fäden laufen bei ihm zusammen. Er hat die Papiere über Chiko organisiert, hat sie zusammen mit allen anderen Dingen, die sie für ihre Reise und den Anfang ihres neuen Lebens benötigten, in einem Zimmer auf Norderney deponiert. Er hat das Boot gesteuert und anschließend alle Schuld auf sich genommen ... aber das war nicht ihr Plan.

Waldauf sieht sie auf dem Segelboot stehen. Christina in leichter Kleidung, mit der sie ins Wasser springen wird, und Tom, der ihr den Schlüssel für das Zimmer überreicht. Eine lange Umarmung, Liebesbekundungen, einen letzten Kuss. Er verspricht ihr, nachzukommen, sobald er kann. Er werde sie finden, sie würden zusammen sein – zusammen und glücklich und frei. Vielleicht ist er an Bord geblieben, um zu warten, bis sie sicher den Strand erreicht hat, oder er hat für sich selbst eine andere Route geplant, weil sie weniger Aufsehen erregen würden, wenn sie getrennt reisen. Vielleicht wollte er ihr einen Vorsprung verschaffen, das Boot noch ein wenig weiter von der Insel wegsteuern, den Notruf absetzen ...

Waldauf kratzt sich an der Stirn. *Falls* es ihr Plan war, ihren eigenen Tod vorzutäuschen, um sich von dem Einfluss von Christinas Vaters zu befreien. ... Aber irgendetwas ist schiefgelaufen. Tom wurde früher aus dem Wasser gefischt als erwartet, oder er hat den Plan geändert, möglicherweise waren zu viele Schiffe draußen. Was auch geschehen ist, jetzt muss er dafür vielleicht einen hohen Preis zahlen. Mehrere Jahre ins Gefängnis, möglicherweise wegen Mordes. Warum ist Christina nicht zurückgekehrt? Die Insel rückt näher und fesselt Waldaufs Blick – er wird es herausfinden.

Direkt nachdem die Fähre angelegt hat, beschließt er, zu Fuß den Weststrand entlangzulaufen. Die Arie in seinen Ohren schafft den passenden Hintergrund, und die idyllische Umgebung lässt Christinas Verschwinden nur umso tragischer erscheinen. Nach wenigen Minuten haben sich Waldaufs Schuhe und Socken mit Sand gefüllt, und da keine Bank in der Nähe ist, setzt er sich auf den warmen Boden, um sie auszuziehen. Er massiert seine Fußballen und Zehen, und obwohl immer wieder Windböen über den Strand fegen, findet Waldauf einen kurzen Moment Ruhe. Nachdem er seine Schuhe vom Sand befreit hat, überlegt er, ob er sie wieder anziehen soll. Dann packt er sie, verknotet die Schuhbänder um einen Träger seines Rucksacks und lässt sie daran herabbaumeln, während er barfuß weiterläuft. Vielleicht tut er es nur, um sich Anke näher zu fühlen, während er allein über den nackten Steinweg läuft, der die Küste entlang nach Norden bis zu den größeren Hotelanlagen führt. Nach einiger Zeit bleibt er stehen und wendet den Blick nach Westen, aufs Meer hinaus. Dort, flach und unscheinbar, liegt die östliche Spitze von Juist. Hätte Christina vom Boot aus das letzte Stück nach Norderney schwimmen und hier unbemerkt von allen an Land gehen können? Waldauf stakst ein Stück zur Wasserlinie hinunter, gräbt die Zehen in den Sand und blickt sich um. Kinder laufen über den Strand, graben Löcher, tragen bunte Eimerchen von hier nach da. Eltern eilen ihnen hinterher, in dem bislang erfolglosen Versuch, sie einzucremen. Manche Paare liegen in Strandkörben und lesen, vor der Küste kreuzt ein einzelner Kitesurfer. Wenn Christina in einem Badeanzug hier angekommen wäre, einzig mit dem Zimmerschlüssel an einem um ihr Handgelenk gewickelten Band, hätte niemand hier von ihr Notiz genommen. Eine Schwimmerin, die an Land geht, sich möglicherweise in den Sand setzt, um zu trocknen. Vielleicht sieht sie einem Segelboot dabei zu, wie es wendet, und hütet sich davor, ein letztes Mal den Arm zu heben und zu winken. Vielleicht laufen Tränen vermengt mit dem Meerwasser ihre Wangen hinab. Niemand hätte es bemerkt. Irgendwann kehrt sie dem Ozean den Rücken – es ist eine bewusste Bewegung. Sie läuft an Waldauf vorbei, und für einen kurzen Moment treffen sich ihre Blicke, und sie lächelt, denn trotz der Trauer fühlt sie auch noch etwas anderes – es ist Hoffnung. Zum ersten Mal in ihrem Leben wird sie tun, was sie will, und niemandem dafür Rechenschaft ablegen müssen. Waldauf sieht Christina dabei zu, wie sie über den Strand bis zu dem Steinweg läuft und dort kurz haltmacht, um eine Gruppe Radfahrer passieren zu lassen, und schaut ihr nach, bis sie irgendwann zwischen den abseits liegenden Gebäuden verschwunden ist. Abermals dreht er sich um und blickt aufs Meer hinaus. Während er wartet und innehält, gedanklich alle Puzzlestücke aneinanderreiht, stellt er fest, dass er es für durchaus wahrscheinlich hält, dass es sich genau so abgespielt hat. Und es bringt ihn dazu, abermals über den Zweck seiner Ermittlungen nachzudenken. Denn wenn es so war, wird alles, was er tut, um den Fall zu lösen, zwar möglicherweise helfen, Tom vor dem Gefängnis zu bewahren, aber es wird zugleich auch Christinas Flucht rückgängig machen. Waldauf hat, ohne es zu bemerken, die Seiten gewechselt und arbeitet nun für ihren Vater, Henning Riemann. Großindustrieller, Firmeninhaber, Wohltäter, Vater einer Tochter, die er zeit ihres Lebens erfolgreich aus dem Interesse und dem

Scheinwerferlicht der Öffentlichkeit fernhalten konnte, möglicherweise Kontrollsüchtiger und Tyrann. Kann man es ihm übel nehmen, dass er sein Privatleben und darunter das Kostbarste, was er jemals besitzen wird, seine Tochter, mit allen Mitteln zu schützen versucht? Er ist eine Person des öffentlichen Interesses, gefeierter Unternehmer und Investor, alle Welt kennt seinen Namen und sein Gesicht. Er sieht sich konfrontiert mit Neid, Intrigen und Anfeindungen. Möglicherweise erhält er Drohungen. Bei manchen offiziellen Anlässen wurde er von seiner Frau begleitet, aber seine Tochter hat er konsequent aus dem Rampenlicht ferngehalten. Waldauf ertappt sich bei dem Gedanken, dass er es an Riemanns Stelle vermutlich genauso gemacht hätte. Aber wo liegt die Grenze zwischen Beschützerinstinkt und Kontrollsucht, zwischen Obhut und Arrest, einem Leben in Geborgenheit und einem in Gefangenschaft?

Waldauf entdeckt ein Restaurant mit breiten Tischen und Holzbänken auf einer Terrasse mit Blick über den Strand und beschließt, eine kurze Rast einzulegen. Er ordert eine Tasse Kaffee. Vor der Küste treibt ein Fischkutter, der einen Schweif Möwen hinter sich herzieht. Waldauf geht dazu über, die Menschen zu beobachten, und fühlt sich auf merkwürdige Weise geborgen, obwohl er allein an seinem Tisch sitzt. Er sieht die herzliche Art der Menschen, die als Paare und kleine Familien an ihren Tischen sitzen, Kinder, die mit Eiswaffeln über die Wiesen laufen. Um ihn herum herrscht reges Treiben, und alles befindet sich in Bewegung, alles lebt, und Waldauf fühlt sich als lebendiger Teil davon. Er versteht, warum Christina nicht länger in Gefangenschaft leben konnte.

Die Kellnerin, die ihr Haar zu einem Knoten hochgesteckt hat, lächelt ihn an, stellt seinen Kaffee auf den Tisch und tanzt mit ihrem Tablett weiter zwischen den Tischen entlang.

Aber falls Christina wirklich hier war, wie ging ihre Reise dann weiter? Sie ist zu der Pension gelaufen, auf das Zimmer, das Tom zuvor für sie reserviert hat. Sie duscht, nimmt ein paar frische Sachen aus der großen Sporttasche, die in dem Schrank steht. Darin findet sie möglicherweise eine Notiz, einen Brief von ihm. Sie lacht, sie weint. Irgendwann kleidet sie sich an, föhnt ihr Haar und betrachtet sich im Spiegel. Vielleicht versucht sie, sich an ihren neuen Namen zu gewöhnen, ihr neues Leben. Sie darf keine Zeit verlieren. Tom hat mittlerweile vermutlich die Seenotrettung alarmiert und sich selbst auf den Weg gemacht. Christina fängt sich, wischt sich die Wangen sauber und hält sich an die Anweisungen, die in der Notiz stehen – Toms letzte Worte an sie, möglicherweise für eine längere Zeit:

Egal, was geschieht, bleib nicht stehen, schau nicht zurück – und lebe! Ich liebe dich.

Christina nimmt das abgerissene Stück Papier und platziert einen Kuss auf Toms Unterschrift. Dann schiebt sie es in die Tasche zurück, setzt die Kappe auf ihren Kopf, schultert ihr Hab und Gut und verlässt das Zimmer.

Waldaufs Tasse ist leer, und er bemerkt, wie seine rastlosen Hände nach ihrer gewohnten Beschäftigung suchen. Er beißt sich auf die Unterlippe und bestellt statt der heiß ersehnten Zigaretten eine weitere Tasse, denkt dann an Ankes Gesichtsausdruck, geht auf Nummer sicher und bestellt statt des Kaffees eine Tasse Kräutertee.

„Gute Wahl", sagt die Kellnerin und lächelt wieder.

„Was meinen Sie?"

„Unser Tee ist sehr gut – hervorragend, um ehrlich zu sein." Ohne auf seine Antwort zu warten, schwebt sie weiter zum nächsten Gast, und Waldauf bewundert sie für ihre unantastbare Ruhe in all dem Treiben um sie herum, wie eine Insel in einem Orkan. Sie erinnert ihn an Anke. So wie die positiven Züge der meisten Personen ihn irgendwie an sie erinnern. Anke ist überall.

Vielleicht sollte ich sie heiraten, denkt sein Gehirn, während er allein an seinem Tisch sitzt, und Waldauf muss lachen. Dann muss er feststellen, dass er gar nicht weiß, wie sie überhaupt zu ihm steht. Wie ernst könnte ihr die Beziehung zwischen ihnen, die vielleicht noch gar keine ist oder gerade erst an ihrem Anfang steht, überhaupt sein? Er fühlt ein Brennen in seiner Brust, als das Adrenalin – er hält es für Adrenalin – durch seinen Körper schießt. Die Frage beschäftigt ihn mehr, als ihm lieb ist.

Die Kellnerin bringt ihm seine Tasse, und das Aroma des Tees hat eine angenehme, beruhigende Wirkung auf ihn. Die Frage, die er sich jetzt stellen muss, ist, wo Christina danach hingegangen ist.

Sie nimmt ihre Tasche und versucht, so schnell wie möglich Distanz zwischen sich und die Insel zu bringen. Sie besteigt die Fähre nach Norddeich und von dort ... wo will sie hin? Waldauf weiß es nicht, und ohne

Toms Hilfe wird er es kaum herausfinden. In Gedanken geht er nochmals die Namen ihrer Freunde durch, die er von Toms Mutter erhalten hat. Es sind nicht allzu viele, und einige der wenigen, die auch Christina kannten, sind Matze und Larissa.

Waldauf blickt auf seine Uhr. Der Himmel ist nun von Wolken verdunkelt, während sich die umstehenden Gebäude strahlend weiß davor abheben. Manche der anderen Gäste greifen nach ihren Handys und beginnen Fotos von dem Naturschauspiel zu machen. Waldauf beschließt, ein wenig durch die Straßen des bewohnten westlichen Teils der Insel zu laufen. Wie weit nach Osten er gehen wird oder ob er auf der Insel eine Unterkunft für die Nacht finden wird, weiß er noch nicht. Sein Termin mit Schäfer ist erst am nächsten Vormittag. Schäfer! Waldauf macht sich eine gedankliche Notiz, ihn zu fragen, ob er Zugriff auf Toms Kontoauszüge hat. Möglicherweise finden sie dort die Buchung für ein Zimmer auf Norderney. Die Chancen tendieren gegen null, aber dennoch will er nichts ausschließen.

Nachdem Waldauf einige Stunden durch die Stadt gelaufen ist, ist er sicher, dass Christina hier zwischen all den Familien und Sommergästen nicht weiter aufgefallen wäre. Er erreicht den Nordstrand, setzt sich zwischen das hohe Gras, um zu verschnaufen, und sieht einigen Kitesurfern dabei zu, wie sie über die Wellen rasen. Dieser kilometerlange Sandstreifen ist, so wie die Dünen dahinter, völlig unbebaut und lädt zum Vergessen ein. Waldauf möchte ihn entlanglaufen, so weit er kann, Schuhe und Rucksack liegen lassen, wo sie liegen, und einfach laufen bis ... bis er Anke erreicht hat. Bis er endlich bei ihr sein kann.

Er sieht Paaren und Familien beim Spazierengehen zu und versteht Christinas Sehnsucht plötzlich mehr denn je. Sie wollte nichts weiter als ihre Freiheit. Natürlich nagen weiterhin Zweifel in seinem Hinterkopf, ob all dies nur das Ergebnis seines Wunschdenkens ist, seiner Unfähigkeit, eine Niederlage einzugestehen.

Möglicherweise ist Christina nie in Norderney angekommen, möglicherweise ist sie ertrunken, genau so, wie Tom es ihnen von Anfang an erzählt hat. Aber möglicherweise ist nicht gut genug. Waldauf muss es wissen. Er erhebt sich, klopft sich den Sand von der Hose und wirft einen letzten Blick den Strand entlang. Ein kleiner Junge flitzt mit einem Drachen in seiner Hand über die flache Ebene und lacht. Waldauf hebt seinen Rucksack auf. So schön das Gedankenspiel auch war, er hat zu tun.

23. SAGEN SIE ES NICHT

„Sagen Sie nicht, Sie wollen bei uns einziehen", begrüßt ihn der Beamte am Empfang. „Ich weiß nämlich nicht, ob ich für diesen Schritt schon bereit bin. Vielleicht sollten wir es ... ruhig angehen lassen."

„Keine Sorge. Ich wollte nur sehen, wie Ihre Karriere als Komödiant vorangeht."

„Ganz gut so weit. Wollen Sie vielleicht ein Autogramm haben?"

„Vielleicht beim nächsten Mal. Ich habe einen Termin bei Kriminalhauptkommissar Schäfer."

„Oh", der Beamte macht große Augen. „Der Herr hat jetzt einen Termin beim Chef ... und ich den roten Teppich nicht dabei, wie unangenehm."

„Sie sind wirklich witzig", sagt Waldauf, ohne die Mundwinkel zu heben. „Könnten Sie mich ihm ankündigen?"

Nun ist es der Beamte, der grinsen muss. „Fordern Sie mich bloß nicht heraus. Ich werde hier keine Fanfaren für Sie anstimmen."

„Das ist auch nicht nötig. Und dafür ist die Angelegenheit leider auch zu ernst."

Der Beamte nickt und tippt mit seinen dicken Fingern, die dennoch wie kleine Ballerinen über die Tastatur hüpfen, eine Nummer in sein Interface.

„Ja", sagt er. „Ist gerade eingetroffen ... Alles klar."

Er verweist Waldauf auf einen Besucherstuhl im Empfangsbereich, doch dieser bleibt wie angewurzelt stehen, als sich die Fahrstuhltüren öffnen und ein Mann in Begleitung mehrerer anderer Personen herauskommt. Sein Haar ist hellblond, beinahe weiß, sauber nach hinten gekämmt, sein Anzug ebenfalls weiß, das Hemd schwarz. Er trägt keine Krawatte, aber alles an ihm wirkt über die Maßen gepflegt. Unter Kontrolle, denkt Waldauf und starrt Henning Riemann an, der den hektischen Ausführungen eines anderen Mannes lauscht, ohne ihm jedoch allzu viel offensichtliche Beachtung zu schenken. Waldauf ist sich sicher, dass er dennoch jedes einzelne Wort wahrnimmt und prüft. Hinter seiner glatten Oberfläche pulsiert ein wacher Verstand wie ein Uhrwerk. Mehrere jüngere Personen wirbeln um sie herum, und ein breitschultriger Mann bildet die Nachhut, während ein anderer Mann mit einem nahezu unsichtbaren Headset am Ohr, den Waldauf vorhin nicht wahrgenommen hat, an der Eingangstür erscheint und diese für Riemann öffnet.

„Herr Riemann?", ruft Waldauf, ehe er Zeit hat, darüber nachzudenken. Keine Zehntelsekunde später setzen sich die beiden Sicherheitskräfte in Bewegung, schirmen Riemann mit ihren eigenen Körpern ab und steuern auf ihn zu. Dennoch erkennt er, wie Riemanns Augen sich auf ihn fokussieren.

„Mein Name ist Lukas Waldauf. Ich arbeite für Elisabeth Buchner", und dann, kurz bevor die beiden Gorillas ihn erreicht haben, presst er die Frage hervor. „Wissen Sie, was mit Ihrer Tochter geschehen ist?" Er fühlt, wie eine Hand ihn packt, um ihn von Riemann wegzuschieben, zeitgleich nimmt er um Riemanns Augen ein Zucken wahr, als dieser versucht, ihn einzuordnen.

„Ich versuche, Ihre Tochter zu finden ..." Er wird gepackt, während sich der Polizeibeamte hinter seinem Schreibtisch nun ebenfalls in Bewegung setzt und ruft: „Hey, hey! Lassen Sie den Mann los!"

„Können wir irgendwo reden?"

Der Griff des Sicherheitsmannes raubt ihm die Luft. Riemann bleibt stehen, während der Polizist, die beiden Sicherheitskräfte und Waldauf in einem Knäuel verstrickt miteinander rangeln.

„Ich spreche nicht mit Ihnen", antwortet er und wird sich der Widersprüchlichkeit der Aussage offensichtlich bewusst. Dann seufzt er, und zwischen zusammengebissenen Zähnen ergänzt er: „Meine Tochter ... ist tot. Also zeigen Sie gefälligst den gebührenden Anstand."

„Das tue ich", keucht Waldauf und versucht immer noch, sich aus dem Griff des Mannes zu befreien. „Ich versuche zu helfen."

„Sie helfen aber niemandem", sagt der Mann, der ihn von hinten immer noch gepackt hält.

„Ich muss wissen, mit wem sie Kontakt hatte ..." Der Gorilla presst ihm die Luft aus der Lunge, und Riemann sieht ihm in die Augen und sagt nur ein einzelnes Wort: „Nein."

Dann wendet er den Blick ab und verlässt mit seiner Entourage das Gebäude.

„Mann, sind Sie völlig bescheuert? Was sollte das gerade?", keucht der Polizeibeamte.

„Das war vielleicht meine einzige Chance", antwortet Waldauf, und er steht immer noch unter Strom. Kurz überlegt er, Riemann hinterherzulaufen, aber erkennt, dass es keinen Sinn hätte.

„Und ich dachte, ich wäre witzig."

„Das sind Sie auch." Waldauf zupft seine Kleidung zurecht und schlüpft wieder in seinen rechten Schuh, den er während des Gerangels verloren hat.

„Und jetzt?"

„Jetzt kennt er meinen Namen."

„Und Sie denken, das ist eine gute Sache?"

„Das wird sich herausstellen."

Kurze Zeit später holt Schäfer Waldauf ab und führt ihn abermals in sein Büro.

„Sie haben Neuigkeiten?"

„Ich muss wissen, wann die Gerichtsverhandlung ist."

Schäffer brummt und wischt sich mit der flachen Hand übers Gesicht. Dann beginnt er mit seinen Fingern zu zählen.

„Erstens: Sie sind nicht mehr bei der Polizei, also schlagen Sie besser einen anderen Ton an. Zweitens wissen Sie genauso gut wie ich, dass diese Dinge nicht so schnell gehen und dass der Fall an die Staatsanwaltschaft übergeben wird, sobald die Beweissicherung abgeschlossen ist. Und drittens: Sie sind nur hier, weil sich Ihre Recherche bisher als nützlich erwiesen hat. Aber! Unter keinen wie auch immer gearteten Umständen haben Sie ein Recht darauf, interne Informationen zu verlangen, haben Sie mich verstanden?"

„Ja." Waldauf nickt. „Wissen Sie, wann die Gerichtsverhandlung sein wird?"

Schäfer lacht auf.

„Nein, verdammt! Ich weiß es nicht. Aber ..." Er lässt sich auf seinen Stuhl fallen. „Okay, gut. Bitte erklären Sie mir, warum Sie so dringend wissen müssen, wann die Verhandlungen starten werden."

„Mir läuft die Zeit davon."

„Um was zu tun?"

„Christina Riemann zu finden ... und ich muss mit Tom sprechen!"

„Meine Güte, Mann! Was ist in Sie gefahren? Sie sind kein Polizeibeamter mehr!"

„Dann müssen Sie mit ihm sprechen."

„Wir haben schon sehr häufig mit ihm gesprochen. Aber was schlagen Sie vor? Worüber sollte ich Ihrer Meinung nach mit ihm sprechen?"

„Über das Zimmer auf Norderney."

„Erklären Sie mir das."

Schäfer lauscht Waldaufs Ausführungen und seiner Theorie, wie Christina und Tom möglicherweise ein neues Leben anfangen wollten.

„Verstehe ich Sie richtig, Sie gehen nun nicht mehr von einer Entführung aus? Woher der Sinneswandel?"

„Falls sie entführt wurde, wäre die Chance, sie nach so langer Zeit lebend zu finden, verschwindend gering. Außerdem hätten die Riemanns nach einer fehlgeschlagenen Lösegeldübergabe längst Alarm geschlagen."

„Sie setzt sich also ab, während der junge Buchner wartet, er setzt ein Notsignal ab ... aber etwas läuft schief. Er erkennt, dass er es nicht mehr rechtzeitig zur Insel schaffen würde, und beschließt eine Planänderung. Er wird verhaftet und erzählt uns Märchen. Können Sie irgendetwas davon beweisen?"

„Natürlich nicht, sonst wäre ich nicht hier. Der einzige echte Beweis wäre wohl, wenn ich Christina finden würde – und dazu brauchen wir Tom."

„Nun gut, angenommen ..." Schäfer fährt sich über den Mund. „Nur mal angenommen, Sie hätten recht und die beiden hätten ihre Flucht geplant, um ihrem Vater zu entkommen und ein neues Leben zu beginnen, wieso denken Sie dann, dass Tom es uns plötzlich verraten sollte?"

„Er wird es nicht verraten. Aber wenn wir ihn überraschen, wird seine Reaktion möglicherweise ihn verraten. Haben Sie einen Profiler hier im Haus?"

„Natürlich. Aber der Junge macht es uns schwer. Er antwortet nur auf Fragen, die er auch beantworten will, und die beantwortet er immer auf dieselbe Weise."

„Körpersprache?"

„Nicht eindeutig. Aber bitte ... hören Sie auf, mir meinen Job erklären zu wollen." Schäfer schnauft.

„Nun gut. Verraten Sie mir, wie Sie den Jungen aus der Reserve locken wollen. Aber Sie wissen, dass ich Ihnen keine Informationen geben kann, weder über das Gespräch noch über seine Antworten oder unseren Bericht darüber."

„Ja, ja, schon klar. Das Einzige, was ich wissen muss, ist, wohin sie gegangen sein könnte. Sie ist bis nach Norderney geschwommen, hat ihre Sachen gepackt und ist mit der Fähre nach Norddeich gefahren, und dann? Fragen Sie ihn über ihre Sehnsüchte, Orte, die ihr wichtig waren, ihre Lebensziele, Leidenschaften. Vergessen Sie die Tat selbst. Fragen Sie ihn, ob er sie geliebt hat. Betonen Sie die Vergangenheitsform. Oder besser, fragen Sie ihn, was er an ihr geliebt hat. Stellen

Sie ihm Fragen, bei denen er nicht lügen muss, bei denen er sich sicher fühlt."

„Waldauf, warum schildern Sie mir das Standardvorgehen?"

„Und danach fragen Sie ihn, warum er mit Larissa geschlafen hat."

„Wie bitte?"

„Larissa Herold, Christinas beste Freundin. Nach ihrer Trennung ... nun ja, sie haben miteinander geschlafen. Ich denke, er bereut es. Das könnte unser Hebel sein."

„Oder wir verlieren ihn dadurch."

„Sie könnten recht haben. Haben Sie ihn nach Christinas Fotografie-Studium gefragt?"

„Bisher nicht. Wir wussten nicht ..."

„Sie hat es offenbar ohne das Wissen ihres Vaters belegt. Aber vielleicht müssen Sie das auch nicht. Fragen Sie ihn besser nach gemeinsamen Urlauben, Erinnerungsfotos ... Ich muss wissen, wohin sie gegangen sein könnte ..."

„Denken Sie, dass er sich darauf einlassen wird?"

„Nein. Mich interessieren die Orte, die er verschweigen wird."

„Aber auch darüber werde ich Ihnen nichts sagen können."

„Ja, ich weiß."

Waldauf erhebt sich, und Schäfer steht instinktiv ebenfalls auf.

„Was haben Sie jetzt vor?"

„Ich werde weitersuchen."

Schäfer denkt nach.

„Danke für Ihren Einsatz."

„Danken Sie mir erst, wenn wir sie gefunden haben.“
„Sie meinen, falls ...“
„Sagen Sie es nicht.“

24. ICH WERDE BLEIBEN

Waldauf sitzt an seinem Esstisch und blickt aus dem Fenster. Vor ihm liegt die Muschel, die Anke ihm geschenkt hat. Er dreht sie im Kreis und sieht dabei zu, wie sich das Sonnenlicht an der Innenseite ihrer Schale bricht.

Dann wählt er Larissas Nummer und knirscht mit den Zähnen, denn ihm gefällt nicht, was er jetzt tun muss.

„Hallo?“

„Hallo Larissa, ich bin’s, Waldauf.“

„Ach, hallo, wie geht es ...?“

„Wussten Sie davon?“

Er hört sie am anderen Ende der Leitung atmen.

„Was meinen Sie?“

„Christina und Tom wollten zusammen abhauen. Sie haben sich falsche Papiere besorgt. Christina hat Deutschland verlassen. Tom ist zurückgeblieben, vermutlich hat er es nicht rechtzeitig geschafft. Warum haben Sie mir nichts davon erzählt?“ Und bevor sie zu Wort kommen kann, spricht er weiter. „Tom wird dafür ins Gefängnis gehen. Er nimmt die ganze Schuld auf sich. Seine Verhandlungen werden bald starten, und die zuständigen Behörden versichern mir, dass er sich schuldig bekennen wird. Totschlag oder Mord! Das sind fünf bis fünfzehn Jahre Haft, Larissa! Vielleicht mehr. Für eine Tat, die er nicht begangen hat, die tatsächlich nie stattgefunden hat." Waldaufs Magen verkrampft sich, bevor er weiterspricht, und er beginnt sich selbst zu hassen.

„War das Ihr Plan? Haben Sie deswegen mit ihm geschlafen, Larissa? Damit er ein schlechtes Gewissen gegenüber Christina hat und alles für sie tun würde? Notfalls auch ins Gefängnis gehen?"

„Nein, ich ... so war das nicht ... Sie verdammtes Arschloch!", brüllt sie zwischen lauten Schluchzern.

„Ich muss wissen, wo sie ist! Sagen Sie mir, wo sie hingegangen ist, Larissa!"

„Ich weiß es nicht! Ich weiß überhaupt nicht, was Sie von mir wollen! Ich habe nichts ... Ich weiß nicht, was auf diesem verdammten Boot geschehen ist, okay? Ich weiß auch nicht, wo Christina ist ... ich weiß nicht ... ob sie tot ist ... oder ..."

Ihre Stimme verkümmert zu einem Wimmern. Waldauf zittert, doch er presst sein Handy weiter an sein Ohr.

„Hören Sie mir zu. Wenn Christina noch am Leben ist und wenn sie Deutschland verlassen wollte, wohin würde sie gehen?"

„Sie sind wirklich der Schlimmste von allen! Sie sind so ein kranker Typ ... ich weiß nicht, wo sie hingegangen wäre. Mir ist schlecht ..."

„Hatte sie Freunde im Ausland, von denen sie erzählt hat? ... einen besonderen Ort, an den sie vielleicht ..."

Bevor er den Satz beenden kann, sagt Larissa: „Rufen Sie mich nie wieder an", und beendet das Gespräch.

„Scheiße!"

Waldauf springt von seinem Stuhl und holt aus. Dann hält er inne und realisiert, dass er gerade drauf und dran ist, das nächste Handy zu zertrümmern. Stattdessen tritt er gegen einen der Stühle, der daraufhin quer durch den Raum schlittert. Waldauf ballt die Fäuste. Er weiß, dass er damit nicht gegen die Wand schlagen darf, sonst würde Anke die Blutflecken sehen. Aus Mangel an sinnvollen Alternativen beginnt er, sich selbst zu ohrfeigen, bis er die einzelnen Schläge kaum noch fühlen kann.

„Scheißeeeeeeeee!“, brüllt er erneut.

Daraufhin überkommt ihn ein Hustenanfall und dann die Atemnot. Waldauf bekommt keine Luft. Er wankt, lässt sich auf einen der noch stehenden Stühle fallen und schlägt sich die Hände vor den Mund. Als er Minuten später einen ersten Atemzug tut, ist er erstaunt, dass das Blut auf seinen Händen keine Farbe hat. Dann erst begreift er, dass es Tränen sind, die sich ihren Weg über seine Hände und Arme bis hinab zur Tischplatte gebahnt haben. Sein Brustkorb löst sich aus seiner Verkrampfung, und Waldauf beginnt lautlos zu weinen.

Diesen Teil seines Berufs hat er immer gehasst, aber er kann es sich nicht leisten – konnte es nie –, auf die Gefühle seines Gegenübers Rücksicht zu nehmen, wenn es um seine Ermittlungen geht. Die Wahrheit ist die Wahrheit, sagt er sich – nicht das, was wir uns wünschen.

Dann fällt sein Blick wieder auf die schimmernde Muschel. Er vergeht vor Sehnsucht nach Anke. Er ist schwach. Aber solange er Christinas Fall nicht gelöst hat, wird er nie ganz bei ihr sein können.

Und was ist mit Sarahs Fall? Was ist mit ihrer Wahrheit? Die Frage bohrt sich wie ein giftiger Stachel in seinen Verstand, und Waldauf beginnt zu würgen. Es ist wahr! Wie um alles in der Welt kann er sich nach Glück sehnen und nach Liebe? Wie kann er ... leben? Er reißt die Arme hoch, seine Finger krallen sich an sein Gesicht, zerren an seinem Haar und seinem Verstand. Er brüllt, und nichts davon gleicht noch den Lauten eines Menschen. Waldauf ist lebender Schmerz.

Als Anke ihn findet, ist es weit nach Sonnenuntergang. Er sitzt in dem lichtlosen Raum und starrt ins Leere.

„Du hast dich nicht gemeldet", sagt sie. „Ans Telefon bist du auch nicht gegangen." Waldauf sieht sie an wie eine Erscheinung aus einer anderen Welt. Wie ist sie ins Haus gekommen?

„Die Verandatür stand offen", sagt sie, als könne sie seine Gedanken lesen. „Ich weiß, dass es dir nicht gut geht. Ich musste trotzdem nach dir sehen. Ich kann auch gleich wieder gehen, wenn du willst."

„Nein, bitte", sagt er mit einer Stimme, die er kaum wiedererkennt. „Bitte bleib."

Sie sieht sich um, anscheinend unsicher, ob sie das für eine gute Idee hält, und setzt sich dann doch zu ihm, ohne Licht anzumachen – wofür er ihr dankbar ist.

„Sie werden ihn verurteilen", sagt Waldauf nach einiger Zeit. Sie hat ihn nicht gefragt, was ihn bedrückt, und dennoch weiß er, dass er mit ihr darüber reden muss.

„Ich weiß noch nicht, warum, aber aus irgendeinem Grund habe ich das Gefühl, er will ins Gefängnis. Falls

Christina mit seiner Hilfe das Land verlassen hat, um ein neues Leben anzufangen, wollte sie das bestimmt nicht allein tun. Tom hat es nicht geschafft, wurde verhaftet. Jetzt wird sie offiziell für tot erklärt werden. Vermutlich hat er Angst. Angst vor dem Einfluss ihres Vaters, Angst vor seiner Rache. Oder er versucht, sie um jeden Preis zu schützen. Vielleicht ist alles ... aber auch tatsächlich so geschehen, wie er es erzählt hat, und ich mache mir nur selbst etwas vor ... weil ich mir nicht eingestehen will ... dass ich sie nicht retten kann. Vielleicht ... wollte ich damit etwas wiedergutmachen, das nicht wiedergutzumachen ist. Es ..."

Er hebt den Blick. Anke ist immer noch da, hier bei ihm in der Dunkelheit. Sie hört ihm zu, auch wenn sie bestimmt nicht alles versteht, was er sagt. Waldauf spricht weiter.

„Ich habe eine Frau verloren. Sie stand unter meinem Schutz und ... sie wurde ermordet. Ich konnte es nicht verhindern."

Anke erhebt sich von ihrem Stuhl und stellt sich vor ihn. Sein Kopf ist nun auf der Höhe ihres Bauchs. Sie legt die Hände auf seine Schultern und zieht ihn an sich. Waldauf hört ihren Atem, fühlt sie und vergräbt sein Gesicht im warmen Lavendelduft ihres Pullovers. Er schlingt die Arme um ihre Hüften, während seine Tränen die Vorderseite ihrer Kleidung durchnässen und Krämpfe seinen Körper schütteln. Minuten vergehen, Stunden, Ewigkeiten. Zeit verliert jede Bedeutung, während Trauer ihn verschlingt und er in Ankes Armen wiedergeboren wird.

„Ist es okay, wenn ich Licht anmache?", fragt sie irgendwann, und als Waldauf nickt, macht sie zu seiner

Überraschung nur die kleine Lampe auf der Anrichte in der Küche an, und zugleich schaltet sie die Kaffeemaschine ein. Sie macht Kaffee und Tee für sich selbst und bringt ihm eine Tasse.

„Danke“, sagt er, und sie lächelt.

„Wollen wir uns auf die Terrasse setzen?“, fragt sie.

„Gerne.“

Sie gehen nach draußen und nehmen zwei der Esszimmerstühle mit, denn Waldauf hat bisher keine Zeit gefunden, Gartenmöbel anzuschaffen. Anke sitzt da, wiegt ihre Tasse in ihren Händen und betrachtet ihn.

„Ich weiß nicht, was ich sagen soll“, gesteht Waldauf.

„Das macht nichts.“

„Wieso ...“, beginnt er und überlegt. „Wieso gibst du dich mit mir ab? Ich meine ... ich bin nicht gerade in allerbestem Zustand ... du könntest es leichter haben.“

„Da hast du bestimmt recht“, sagt sie, und Waldauf fürchtet, sie könnte jeden Moment aufstehen und gehen. Sie grinst.

„Aber was würdest du dann wohl von mir halten, wenn ich mich sofort verkrümele, beim ersten Anzeichen, dass es kompliziert werden könnte?“ Sie lauscht dem fernen Tosen des Meers, ehe sie weiterspricht. „Es ist nicht alles immer leicht und einfach und schön. Aber das kann es wieder werden.“ Sie sieht ihm in die Augen. „Nein. Ich werde bleiben – sofern du das auch willst.“

Waldauf lehnt sich zu ihr.

„Mehr als alles andere.“

25. ICH WEIẞ NICHTS ÜBER IHN

„Waldauf?"

„Ja, ich bin's."

Er hält das kleine Gerät an sein Ohr, während er zur Hälfte noch in seinem Bett liegt. Er hat das Handy vom Fußboden aufgehoben, wo auch seine Bücher und ein Stapel seiner Aufzeichnungen liegen. Er fühlt Ankes kalte Füße an seinem Bein. Sie schläft.

„Die Gerichtsverhandlungen beginnen in zwei Tagen", sagt Schäfer.

„So bald schon?"

„So sieht es aus. Riemann zieht offenbar alle Register."

„Das überrascht mich nicht. Danke ... für die Information."

„Keine Ursache. Ich sehe Sie dann dort?"

„Sie werden dort sein?"

„Unser offizieller Teil in diesem Fall ist abgeschlossen, aber ich bin als Sachverständiger bestellt und werde zu unserem Beweisverfahren befragt werden."

„Ja, davon war auszugehen."

„Also, bis dann."

„Ja, bis dann."

Waldauf beendet das Gespräch und lässt das Handy auf die Papiere fallen. Er kratzt sich am Nacken, kriecht zurück unter die Decke und dreht sich auf den Rücken.

Er muss mit Toms Mutter sprechen – mit Ankes Freundin. Er presst die Augen zusammen, bis er bunte Lichter sieht. Dann steht er auf. Es ist sechs Uhr morgens, und das eiskalte Sonnenlicht sticht ihm in die Augen. Waldauf braucht eine Tasse Kaffee, aber die Maschine würde Anke wecken, also gießt er sich ein Glas Wasser ein und setzt sich auf die Terrasse. Das bevorstehende Gespräch mit Elisabeth Buchner liegt ihm im Magen, umso mehr, als er sich schon seit Tagen nicht mehr bei ihr gemeldet hat. Waldauf weiß, dass Anke Elisabeth öfter über den Stand seiner Ermittlungen aufgeklärt hat, aber das wäre nicht ihre Aufgabe gewesen. Es wäre seine gewesen.

In Unterhosen und Unterhemd gekleidet sitzt er auf dem Steinboden der Terrasse – auf seiner Treppe – und trinkt von seinem Glas. Üppiges Grün umgibt ihn, und selbst zu dieser frühen Stunde surren und brummen bereits unzählige Insektenarten in einem undurchschaubaren Reigen und einer Kakofonie des Lebens. Auch wenn Waldauf zu einem anderen Zeitpunkt fasziniert von dieser Fülle und Vielfalt gewesen wäre, kann er sich jetzt kaum dazu durchringen, ihr irgendeine Beachtung zu schenken. Ja, das Leben ist ein Wunder, sagt er sich. Ein fragiles und flüchtiges Wunder. Zerbrechlich. Er reibt sich über den Nacken und geht nach drinnen, um sich zu duschen. Er kleidet sich an, kritzelt eine Nachricht auf ein Stück Papier und lässt es auf seinem Küchentisch zurück. Anke wird nicht glücklich darüber sein, aber er muss los. Und er kann sie nicht mitnehmen.

Als er sich hinter das Steuer seines Mietwagens setzt, nimmt er sich vor, auch dafür eine dauerhaftere Lösung zu finden, aber die wird noch eine Weile warten müssen, ebenso wie die weiteren Renovierungsarbeiten an seinem Hof. Nichts davon ist jetzt von Belang. Waldauf steuert den Wagen in Richtung Wilhelmshaven und wirft dabei immer wieder einen Blick in den Rückspiegel. Aber der dunkle Jeep, den er dort geradezu erwartet, erscheint nicht. Soll er umkehren und nach Anke sehen? Waldauf schüttelt den Kopf. Dieser verdammte Kerl hat ihn verunsichert. Er ist in seinen Verstand gekrochen und hat mit seinen Ängsten gespielt. Waldauf flucht in sich hinein. Er kann sich jetzt nicht darum kümmern. Er muss mit Toms Mutter sprechen, persönlich. Er muss sie fragen, wo Tom Christina versteckt haben könnte, falls er sie tatsächlich ermordet hat. Oder wohin sie gegangen sein könnte, falls sie noch am Leben ist. Beide Optionen gefallen ihm nicht, denn Letzteres könnte ihr Hoffnung machen. Hoffnung, wo vielleicht keine ist.

Als Waldauf durch den gepflegten Vorgarten zu dem Haus geht, fallen ihm die getrimmten Hecken ins Auge, die frisch zurückgeschnittenen Rosenstöcke, der gejätete Rasen. Es kommt ihm so vor, als wäre der Garten nun sogar noch sorgfältiger gepflegt als bei seinem ersten Besuch. Er erklimmt die vier Treppenstufen, und die Tür öffnet sich, ehe er die Klingel berühren kann. Elisabeth Buchner sieht um Jahrzehnte gealtert aus. Die Frau Anfang fünfzig trägt ihr dunkles Haar zu einem Knoten gebunden und hat die Arme vor der Brust verschränkt, wie um sich in einer Umarmung selbst

Trost spenden zu wollen. Sie trägt eine dicke Wollweste um ihren Körper geschlungen.

„Herr Waldauf."

„Hallo, Elisabeth", sagt Waldauf.

„Bitte, kommen Sie herein."

Waldauf schnauft ein letztes Mal durch, bevor er sich in den Abgrund stürzt.

„Mein Mann, Georg, ist zur Arbeit gefahren." Sie wischt sich übers Gesicht, als wolle sie Haare zur Seite streichen, die nicht da sind. „Er sagt, zu Hause fällt ihm die Decke auf den Kopf, er müsse auf andere Gedanken kommen. Irgendwie ... Möchten Sie eine Tasse Tee oder Kaffee?"

„Sehr gerne. Kaffee bitte."

Waldauf sieht sich im Wohnzimmer und Essbereich des zweigeschossigen Gebäudes um. Toms Zimmer liegt im oberen Stockwerk, direkt unter der Dachschräge, ein Zimmer, wie Waldauf es sich als kleiner Junge immer erträumt hatte. Ein Zimmer voller Möglichkeiten, voller Ideen und Abenteuer. Ein Zimmer, das seit Tagen leer steht und dessen ehemaliger Bewohner ohnehin bereits zu erwachsen ist, um jemals wirklich wieder dorthin zurückzukehren.

Hier im unteren Stockwerk des Hauses gleicht alles einem sorgsam gehüteten ... Museum, denkt Waldauf. Ein Arrangement aus Fotos und Erinnerungsstücken, in einer Vergangenheit verhaftet, die unweigerlich verloren ist. Mit einem Mal fühlt er sich Elisabeth Buchner auf einer Ebene verbunden, die er selbst nur schwer greifen kann. Als wären sie zwei verlorene Seelen, beide durch einen Schlag des Schicksals dazu verdammt, ihr restliches Dasein in ihrer Erinnerung zu verbringen.

Elisabeth Buchner reicht ihm eine Tasse, die so strahlend weiß ist wie frisch gefallener Schnee. Waldauf weiß, dass all die Ordnung, all die Selbstbeherrschung und die Sauberkeit ihr ihren Sohn nicht zurückbringen wird, und hasst sich für diesen Gedanken. Sie versucht, irgendwie weiterzumachen und dabei nicht den Verstand zu verlieren. Jeder Grashalm kann den entscheidenden Unterschied machen, und Waldauf muss ihr jetzt einige davon entreißen.

„Danke", sagt er. „Das ist sehr freundlich von Ihnen."

„Wie kann ich Ihnen helfen?"

Sie streicht sich erneut Haare aus dem Gesicht, die nicht da sind.

„Nun, es tut mir sehr leid, aber ich muss Ihnen noch einmal einige Fragen stellen."

Elisabeth hebt für einen kurzen Augenblick die Mundwinkel, zu etwas, das wie die Erinnerung an ein Lächeln aussieht.

„Fragen Sie. Egal, was Sie wissen wollen. Wenn ich irgendwie helfen kann ..."

Waldauf nickt.

„Toms Verhandlungen werden bald starten."

„Ich weiß."

„Natürlich. Hat man Sie auf Ihre Aussage vorbereitet?"

Elisabeth nickt kurz.

„Unser Anwalt hat mir gesagt, es würde hässlich werden. Ich würde über Toms und Christinas Beziehung befragt werden. Über ... die Trennung und die Zeit danach. Über seine Motive für ... einen möglichen Mord."

„Das ist richtig. Werden Sie auch dort sein, um die anderen Aussagen zu hören?"

„Ich werde meinem Sohn beistehen, egal, was kommt."

„Dann werden Sie vermutlich viele Aussagen der Gegenseite hören, die Sie stark mitnehmen werden. Ich bin selbst kein Experte für Gerichtsverhandlungen, aber die Staatsanwälte und die Anwälte der Riemanns werden vermutlich alles daransetzen, Tom wegen Mordes zu belangen. Viele der Aussagen könnten verletzend und sehr persönlich sein. Sind Sie ...?"

„Ich werde nicht von seiner Seite weichen."

„Gut. Tom wird Sie brauchen." Waldauf nimmt einen Schluck und fährt sich über den Nacken. „Hören Sie, ich weiß, dass es zermürbend ist, aber ich werde weiter ermitteln, denn für mich ist der Fall alles andere als klar. Und wenn Sie erlauben ... ich muss Ihnen noch einmal einige Fragen stellen. Ich weiß, Sie haben das alles bestimmt schon tausendmal erzählt ..."

„Hören Sie auf, sich zu entschuldigen. Ohne Sie hätte ich die Hoffnung schon längst verloren."

Ja, denkt Waldauf und muss wieder an Sarah denken. Genau das ist das Schlimme daran. Er macht ihr Hoffnung. Und was kommt danach? Er versucht, den Gedanken abzuschütteln, und beginnt zu sprechen.

„Es gibt meiner Meinung nach zwei plausible Theorien, aber für beide fehlen mir die Beweise. Ich ... kann Ihnen derzeit leider nicht sagen, was diese Theorien sind, muss Sie allerdings bitten, meine Fragen so genau wie möglich zu beantworten."

Waldauf sieht, wie sich ihr Nacken spannt und das Kinn kaum merklich nach vorn schiebt. Egal, was es kostet, sie ist entschlossen, das durchzustehen, solange sie ihrem Sohn auch nur irgendwie von Nutzen sein kann. Sie stützt die Unterarme auf den Tisch.

„Fangen Sie an."

„Wann genau hat Christina sich von Tom getrennt?"

„Das muss vor etwa fünf Monaten gewesen sein."

„Also im Januar? Wann genau?"

„Vielleicht Mitte Januar."

„Ein Neujahrsvorsatz?"

„Kann sein, ich weiß es nicht."

„Wann haben Sie davon erfahren?"

„Da Tom die meiste Zeit in Hamburg gelebt hat und noch für einige Prüfungen lernen musste, hat es wohl ein Weilchen gedauert. Ich denke, Anfang Februar."

„Wie haben Sie davon erfahren?"

„Es war an einem Wochenende. Tom kommt regelmäßig nach Hause. Er isst mit uns, trifft sich mit Freunden, verbringt Zeit am Meer, Sie wissen schon. Ab und zu wasche ich die Wäsche für ihn. Er bringt häufig ganze Taschen davon nach Hause. Ab und zu spielen wir Spiele oder unterhalten uns. Aber damals stand er völlig neben sich. Er ist klug und lebensfroh, verstehen Sie? Er hat diese Ausstrahlung. Aber in jener Zeit war es, als hätte er sein Leuchten verloren. Es war schrecklich, ihn so zu sehen. Aber irgendwann hat er sich wieder gefangen, er musste ja irgendwie weitermachen, hat sich in sein Studium gestürzt und auf seine Prüfungen. Er ist in diesem Leistungsprogramm, ich weiß nicht genau, wie sie es nennen, Exzellenz-Programm, denke ich. Er hat hart gearbeitet, und ich denke, es hat ihm immer geholfen, dass Christina dasselbe durchmacht wie er. Dass er damit nicht allein ist. Und als er dann doch allein war, hat ihn das sehr viel Kraft gekostet und Überlebenswillen, wenn Sie so wollen."

„Hat er sich in jener Zeit verändert?"

„Natürlich. Er hat Christina sehr geliebt, und sie war so etwas wie seine Seelenverwandte ..."

Elisabeth presst eine Hand vor den Mund, und Waldauf wartet.

„Sie stehen hier nicht vor Gericht. Wenn Sie eine Pause brauchen, ist das völlig in Ordnung."

„Nein, es geht schon."

„Wie lange waren die beiden zusammen?"

„Fast drei Jahre. Sie haben sich in diesem Exzellenz-Programm kennengelernt."

„Und wie waren sie in dieser Zeit miteinander?"

„Ganz ehrlich? Als er Christina kennenlernte, war es wie eine Offenbarung. Ich dachte ... ich weiß, das klingt töricht, aber als Mutter denkt man, man fühlt das. Man denkt, man weiß es ... als ich ihn so gesehen habe, dachte ich ... er würde sie irgendwann heiraten, verstehen Sie? Eine Familie gründen ... ein glückliches Leben führen."

Waldauf nimmt sie nicht in den Arm. Er tröstet sie nicht. Stattdessen presst er die Unterarme gegen die Tischplatte und gibt ihr Zeit, sich zu fangen. Waldauf muss nachfragen.

„Hat er selbst jemals davon gesprochen? Christina zu heiraten? Oder über ihre gemeinsame Zukunft?"

„Nun ... nicht direkt, aber ... ich hätte meine Hand ... ich hätte mein Leben darauf verwettet."

„Das heißt, die Trennung war umso schlimmer für ihn."

Das Glimmen, das für einen kurzen Moment in Elisabeths Augen geleuchtet hat, erlischt.

„Ja. Es hat ihn ... es ist schrecklich, das zu sagen, aber es hat ihn verändert. Er hat so viel von dieser Freude verloren ... und dann eines Tages schien er darüber hinweg zu sein, nun ja, zumindest äußerlich. Aber ich kenne meinen Sohn ..."

„Wann war das?"

„Es muss ungefähr April gewesen sein. Anfang April."

„Inwiefern schien er darüber hinweg zu sein?"

„Verstehen Sie mich nicht falsch, er schien nicht unbedingt glücklicher zu sein, aber ... er schien wieder ein Ziel zu haben. Als hätte er sich damit abgefunden und für sich entschieden, so gut es eben ging, weiterzumachen."

„Hatte er irgendwann eine destruktive Phase ... oder Suizidgedanken?"

„Nein ... ich denke nicht. Aber in der Zeit nach der Trennung schien er sich selbst verloren zu haben. Er hat häufig getrunken, ging viel aus. Ich weiß nicht, was er sonst noch getan hat, aber ..."

„Hat er Drogen genommen oder andere, wie soll ich sagen, negative Verhaltensweisen angenommen?"

„Das kann ich nicht sagen ... ich weiß es nicht."

„Und dann, als es allmählich besser wurde? Glauben Sie, er hat jemanden kennengelernt?"

„Nein, ich denke nicht. Zumindest niemanden, der in ihm eine neue Liebe entfacht hätte, wenn Sie das meinen."

Waldauf versucht alle Informationen einzuordnen.

„Und in der Zeit, als sie zusammen waren, welche Pläne hatten Tom und Christina? Welche gemeinsamen Interessen und Leidenschaften?“

„Sie haben viel Zeit in Hamburg zusammen verbracht. Ich hatte das Gefühl, dass Christina gerne hinauswollte, ein wenig mehr von der Welt sehen, verstehen Sie? Aber es war schon eine Herausforderung, ihren Vater dazu zu bringen, ihr die Reise nach Norwegen zu erlauben.“

„Der gemeinsame Urlaub? Wie hat er reagiert?“

„Er war gegen die Reise – gegen jede Reise, wenn Sie mich fragen. Ich weiß nicht, was sie ihm erzählt haben, aber irgendwie ist es ihnen gelungen, ihn doch zu überzeugen, der Reise zuzustimmen.“

„Warum Norwegen?“

„Ich denke, der Hauptgrund waren die Nordlichter, die Christina unbedingt sehen wollte. Die und die Klippen, die Fjorde, die Natur. Ich denke, es war eine starke Sehnsucht in ihr. Man kann dort frei campen, wissen Sie? Und dann waren sie in Oslo, und ich denke, sie haben sich beide in diese Stadt verliebt. Sie waren begeistert.“

„Gab es noch andere Orte, von denen sie fasziniert waren?“

„Ich denke, nicht auf diese Weise, nein. Christina war mit ihrer Familie zwar oft im Urlaub gewesen, schon seit sie klein war. Auf Sizilien, an der französischen Mittelmeerküste, auf den Malediven und wer weiß wo noch überall. Aber insgeheim, denke ich, waren Tom und sie auf der Suche nach etwas, das abseits dieser Welt von Exklusivität und Luxus liegt. Ich denke, diese Luxusurlaube haben immer etwas damit zu tun, die restliche Welt draußen zu halten. Die beiden waren auf der Suche nach etwas ... Echtem, verstehen Sie?"

„Ich denke schon, ja."

Waldauf leert die Tasse, seine Kiefer mahlen.

„Bitte verstehen Sie, dass ich das fragen muss. Und in diesem Gerichtssaal ... es wird nicht leicht werden ... Sie müssen auf diese Art von Fragen vorbereitet sein ..."

„Fragen Sie."

„Lassen Sie mich festhalten, was wir bisher besprochen haben. Tom hat Christina geliebt, so sehr, dass Sie als seine Mutter sogar an eine mögliche Heirat dachten. Sie studieren, haben gemeinsame Träume und Hoffnungen, sie sind unzertrennlich. Bis sich Tom ein Leben ohne sie vielleicht gar nicht mehr vorstellen kann. Alles, was er noch will, ist, bei ihr zu sein."

Waldauf blickt auf.

„Und dann trennt sie sich von ihm. Was denken Sie, warum hat sie das getan?"

„Ich ... weiß es nicht mit Sicherheit. Diese Frage habe ich mir oft gestellt, aber ich kann es mir nur so erklären, dass sie keine andere Wahl hatte oder zumindest glaubte, keine zu haben."

„Können Sie das erklären?"

„Ich denke, ihre Familie hat sie unter Druck gesetzt. Sehen Sie, Tom ist kein ... er stammt nicht aus reichem Hause. Alles, was er jemals besitzen wird, sind die Dinge, die er sich selbst erarbeitet. Aber er hat seinen Verstand. Vielleicht ... war die Verbindung für ihre Familie nicht standesgemäß genug."

„Warum jetzt? Warum nach drei Jahren und nicht ganz zu Beginn?"

„Ich ... weiß es nicht. Darauf habe ich keine Antwort. Vielleicht haben sie bemerkt, dass es etwas Ernstes zwischen den beiden sein könnte ...“

Waldauf sieht sie an. „Brauchen Sie eine Pause?“

„Nein. Fragen Sie, was Sie fragen wollen.“

„Denken Sie, er hat ihr einen Antrag gemacht?“

Elisabeth schlägt die Hände vor den Mund. Sie kann nicht antworten. Aber das muss sie auch nicht.

„Hat er ihnen davon erzählt?“

Sie schüttelt den Kopf, während Tränen ihre Wangen hinablaufen.

„Das heißt, wir wissen es nicht mit Sicherheit. Aber falls es so war, hat Christina es möglicherweise ihren Eltern erzählt. Oder sie haben es herausgefunden.“

Waldauf steht auf und geht in dem Zimmer auf und ab. Er muss sich bewegen, um nachzudenken.

„Also gut. Christina trennt sich von ihm – aus heiterem Himmel. Das war ein Schock. Es hat Tom den Boden unter den Füßen weggezogen. Alle Wünsche und Träume, die er hatte, waren zerstört. Sie haben erwähnt, dass er daraufhin mehr getrunken hat. Inwiefern hat er sich noch verändert? Wurde er aggressiv, traurig oder wütend?“

Sie wischt sich über die Wangen.

„Was denken Sie? Alles davon. Er war wie eine kostbare Vase, die man zerschmettert hatte. Er hat versucht, sich wieder zusammenzusetzen, aber manche Wunden heilen nicht einfach so.“

Waldauf muss an Sarah denken.

„Natürlich wurde er manchmal wütend ... und traurig? Ich habe ihn noch nie zuvor so verzweifelt gesehen, so gebrochen.“

„Hatten sie in dieser Zeit Kontakt zueinander, Christina und er?"

„Nein. Nicht, dass ich wüsste. Mag sein, dass sie sich in diesem Exzellenz-Programm über den Weg gelaufen sind, aber ..."

„Und dann kam diese neuerliche Veränderung ... im April?"

„Ja."

„Denken Sie, sie hat wieder Kontakt zu ihm aufgenommen oder er zu ihr?"

„Ich ... weiß es nicht."

„Ich hätte Ihnen das schon früher erzählen sollen, aber ich war mir nicht sicher. Ich musste erst sehen, was es bedeutet ... ich habe ein Handy in Toms Zimmer gefunden. Es war in einem ausgehöhlten Buch versteckt."

„Gefunden? Wie meinen Sie das? Ich verstehe nicht. In einem Buch? Was soll das bedeuten?"

„Es ist ein Prepaidtelefon, und die einzige andere Verbindung, die wir haben, ist ein weiteres Prepaidtelefon. Wir wissen nicht, wem es gehört."

Die Verbindung zu Chiko und dem Berliner Drogenring unterschlägt Waldauf. Er befürchtet, dass diese Information das Gespräch endgültig zum Erliegen bringen könnte.

„Wir?", fragt Elisabeth.

„Ich habe es zur Polizei gebracht. Jedenfalls ... denken Sie, es besteht die Möglichkeit, dass Christina Tom dieses Telefon gegeben hat und sie wieder in Kontakt standen?"

Zusätzlich zu Trauer und Schmerz mischt sich nun ein Ausdruck der Verwirrung in Elisabeths Gesicht.

„Ich ... weiß es nicht. Davon höre ich zum ersten Mal."

„Hat Tom irgendetwas zu Ihnen gesagt, was seine Zukunft anging? Hatte er Pläne? Für die Sommerferien, die Zeit nach dem Studium, irgendetwas?"

„Nein ... nicht seit der Trennung."

„Denken Sie, er hat sein Studium an den Nagel gehängt ... hat er aufgegeben?"

„Nein. Wie gesagt, er hat mehr gearbeitet denn je."

„Was wollte er nach dem Studium machen? Was wollte er erreichen?"

Elisabeth scheint dankbar für die Frage zu sein. Sie gibt ihr eine Richtung, etwas, worauf sie ihre Aufmerksamkeit fokussieren kann. Etwas, das sie tatsächlich beantworten kann. Sie klammert sich an diesen Grashalm.

„Tom war immer schon fasziniert von diesen großen amerikanischen Internetfirmen im Silicon Valley. Ich denke, er wollte – vielleicht – ein eigenes Unternehmen gründen. Etwas bewegen, einen Unterschied machen. Im Bereich des Internets ... oder vielleicht auch in der Technik. Einmal hat er davon gesprochen, eine Software zu entwickeln, die den Bedarf an nachhaltigen Unternehmen und Klimaschutz mit den Finanzmärkten zusammenführt. Irgendetwas mit Angebot und Nachfrage, er hat es Pooling genannt, denke ich, aber so genau kenne ich mich damit nicht aus. Die Software hätte wohl dafür gesorgt, dass nur noch jene Unternehmen eine Finanzierung über diese Plattform erhalten würden, die auch nachhaltige Produkte liefern könnten."

„Das klingt nach einer großen Idee."

„Ja, die Interessen der Privatanleger würden von der Software gesammelt, und somit könnten sie steuern, welche Art von Produkten sie in Zukunft in der Welt sehen wollen."

„Was ist aus dieser Idee geworden – nach der Trennung – und dieser neuerlichen Veränderung im April?"

„Das ... weiß ich nicht." Sie wischt sich übers Gesicht. „Es ist fürchterlich. Je mehr ich über diese Fragen nachdenke, desto mehr erkenne ich, wie wenig ich eigentlich über ihn wusste. Es ist so ... frustrierend. Es fühlt sich an, als wäre ich ... als seine Mutter gescheitert. ... Ich weiß nichts über ihn ... Es gibt so viel, das ich ihn fragen will ... und jetzt ... verliere ich ihn vielleicht für immer."

Waldauf geht zu ihr, jetzt nimmt er sie in den Arm. Elisabeth klammert sich an ihn.

„Danke", sagt Waldauf. „Das haben Sie gut gemacht, Elisabeth. Das war sehr gut."

Während ihre Tränen die Vorderseite seines Hemds durchtränken, wiederholt er diese Worte wie ein Mantra. Er hält sie im Arm, die warme Flüssigkeit sickert durch den Hemdsstoff, heftet sich an seine Brust. Der Mann mit der Gesichtsmaske steht vor ihm und zieht den Abzug.

26. PASSEN SIE AUF SICH AUF

Der erste Tag des Gerichtsverfahrens verläuft so, wie Waldauf es erwartet hat. Die Staatsanwälte beschreiben den Tatverlauf oder das, was sich aus Toms und anderen Zeugenaussagen zum Tathergang rekonstruieren lässt, während Riemanns Team aus Anwälten, das bei dem Verfahren ebenfalls anwesend ist, alles mit Argusaugen beobachtet und jede Aussage mit eigenen Akten und Aufzeichnungen abgleicht. Die Richter und die beiden Schöffen lauschen den Ausführungen der befragten Zeugen und Behördenvertreter, die vor allem über den Verlauf der Suchaktion, die Beweisaufnahme, den Zustand des Bootes und alle relevanten Details berichten. Es ist, als würde man alle Vorkehrungen für Toms Befragung treffen, die für den dritten Verhandlungstag angesetzt ist. Die Theaterkulisse wird vorbereitet, der Tagesablauf minutiös rekapituliert.

Tom und Christina wurden an jenem Tag im Juni frühmorgens von mehreren Personen im Hafen von Juist und auf dem Weg dorthin gesehen. Sie haben ihr Segelboot bereit gemacht und sind ausgelaufen, sobald der Wasserstand es zugelassen hat. Einige der Zeugen sagen vor Gericht aus, wiederholen ihre Beobachtungen nochmals in ihren eigenen Worten und stellen sich der Befragung durch die Anwälte beider Seiten. Ein Angestellter der Seenotrettung sagt über sein erstes Zusammentreffen mit Tom aus und über den Verlauf der langen und erfolglosen Suche. Danach betritt Kriminalhauptkommissar Schäfer den Zeugenstand, um über den Verlauf der Ermittlungen und die Details der wenigen Beweise, die man auf dem Boot und in Toms und Christinas Zimmern sicherstellen konnte, auszusagen. Die Blutspuren auf dem Boot sind eindeutig Christina Riemann zuzuordnen, aber die geringe Menge und die Tatsache, dass es sich nicht um arterielles Blut handelt, sprechen dafür, dass ein Schlag gegen den Kopf oder eine andere oberflächliche Verletzung der Grund dafür sein könnte. Nicht eindeutig ein Angriff, bestimmt keine Tat im Blutrausch, sondern durchaus auch ein Unfall. Was Schäfer bei seinen Ausführungen nicht erwähnt, sind seine Gespräche mit Waldauf sowie das gefundene Handy. Es wurde in dem Verfahren nicht als Beweis zugelassen, da es nicht offiziell von der Polizei sichergestellt wurde. Eine mögliche Verbindung zu dem Berliner Drogenring um Toto scheint in dem Verfahren somit ebenfalls nicht auf. Schäfers Befragung durch die Anwälte beider Seiten endet ohne größere Überraschungen, aber dennoch löst sie bei Waldauf einige Zweifel aus. Hat Larissa ihm gesagt, dass sie Tom und Christina an Chiko vermittelt hat, oder hat er das bloß angenommen? Hat Christina ihn möglicherweise schon vorher gekannt? Und falls ja, woher? Besteht eine Verbindung zwischen Riemann und dem Toto-Kartell?

Waldauf ist allein zu dem Verfahren gekommen, ohne Anke. Der Saal in dem geschichtsträchtigen Backsteingebäude ist alt, die Holzbänke und Stühle durch das häufige Ölen und Reinigen dunkel gefärbt. Die Luft ist kühl und riecht nach Stein, wie in einer alten Kirche.

Toms Eltern sind anwesend, so wie Elisabeth es angekündigt hat. Sie sitzen in der vordersten Reihe, während Waldauf sich einen Platz weiter hinten im Saal gesucht hat. Elisabeth weint beinahe ohne Unterbrechung, aber weigert sich, den Saal auch nur für eine kurze Pause zu verlassen. Sie wird ihrem Sohn keine Sekunde von der Seite weichen, auch wenn es sie innerlich zerbricht, ihn so zu sehen. Auch die Riemanns sind gekommen. Waldauf hat Henning Riemann und seine beiden Sicherheitsangestellten sofort wiedererkannt. Christinas Mutter, Flora Riemann, die öffentlich kaum in Erscheinung tritt, bis auf die Gelegenheiten, bei denen sie ihren Mann auf hochrangige Galas begleitet, sitzt nahezu reglos neben ihrem Gatten und ist gänzlich in Weiß gehüllt. Sie ist schlank, auffallend attraktiv, und die Ähnlichkeit mit Christina ist unverkennbar. Ihr Kleid sitzt figurbetont, sodass es die Grenzen des Anlasses beinahe übersteigt – eine Gratwanderung. Waldauf fragt sich, ob es wohl ihre eigene Idee war, es zu tragen, oder ob sie damit lediglich dem Wunsch ihres Ehemannes entspricht. Oder ob sie überhaupt eine Wahl hatte. Ist es Riemanns Strategie, Tom aufgrund ihrer Ähnlichkeit mit Christina zu irritieren und ihn so aus der Reserve zu locken? Flora Riemann sitzt neben ihrem Mann, und Waldauf ist von ihrem Anblick gebannt. Er hatte bisher keine Gelegenheit, sich mit ihrer Person zu befassen, da es nahezu keine Informationen über sie gibt und ein persönliches Gespräch bisher unmöglich war. Im Verlauf des Verfahrens spricht sie nicht, bewegt sich kaum, während Riemann neben ihr keine Sekunde still zu sitzen scheint. Einer seiner Angestellten sitzt zu seiner Linken, schreibt Dinge auf, die

Riemann ihm diktiert, mit Stift und Papier. Waldauf beobachtet, wie er eine Nachricht nach der anderen verfasst, einen Zettel nach dem anderen aus seinem Notizblock reißt und sie einem der Anwälte der Riemanns übergibt, die unsichtbaren Fäden, mit denen Riemann seine Figuren bewegt. Aber Flora Riemann bleibt ein Mysterium für ihn, und er fragt sich, wie viel von ihrem Verhalten antrainierte Fassade ist und welche Rolle möglicherweise Beruhigungsmittel und Antidepressiva dabei spielen könnten.

Eine weitere Person im Raum fesselt Waldaufs Aufmerksamkeit. Es ist der junge Tom Buchner, den er bisher ebenfalls noch nicht zu Gesicht bekommen hat. Ihn interessieren vor allem Toms Reaktionen auf die Zeugenaussagen, die Beschreibung des Boots und des gefundenen Bluts, die Aussage des Mannes der Seenotrettung zu ihrem ersten Zusammentreffen. Es ist das erste Mal, dass er den jungen Mann tatsächlich sieht. Waldauf sitzt auf einem Platz an der Seite, von dem aus er Tom beobachten kann. Er ist jung, schlank, dennoch kräftig gebaut, körperlich durchaus in der Lage, eine andere erwachsene Person zu überwältigen, wenn er wollte. Sein dunkles Haar hängt ihm ins Gesicht, das er stets gesenkt hält. Er ist frisch rasiert und trägt einen schlichten, aber gut sitzenden Anzug mit Krawatte. Möglicherweise aus Respekt vor der Toten, möglicherweise auf den Wunsch seiner Mutter oder den Rat seines Anwalts hin. Waldauf versucht in Toms Gesicht zu lesen. Eine Angewohnheit, die er nie ganz aufgeben konnte, obwohl oder vielleicht gerade weil ihn seine Jahre bei der Polizei, wenn überhaupt etwas, dann eines gelehrt haben: Man kann in Menschen nicht hineinsehen. Oft sind es die unscheinbarsten Charaktere, die die blutigsten Gräueltaten begehen. Und dennoch ist es ein Instinkt, der tief in Waldauf verwurzelt ist und den er nicht aufgeben kann und auch nicht will. Es ist der Drang, Dinge und vor allem Menschen verstehen zu wollen. Er will wissen. Sein Instinkt und seine Intuition sind das, was ihn ausmacht, was ihn in dem, was er tut, zu einem der Besten macht – oder gemacht hat. Waldauf sitzt und schweigt und beobachtet Tom und jede seiner Regungen, während der Anwalt der Verteidigung einen Universitätsprofessor befragt.

„Professor Aichmayer, Sie sind in Deutschland der Experte für die Nordsee, korrekt?"

„Nun ja, ich würde mich vielleicht nicht als den Experten bezeichnen, aber ..."

„Ihr Forschungsschwerpunkt sind die Nordsee und das Wattenmeer."

„Das ist korrekt."

„Seit wie vielen Jahren forschen Sie schon auf diesem Gebiet?"

Der Mann im Zeugenstand schiebt seine Brille zurück auf seine Nase und räuspert sich. Sein krauses Haar steht seitlich von seinem ansonsten kahlen Kopf ab, ebenso wie sein grauer struppiger Bart. Er rutscht auf seinem Stuhl hin und her.

„Seit mittlerweile dreißig Jahren."

„Und Sie befassen sich nicht nur mit dem Meer und seinen Gezeiten, wenn ich das richtig verstanden habe, sondern auch mit den darin heimischen Lebensformen, ist das korrekt? Wie nennt sich Ihr genaues Fachgebiet?"

„Ja, das ist korrekt. Ich bin leitender Professor am Ozeanographischen Institut der Universität Bremen, welches nicht nur meteorologische Entwicklungen, sondern auch biologische, genauer gesagt zoologische Fragestellungen und Zusammenhänge erforscht. Wir untersuchen aktuell vor allem die klimatologischen Auswirkungen der sich immer rascher ändernden chemischen Zusammensetzung sowie der meteorologischen Einflüsse auf die Fauna ...“

„Es tut mir leid, wenn ich Sie unterbrechen muss, aber für mich und für das hohe Gericht sowie die Schöffen als Laie gesprochen: Sie sind Ozeanograph und beschäftigen sich unter anderem mit allen Tieren und Pflanzen, die in der Nordsee und insbesondere im Wattenmeer heimisch sind, kann man das so sagen?“

„Das kann man so sagen, ja.“

„Gut. Dann möchte ich Ihnen in dieser Expertise eine Frage stellen. Wir haben zuvor von dem Einsatzleiter der Seenotrettung gehört, dass es ungewöhnlich – aber dennoch nicht unmöglich – ist, dass eine über Bord gegangene Person nach einer so umfassend und umfangreich angelegten Suchaktion – über einen so langen Zeitraum – verschwunden bleibt. Die Vertreter der Anklage, davon gehe ich aus, werden daraus die Vermutung formulieren, dass der Angeklagte die Vermisste möglicherweise ermordet und ihren Leichnam anschließend von Bord geschafft und versteckt hat.“

Der Professor schaut sich im Saal um, sein Blick fliegt zu den Gesichtern der Richter.

„Es tut mir leid, ich weiß nicht, wie ich ...“

„Ich frage Sie als Experten – als Ozeanographen: Gibt es Ihrer Erfahrung nach noch eine andere mögliche

Antwort auf die Frage, warum Christina Riemanns Körper, sofern sie wie zuvor geschildert in der Nordsee zwischen den Inseln Juist und Norderney über Bord gegangen ist, bisher nicht gefunden werden konnte?“

Der Professor wischt sich über die Stirn.

„Aber ja, natürlich.“

Waldaufs Aufmerksamkeit wechselt zu Riemann, dem diese Antwort erwartungsgemäß nicht gefällt. Er hält die Hand vor den Mund und diktiert seinem Mitarbeiter neuerlich Befehle. Dessen Stift rast über die Seiten. Schweiß glänzt auf seinen Wangen.

„Welches Phänomen oder welche Phänomene könnten dafür verantwortlich sein?“

„Nun, es gibt gelegentlich Strömungen, die nicht ausschließlich an der Oberfläche verlaufen, sogenannte Tiefenströmungen, die selten aber doch ...“

„Also Strömungen?“

„Ja.“

„Was noch?“

Während des entstandenen Tumults und der ständigen indirekten Zurufe Riemanns öffnet sich die Tür des Gerichtssaals, und Waldaufs Aufmerksamkeit wird abgelenkt. Es ist Anke, die den Saal betritt. Sie trägt eine elegante kurze Jacke und eine etwas weiter sitzende Jeans. Sie wirft ihm einen kurzen Blick zu, und Waldauf nickt. Er wusste nicht, ob sie kommen würde. Er hat damit gerechnet, obwohl sie nicht darüber gesprochen haben. Dann erblickt Anke Elisabeth und setzt sich zu ihr, nimmt sie in den Arm, versucht sie zu trösten. Waldauf versucht sich wieder auf den Universitätsprofessor im Zeugenstand zu konzentrieren, auch wenn seine Augen immer wieder zu ihr fliegen, als wären sie kleine Nachtfalter, die einer Quelle magischen Leuchtens nicht widerstehen können.

„Wenn es in Ordnung ist, möchte ich meine Frage präzisieren, vielleicht hilft Ihnen das", schlägt der Verteidiger vor. „Gibt es abgesehen von den Strömungen noch andere Möglichkeiten, wie Christina Riemanns Körper auf See verschwunden sein könnte?"

Der Professor räuspert sich erneut.

„Natürlich, es gibt Zahnwale und selten, aber doch Sechskiemerhaie, die sich unter anderem von Aas ernähren, aber zumeist nur in Tiefen von ..."

„Herr Professor, verstehe ich Sie richtig? Es gibt also Tiere, Aasfresser, die einen Körper, der möglicherweise von Strömungen in tiefere Gewässer gezogen wurde, fressen würden?"

„Selbstverständlich."

„Und würde der Körper dabei an der Oberfläche verbleiben, sodass er dort von Rettungskräften gefunden werden könnte?"

„Nein. Das wäre sogar sehr unwahrscheinlich."

Für den Bruchteil einer Sekunde ist sogar Riemann still. Seine Kiefer mahlen, seine Hände krallen sich in die hölzernen Armlehnen seines auf dem Boden festgeschraubten Stuhls. Und es ist Elisabeth Buchners Schluchzen, das als einziges Geräusch den Saal erfüllt.

Der Verteidiger schlägt die Hände zusammen.

„Ich danke Ihnen für Ihre fachliche Expertenmeinung in dieser Angelegenheit. Ich habe keine weiteren Fragen."

„Herr Professor, Sie können den Zeugenstand verlassen."

Es ist die letzte Befragung für diesen Tag. Die Gerichtswachen führen Tom aus dem Saal. Elisabeth wird auf ihrem Weg nach draußen von ihrem Mann gestützt. Anke sieht zu Waldauf herüber, und er nickt ihr erneut zu. Für ein Lächeln ist weder der richtige Ort noch der richtige Zeitpunkt, aber er ist froh, sie zu sehen, und meint, in ihrem Blick dasselbe zu erkennen. Dann folgt sie Elisabeth aus dem Saal. Henning Riemann steht mit seiner Entourage in einem Knäuel mit den Anwälten zusammen und diskutiert die Ereignisse des Tages. Er ist nicht zufrieden. Er will Ergebnisse. Dann, während er seinen Mitarbeitern immer noch Anweisungen erteilt, hebt er plötzlich den Blick und richtet ihn auf Waldauf. Waldauf hält ihm stand, nicht um Riemann zu provozieren, aber um ihm zu zeigen, dass er die Konfrontation nicht scheut, dass er sich nicht wegducken wird, nur weil Riemann ihn beobachtet. Dieser dürfte damit die Information erhalten haben, die er gesucht hat, wendet sich wieder seinem Team zu, bespricht letzte Details und verlässt dann den Saal.

Die Richter und Schöffen haben sich zurückgezogen. Waldauf bleibt noch einen Augenblick und beobachtet die restlichen Zuschauer, die nach und nach ebenfalls aufbrechen. Er grübelt, welche Ergebnisse der Tag gebracht hat. Wie hoch ist das Risiko, dass Tom wegen Mordes verurteilt wird oder wegen fahrlässiger Tötung? Waldauf kennt keinen der Richter oder Anwälte persönlich, aber er hat sich ihre Namen notiert. Er wird seine Recherchen weiterführen, wird Erkundigungen einholen, wo er kann. Er fühlt sich Elisabeth und Tom immer noch verpflichtet. Es gibt zu viele lose Enden, zu viele unbeantwortete Fragen.

Dann beim Hinausgehen vibriert Waldaufs Handy. Es ist eine Textnachricht von Anke.

Danke, dass du heute da warst.

Waldauf textet zurück:

Ich wäre gerne bei dir.

Ankes Antwort ist kurz, aber sie zertrümmert Waldaufs bisherige Existenz – möglicherweise um Platz zu schaffen für etwas Neues.

Und ich bei dir.

Waldauf fährt in seinem Mietwagen nach Hause, während ein Violinkonzert aus den Lautsprechern wogt wie die Meeresbrandung. Seine Gedanken treiben dahin, als würden sie von den lang anhaltenden Noten getragen werden. Dann wählt er Schäfers Nummer.

„Schäfer."

„Waldauf hier. Wie geht es Ihnen?"

„Waldauf." Es klingt beinahe wie ein Vorwurf. „Sie wollen sich nicht tatsächlich nach meinem Befinden erkundigen. Was kann ich für Sie tun?"

„Riemann hat der heutige Tag nicht gefallen."

„Nein, ganz bestimmt nicht. Aber wer kann es ihm verübeln? ... Der Mann hat seine Tochter verloren."

„Dennoch habe ich das Gefühl, dass er den Jungen um jeden Preis auf die Schlachtbank führen will. Ich frage mich, warum."

„Vergeltung. Gerechtigkeit. Toms Verurteilung ist alles, was er in dieser Sache noch erreichen kann."

„Auch wenn die Beweise das nicht hergeben."

„Vermutlich nicht."

„Konnten Sie mit der Liste schon etwas erreichen, die ich Ihnen gegeben habe?"

„Wir arbeiten daran, aber sie ist im Verfahren nicht zugelassen."

„Das weiß ich. Dennoch habe ich das Gefühl, dass sie etwas mit dem Fall zu tun hat. Toms Nummer ist darunter. Das kann kein Zufall sein."

„Manche der Nummern sind Telefonnummern, der Rest könnte alles Mögliche sein ..."

„Gibt es eine Verbindung zu einem von Riemanns Unternehmen? Bestellnummern, Frachtpapiere, Schiffe, irgendetwas?"

„Da sind wir noch dran."

„Das dauert alles zu lange. So viel Zeit haben wir nicht."

„Waldauf, selbst wenn wir eine Verbindung herstellen könnten, die Liste ist als Beweisstück nicht zugelassen."

„Ja, verdammt! Aber möglicherweise ändert sich das mit den Informationen, die wir darin finden ... ich muss es wissen, verstehen Sie?"

„Waldauf, ich sage das nicht gerne, aber Sie haben sich da in etwas verrannt. Wenn Sie mich fragen, ist Christina ins Meer gefallen. Ob Tom nachgeholfen hat oder sie einfach nicht mehr retten konnte ... ich will ehrlich sein, diese Frage beschäftigt mich selbst. Aber das wird das Gericht entscheiden müssen, nicht wir."

„Sie wissen genauso gut wie ich, dass ich nicht aufhören kann ... ich muss sie finden."

„Ja, ich weiß. Aber dabei kann ich Ihnen nicht helfen. Die Ermittlungen sind abgeschlossen ... Für jede, die wir verlieren, retten wir drei andere."

„Sind Sie sicher, dass es nicht andersherum ist?"

„Wie konnten Sie in diesem Job nur so lange überleben?"

„Das frage ich mich auch."

„Ich wünsche Ihnen Glück. Machen Sie's gut, Waldauf. Passen Sie auf sich auf."

„Ja, Sie auch."

Scheiße! Waldauf packt sein Handy und holt aus, dann knirscht er mit den Zähnen und wirft es auf den Beifahrersitz.

Als er auf seinem Hof ankommt, parken dort bereits zwei schwarze Jeeps. Waldauf zögert. Er hat keine Waffe und beschließt dann, dass es vermutlich keinen Unterschied machen würde. Er steigt aus, versperrt den Wagen und wird an der Gartentür von einem der schwarz gekleideten Gorillas empfangen.

„Bitte, Herr Waldauf, hier entlang."

Er folgt dem Mann um den Hof herum auf die Terrasse – seine Terrasse. Dort sitzt Riemann auf einem seiner Stühle, lauscht dem Wind in den Blättern. Ein kleines Stück abseits steht der zweite Sicherheitsmitarbeiter und beobachtet ihn.

„Herr Riemann", sagt Waldauf, als er ihm gegenüber stehen bleibt, ohne sich selbst zu setzen. Dieser starrt weiterhin durch die Büsche und Sträucher hindurch in die Ferne.

„Wissen Sie, wie das ist, ein Kind zu verlieren? Alles, was man sich je gewünscht hat, alles wofür man gearbeitet hat, ist mit einem Schlag fort. Diese Leere ... kann man sich nicht vorstellen. Nichts ergibt noch Sinn."

Dann sieht er Waldauf an.

„Dieser Junge ... Ihr Schützling, hat mir alles genommen. Alles, wofür ich gelebt habe ... alles, was ich jemals wollte ... für sie. Christina hatte ihr ganzes Leben noch vor sich – ein großartiges Leben."

Zum ersten Mal, seit sie sich auf dem Polizeirevier begegnet sind, sieht Waldauf den Mann um Fassung ringen, während sein Kinn bebt.

„Als sie etwa fünf Jahre alt war, waren wir auf einem Spielplatz ... Sie hat auf der Schaukel gesessen, und ich habe ihr Schwung gegeben. Wir haben herumgealbert, und sie hat gelacht ... sie hat so sehr gelacht. Es war ein wundervoller Nachmittag ... und dann hat sie plötzlich losgelassen. Ich weiß nicht mehr, ob sie mir zuwinken sollte oder ob wir zu schnell waren ... jedenfalls ist sie gestürzt und hat sich das Schlüsselbein gebrochen, zusammen mit ihrem rechten Oberarm ... ich ... für einen kurzen Augenblick dachte ich, es wäre ihr Genick gewesen. Denn für eine schreckliche Sekunde lang war da überhaupt nichts. Keine Regung, kein Laut. Und ... als sie endlich losgeschrien hat, war es ... als würde es mich innerlich zerreißen. Ich war froh und dankbar, dass sie am Leben war, und zugleich erschüttert, weil sie offensichtlich starke Schmerzen hatte. Auf dem Weg ins Krankenhaus ist sie mir in ihrem Kindersitz ohnmächtig geworden ... ich selbst war am Steuer ... es war, als wäre sie von der extremen Anspannung eingeschlafen ... aber ich konnte nichts tun, ich musste den

Wagen fahren ... ich habe mich ständig nach ihr umgedreht, um zu sehen ... ob sie noch atmete. ... Es waren die schlimmsten Momente meines Lebens und ... ich schwor mir, ich würde sie nie wieder aus den Augen lassen ... Es war meine Schuld, verstehen Sie? Und diesen Schwur ... konnte ich nicht halten ... Können Sie sich vorstellen, wie sich das anfühlt? Wie es einen auffrisst?"

„Ich bedauere Ihren Verlust ... zutiefst."

Nach einiger Zeit hebt Riemann den Blick.

„Sie arbeiten immer noch daran, ihn freizubekommen, richtig? Ich bin hier, um Sie zu bitten, das nicht zu tun. Geben Sie Ihren Auftrag bei Familie Buchner zurück. Ich bezahle Ihnen Ihr Honorar – das Doppelte, wenn Sie wollen, und werde Ihnen für Ihre Dienste ein hervorragendes Empfehlungsschreiben ausstellen – wenn Sie den Fall ruhen lassen."

Waldauf streicht sich über die Stirn.

„Haben Sie schon mal in Betracht gezogen, dass er unschuldig sein könnte?"

„Unschuldig? Die beiden waren zu zweit auf dem Boot. Nur sie ... und er. Und er kam allein zurück. Dieser Junge ist nicht unschuldig."

„Und wenn es ein Unfall war?"

„Dann hätte er ihn verhindern müssen!" Riemann wischt sich die Tränen von seinem wie gemeißelt aussehenden, sonnengebräunten Gesicht.

„Er ist nur ein Junge, der ..."

„Er hatte eine Verantwortung, verdammt! Eine Verpflichtung ... und er war ihr nicht gewachsen. Er hätte sie beschützen müssen! Ich ... ich hätte es tun müssen ... Dieser Junge hat von Anfang an nur Ärger bedeutet. Er hat Ihre Hilfe nicht verdient! Und ich werde dafür sorgen, dass er seine gerechte Strafe erhält."

„Wie meinen Sie das?"

„Herr Waldauf, Sie haben hier und jetzt die Gelegenheit, das Richtige zu tun und sich aus dieser Sache zurückzuziehen. Nehmen Sie das Angebot an."

„Ist das der Versuch, mich zu kaufen, nachdem Einschüchterung nicht funktioniert hat?"

„Einschüchterung?"

„Mein Unfall. Der tätliche Angriff auf offener Straße – von dem es übrigens Videoaufnahmen gibt."

„Ich weiß nichts von derartigen Vorfällen. Und dies ist nicht der Versuch, Sie zu kaufen ... Es ist ein Appell an Ihr Gewissen. Ich bin in meinem Leben einigen Menschen begegnet – auch wenn ich Sie nicht zu diesem Schlag zähle –, die ... Probleme mit moralischen Entscheidungen hatten, nun ja, weil sie sie mit monetären Bedenken vermischten. Ich biete Ihnen die Möglichkeit, diese monetären Sorgen auszuräumen und auf Ihr Gewissen zu hören. Ich habe mich über Sie informiert und glaube, dass Sie im Grunde Ihres Wesens ein anständiger Mensch sind, Herr Waldauf. Also ... tun Sie, was richtig ist."

Riemann erhebt sich und legt eine Visitenkarte auf den Tisch.

„Melden Sie sich unter dieser Nummer, geben Sie die Höhe Ihres Honorars bekannt und ein entsprechendes Bankkonto. Alles Weitere wird in die Wege geleitet."

„Und wenn ich mich weigere?"

„Wieso sollten Sie das tun?"

„Tom Buchner könnte unschuldig sein."

„Er war auf dem Boot. Er hätte sie beschützen müssen ... und hat es nicht getan. Dieser Mann mag vieles sein, Herr Waldauf, aber er ist nicht unschuldig. Er hat meine Tochter auf dem Gewissen, und ich werde ihn zur Rechenschaft ziehen. Und ... sollten Sie versuchen, sich mir in den Weg zu stellen, werde ich keine Rücksicht nehmen."

„Wie soll diese Strafe aussehen? Denken Sie tatsächlich, dass Sie an ihn herankommen, wenn er verurteilt wird?"

Riemanns Mundwinkel verziehen sich.

„Für einen zurückgezogenen Einsiedler interessieren Sie sich überraschend viel für das Wohlergehen anderer Menschen. Aber dieser ist der falsche Mensch für Ihre Ambitionen."

„Und, sollte sich das Gericht gegen eine Verurteilung entscheiden?"

„Dann ... wird die Gerechtigkeit einen anderen Weg finden."

„Was soll das bedeuten?"

„Nehmen Sie das Angebot an, gehen Sie Ihres Weges. Leben Sie Ihr Leben. Denn ... so wie ich das sehe, haben Sie allen Grund, glücklich zu sein. Sie haben einen schönen Hof, eine attraktive Frau, die sich für Sie interessiert. Genießen Sie es."

Waldaufs Blick fliegt von Riemann zu den beiden Sicherheitsangestellten, zurück zu Riemann, dessen hellblaue Augen wie Eiskristalle glänzen.

„Was haben Sie mit Tom Buchner vor?"

„Guten Tag, Herr Waldauf."

Waldauf ist wie gelähmt. Schweigend sitzt er da und starrt auf den leeren Stuhl, auf dem Riemann gesessen hat, während dieser sich an ihm vorbeibewegt und mit seinen beiden Mitarbeitern nach vorn geht. Einer plötzlichen Eingebung folgend, ruft Waldauf: „Kennen Sie jemanden, der Toto heißt?"

Riemann bleibt stehen.

„Ich kenne viele Menschen, Herr Waldauf. Und auch wenn man mir beste Beziehungen zu allen möglichen Leuten nachsagt, so muss ich dennoch gestehen: Ich kenne niemanden mit diesem Namen." Er kommt einen Schritt auf ihn zu. „Aber ... sagen Sie mir, warum lassen Sie sich ständig mit Leuten ein, die Ihnen nicht guttun? Ist es Ihr Geltungsbedürfnis? Oder bestrafen Sie sich selbst ... für etwas, das Sie sich nicht verzeihen können? Warum versuchen Sie, mir auf die Füße zu treten?"

„Toto. Kennen Sie ihn?"

Riemanns Augen gleiten ab und starren durch ihn hindurch.

„Selbst wenn ich jemanden mit diesem Namen kennen würde, ändert das nichts an meinem Angebot. Melden Sie sich bei der Nummer. Und danach ... will ich Sie nie wieder sehen."

Mit diesen Worten wendet er sich ab.

Waldauf hört die Motoren der Geländewagen, bis sie in der Ferne verhallen. Seine Kiefer mahlen. Seine Gedanken rasen und kommen dennoch nicht von der Stelle, als stünde er auf Eis, auf einer dünnen, zerbrechlichen Schicht aus Eis ... die schwarze, unendliche Tiefe unmittelbar darunter – nur eine Haaresbreite entfernt.

27. METALLSCHLANGEN

Riemanns Worte hallen in seinem Kopf wider. Wieder und wieder. Was auch immer Riemann mit Tom vorhat, es klingt fast so, als wäre dieser besser dran, verurteilt zu werden als freigesprochen. Oder auch nicht? Waldauf weiß es nicht. Er weiß überhaupt nichts mehr. Er wirft die Decke zur Seite, erhebt sich und stakst in die dunkle Küche. Das Mondlicht fällt durchs Fenster und zeichnet blasse Flächen auf den Boden. Waldaufs Füße leuchten bis zu jener Stelle, an der die Schatten seine Schienbeine durchtrennen. Er macht einen Schritt nach hinten, und die Dunkelheit verschlingt sie. Einen nach vorn, und sie erstrahlen im Mondglanz. Aus irgendeinem Grund hat er das Bedürfnis, sie wieder zurückzuziehen. Sein Schädel hämmert, und er hat das Gefühl, hier drinnen zu ersticken. Waldauf muss raus. Er schlüpft in eine Hose, wirft eine Jacke über und beschließt, mitten in der Nacht einen Spaziergang zu machen.

Draußen empfängt ihn der kühle Westwind, bläst ihm um die Ohren, schließt ihn in seine Arme. Die Äste der Sträucher und Bäume, die Wolken am Himmel, alles um ihn herum bewegt sich in dieselbe Richtung, und Waldauf ist ein Teil davon. Ein winzig kleiner, unbedeutender Teil. Er läuft ein Stück weit in Richtung des Watts, bis er vielleicht die Brandung hören kann.

Riemann will Tom hinter Gittern sehen, er will, dass der Junge büßt, so viel steht fest. Ob er Toto nun kennt oder Geschäfte mit ihm macht und ob Toms Kontakt zu Chiko deshalb entstand oder ob er über Larissa zustande kam, tut nichts mehr zur Sache, denkt Waldauf. Alles, was jetzt zählt, ist allein die Frage, wie weit Riemann gehen würde, um Tom Leid zuzufügen. Waldauf spürt, dass der Untergrund matschiger wird, und hat plötzlich das Bedürfnis, seine Schuhe auszuziehen. Er will den Boden unter seinen Füßen fühlen. Er schlüpft aus den Schuhen, knotet die Schuhbänder aneinander und wirft sie sich über die Schulter. Der matschige Untergrund ist erstaunlich warm und sanft.

Riemann hat gedroht, Tom zur Rechenschaft zu ziehen, und er ist nicht der Typ, der Drohungen leichtfertig ausspricht. Waldauf bleibt stehen, das Schmatzen unter seinen Füßen verstummt. Sein Ziel war es, Christina zu finden. Sie nach Hause zu bringen. Jetzt scheint es so, als müsse er Tom vor dem Schlimmsten bewahren. Aber alles, woran er denken kann, ist Anke. Und Riemanns Einschüchterungsversuche. Ist es das, was Waldauf tun sollte? Sich um seinen eigenen Kram scheren und versuchen, mit ihr glücklich zu werden?

Und das Angebot wegen seines Honorars? Eines weiß Waldauf mit Sicherheit, er wird sich seine Integrität nicht abkaufen lassen. Riemann kann sein Geld auffressen, wenn er will, er will keinen Cent davon haben. Auch wenn er nie auf die Idee gekommen wäre, Elisabeth Buchner tatsächlich ein Honorar in Rechnung zu stellen.

Es gibt nicht viel, was Waldauf jetzt noch tun kann. Vielleicht bleibt ihm ein letzter Versuch, die Wahrheit ans Licht zu bringen. Riemann hat jede Menge Mittel und Wege, um Tom sein restliches Leben zur Hölle zu machen. Würde er ihn verletzen oder gar töten? Er hat ihn Waldaufs Schützling genannt. Aber ist er das? Muss Tom beschützt werden? Riemanns Ansicht nach scheint das so zu sein. Er will nicht nur Gerechtigkeit, er will Tom vernichten.

So hat Waldauf das bisher nicht gesehen. Aber er weiß, was passieren kann, wenn Männer, die zu viel Macht haben, Rache wollen. Er hat es erlebt. Er hat Sarah verloren. Waldauf erstarrt. Und er weiß, was er selbst täte, wenn er Sarahs Mörder in die Finger bekäme ...

Wenn er Tom und damit Anke nicht auch verlieren will – er könnte ihr nicht mehr unter die Augen treten, wenn Tom etwas zustieße; es würde für immer zwischen ihnen stehen –, bleibt ihm nur eine einzige Möglichkeit. Waldauf muss Christina finden, um Tom zu retten.

Waldauf kämpft sich durch den Schlamm. Er hat nicht gemerkt, wie weit er gelaufen ist, und der Weg zurück streckt sich endlos in die Länge. Es fühlt sich an, als wäre er die halbe Nacht durchs lichtlose Watt gewandert. In weiter Ferne entdeckt er einige Lichter, möglicherweise von dem Gehweg, über den er hierhergelangt ist.

Als er mit matschverkrusteten Hosenbeinen vor seinem Hof steht, ist seine Atmung nur noch ein dünnes Pfeifen, während der Schweiß auf seiner Stirn in der ersten Morgensonne schimmert. Waldauf hetzt in sein Arbeitszimmer. Er braucht die eine Idee, denn mehr als einen Versuch hat er nicht. Der nächste Verhandlungstag ist bereits in wenigen Tagen, und nachdem es nicht allzu viele Zeugen in dem Fall gibt, wird vermutlich auch die Urteilsverkündung sehr bald erfolgen. Wieder einmal bleibt Waldauf keine Zeit. Er steht in seinem Arbeitszimmer über den Tapeziertisch gebeugt und betrachtet seine Aufzeichnungen, blättert die Übersetzungen von Chikos Notizen durch, die Listen mit Nummern, die keinen Sinn zu ergeben scheinen. Seine Blicke fliegen über die Fotos, die er von Toms Zimmer und seiner Wohnung in Hamburg gemacht hat. Er liest seine Notizen und starrt auf die Karte der Nordseeinseln, auf denen er alle wichtigen Schauplätze mit dicken roten Markierungen versehen hat, als wolle er sie hypnotisieren, als wäre sie eine Kristallkugel, die ihm jeden Moment den Namen des Orts ausspucken würde, an dem sich Christina nun befindet. Aber alles, was er vor sich sieht, ist Wasser. Die endlosen Weiten der Nordsee, von der östlichen Küste Großbritanniens über die Deutsche Bucht bis hinauf nach Dänemark und einen Teil ... Norwegens.

Waldauf betrachtet die Fotos aus Toms Zimmer erneut. Wieder hört er Elisabeths Worte, wie fasziniert Christina von der Landschaft gewesen sei, von den Nordlichtern, den zerklüfteten Schluchten und der Stadt. Sie hat heimlich Kurse in Fotografie belegt. Waldauf stürzt zu seinem Laptop, führt einige Suchanfragen durch und landet auf der Website der *Oslo National Academy of the Arts*. Er starrt auf die Bilder, klappt das Gerät zu, stopft es zusammen mit einigen Kleidungsstücken in seinen Rucksack und verlässt den Hof so fluchtartig, wie er ihn zuvor betreten hat.

Der Motor des Mietwagens erwacht zum Leben, und Waldauf tritt das Gaspedal durch.

Waldauf fährt zu schnell, er macht zu wenige Pausen, hört keine Musik. Die einzigen Geräusche sind das Dröhnen des Motors und das Pochen in seinen Ohren. Auf der Autobahn schießt er an Reihen von Lastwagen vorbei, deren Kolonnen sich wie gigantische Metallschlangen durch die Landschaft schieben. Die einzelnen Fahrzeuge fliegen an ihm vorüber, die Grenzen dazwischen verschwimmen vor seinen Augen. Sie werden eins. Sollte er jetzt in einen Unfall geraten, kann er nur hoffen, dass es schnell geht und dass keine Unschuldigen dabei zu Schaden kommen. Aber das ist reines Wunschdenken, nicht wahr? Unschuldige werden zu Schaden kommen. So ist es immer.

Waldaufs Fuß gleitet vom Gaspedal, und die Motorbremse beginnt seine Fahrt zu drosseln. Er schnauft. Schemen tanzen vor seinen Augen. Seine Hände krampfen sich um das Lenkrad. Sie sind feucht und kalt. Was hat er sich nur dabei gedacht? Er überholt einen Familienvan mit Fahrrädern auf dem Dach und Kindern auf der Rückbank. Waldauf wechselt die Fahrspur. Er braucht eine Pause. Er kann sich keine leisten. Und dennoch muss er eine machen, sonst wird er es nicht bis nach Norwegen schaffen. Er wird Christina niemals finden, und Riemann wird Tom quälen, wird ihn in irgendeinem Hinterhof verscharren wie eine tote Katze – oder eine tote Maus. Waldauf zwingt sich, seine Hände zu öffnen und den Griff um das Lenkrad zu lockern. Ein Verkehrsschild kündigt eine Raststätte in fünf Kilometern an. Waldauf flucht und reiht sich in die Abbiegespur ein.

Es ist spät. Zu spät. Das ist es immer. Waldauf schießt in eine aufrechte Position. Die Bank, auf der er eingenickt ist, schaukelt in gigantischen und trägen Bewegungen auf und ab. Er blickt auf seine Armbanduhr. Die Fähre wird noch zwei weitere Stunden unterwegs sein, bevor sie in Norwegen in Langesund anlegt. Die Autofahrt durch Deutschland und Dänemark bis an den nördlichsten Zipfel nach Hirtshals, einem kleinen Ort, der allein dafür zu existieren scheint, den Fährhafen in ständigem Betrieb zu halten, war ein Kraftakt. Waldauf kann die schwarzen Ringe um seine Augen förmlich fühlen. Er reibt die schmerzende Schulter und beschließt, sich in der Schiffskantine einen Becher Kaffee zu besorgen. An den Fenstern am Bug des Fährschiffs steht ein junges Paar. Die dicken Rucksäcke haben sie auf einer nahe stehenden Bank abgelegt. Sie halten sich in den Armen, posieren für ein gemeinsames Foto. Er küsst sie seitlich auf den Nacken.

An einem Tisch ganz in der Nähe sitzt eine Gruppe Rentner, die mit Lunchpaketen und Thermoskannen bewaffnet in eine Partie Rommé vertieft sind. Sie juxen und lachen, und hätte er etwas für Glücksspiel übrig, würde Waldauf seinen Hof darauf wetten, dass sie in einer kleinen Karawane aus Wohnmobilen unterwegs sind, um sich die Schluchten und Fjorde der norwegischen Atlantikküste anzusehen. Waldauf sieht Familien und einige Reisende, die offenbar aus beruflichen Gründen unterwegs sind. Manche von ihnen sitzen an ihren Laptops mit Kopfhörern in den Ohren und arbeiten. Doch insgesamt herrscht eine entspannt ausgelassene Atmosphäre an Bord des Schiffs. Auf seinem Weg zur Kantine fällt Waldauf eine Frau ins Auge, die anscheinend allein reist und aus dem Fenster blickt, und er bleibt wie festgefroren stehen. Sie sitzt mit dem Rücken zu ihm, und ihr kinnlanges dunkles Haar sieht aus, als wäre es erst vor Kurzem geschnitten worden. So könnte es gewesen sein, denkt Waldauf, während er versucht, sich in die Situation hineinzudenken. Christina hat ihre Sachen gepackt, nachdem sie auf Norderney an Land gegangen ist, und sich auf den Weg nach Norwegen gemacht. Vielleicht war sie bei einem Frisör oder hat ihre Haare selbst gefärbt. Woher hatte sie das Geld für die Reise? Und ihre Kamera, hätte sie die nicht ebenfalls mitgenommen? Während Waldauf noch starrt, erhebt sich die Frau, sie ist jung, etwa in Christinas Alter. Sie nimmt ihr Portemonnaie aus ihrem Wanderrucksack und kommt auf ihn zu, offenbar ebenfalls auf der Suche nach der Cafeteria. Sie sieht ihn an, lächelt und sagt etwas, das Waldauf nicht verstehen kann, denn sein Blick ist von ihren Zähnen gefesselt, die über und über mit Blut beschmiert sind. Dann versteht er ihre Worte.

„Denkst du wirklich, du kannst mich retten?“

Sie lacht, und alles, was Waldauf sieht, ist rot.

Waldauf reißt die Augen auf. Seine Schulter schmerzt, seine Atmung geht stoßweise. Er blinzelt, orientiert sich. Das Paar an den Fenstern ist dazu übergegangen, sich aneinandergekuschelt zu unterhalten, während sie aufs Meer hinausblicken. Die Rentner lachen. Die junge Frau sitzt am Fenster und liest ein Buch. Waldauf beugt sich nach vorn und stützt sich auf seine Knie. Er braucht jetzt dringend einen Becher Kaffee.

Später, als er wieder auf seinem Platz sitzt, fischt er das Handy aus seiner Hosentasche und wählt Schäfers Nummer.

„Schäfer", meldet sich die Stimme.

„Ich bin's."

„Waldauf. Geht es Ihnen gut?"

„Wie viel Geld hatte sie?"

„Wie bitte?"

„Christina Riemann. Wie viel Geld hatte sie zur Verfügung? Hatte sie eine Kreditkarte? Hat sie Geld abgehoben, bevor sie verschwunden ist?"

„Waldauf, Sie sind ein guter Ermittler, aber denken Sie nicht, dass wir auch unseren Job verstehen?"

„Deswegen frage ich ja."

„Es gab keine ungewöhnlichen Bewegungen auf den Konten, wenn Sie das wissen wollen."

„Und ihre Kamera?"

„Kamera?"

„Ihre Ausrüstung. Sie hat gern fotografiert."

„Das ... müsste ich nachsehen, warum fragen Sie?"

„Ich bin auf dem Weg nach Norwegen. War bloß ein Gedanke."

„Norwegen?"

„Erklär ich Ihnen ein andermal. Für den Anfang wäre mir geholfen, wenn Sie mir sagen könnten, ob sich eine professionelle Fotoausrüstung unter ihren Sachen befunden hat."

„Unter allen Sachen, die sie in den zahllosen Anwesen der Familie zur Verfügung hatte?"

„Nein, in den Zimmern, die sie tatsächlich bewohnte."

„Da gibt es ein Haus auf Juist, ein Anwesen bei Wilhelmshaven, eine Stadtvilla in Hamburg."

„Okay." Waldauf denkt nach. Was würde es bedeuten, wenn die Beamten nun eine Ausrüstung fänden? Wenn Christina Zugang zu Geld hatte ... „Wissen Sie, was? Vergessen Sie die Kamera. Konnten Sie ungewöhnliche Bewegungen auf ihren Bankkonten entdecken, in den Tagen bevor sie verschwand?"

„Ich denke nicht, nein."

„Sie könnte gespart haben."

„Sie meinen heimlich?"

„Ja ... warum nicht? Gibt es ein Konto, auf das sie regelmäßig Geld überwiesen hat?"

„Der Fall ist bereits bei der Staatsanwaltschaft. Ich müsste erst sehen ..."

„Haben Sie Kopien der Akten, ein Archiv, irgendetwas? Finden Sie es heraus. Ich melde mich wieder."

Waldauf beendet das Gespräch. Er kann jetzt nicht darüber nachdenken, ob er unfreundlich war. Er braucht diese Information.

Waldauf denkt erneut an die Liste mit Nummern, die er aus Chikos Wohnung erbeuten konnte. Es könnten sich Kontonummern darunter befunden haben. Unwahrscheinlich.

Falls Waldaufs Theorie stimmt – die Einzige, die er noch hat – und Christina mit Tom nach Norwegen entkommen wollte, dann brauchten sie nicht nur Ausweispapiere, sondern auch Geld. Geld, von dem ihr Vater nichts wissen durfte. Selbst wenn sie einen Studienkredit unter falschem Namen bewilligt bekommen hätten ...

Waldauf bemerkt, wie seine Gedanken den Halt verlieren. Sie gleiten ab. Er wankt weiter in Richtung der Cafeteria, um sich endlich einen Kaffee zu organisieren. Die junge Frau kommt ihm entgegen und lächelt ihn an. Ihre Zähne sind weiß. Waldauf nickt ihr zu. Dann fliegt sein Blick zurück zu dem Paar mit den Rucksäcken. Möglicherweise hat er sich auf die falsche Person konzentriert. Möglicherweise hatte sie ihr Geld von Tom.

28. LASS LOS

Oslo ist eine Stadt, die sich nicht ankündigt. Nach der zweistündigen Autofahrt von Langesund Richtung Osten ist sie plötzlich da. Waldauf verlässt die Autobahn und befindet sich direkt am Hafen, wo auf der gegenüberliegenden Seite der Bucht ein gewaltiges Kreuzfahrtschiff ankert, das selbst die mittelalterliche Festung verdeckt, die dort seit Jahrhunderten auf einem Hügel thront. Ein weißer, glatter Koloss, der die raue Vergangenheit, der er entsprungen ist, verbergen soll. In seinen Fenstern bricht sich das Licht der abendlichen Sonne und blendet Waldauf.

Er parkt den Wagen, zieht die Handbremse an und schließt die Augen, während er den Kopf nach hinten sinken lässt. Fast vierzehn Stunden nachdem er von seinem Hof aufgebrochen ist, ist er in Oslo angekommen. Seine Arme zittern, als er sie vom Steuer nimmt und nach unten fallen lässt.

Die kurze Rast auf dem Fährschiff hat seinem Körper gutgetan, dennoch ist er erschöpft, und sein Geist ist unruhig. Er ist aufgekratzt und gereizt, müde und hungrig. Dennoch würde er am liebsten sofort zur Universität fahren. Aber es ist nach 20 Uhr. Waldauf schiebt die Beine aus dem Wagen und erhebt sich mit der Grazie eines seit Jahrtausenden einbalsamierten Kadavers ... und so fühlt er sich auch. Er fischt seinen

Rucksack von der Rückbank und stakst den Hafen entlang, wo sich Hotels an Wohnanlagen und Restaurants an Museen reihen, keine Spur mehr vom alten Osloer Industriehafen, der vor einigen Jahren an den Rand der Stadt verbannt wurde und damit einer schicken Promenade mitsamt Badestegen gewichen ist.

Waldauf läuft ein Stück, und kurze Zeit später sitzt er an einem Tisch direkt an den Fenstern eines Hotelrestaurants, in dem er ein Zimmer für die Nacht bekommen hat. Vor ihm auf dem makellos sauberen Tischtuch steht eine einzelne Tasse Kaffee. Er kämpft mit seinem Appetit und seinen inneren Dämonen. Am liebsten hätte er die Bedienung angebrüllt, dass er verdammt noch mal hungrig sei, obwohl er den Hunger gar nicht mehr fühlt. Sein Gehirn pocht in seinem Schädel. Er nimmt einen Schluck von der Tasse und lässt seinen Blick über die Gewässer des Osloer Fjords mit seinen Buchten und Inseln schweifen, die mit unzähligen traditionell gestrichenen roten Häusern besprenkelt sind. Manche Schwimmer springen von den ehemaligen Docks ins eisgraue Wasser. Ein Windsurfer flitzt über die Wellen. Waldauf schließt die Augen. Eine Kellnerin spricht ihn auf Norwegisch an, und Waldauf entschuldigt sich in gebrochenem Englisch, woraufhin sie zu nahezu perfektem Deutsch wechselt. Waldauf bestellt einen Teller Fischsuppe mit Brot, die kurz darauf dampfend und duftend vor ihm steht. Die junge Frau schenkt ihm ein Lächeln, während Waldauf zu löffeln beginnt und fühlt, wie die Brühe ihm neue Kraft gibt. Hinter seiner Stirn dröhnt immer noch ein alter Zweitaktmotor, der sich aber in Bewegung zu setzen und allmählich zu entfernen scheint. Womöglich, um sich auf die Suche nach seinem nächsten Opfer zu machen, ehe er eines Tages wiederkehren wird. Aber nicht heute, denkt Waldauf, während er die Suppe schlürft und den Schwimmern bei ihren Kopfsprüngen zusieht. Nicht heute.

Nun, da er zur Ruhe kommt, fühlt er die Erschöpfung wie eine Flutwelle über sich hereinbrechen ... und die Müdigkeit, die seine Lider niederringt. Zumindest fallen seine Gereiztheit und seine Aufgebrachtheit von ihm ab, und er kann wieder etwas klarer denken, wenn auch zunehmend langsamer. Waldauf gähnt, wirft einen Blick auf seine Armbanduhr und dann auf sein Handy. Mittlerweile ist es nach 21 Uhr. Auf dem Display leuchten zwei Anrufe in Abwesenheit. Keiner davon ist von Schäfer. Sie sind von Anke. Waldauf zögert. Er ist in keinem guten Zustand, sie wird sich Sorgen machen. Aber vermutlich würde sie sich noch mehr sorgen, wenn er sich gar nicht bei ihr meldet. Er wählt ihre Nummer, und sie hebt noch vor dem ersten Läuten ab. Waldauf hört sie atmen, ehe sie spricht.

„Lukas?", fragt sie.

„Hallo, Anke."

„Geht es dir gut?" Sie erkundigt sich, ohne ihm Vorwürfe zu machen. Kein „Du hast dich nicht gemeldet, ich habe mir Sorgen gemacht!". Kein „Wo warst du?".

„Ja, allmählich ..." Waldauf fährt sich über die Stirn. „Ich hatte einen etwas anstrengenden Tag." Er freut sich, ihre Stimme zu hören. „Ich bin nach Norwegen gefahren", kommt er ihrer Frage zuvor.

„Mit dem Auto?" Sie gibt sich keine Mühe, ihr Erstaunen zu verbergen.

„Ja, ich musste. Ich denke …" Waldauf steht vor einer Grundsatzentscheidung, die wie eine rote Linie vor ihm über den Boden verläuft. Für welche Seite wird er sich entscheiden? Waldauf weiß es schon längst, er muss es sich nur noch eingestehen. Dann beschließt er, Anke die Wahrheit zu erzählen.

„Ich fürchte, Tom ist in Gefahr. Selbst wenn er ins Gefängnis geht – umso mehr, falls er freikommt. Ich denke, Riemann ist … er hat nichts mehr zu verlieren, und er wird sich an Tom rächen. Vielleicht will er ihn töten."

„Was?" Ihre Stimme bricht, aber sie versucht, die Information zu verarbeiten, ohne sie zu leugnen, was Waldauf ihr hoch anrechnet. Sie stellt ihn nicht als Spinner hin oder versucht, es ihm auszureden. „Bist du dir sicher?"

„Nein."

„Und was tust du in Norwegen?", stellt sie die offensichtliche Frage.

„Ich versuche, Christina zu finden. Ich denke, es ist der einzige Weg, um Tom zu retten."

„Warum in Norwegen?"

„Weil es meine einzige Idee ist." Waldauf verfällt in Schweigen, und Anke schweigt mit ihm. Dann gesteht er: „Tom zu retten ist der einzige Weg … der einzige Weg zu dir. Wenn ich das hier … wenn es mir nicht gelingt, wird es für immer zwischen uns stehen."

Anke schweigt immer noch.

„Ich … du bedeutest mir sehr viel", spricht Waldauf weiter.

Die Stille scheint ihn zu verschlingen.

„Ich dich auch", sagt sie dann endlich, und er hört, dass sie lächelt. Dennoch erstarrt er, während sein Herz in seiner Brust hämmert, bis es schmerzt. Waldauf kann nicht sprechen, er weiß nicht einmal, ob er noch atmet. Er hört die Worte, die er selbst ruft, wie in einem anderen Leben, als würde er sich selbst dabei zusehen, wie er auf dem Boden kauert, über die Person gebeugt, die vor ihm liegt, die vor ihm stirbt. Er ruft sie. Sarah! Ruft sie immer wieder. Sarah, bleib bei mir. Er sieht das Blut auf ihren Lippen. Ich liebe dich, ruft er gegen das Prasseln des Regens an. Er weiß nicht, ob sie ihn hört, ihre Augen starren in den Himmel. Waldauf weint, während er sie immer weiter ruft. Bis sich die dunkle Gestalt aus den Schleiern löst. Sie richtet die Waffe auf ihn, und während er Sarahs Körper umklammert, beendet sie sein Leben. Ich liebe dich.

„Lukas? Bist du noch da?"

„Ja, ich bin hier", sagt er wie eine Maschine. Seine Atmung setzt wieder ein. Er lebt – äußerlich. Und in seinem Inneren? Er weiß, dass er Anke liebt. Er ist verrückt nach ihr ... aber es zu sagen würde es real machen, und die Gefahr, sie wieder zu verlieren, wäre mehr, als er ertragen kann.

„Ja, ich ... es tut mir leid. Ich bin nur ein wenig erschöpft. Bin nahezu durchgefahren."

„Durchgefahren? Bis Norwegen? Wie lange warst du unterwegs?"

„Um die dreizehn Stunden."

Er ist kurz angebunden, antwortet einsilbig, ohne dass er etwas dagegen tun kann. Er schiebt sie von sich fort, weil sie ihm zu viel bedeutet, und schneidet sich dabei ins eigene Fleisch – bis auf die Knochen.

„Wenn ... wenn du glücklich sein willst, musst du mich vergessen“, sagt er.

„Was? Was soll das bedeuten?“

„Ich will ... dass du glücklich bist.“

„Das will ich auch. Aber können wir nicht zusammen glücklich sein?“

„Warum ich? Warum hast du dir mich ausgesucht?“

„Du bist ein guter Mensch.“

Waldauf lacht, und es klingt blechern und kalt.

„Das kannst du nicht beurteilen ...“

„Doch. Du hast ein gutes Herz. Du bist gütig und hilfsbereit und ... zärtlich.“

„Ich bin kaputt ... zerbrochen, und ich werde vielleicht nie wieder ganz werden. Ich bin ... schwer. Ich würde dich nach unten ziehen.“

„Oder ich könnte dich aufrichten.“

„Willst du dir das dein Leben lang antun?“

„Ein Leben ... das klingt nach einer langen Zeit, aber warum nicht? Wir könnten es zumindest versuchen.“

„Ich mache mir Sorgen um dich ... wenn du mit mir zusammen bist.“

„Fühlt es sich denn falsch an, wenn wir zusammen sind?“

„Nein.“

„Dann lass los, Lukas. ... Lass einfach los. Versuche nicht ständig, alles zu kontrollieren.“

„Ich muss Schluss machen“, sagt er ohne tatsächlichen Grund. „Ich muss für morgen noch einige Vorbereitungen treffen.“

„Ja … natürlich. Wenn du reden willst, kannst du dich jederzeit melden.“

Das will er – mehr als alles andere. Allein ihre Stimme zu hören wäre ihm schon genug.

„Das werde ich“, lügt er und hasst sich dafür. „Gute Nacht.“

„Gute Nacht.“

Als die Kellnerin das nächste Mal vorbeikommt, bestellt er eine weitere Tasse Kaffee und beinahe auch eine Packung Zigaretten. Diesmal kann er noch widerstehen. Er fragt sich, ob das auch beim nächsten Mal noch so sein wird. Er kennt die Antwort bereits.

***

Waldaufs hämmernde Kopfschmerzen sind vorüber. Vor den Fenstern seines Hotelzimmers und mehrere Stockwerke unter ihm glitzert die schwarze Wasseroberfläche im Schein der Hafenbeleuchtung. Eine benommene Schwerfälligkeit hat ihn befallen, als wäre er selbst unter Wasser. Er klappt seinen Laptop auf und beginnt, in seinen Notizen zu stöbern, obwohl er die Augen kaum offen halten kann. Er hat immer noch das Gefühl, nach etwas zu suchen, das er nicht versteht. Er durchforstet seine Unterlagen, während seine Gedanken und seine Kiefer mahlen. Abermals öffnet er die Übersetzung von Chikos Notizen und die Liste mit unterschiedlichsten Zahlen- und Buchstabenkombinationen. Chiko ist einer von Totos Leuten. Er ist einer von denen, die Sarah ermordet haben, und irgendwie hat er mit Christinas Verschwinden zu tun …

Waldauf muss verstehen, wie alles zusammenhängt. Er gibt einige der Nummern in diverse Suchmaschinen ein. Ohne Erfolg. Er durchforstet das Internet nach einer Plattform, auf der er möglicherweise nach Schiffsnummern suchen kann, und stößt auf eine Website, die die Eingabe und Nachverfolgung einzelner Containernummern ermöglicht. Waldauf tippt eine der Nummern ein und ergänzt auch die Buchstaben, die er für Initialen gehalten hat, und erhält ein Ergebnis. Ein roter Punkt pulsiert auf einer digitalen Landkarte, irgendwo an der Westküste Indiens. Das Schiff, das den Container enthält, liegt im Hafen von Jawaharlal Nehru, offenbar ein gigantischer Industriehafen, von dem er noch nie zuvor gehört hat. Waldauf erhält den Namen des Schiffs, der Reederei und des Frachtunternehmens und ist plötzlich hellwach. Carcharodon Logistics.

Waldauf eilt zu dem Ordner mit seinen händischen Aufzeichnungen, Kopien von Zeitungsartikeln und Interneteinträgen, die er gespeichert und ausgedruckt hat. Jede Menge Fundstücke, die er zusammengetragen hat. Und dann, auf der strukturierten Darstellung einer großen und weitverzweigten Unternehmensgruppe, wird er fündig. Das Logistikunternehmen ist Teil der Argo Gruppe, in deren Zentrum als Hauptanteilseigner und Sprecher des Vorstands ein einzelner Name prangt. Henning Riemann. Carcharodon Logistics war eines der ersten Unternehmen, die Riemann gegründet hat, ursprünglich nicht als Logistikunternehmen, sondern als Softwarehersteller, doch die Entwicklung eines Systems, das auch die Buchung kleinster Container-Leerstände ermöglichte, versetzte es plötzlich in die Lage, diese für andere Logistikunternehmen unattraktiven Aufträge selbst anzunehmen, wodurch sich das Softwareunternehmen nach und nach zu einem der führenden Logistikunternehmen der Welt entwickelte.

Waldauf überfliegt die Zeilen des Artikels und starrt auf die Struktur der Unternehmensgruppe. Er hat die Verbindung, nach der er so lange gesucht hat, endlich gefunden. Ob Riemann direkt involviert ist oder nicht, offenbar transportiert sein Unternehmen auch für den Berliner Drogenring diverse Ladungen ... auch wenn Waldauf noch nicht weiß, worum es sich bei den Lieferungen genau handelt. Manischer Tatendrang befällt ihn, während er eine Nummer nach der anderen in die Suchmaschine eintippt. Er schnappt sich eine Dose Ginger-Ale aus der Minibar seines Hotelzimmers, reißt das Fenster auf und zündet sich eine Zigarette an. Die Zeit scheint dahinzurasen, während die Welt außerhalb des Bildschirms in tiefem Schwarz versinkt. Waldauf drischt auf die Tastatur ein, macht sich Notizen neben jeder einzelnen Nummer und arbeitet schließlich die gesamte Liste ab – gut zweihundert Nummern.

Als er sich endlich eine Pause gönnt, muss Waldauf erst Licht anmachen, damit er sich in dem Raum orientieren kann. Drei leere Getränkedosen stehen auf dem Tisch, und die Tasse, die er als Aschenbecher missbraucht hat, quillt beinahe über. Vermutlich wird er für die Endreinigung des Nichtraucherzimmers ein kleines Extravermögen aufbringen müssen. Aber das ist ihm egal. Endlich hat er eine Verbindung. Insgesamt dreizehn Nummern konnte er finden, die allesamt zu Carcharodon Logistics führen. Aber was soll er nun damit anfangen? Waldauf sinkt auf dem Stuhl zurück, während die kalte Nachtluft das Zimmer durchströmt und die Rauchschwaden auflöst. Er muss nachdenken. Seine Augen brennen, während sein Brustkorb sich bei jedem Atemzug anfühlt, als hätte er all die Container, die er in den vergangenen Stunden ausfindig gemacht hat, direkt auf seine Brust geladen. Waldauf keucht, und der einzige Umstand, der ihn davor bewahrt, eine weitere Zigarette zu rauchen, ist der, dass die Packung, die er erst vor wenigen Stunden gekauft hat, leer ist. Er reibt sich die Augen, erhebt sich, um die Packung in den Müll zu werfen, und blinzelt, als hätte er sich gerade erst wieder in dieser Welt materialisiert. Er sucht nach irgendetwas, das ihm die aktuelle Uhrzeit verrät, und findet sein Mobiltelefon. Es ist kurz nach drei Uhr morgens. Waldauf weiß, dass er bei Kräften bleiben muss, denn sobald er Christina gefunden hat, steht ihm eine weitere Dreizehnstundenfahrt bevor. Doch obwohl er bald vierundzwanzig Stunden wach ist, ist an Schlaf nicht zu denken. Er fühlt sich mittlerweile auch nicht mehr müde, nur ungemein erschöpft. Waldauf beschließt, eine Dusche zu nehmen und sich danach ins Bett zu legen. Er muss versuchen, zu schlafen. Dann nimmt er doch wieder die Liste zur Hand, studiert seine Notizen, setzt sich statt auf den Stuhl auf das Bett. Irgendwann kickt er die Schuhe von den Füßen, richtet eines der Kissen auf und lehnt sich dagegen. Riemann und Toto hängen zusammen … und er wird herausfinden, wie. Er muss nur noch … Er wird …

Als Waldauf die Augen öffnet, sieht er einen Seevogel vor den Fenstern über den Himmel gleiten. Sein Schädel ist eine Ruine. Kurze Zeit weiß er nicht einmal, wo er ist. Er sieht sich um, reibt sich den Nacken und sucht nach einer Schmerztablette, aber er hat keine mitgenommen. Er hat so gut wie nichts nach Norwegen mitgenommen. Er ist mit dem Auto gefahren, weil er es hasst, zu fliegen. „Versuche nicht ständig, alles zu kontrollieren", hört er Ankes Worte wieder. Stimmt ... er fliegt nicht, weil er es hasst, der Situation hilflos ausgeliefert zu sein.

Das Hotel liegt am Hafen ... Nach und nach setzen sich die Informationen wieder zusammen. Seine Schulter ist taub. Waldauf rappelt sich hoch – er weiß, dass er keine Zeit hat –, torkelt ins Badezimmer, schlüpft aus seiner Kleidung und lässt sie zu Boden fallen.

Der Strahl der Dusche ist kalt. Waldauf muss sich überwinden, aber er erträgt es und bemerkt, wie seine Gedanken sich ordnen und seine Sicht sich klärt. Er muss Christina finden. Er muss zur *Oslo National Academy of the Arts*. Waldauf zieht sich an, schiebt die Schlüsselkarte in seine Hosentasche und verlässt das Hotel. Die Suchmaschine hat die Adresse direkt an seine Navigations-App weitergeleitet – noch eine Sache, die Anke ihm gezeigt hat. Der Fußweg zur Universität wird etwa eine halbe Stunde dauern. Er macht sich auf den Weg und beginnt schon nach wenigen Minuten zu keuchen, und nach einigen weiteren Minuten schwitzt er bereits am gesamten Körper, sodass er die positiven Effekte der Dusche wieder zunichtegemacht hat. Waldauf kämpft sich weiter.

Fünfundvierzig Minuten später steht er vor dem Backsteingebäude, auf dessen Vorplatz sich einige Skulpturen gegenseitig die Show stehlen. Das Skelett eines etwa drei Meter hohen menschlichen Brustkorbs, in dessen Zentrum statt eines Herzens ein schwarzer, lederner Sack pulsiert, und eine Skulptur aus sich überschneidenden Kreisen aus Bronze und transparentem Acryl stehen im Zentrum des Platzes. Einige der Studierenden stehen in einer Gruppe vor – beziehungsweise in – dem Brustkorb und diskutieren über etwas, das Waldauf nicht sehen kann. Es befindet sich offenbar auf dem Boden, vor dem Gebilde. Waldauf betritt die Skulptur, und ein Geruch, der eine Mischung aus Fäulnis und Erdöl zu sein scheint, sticht ihm in die Nase, während er das Pulsieren des schwarzen Sacks über sich hört. Ein junger Mann mit Sonnenbrille, der keine Schuhe trägt, stellt sich neben ihn und blickt nach oben. Er sagt etwas auf Norwegisch, und Waldauf entschuldigt sich auf Englisch.

„Was halten Sie von der Plakette?“, fragt der Mann.

„Welche Plakette?“

Waldauf sieht sich um und erkennt, worüber die Studierenden diskutiert haben. Auf dem Boden vor den unteren Rippenbögen steht auf einer Messingtafel ein einzelnes Wort.

„Ich verstehe nicht.“

„Dort steht *Leben*.“

„Was soll es bedeuten?“

„Ich nehme an, darüber wird noch debattiert.“ Der Mann grinst ihn an.

„Ja, sieht so aus. Sind Sie der Künstler?“

„Ich? Oh, nein. Ich studiere hier – aber keine Bildhauerei. Ich male.“

„Wissen Sie, wo man sich hier einschreiben kann?“

„Sie wollen studieren?“

„Ja. Fotografie. Vielleicht.“

„Ich gratuliere.“

„Sie wissen nicht zufällig, wo sich die Räume für die Fotografiekurse befinden?"

„Immer woanders." Der Mann macht eine ausladende Handbewegung. „Sie sind immer woanders. Aber ich kann Ihnen das Institut zeigen, wenn Sie wollen."

„Ja, danke, das wäre sehr freundlich."

Der Studierende führt Waldauf durch einen der Eingänge und durch einige der größeren und kleineren Hallen, in denen manche Gruppen von Studierenden ebenfalls Ausstellungen vorzubereiten scheinen, und Waldauf versucht sich den Weg einzuprägen, den sie nehmen. Der Mann dreht sich zu ihm um und lacht. „Keine Sorge, es ist nur zu Beginn verwirrend. Sie gewöhnen sich dran." Nach einigen weiteren Biegungen und einem längeren Treppenaufstieg, der Waldauf neuerlich den Atem raubt, kommen sie an eine zweiflügelige Glastür, an der sich der Studierende von Waldauf verabschiedet.

„Es ist gleich hier", sagt er. „Na dann, viel Spaß an der Akademie."

„Ja, ich danke Ihnen."

Als Waldauf das Institut betritt, schlägt ihm kühle, klimatisierte Luft entgegen, und kaum jemand nimmt Notiz von ihm. Eine Studentin läuft an ihm vorbei, hebt kurz den Blick und lächelt. Waldauf zwingt seine Mundwinkel nach oben. Wo soll er anfangen? Er spricht sie an.

„Entschuldigen Sie, ähm ... excuse me. Do you know ...?"

„Ja?"

„Ich möchte mir gerne einige der Vorlesungen ansehen. Wissen Sie, wo das möglich ist?"

„Studieren Sie hier?"

„Ich überlege noch", antwortet Waldauf, während er sich darüber wundert, dass jeder hier perfekt Englisch und Deutsch zu sprechen scheint. Und wem er auch begegnet, alle scheinen glücklich und hilfsbereit zu sein. Die blonde Frau streckt einen Daumen nach oben.

„Die Universität ist wirklich fantastisch. Warten Sie."

Sie wirft einen Blick auf einen der Aushänge in einem Glaskasten, und als sie wieder bei ihm ist, sagt sie: „Kommen Sie, ich zeige es Ihnen."

„Danke, das ist sehr freundlich, aber ich will Sie wirklich nicht aufhalten."

„Kein Problem, mein nächster Kurs ist erst in einer Stunde."

„Okay, vielen Dank."

Glücklich und über die Maße hilfsbereit, denkt er. Die Frau führt ihn in einige Räume, in denen Vorlesungen gehalten werden und Übungen stattfinden. Wenn ein Tutor auf sie aufmerksam wird, nickt Waldauf freundlich. Die Unterrichtssprache ist fast durchgehend Englisch. In einer der größeren Vorlesungen setzt Waldauf sich auf einen freien Platz in den hinteren Reihen, während ein schlanker Mittdreißiger mit schmaler Brille und lockigem Haar einen Vortrag über Bildkomposition und Designregeln hält.

Er sieht sich um. Natürlich rechnet er damit, dass Christina ihr Aussehen verändert hat. Möglicherweise kürzeres, gefärbtes Haar, unauffällige, geschlechtsneutrale Kleidung. Waldauf hat ein Foto von ihr dabei.

Er holt es aus seiner Tasche und studiert die Gesichtszüge, versucht, sich weder von der Frisur noch von der Kleidung ablenken zu lassen.

„Sehr hübsch", sagt seine junge Begleiterin.

„Ja. Meine Tochter", entgegnet Waldauf, ohne nachzudenken.

„Ist sie hier?" Die Studentin, die einen Ring durch die Nase trägt und Marta heißt, betrachtet ihn.

„Ich weiß es nicht. Ich hoffe es."

„Und Sie? Wollen Sie auch hier studieren?"

„Ja. Wenn sie hier ist. Wir haben uns vor einiger Zeit aus den Augen verloren. Vielleicht ... hilft uns ein gemeinsames Interesse, uns wieder näherzukommen."

„Das ... klingt sehr nett", antwortet sie und zieht die Augenbrauen zusammen. „Sie sind bestimmt ein guter Vater."

Waldauf zuckt mit den Schultern. „Ich weiß es nicht. Aber sie bedeutet mir sehr viel."

Marta wirkt plötzlich nachdenklich.

„Wissen Sie, ich wäre froh, wenn sich mein Vater dafür interessieren würde, was ich tue. Er hält nicht viel von Kunst ... aber mir bedeutet sie alles."

Waldauf legt ihr eine Hand auf die Schulter, und sie lässt ihn gewähren.

„Er wird es lernen, Sie werden sehen. Er wird sehr stolz auf Sie sein."

Sie schlägt die Augen nieder und wirft einen Blick auf eine altmodische goldene Armbanduhr mit digitalem Ziffernblatt.

„Tja, ich muss los. War nett, Sie kennenzulernen."

„Ja, finde ich auch. Danke für Ihre Hilfe."

„Sie werden Ihre Tochter finden."

„Das hoffe ich."

Dann dreht sich Marta ein letztes Mal um, ehe sie den Saal verlässt.

„Ihre Tochter kann sich sehr glücklich schätzen."

Darauf weiß Waldauf keine Antwort.

Er bleibt noch einige Minuten und beschließt dann, ebenfalls zu gehen. Auf dem Flur sucht er sich eine Stelle, von wo aus er alle Studierenden, die den Saal verlassen, gut sehen kann. Als etwa eine halbe Stunde später die Vorlesung zu Ende ist, stellt sich jedoch heraus, dass niemand unter ihnen ist, der Christina ähnlich sieht, und Waldauf beginnt erneut zu zweifeln. Was, wenn er hier seine Zeit vergeudet? Was, wenn sein Instinkt nur noch eine Antiquität ist, eine wehmütige Erinnerung, aber nicht funktionsfähig?

Waldauf kaut an seiner Unterlippe. Er braucht eine Pause. An einem der Getränkeautomaten besorgt er sich einen Becher Kaffee und wirft einen Blick auf sein Handy. Keine Nachricht von Anke. Er überlegt, ob er sie anrufen soll. Dann entscheidet er sich für eine Textnachricht.

Immer noch in Norwegen. Denke an dich.

Er steckt das Telefon wieder in die Tasche und geht eine Runde über den Campus, denn allmählich macht sich sein Magen bemerkbar. Auf seinem Weg zur Mensa begegnet Waldauf immer wieder Gruppen von Studierenden. Sie sitzen auf Bänken, auf Mauern, manchmal auch direkt auf dem Fußboden. Sie diskutieren, lachen oder hängen an ihren Mobiltelefonen mit kleinen weißen Knöpfen in den Ohren. Einige wenige lesen oder arbeiten an ihren Laptops. Waldauf versucht, sich auf jene zu konzentrieren, die möglicherweise ihre Fotoausrüstung dabeihaben. Aber auch das muss nicht zwangsläufig so sein. Er sucht sich einen Platz unter einem gewaltigen Ahornbaum und ruht sich im kühlenden Schatten aus. Dann wählt er Schäfers Nummer.

„Schäfer."

„Waldauf hier. Konnten Sie einen Aufschub erwirken?"

„Womit denn? Mit dem begründeten Verdacht eines verdienten Ex-Kollegen?"

„Ja. Warum nicht? Es wäre ein Anfang. Alles ist besser, als nichts zu tun. Rufen Sie den Staatsanwalt an, gehen Sie denen auf die Nerven, sagen Sie Ihnen ..."

„Waldauf, verdammt! Sagen Sie mir nicht, wie ich meinen Job zu machen habe."

„Es geht um das Leben des Jungen! Ich brauche nur noch etwas mehr Zeit."

„Zeit wofür? Um einem verdammten Geist nachzujagen? Die Frau ist tot, Waldauf."

„Das wissen Sie nicht! Nicht mit Sicherheit. Und ich jage lieber diesem Geist nach, als die Hände in den Schoß zu legen und aufzugeben."

Waldauf stößt einen Schwall Luft aus, bevor er weiterspricht.

„Machen Sie Ihren verdammten Job, Schäfer. Rufen Sie den Staatsanwalt an. Sagen Sie ihm, dass es einen begründeten Verdacht gibt, dass Christina noch lebt."

„Und was ist der Grund für diesen Verdacht? Er hat unsere Ermittlungsergebnisse und alle Berichte schon längst, sonst wäre der Fall nie vor Gericht gekommen, aber das muss ich Ihnen doch nicht erklären …"

„Es ist mir scheißegal, wie Sie es anstellen! Lassen Sie sich verdammt noch mal etwas einfallen!"

„Lecken Sie mich …"

„Kümmern Sie sich um diesen verdammten Aufschub, Sie Arschloch!"

Waldauf schlägt auf die große rote Taste auf seinem Display, während Schäfer am anderen Ende der Leitung immer noch schimpft. Als diese auch nach dem dritten Versuch nicht verschwinden will, holt er zum Schwung aus und bemerkt, dass die Augen aller Umstehenden auf ihn gerichtet sind. Manche der Studierenden sind stehen geblieben, um ihn anzustarren. Andere wenden den Blick ab, um nicht das nächste Ziel seiner Aggression zu werden. Waldauf gafft sie aus weit aufgerissenen Augen an und brüllt.

„Was glotzt ihr denn so?"

Als sich die meisten kopfschüttelnd oder mit gesenktem Blick wieder in Bewegung setzen, fällt ihm eine Figur ins Auge, die sich früher als alle anderen umgedreht hat und im Laufschritt um eine Ecke gehuscht ist, und Waldauf sprintet los.

Als er rennt und einen Blick auf seine Füße wirft, bemerkt er, dass er seine schicken neuen Laufschuhe heute zugunsten seiner abgetragenen Lederschuhe in seinem Hotelzimmer gelassen hat, und flucht in sich hinein. Er schlittert um eine Kurve, und sein linkes Bein knickt kurz zur Seite. Die Person, die vor ihm die Flucht ergriffen hat, ist wie ein Schemen. Waldauf hat Mühe, sie überhaupt im Blick zu behalten, geschweige denn zu erkennen, ob es sich dabei um Christina handeln könnte. Schweiß rinnt ihm in die Augen, er keucht und schnauft, und seine Beine beginnen unter der Anstrengung zu zittern. Die Person trägt einen schwarzen Kapuzenpulli, bunte Schuhe. Mehr kann Waldauf nicht ausmachen, bis tanzende Lichtpunkte ihm schließlich die Sicht rauben und er die Verfolgung abbrechen muss. Er wankt zu einem Laternenpfahl und umklammert diesen, als würde er ihn vor dem Ertrinken bewahren. Waldauf presst die Augen zusammen und versucht, einen letzten Blick auf die Figur zu werfen, aber wer auch immer sie war, sie ist fort. Die Entscheidung, nach Norwegen zu fahren, entwickelt sich nach und nach zu einem Desaster. Nicht nur in ihrem Ergebnis, sondern vor allem für seine Psyche. Waldauf zerfleischt sich vor Zweifel und Selbsthass. Er fühlt sich für Toms Leben verantwortlich und kann nur danebenstehen, während die Ereignisse ihren unaufhaltsamen Lauf nehmen. Seine Knie geben nun endgültig nach, und er muss sich auf den Boden setzen. Jemand spricht ihn an und will offenbar wissen, ob er Hilfe benötigt. Waldauf schüttelt den Kopf, während seine Atmung ihn wieder einmal im Stich lässt. Jemand kniet sich zu ihm. Es ist ein junger Mann mit einem langen, struppigen Bart. Er hält ihm eine Wasserflasche hin. Waldauf bedankt sich und trinkt einen Schluck. Wie lange ist es her, dass er etwas getrunken hat? Er nimmt einen weiteren Schluck, und die wabernde Dunkelheit um sein Gesichtsfeld zieht sich allmählich zurück. Doch die Kurzatmigkeit bleibt bestehen. Sein Körper zwingt ihn aufzugeben. Diese verdammte, nutzlose Hülle, dieser verrottende Sack Fleisch. Irgendwann wird er ihn noch umbringen. Waldauf muss lachen. Er bekommt kaum Luft, und dennoch verfällt er in Gelächter. Dieser verdammte Scheißkörper. Zukünftiger wurmzerfressener Kadaver. Seelenlos. Nutzlos.

Der Student muss ihn für verrückt halten. Dennoch lächelt er geduldig, während Waldauf die Tränen herunterlaufen. Er ist neben ihm in die Hocke gegangen und hält ihm weiterhin seine Flasche hin. Er nickt. Dieser verdammte Heilige, denkt Waldauf, und nun gewinnt immer mehr die Verzweiflung die Oberhand, bis Waldauf schluchzend auf dem Boden sitzt und die Hand des Studenten hält, wie einen letzten Anker.

„Wissen Sie, was?", sagt Waldauf, ohne zu wissen, ob der Mann ihn versteht. „Vielleicht hat sie recht. Vielleicht sollte ich loslassen. Dann wäre es wenigstens vorbei."

Der Mann nickt und lächelt ihn an.

„Nein, danke", antwortet Waldauf. „Ich habe genug getrunken. Danke."

„Ist okay", antwortet der Student. „Langsam."

„Ja." Waldauf macht ein verbissenes Gesicht, während er sich hochrappelt. „Langsam."

Er lässt die Hand des Mannes los.

„Danke."

„Okay", antwortet der Rothaarige, klopft ihm auf die Schulter und macht sich auf den Weg, allerdings nicht, ohne sich noch einmal zu vergewissern, dass es Waldauf auch tatsächlich gut geht. Verdammter Heiliger.

Falls die fliehende Person Christina war, ist sein Vorhaben hiermit gestorben, denkt Waldauf, und mit ihm vielleicht auch Tom – falls Riemann seine Drohung wahrmacht. Aber zu welchem Zweck sollte er eine aussprechen, die er nicht wahrzumachen gedenkt? Hat Waldauf überreagiert? Nein, er kennt Männer wie Riemann. Und er kennt Verzweiflung. Er weiß, was sie mit einem anrichtet. Wie sie den Verstand vergiftet … und das Herz.

Waldauf klopft sich den Hosenboden ab und bewegt sich zurück in Richtung der Mensa. Er wird essen und noch mehr Flüssigkeit zu sich nehmen. Er muss einen klaren Kopf bekommen. Die Sonne steht hoch am Himmel, und abermals beginnt Waldauf zu keuchen und zu schwitzen. In der Mensa kauft er sich eine große Portion Nudeln mit Meeresfrüchten und eine zuckerhaltige Limonade. Danach trinkt er eine weitere Tasse Kaffee. Er ist immer noch mit seiner Energiezufuhr beschäftigt, als das Handy in seiner Hosentasche vibriert. Waldauf wirft einen Blick darauf. Ankes Nachricht ist kurz, aber vermag es dennoch, ihn zum Lächeln zu bringen, bevor sich wieder Verzweiflung in ihm ausbreitet. Der Druck, Tom zu retten, wird unerträglich.

Hallo, Herr Nachbar. Wenn du zurück bist, sollten wir wieder einmal essen gehen. Du fehlst mir.

Waldauf grinst, während er den Mut verliert, hebt den Blick und denkt über eine passende Antwort nach, und das Handy rutscht ihm aus der Hand. Waldauf kennt das Gefühl, keine Luft zu bekommen, aber diesmal ist es nicht seine Lunge, die ihm den Atem nimmt, es ist Freude und zugleich die Angst, so knapp vor dem Ziel zu scheitern. Waldauf kann nicht erklären, wodurch sie seine Aufmerksamkeit auf sich gezogen hat. Möglicherweise ist es die Art, wie sie den Blick senkt, wenn andere Menschen an ihr vorbeilaufen. Vielleicht ist es die Geste, mit der sie ihr Haar hinters Ohr klemmt, auch wenn es nach kürzester Zeit wieder hervorrutscht. Vielleicht ist es, weil sie allein ist. Christina hat dunkles Haar, das ihr nur bis zum Nacken reicht, keine hell leuchtende Mähne mehr, und sie bewegt sich so, wie Waldauf es sich immer vorgestellt hat. Behutsam und rücksichtsvoll. Defensiv ist das Wort, das ihm dafür am passendsten erscheint. Ihre Kleidung ist schlicht und unauffällig. Ein weiter, brauner Pullover und eine blaue Jeans. Sie trägt ihr Tablett zur Rückgabestelle und blickt andere gerade lange genug an, um festzustellen, ob sie möglicherweise eine Gefahr für sie darstellen oder nicht – ob ihr Vater oder sonst jemand hinter ihr her ist. Waldauf will aufspringen und zu ihr laufen, zwingt sich aber dazu, sitzen zu bleiben. Falls er jetzt auf sie zustürzt, verspielt er womöglich jede Chance, mit ihr ins Gespräch zu kommen. Er presst seinen Hintern auf den Stuhl und beobachtet sie weiter.

Sie schiebt ihr Tablett in einen dafür vorgesehenen Wagen, steckt die Hände in den Beutel ihres Kapuzenpullis und verlässt die Mensa. Jetzt springt Waldauf auf und eilt ebenfalls zum Ausgang. Hinter ihm beginnt jemand zu schimpfen und packt ihn an der Schulter. Er wirbelt herum. Ein junger Mann mit Brille und unrasiertem Kinn blafft ihn an. Waldauf ist verwirrt, er hat jetzt keine Zeit. Er stößt den Mann von sich. Zwei weitere Studenten kommen hinzu, sie deuten auf sein Tablett, das er auf dem Tisch stehen gelassen hat. Waldauf flucht.

„Ich habe jetzt keine Zeit für diesen Scheiß!“

Er reißt sich los und stürzt davon. Jemand schubst ihn von hinten oder versucht abermals, nach ihm zu greifen. Waldauf duckt sich und prescht zwischen einer Gruppe Personen hindurch aus dem Saal. Er kann es sich nicht leisten, auf die Befindlichkeiten der Studierenden Rücksicht zu nehmen. Er kann es sich nicht leisten, Christina aus den Augen zu verlieren. Doch genau das ist geschehen. Er stürmt durch die Tür auf den Gang hinaus, und zwei Studentinnen weichen vor ihm zurück. Er entschuldigt sich und hetzt weiter, den Flur zu seiner Linken entlang. Seine Chancen stehen fifty-fifty. Hat er sich für die falsche Richtung entschieden? Er wirft einen Blick aus den Fenstern, hinaus in einen der Parks des Universitätsgeländes, und sieht dort Christina gehen. Einzig eine fünf Millimeter dicke Glasscheibe trennt ihn von ihr.

Waldauf prescht weiter den Gang entlang bis zu der Tür, die zum Park hinausführt, und muss sie wieder aus den Augen lassen. Wenn ihn seine Lunge nicht umbringt, denkt Waldauf, dann tut es noch sein Herz. Er stürzt durch die Tür, stolpert auf den mit langen Steinplatten gepflasterten Platz. Seine Schuhe schlittern auf dem glatten Untergrund. Waldauf bemerkt die Blicke, die sich nach und nach auf ihn richten, und gemahnt sich erneut zur Ruhe. Er bremst seinen Lauf und schlängelt sich zwischen den Studierenden hindurch, während er Christina wiederfindet. Sie hat bereits das andere Ende des Platzes erreicht und tritt bald auf die Straße hinaus, die weiter in die Altstadt und das Stadtzentrum führt. Den Bruchteil einer Sekunde später biegt sie um eine Ecke, und Waldauf setzt erneut zum

Sprint an, was eine weitere Gruppe Studentinnen abermals dazu bringt, vor ihm auseinanderzulaufen. Waldauf rennt auf die Häuserkante zu, krallt sich an der Backsteinmauer fest, um die Kurve besser nehmen zu können, und fühlt das Reißen und das knackende Geräusch, als seine Fingerspitzen über die raue Oberfläche streichen, bis zwei seiner Fingernägel splittern. Ein stechender Schmerz jagt bis in seinen Ellenbogen hinauf. Er schießt um die Kurve, und plötzlich steht sie vor ihm. Waldauf stolpert auf sie zu und kann gerade noch ausweichen, und alles, was er sieht, sind ihre aufgerissenen Augen und ihr erstaunter Gesichtsausdruck. Er schlittert an ihr vorbei, kommt zum Stehen und stützt die Hände auf die Knie.

„Entschuldigen Sie, bitte", keucht er. „Ich habe Sie nicht gesehen."

„Das macht nichts", antwortet Christina und erschrickt.

Waldauf blickt sich um. Sie stehen an einer Bushaltestelle. Christina hält sich eine Hand vor die Brust, und Waldauf ist sich nicht sicher, ob sie mehr darüber erschrocken ist, dass er um ein Haar in sie hineingelaufen wäre, oder darüber, dass sie ihm wie selbstverständlich auf Deutsch geantwortet hat.

„Ist alles in Ordnung?", fragt er.

Christina nickt und macht einen Schritt nach hinten. Waldauf fängt sich. Auch wenn er es hasst, das tun zu müssen, er richtet sich auf und lächelt. Waldauf schauspielert.

„Warum spricht nur jeder hier Deutsch? Das gibt mir das Gefühl, als wäre ich der einzige Mensch auf der

Welt, der keine Fremdsprachen beherrscht. Sind Sie verletzt?"

Die kurze Frage bricht das Eis schließlich.

„Nein, es geht mir gut. Sie haben es eilig?"

„Ja, ich dachte ... ich hätte mich verlaufen. Bin wohl in Panik geraten." Waldauf kratzt sich am Nacken. „Klingt ganz schön bescheuert, was?"

Er hat sie zum Reden gebracht, aber je länger er so tut, als wäre er ein harmloser Tourist, je länger er sie belügt, desto schwerer wird es später, ihr Vertrauen zu erlangen. Er muss sich rasch eine Lösung einfallen lassen. Ihre hellblauen Augen scheinen ihn zu durchleuchten, während ihr Gesichtsausdruck ständig wechselt, zwischen der Hoffnung, einen verirrten Landsmann getroffen zu haben, und der Furcht, einem Handlanger ihres Vaters in die Fänge geraten zu sein. Waldauf beschließt, möglichst rasch mit der Wahrheit herauszurücken. Er zieht einen Zettel und einen Stift aus der Tasche, kritzelt etwas darauf und hält ihr das Stück Papier hin.

„Das ist die Telefonnummer von Toms Mutter", sagt er und sieht an ihrem starren Blick, wie ihre Hoffnung in sich zusammenfällt und blanker Panik weicht.

„Ich arbeite für Elisabeth Buchner."

„Nein", haucht sie. Und gerade als Waldauf denkt, dass sie die neue Information verarbeitet und akzeptiert hat, reißt sie sich los und beginnt, um Hilfe zu rufen. Noch rennt sie nicht, aber es ist nur eine Frage von Sekunden. Sie kehrt ihm den Rücken zu, und Waldauf ruft den einzigen Satz, den er jetzt noch rufen kann.

„Sie werden Tom töten!"

Sie stockt.

„Wenn Sie jetzt weglaufen, Christina, wird Tom das nicht überleben."

Sie dreht sich zu ihm um. Passanten, die auf sie aufmerksam geworden sind, schauen zu ihnen herüber.

„Wie haben Sie mich gefunden?"

„Keine Sorge, Ihr Vater weiß nicht, wo Sie sind. Niemand weiß es. Aber Tom ist in großer Gefahr."

Sie scheint sich zu beruhigen, während Tränen in ihre Augen treten.

„Sie lügen. Das ist ein gemeiner Trick. Wir sind das Hunderte Male durchgegangen."

„Dies ist die Telefonnummer von Toms Mutter", sagt Waldauf erneut und hält ihr den Zettel hin.

„Rufen Sie sie an, ich bitte Sie."

Christina zögert. Er sieht, dass sie flüchten will. Sein Körper ist zum Zerreißen gespannt, Waldauf spürt es, aber es gibt nichts, was er dagegen tun kann.

„Hören Sie. Ich weiß, dass Sie mir nicht vertrauen. Sie kennen mich nicht. Aber Sie kennen Toms Mutter, richtig? Rufen Sie sie an. Fragen Sie sie nach Lukas Waldauf. Das ist mein Name."

Waldauf hält ihr sein Handy hin. Dann fällt ihm etwas ein. Er legt das Telefon zusammen mit dem Zettel auf den Boden und macht einige Schritte zurück.

„Ich werde hier warten. Ich werde nicht näher kommen. Ich bitte Sie."

Christina steht wie zu Eis erstarrt da.

„Toms Mutter?" Ihre Stimme zittert. „Ich kann nicht ..."

„Toms Gerichtsverfahren hat begonnen, und schon bald wird der letzte Verhandlungstag sein. Die Polizei kann keinen Aufschub erwirken, solange es keine neuen Beweise gibt."

Ihr Blick wird fest.

„Sie sagten, Tom sei in Gefahr?"

„Ich fürchte, Ihr Vater hat etwas sehr Dummes vor."

„Wie meinen Sie das?"

„Er wird versuchen, Tom zu töten."

„Zu töten?" Ein verzweifeltes Lachen dringt aus ihrem Mund. „Mein Vater mag ein Tyrann sein, aber er ist kein Mörder."

„Ihr Vater hat seine einzige Tochter verloren. Alles, wofür er gearbeitet hat, alles, was er je geliebt hat. Und er gibt Tom die Schuld daran."

„Geliebt? Kennen Sie meinen Vater überhaupt?"

„Wir haben uns kennengelernt, ja. Und ich war dreißig Jahre lang bei der Polizei. Ich kenne Menschen wie ihn. Und ich kenne die Verzweiflung, glauben Sie mir. Alles, worum ich Sie bitte, ist: Rufen Sie Toms Mutter an ... lassen Sie sich eine Beschreibung von Lukas Waldauf geben."

Christina schaut auf das Handy, das vor ihren Füßen liegt.

„Wenn ich sie anrufe, weiß sie, dass ich lebe. Was ... soll ich sagen?" Dann grübelt sie. „Sie wissen, dass ich lebe."

Waldauf hebt die Hände. „Niemand weiß davon. Sie sind in Sicherheit."

Christina macht einen Schritt zurück, schüttelt den Kopf, und Tränen zeichnen nasse Spuren auf ihren Wangen.

„Ich kann sie nicht anrufen. Ich ... kann nicht zurück. Tom kommt nach, sobald er kann, wir haben es so besprochen ...“

Waldauf versucht, sie zu beruhigen.

„Ich gehe nicht zurück!“, ruft sie.

„Das müssen Sie auch nicht. Niemand kann das von Ihnen verlangen. Ich werde es nicht zulassen.“

„Wie ... haben Sie mich gefunden?“

„Toms Mutter und ich ... wir haben eine gemeinsame Freundin. Ich war früher Polizist, bei der Hamburger Kriminalpolizei. Suchen Sie im Internet nach meinem Namen. Ich habe verspochen, Tom zu helfen, wenn ich kann. Aber er ist in großer Gefahr, und der einzige Weg, ihn zu beschützen, ist mit Ihrer Hilfe. Glauben Sie mir, ich würde Sie nicht fragen, wenn es einen anderen gäbe.“

„Beweisen Sie es.“

„Ich weiß nicht, wie ... Wenn Sie Toms Mutter nicht anrufen wollen ...“

„Sie rufen sie an. Ich höre zu.“

Waldauf denkt einen Moment nach.

„Okay. Wie?“

„Jetzt. Hier. Rufen Sie sie an.“

„Alles klar.“

Waldauf wählt Elisabeths Nummer, schaltet den Lautsprecher ein und sendet ein Stoßgebet.

„Hallo, Elisabeth?“, sagt er, als das Telefongespräch angenommen wird.

„Hier ist Georg Buchner. Wer spricht da?“

„Mein Name ist Lukas Waldauf. Bitte, könnten Sie Elisabeth ans Telefon holen, es ist sehr wichtig.“

„Ich weiß, wer Sie sind.“

„Ja, wir hatten leider noch keine Gelegenheit ..."

„Elisabeth schläft gerade."

„Wecken Sie sie, bitte. Es ist sehr wichtig. Ich kann gar nicht genug betonen, wie wichtig ..."

„Hören Sie ... meine Frau nimmt Medikamente, damit sie überhaupt zur Ruhe kommt. Schwere Medikamente. Jetzt schläft sie endlich ..."

Waldauf fühlt, wie sich seine Kehle zusammenschnürt. Ihm läuft die Zeit davon, und ihm gehen die Optionen aus. Wenn dieser Anruf nicht klappt ...

„Okay, Herr Buchner, dann müssen Sie uns helfen. Es ist wirklich wichtig. Toms ..." Waldauf zögert. Er kennt Georg Buchner nicht. „Herr Buchner, Sie müssen mir jetzt sehr gut zuhören. Der Ausgang von Toms Verfahren könnte davon abhängen. Erzählen Sie bitte in Ihren eigenen Worten, wer ich bin, welcher Art unsere Vereinbarung ist und wie ich aussehe."

„Worum geht es hier?" Georg Buchner scheint nachzudenken, während eine Pause zwischen ihnen entsteht. „Geht es um Ihr Honorar?"

„Nein, Herr Buchner, ich arbeite nicht auf Honorarbasis. Sie wissen, dass ich pro bono für Sie und Ihre Frau tätig bin. Ihnen werden daraus keine Kosten entstehen." Waldauf bemerkt, wie Christina von einem Bein auf das andere tritt, und unternimmt einen neuerlichen, womöglich letzten Versuch.

„Herr Buchner, bitte, verstehen Sie ..."

„Nein, Herr Waldauf, Sie müssen verstehen. Meine Frau ist mit den Nerven am Ende. Sie schläft nicht ... sie isst nicht. Es vergeht kein Tag, an dem ich sie nicht weinen sehe."

Waldauf sieht, wie Christina über ihre Wangen wischt.

„Sie versucht es zu verstecken, aber ich bin ihr Ehemann, verstehen Sie? ... Ich kenne sie seit dreißig Jahren. Und das Einzige, was ihr Hoffnung zu geben scheint, sind Sie." Seine Stimme bricht. „Sie ... mit Ihren verdammten Ermittlungen, und es bricht mir das Herz, hören Sie mich? Sie machen ihr Hoffnung! Und deswegen weigert sie sich, zu akzeptieren, dass ... Tom ins Gefängnis gehen wird, für was auch immer er diesem armen Mädchen angetan hat."

Christina schüttelt den Kopf und schlägt die Hände vor den Mund.

„Und Elisabeth kann es nicht akzeptieren, weil Sie ... sich mit Ihren sogenannten Ermittlungen aufplustern wie ein gottverdammter Pfau ... aber Sie verstehen nicht, was Sie ihr damit antun! Ich will meine Frau zurück! Wenn ich schon meinen Sohn verliere ..."

Seine Worte versinken in Schluchzen. Aber er fängt sich und spricht weiter.

„Deswegen, Herr Waldauf ... bitte ich Sie, nein, ... ich untersage Ihnen hiermit, in unserem Namen weitere Untersuchungen anzustellen. Rufen Sie nicht mehr an, und lassen Sie meine Frau in Ruhe."

Dann legt er auf. Waldauf starrt auf sein Mobiltelefon.

„Es tut mir leid", flüstert er. „Das hätten Sie nicht hören sollen."

Christina setzt sich auf den Boden. Ihre Augen sind gerötet, und sie wischt sich mit dem Handrücken über die Nase. Sie blickt zu Waldauf hoch.

„Denken Sie wirklich, dass Tom in Gefahr ist?"

„Ja. Sonst wäre ich nicht hier. Ich weiß, wie schwer das für Sie sein muss ...“

„Sie haben keine Ahnung“, antwortet Christina.

29. SIE WUSSTEN DAVON?

Die Sitzgelegenheiten bestehen aus aneinandergeschraubten Europaletten und einigen daraufgelegten Kissen. Der Tisch, auf dem ihre Getränke stehen, besteht wie das behelfsmäßige Sofa ebenfalls aus Paletten. Christina sitzt ihm gegenüber und hat ihre Finger ineinander verschränkt. Waldauf hat das Gefühl, dass sie immer noch hin- und hergerissen ist. Sie spricht mit ihm, aber vertraut ihm nicht. Sie will fliehen, aber hat keine Kraft dafür. Ihre Angst lähmt sie, wie ein Reh auf der Fahrbahn. Sie ahnt, dass schreckliches Unheil auf sie zurast, aber kann nicht erkennen, aus welcher Richtung. Waldauf fragt sie nicht, warum sie ihren eigenen Tod vorgetäuscht hat, er drängt sie nicht, nach Deutschland zurückzukehren. Alles, was er tut, ist, ihre Fragen zu beantworten und ihr zuzuhören, wenn sie etwas erzählt.

„Ich war über zwanzig Jahre lang eingesperrt. Ich hatte keine eigene Meinung, keine Möglichkeit, auch nur irgendetwas zu tun, ohne vorher um Erlaubnis zu bitten. Ich wusste nicht einmal ... was ich selbst wollte, wozu ich überhaupt am Leben war. Als ich Tom kennenlernte ... er war der erste Mensch in meinem Leben, der mich nicht kontrollieren wollte.

Anfangs habe ich ihn ignoriert und ihm misstraut, so wie ich es immer getan habe ... so wie ich es gelernt hatte. Aber es war, als hätte er für sich ein Spiel daraus gemacht. Wie weit konnte er gehen, bis er die nächste Abfuhr erteilt bekam? Was musste er tun, um irgendeine andere Reaktion von mir zu erhalten? Er begann damit, mich jeden Morgen zu grüßen, was an sich nicht schlimm war, also grüßte ich irgendwann zurück. Er war völlig aus dem Häuschen und hat einen Freudentanz aufgeführt ... vor allen Leuten. Es war ihm egal, was sie dachten. Ich musste lachen. Ich denke, das war unser erster gemeinsamer Moment."

Sie nimmt einen Schluck aus ihrer Tasse.

„Würden Sie mir glauben, wenn ich Ihnen sage, dass mein Vater mir niemals körperliche Gewalt angetan hat?"

Waldauf nickt.

„Ja."

„Aber er ist ein Meister darin, Menschen zu manipulieren. ... Er bekommt immer, was er will. Und sollte man ihm einen Wunsch verwehren, dann ist die Strafe weit schlimmer, als Schläge es jemals sein könnten. Seine Strafe ist Verachtung. Mein Vater schafft es, dass man an sich selbst zweifelt. Immer und immer wieder. Bis man irgendwann nicht mehr weiß, was richtig und was falsch ist. Man weiß nur: Ohne seine Zustimmung ist man nichts."

Christinas Kinn bebt.

„Ich war mein ganzes Leben lang ... nichts. Wenn ich nicht genau so war, wie er mich wollte. Alles, worum ich ständig kämpfte, war seine Anerkennung. Und ich konnte nur glücklich sein, wenn ich sie endlich bekam ..."

„Aber mit Tom änderte sich das."

Christina blickt ihm in die Augen.

„Ja. Tom akzeptierte mich so, wie ich war. Er versuchte nie, mich zu kontrollieren oder zu ändern. Im Gegenteil. Er forderte mich ständig heraus, indem er mich nach meiner Meinung fragte. Er wollte hören, was ich dachte ... wollte sehen, wer ich bin. Er versuchte, mich dazu zu motivieren, dass ich entschied, was wir unternahmen. Er brachte mich damit regelrecht zur Weißglut. Aber egal, was ich tat, wie ich auch entschied, er liebte es. Weil ich es war. ... und irgendwann erkannte ich, dass ich glücklich war. Ich brauchte meinen Vater nicht dazu. Und auch nicht seine Zustimmung."

„Das wird ihm nicht gefallen haben."

„Nein, ganz und gar nicht. Er litt sehr darunter. Und wissen Sie, was das Schlimmste daran ist? ... Er hat angefangen, mir leidzutun. Und ehe ich es merkte, suchte ich wieder seine Zustimmung, nur um zu wissen, dass es in Ordnung war ... dass es okay war, zu sein, wie ich bin. Natürlich bekam ich sie nie."

Sie lacht auf und wischt sich die Tränen aus dem Gesicht.

„Sie müssen mich für komplett bescheuert und naiv halten, nicht wahr?"

„Nein. Niemand kann sich aussuchen, wen er liebt. ... Es war die Liebe zu Ihrem Vater, die Sie dazu gebracht hat, seine Zustimmung zu suchen. Daran ist überhaupt nichts naiv. Naiv wäre es, anzunehmen, Sie hätten eine Wahl gehabt."

„Ich ... habe mich schließlich von Tom getrennt, weil ich es nicht länger ausgehalten habe. Es war kein Befehl oder irgendeine Art von geheimer Anweisung, die mich dazu gebracht hat, ich ... konnte es nur einfach nicht länger ertragen, meinen Vater leiden zu sehen. Ich dachte, wenn ich mich von Tom trenne, könnte alles wieder wie früher sein. Aber es wurde nur noch schlimmer. Er dachte, ich würde versuchen, ihn auszutricksen, und mich weiterhin mit Tom treffen. Ich nehme an, die Ironie daran ist, dass er mich dadurch überhaupt erst auf die Idee brachte. Er hat mich so lange verdächtigt und überwacht, dass es irgendwann keinen Unterschied mehr machte, ob ich mit Tom tatsächlich heimlich Kontakt hielt oder nicht. Also kaufte ich ein paar Prepaidhandys. Es kostete mich enorme Überwindung, wieder auf ihn zuzugehen. Ich hatte Angst, er würde mich abweisen. Er würde mich verachten oder ignorieren. Stattdessen küsste er mich. Ich war in meinem ganzen Leben noch nie so glücklich. Ich wusste, dass ich ihn nie wieder verlieren durfte. Er machte mich erst ... lebendig, verstehen Sie?"

Waldauf nickt. Er überlegt, ob sie für seine Fragen bereit ist, denn ihm läuft die Zeit davon. Am Nebentisch sitzt eine junge Frau und raucht eine Zigarette, während sie telefoniert. Der Geruch nach herbem Tabak steigt ihm in die Nase, und Waldauf beginnt, seine Finger zu kneten. Dann trifft er eine Entscheidung.

„Was ist dann passiert? Ist Ihr Vater dahintergekommen?"

Christina scheint die Veränderung zu bemerken, denn Waldauf hat davor keine einzige Frage gestellt. Davor hat er sie lediglich eingeladen weiterzusprechen. Jetzt fordert er. Sie setzt sich aufrecht hin, bevor sie weiterspricht.

„Nein. Aber er wäre es ... früher oder später. Wissen Sie, wie das ist, nicht eine einzige Sekunde für sich zu haben? Ständig beobachtet zu werden? Es gab einen Tag, es muss vor etwa drei Monaten gewesen sein, an dem ich zu spät von der Uni nach Hause kam. Ich war spät dran und wusste, dass ich mich beeilen musste, um es rechtzeitig zu schaffen. Aber es war, als wären meine Beine am Boden festgewachsen. Ich wollte weitergehen, aber stand einfach nur da, konnte mich nicht mehr bewegen. Ich verstand nicht, warum. Ich wusste, es würde Ärger geben und stundenlange Gespräche. Ich musste wirklich dringend weiter. Ich stand an einer Kreuzung, und die Fußgängerampel war grün. Ein fröhliches, grünes Männchen strahlte mich an. Dann blinkte es und verschwand, und ich begann zu zählen. Ganze hundertsiebenundsechzig Grünphasen stand ich dort an dieser Kreuzung und konnte nicht weitergehen. Leute liefen an mir vorbei, warfen mir Blicke zu, manche von ihnen fragten, ob ich Hilfe bräuchte, andere ignorierten mich einfach. Ich antwortete nicht. Alles, was ich tat, war zählen. Und nach hundertsiebenundsechzig Grünphasen wusste ich, worauf ich gewartet hatte. Es war das Geräusch von Rotorblättern. Ein dunkelblauer Helikopter zog seine Kreise über den Himmel. Dann läutete mein Handy. ‚Hallo, Schatz', sagte er. ‚Hallo, Papa.' ‚Wie geht es dir?' ‚Oh, ganz gut und dir?' ‚Wo bist du gerade?' Ich hob den Blick. Ich wusste, wer dort oben in dem Helikopter saß. ‚Ich stehe gerade an der Kreuzung', sagte ich. Ich konnte hören, wie er grübelte. ‚Und du? Bist du noch im Büro?' Es war, als hätte eine eisige Klaue meinen Nacken umklammert. Ich starrte auf den Hubschrauber, der immer noch seine Kreise zog. Ich konnte nicht mehr wegsehen. Seine Antwort kam prompt, und da erkannte ich, dass er stets wusste, wo ich war, vielleicht ließ er mein Handy orten ... und dass er mich anlog, ohne tatsächlich zu lügen. ‚Ich bin hier noch in einem wichtigen Gespräch, aber danach auch bald auf dem Weg nach Hause. Was hältst du davon, wenn ich uns heute etwas vom Italiener kommen lasse? Hummer und Pasta Verde, hm? Was sagst du dazu?' ‚Klingt wundervoll', sagte ich, und mein Magen knüllte sich zusammen wie eine Faust. Wir aßen zu Abend, und ich tat mein Bestes, mir nichts anmerken zu lassen. Ich musste mich dazu zwingen, das Essen nicht wieder hochzuwürgen, und mein Vater ... ich bin mir sicher, dass er es bemerkte, aber er sagte nichts. Ich wartete darauf, dass er mich zur Rede stellte und mich erneut damit strafte, mich zu ignorieren. Aber er tat nichts dergleichen, im Gegenteil, er verhielt sich so, als wäre alles gut, als wäre alles wie immer. Und dann begriff ich es. Es war wie immer. Mein Vater hat mich mein ganzes Leben lang belogen."

Waldauf reibt sein stoppeliges Kinn.

„Sie beschlossen, dem zu entkommen."

„Ich erkannte, dass ich gar nicht wirklich am Leben war. Es war das Leben einer anderen, das ich führte. Ich war ... wie eine Gefangene in einem Körper, den jemand anders bewegte. In jener Nacht übergab ich mich so lange, bis ich all die Pasta und den Hummer wieder aus meinem Körper hatte ... ich wollte nichts davon in mir haben ... ekelte mich vor mir selbst, dass ich es überhaupt zu mir genommen hatte. Dieses Abendessen war nur eine weitere seiner kleinen Prüfungen, ein Test seines Einflusses. Nahm ich es an, war alles gut. Ich hasste mich dafür. Ich verbrachte Stunden in diesem Badezimmer, denn ich hatte an jenem Abend auch erkannt, dass ich, egal, was ich tun würde, immer zu schwach dafür wäre, ihm die Stirn zu bieten. Wenn ich ihn sah, würde ich immer tun, was er von mir wollte. ... Tom ist die Liebe meines Lebens, aber ich war bereit gewesen, sie für meinen Vater zu opfern. Ich wusste, egal, wohin ich ging, er würde mich finden und ich würde zu ihm zurückkehren. Ich würde die Ausbildung absolvieren, die er von mir verlangte, ich würde in seinen Unternehmen arbeiten und sie nach seinem Austritt weiterführen, so wie er es wollte. Ich würde einen Mann heiraten, den er guthieß, Kinder haben, wann er es für angebracht hielt ... mich scheiden lassen, falls nötig ... Unternehmen kaufen, bei Veranstaltungen auftreten, arbeiten, meine Freizeit gestalten, die Kinder zur Schule schicken, das Erbe weitergeben, sterben. Es war alles vorgezeichnet. Ich würde ein Leben führen, das niemals mein eigenes wäre, und es würde erst enden, wenn ich tot war. Und ich erkannte die Lösung ... Ich musste sterben. Erst dann würde sein Einfluss enden."

Christina hebt den Blick.

„Halten Sie mich jetzt für verrückt?"

„Nein. Wie ich schon sagte, ich kenne Verzweiflung."

„Ja", antwortet sie. Sie schweigen einen Moment, und es scheint, als wäre ihre Standortbestimmung abgeschlossen.

„Wie hat Tom darauf reagiert?"

„Anfangs war er skeptisch, und ich hatte das Gefühl, er wollte mich dazu bewegen, mit meinem Vater zu reden. Dann erzählte ich ihm von dem Hubschrauber, von der Handyortung, vom Hummer und den Tausenden kleinen Prüfungen jeden Tag. Er hat lange Zeit geschwiegen. Als er es akzeptiert zu haben schien, fragte er: ‚Und? Wie willst du es anstellen?‘ Ich hatte keine Ahnung. ‚Wir könnten ertrinken‘, schlug ich vor. Es war das Erste, was mir einfiel, und die einzige Option, die am Ende übrig blieb. Das Einzige, womit ich mich bis zuletzt nicht anfreunden konnte, war, Tom zurückzulassen, aber er sagte: ‚Wir können nicht gemeinsam gehen. Ich warte, bis du an Land bist, dann komme ich nach. Aber wir werden getrennt reisen. Wenn es gelingen soll, haben wir nur diesen einen Versuch.‘ ‚Was, wenn etwas schiefläuft ... wenn wir uns nie wiedersehen?‘, fragte ich. ‚Wir werden uns wiedersehen. Ich verspreche es‘, antwortete er. Ich versprach ihm, auf ihn zu warten, egal, wie lange es dauern würde, obwohl ich insgeheim immer noch die Hoffnung hatte, er würde mit mir kommen. Aber das tat er nicht. Ich schnitt mir in den Daumen, verteilte einige Tropfen Blut auf dem Boot. Er küsste mich zum Abschied und drängte mich regelrecht ins Wasser. Ich war wie gelähmt ... und dann sprang ich. Ich hielt mich an den Plan, reiste nach Norwegen, wartete. Ist es falsch, frei sein und selbst über sein Leben bestimmen zu wollen?“

„Nein.“

„Warum fühlt es sich dann so an? Es ist, als würde ich mir selbst das Herz brechen, an jedem einzelnen Tag.“

Waldauf muss an Sarah denken.

„Sie sagten, Tom wollte nachkommen. Aber er hat einen Notruf abgesetzt, den Einsatzkräften erzählt, Sie wären ins Wasser gefallen, war das Teil des Plans?“

Christina scheint zu akzeptieren, dass Waldauf sie befragt.

„Nein. Es muss etwas dazwischengekommen sein. Wir hatten vereinbart, dass er erst schwimmen würde, wenn ich an Land war. Ich durfte nicht auf ihn warten. Vielleicht ... waren zu viele Boote draußen. Vielleicht haben sie ihn entdeckt, bevor er es an Land geschafft hat ... ich weiß es nicht."

Waldauf erinnert sich an seinen Besuch auf Norderney ... den Strand, die Familien. Er sieht Tom auf dem Boot, der wartet, bis Christina außer Sichtweite ist. Dann springt er. Aber etwas Unerwartetes geschieht. Vielleicht ein Kitesurfer, der weit draußen vor der Küste seine Bahnen zieht. Er entdeckt Tom. Dieser vergewissert sich ein letztes Mal, dass Christina auf dem Weg ist, nimmt den kleinen Schlüssel, den er bei sich trägt, möglicherweise zu einem Schließfach, in dem sein Gepäck und seine eigenen Papiere auf ihn warten, lässt ihn ins Meer gleiten. Er sieht dem glänzenden Stück Metall dabei zu, wie es versinkt ... dann ruft er um Hilfe. Er schwimmt zurück zum Boot und alarmiert die Rettungskräfte.

„Woher kannten Sie Chiko? Hat er Ihnen die Papiere besorgt?"

„Chiko? Larissa hat ihn uns vorgestellt. Sie ... nun ja, sie kauft ab und zu ihr Gras bei ihm. Er hat ihr anscheinend erzählt, er könne so gut wie alles besorgen. Ich denke, er wollte sie beeindrucken. Weil sie ... na ja, attraktiv ist."

„Hatten Sie die Papiere von ihm?"

„Ja. Tom hat sich um alles gekümmert. Er hat ihm die Fotos gebracht, das Geld. Ich fühle mich jeden Tag schlecht, wenn ich daran denke. Dieser Name, dieses Papier ... es ist eine einzige große Lüge."

„Es ist nicht Ihre Schuld."

„Denken Sie, Tom wird ins Gefängnis kommen?"

„Ich weiß es nicht. Das Verfahren gegen ihn läuft wegen Mordes."

Christina hält sich die Hand vor den Mund, während Waldauf sie mustert.

„Sie wussten es nicht?"

Sie schüttelt sich, während sie gegen die Tränen ankämpft.

„Wir hatten ... vereinbart, dass ich keine Zeitung lesen würde, keine Nachrichten, kein Internet ... nichts. Damit ich nicht wieder schwach werde. All das ... ist nur geschehen, weil ich schwach bin."

„Sind Sie Chiko jemals selbst begegnet, oder haben Sie mit ihm gesprochen?"

„Nein. Es war Toms Idee, dass er all das übernehmen sollte, damit Chiko sich später nicht an mich erinnern kann. Oder damit zumindest die Wahrscheinlichkeit nicht so groß ist. Wir haben sogar das Foto mit einer schwarzen Perücke geschossen."

Waldauf will sie fragen, ob sie von einer Verbindung Chikos zu Carcharodon Logistics und damit letzten Endes zu ihrem Vater weiß. Aber was ihn eigentlich interessiert, ist Toto. Hat Riemann Zugang zu Totos Netzwerk? Falls dem so ist, reicht sein Einfluss vielleicht bis in die Gefängnisse hinein und Tom wird nirgends mehr sicher sein.

„Wissen Sie, mit wem Chiko zusammenarbeitet? Wie kam er an die Ausweise?"

„Das weiß ich nicht. Ich bin ihm nie begegnet."

Ihr Blick wird hart.

„Sie sagten, Tom sei in Gefahr? Wieso denken Sie das?"

„Ihr Vater hat mir gegenüber angedeutet, Tom Leid zufügen zu wollen, falls das Gerichtsurteil zu milde ausfällt. Er will ihn seiner gerechten Strafe zuführen ... und er wollte mich dazu bringen, meine Ermittlungen einzustellen. Hat versucht, mich zu kaufen. Gleichzeitig gab er mir zu verstehen, dass er über mich und mein Privatleben Bescheid weiß. Er hat meine Freundin bedroht, ohne es direkt auszusprechen."

Während Waldauf noch über die Formulierung „meine Freundin" nachdenkt, muss Christina lachen, und es gleicht einem Aufschrei.

„Ja, das klingt ganz nach ihm. ... Was sollen wir jetzt tun?"

Sie sagt „wir". Waldauf deutet das als gutes Zeichen, aber seine Hände schwitzen. Er ist nach Norwegen gefahren, um Christina zu finden und ihr eine einzige Frage zu stellen. Jetzt scheint der Moment gekommen, und Waldauf zögert. Ist sie bereit dafür? Er kann sie nicht lesen, unmöglich abschätzen, wie sie reagieren wird. Christina bemerkt seine Anspannung und hebt den Blick.

„Sie wollen, dass ich zurückkomme."

„Es ist der einzige Weg. Ich zerbreche mir seit Tagen den Kopf darüber. Und ich kann es unmöglich von Ihnen verlangen, aber ... ich denke, wenn Sie Ihren Frieden finden wollen und Ihre Freiheit, dann müssen Sie Ihrem Vater ein letztes Mal gegenübertreten. Ich kenne ihn nicht so gut wie Sie, aber Ihr Vater wird diese Niederlage, diesen Verlust nicht kampflos hinnehmen. Er wird versuchen, Tom Schaden zuzufügen ... mit allen Mitteln, die ihm zur Verfügung stehen."

Christina lässt den Kopf hängen.

„Ja, das wird er. Er hasst es, zu verlieren. Aber falls Tom freigesprochen wird, könnte er untertauchen, genau wie ich. Er flieht mit einem falschen Pass nach Oslo, und wir werden endlich zusammen sein. Es war keine unterlassene Hilfeleistung, er hat den Notruf verständigt. Vielleicht ... kommt er ja frei?"

„Das stimmt. Er hat nach Ihnen gesucht. Aber sollte Tom freigesprochen werden, wird das für ihn lebensgefährlich. Und sollte er zu einer Haftstrafe verurteilt werden ... nun, ich kann es nicht beweisen – noch nicht –, aber ich gehe davon aus, dass Ihr Vater Verbindungen zu einem kriminellen Netzwerk hat oder mit wenig Aufwand welche herstellen könnte. Es gibt eine internationale Gruppe rund um einen Mann, der sich Toto nennt. Es sieht danach aus, als würde ein Unternehmen Ihres Vaters gelegentlich Logistikdienstleistungen für sie erbringen."

„Ein kriminelles Netzwerk? Sie müssen sich irren ... es könnte ein Zufall sein."

„Ja, das könnte es. Vermutlich ist es das. Dennoch, sollte Tom wegen Mordes ins Gefängnis kommen, wären Sie für eine sehr lange Zeit nicht zusammen."

Waldauf muss nicht weiter sprechen.

„Ich kann nicht zurück", haucht Christina. „Ich kann nicht."

„Aus seiner Sicht hat Ihr Vater alles verloren, was ihm jemals wichtig war. Alles, was er je geliebt hat. Er hat Sie geschützt, mit allen Mitteln. All die Kontrolle, die Vorgaben und Regeln dienten nur einem einzigen Zweck ... dass Sie das perfekte Leben führen konnten. ... und nun sind Sie tot."

Ihr Gesicht wirkt aufgequollen von all den Tränen.

„Es gibt nur einen Weg, Ihren Vater davon zu überzeugen, dass Sie noch am Leben sind. Er muss Sie sehen."

„Dann war alles umsonst. Er wird mir nie verzeihen. Er wird ... mich nie wieder gehen lassen."

Christinas Worte gehen in neuerlichen Schluchzern unter.

„Dazu wird es nicht kommen. Sie sind eine erwachsene Frau. Ihr Vater kann nichts tun, was Sie nicht wollen. Sie können auf Unterlassung klagen, ein Kontaktverbot erwirken. Sie können sich Ihre Freiheit erkämpfen, Christina. Mit Tom. Gemeinsam."

„Gegen ihn und all seine Anwälte? Ich ... schaffe das nicht."

„Doch, tun Sie. Sie haben Unterstützung. Tom ist für Sie da, und ... ich weiß, dass Sie mich nicht kennen, aber ich kann Ihnen ebenfalls helfen, wenn Sie das wollen. Sie sind nicht allein."

Waldauf holt noch einmal tief Luft.

„Aber die Zeit drängt. Noch weiß niemand, dass ich Sie gefunden habe, und wenn Sie das wollen, bleibt das auch so, Sie haben mein Wort. Sie müssen sich nur über eine Sache im Klaren sein, Christina: Lieben Sie Tom?"

„Mehr als alles auf der Welt."

„Dann kommen Sie mit mir nach Deutschland, sonst wird er seinen Gerichtsbeschluss vielleicht nicht überleben. Wenn Tom leben soll ... müssen Sie zurückkommen. Sie sind die Einzige, die ihn retten kann. Ich verspreche Ihnen, ich werde nicht von Ihrer Seite weichen." Und dann sagt er dieselben Worte, die er bereits einmal zu einer jungen Frau gesagt hat. Worte, die er sich geschworen hat, nie wieder zu sagen. Aber er weiß, dass sie sie hören muss. „Ich werde nicht zulassen, dass Ihnen etwas geschieht."

Christina nickt zwischen all ihren Tränen, und dann umarmt sie ihn. Waldauf fühlt die Nässe ihrer Wangen durch sein T-Shirt sickern wie Blut. Er legt einen Arm um sie.

„Die Zeit drängt. Wir müssen los, sobald Sie bereit sind."

„Versprechen Sie, dass Tom nichts geschieht?"

Waldaufs Miene versteinert, und sein Mund lügt.

„Ja."

Der Mietwagen ist das am stärksten motorisierte Modell, das er finden konnte. Es ist ein Elektrofahrzeug nach neuestem Stand der Technik und beschleunigt wie nichts, was Waldauf je gefahren ist. In 2,1 Sekunden ist das geräuschlose Geschoss von null auf hundert und presst Waldauf in seinen Sitz, sodass er Mühe hat, sich am Steuer festzuhalten. Nach einigen Kilometern hat er sich an die Reaktionen des Fahrzeugs gewöhnt, und sie kommen in ruhigeres Fahrwasser, während sie über die Autobahn gleiten.

„Warum sind Sie nicht geflogen?", fragt Christina neben ihm. Waldauf verzieht das Gesicht, weil er sich vorstellen kann, wie das für sie klingen muss.

„Ich mag es nicht, einer Situation vollständig ausgeliefert zu sein. In so einer fliegenden Sardinenbüchse ..."

„Sie haben Angst, die Kontrolle abzugeben."

„Wenn mein Leben davon abhängt."

„Sie sind meinem Vater ähnlich."

„Wir sind uns alle ähnlich. Aber ich würde niemanden töten."

Er hasst es, zu lügen.

„Solange ich nicht in Gefahr bin. ... Sie wissen, ich war bei der Polizei."

Ob diese Erklärung sie zufriedenstellt oder nicht, weiß Waldauf nicht. Christina blickt aus dem Fenster, während sich Waldaufs Hände um das Lenkrad klammern. Natürlich würde er töten, und nicht nur das. Er weiß, dass er zu weitaus Schlimmerem fähig wäre, denn Sarahs Mörder ist immer noch auf freiem Fuß. Und dessen Auftraggeber ebenso. Sie scheint seine Anspannung zu spüren.

„Wie war das so, als Polizist? Wieso haben Sie aufgehört?"

„Ich wurde angeschossen ... und eignete mich nicht für den Dienst hinter dem Schreibtisch. Also habe ich aufgehört."

„Kein Schreibtisch, keine Flugzeuge. Sie sind ganz schön eigensinnig, wie?"

„So könnte man es auch sagen."

„Wie hätten Sie es ausgedrückt?"

„Stur."

Er sieht sie an, und für einen kurzen Augenblick zucken Christinas Mundwinkel.

„Dachte ich mir schon."

Für die Rückfahrt nehmen sie die Fähre von Larvik nach Dänemark. Die kleine Industriestadt liegt an einer Flussmündung etwas näher an Oslo als Langesund. So scheint das in ganz Norwegen zu sein. Die Flüsse haben im Laufe der Jahrtausende Schluchten und Fjorde in die felsige Landschaft gegraben, und dort, wo das Wasser ins Meer mündet, begannen die Menschen Siedlungen zu errichten. Kleine rote Holzhäuser mit weißen Fensterrahmen und Giebeln, die die Landschaft besprenkeln, als wären sie Zuckerstreusel. Auf dem Weg zum Fährhafen passieren Waldauf und Christina eine Brücke, anschließend folgt die Straße dem Lauf des Flusses, der hinter einer Baumreihe unaufhörlich dem Meer entgegenströmt. Waldauf versucht, sein Umfeld auszublenden, und nimmt sich vor, irgendwann zurückzukehren. Wenn alles vorbei ist, wenn er Zeit hat, möglicherweise mit Anke, möglicherweise glücklich. Möglicherweise nie.

Doch jetzt gerade drängen seine Gedanken und Ängste ihn vorwärts, sein Herz drischt unaufhörlich in seiner Brust. Waldauf drückt das Gaspedal durch, während er den Elektroboliden durch den Verkehr manövriert und weiter dem Fährhafen entgegenbrettert. Eines nach dem anderen, ermahnt er sich. Zuerst müssen sie das Schiff erreichen, dann muss er mit Schäfer sprechen. Er muss wissen, wann Toms Verhandlung weitergeht und für wann die Urteilsverkündung angesetzt ist. Vielleicht kann er einen Aufschub erwirken. Schäfer muss diese Verhandlung irgendwie stoppen. Das ganze Verfahren ist hinfällig. Christina lebt.

Die Fähre liegt bereits im Hafen, als sie die Docks erreichen. Waldauf steuert den Wagen über die Laderampe in den Bauch des Metallkolosses und fühlt, wie, ausgehend von seinem Magen, Kälte seinen gesamten Körper durchströmt. Er muss an Christinas Worte denken. Angst, die Kontrolle abzugeben. Diese Beschreibung trifft es ganz gut, aber es ist weit mehr als das. Es ist die Angst, falsche Entscheidungen zu treffen, Entscheidungen, durch die andere zu Schaden kommen. Und das tun sie Waldaufs Erfahrung nach immer. Die einzige Frage ist, welche sind die falschen Entscheidungen.

Sie nehmen die Treppen nach oben und suchen sich einen Platz in einem der Restaurants. Es ist kurz nach zehn Uhr.

„Lassen Sie uns etwas essen", schlägt Waldauf vor.

„Wollen Sie sich ausruhen?"

„Nein, keine Zeit. Ich muss versuchen, Kriminalhauptkommissar Schäfer zu erreichen. Er ist derjenige, der mit Ihrem Fall betraut ist."

Er bemerkt, dass Christina bei dem offiziellen Titel erschrickt.

„Keine Sorge. Er soll sich nur darum kümmern, dass das Verfahren gegen Tom eingestellt wird."

Waldauf bestellt eine Tasse Kaffee, ohne die Schachtel Zigaretten, die er so dringend herbeisehnt, und ein Sandwich. Er hasst dieses Verlangen, das ihn übermannt und seine Gedanken dominiert. Der billigere Ausweg ist, ihm von Zeit zu Zeit nachzugeben. Waldauf hasst es, schwach zu sein.

„Aber noch viel wichtiger ist es, Ihren Vater zu erreichen. Er muss erfahren, dass Sie am Leben sind, damit er von seinen Racheplänen ablässt." Waldaufs Blick wird hart. „Sie müssen mit ihm sprechen, können Sie das?"

Christina nimmt einen Schluck aus ihrer eigenen Tasse. Waldauf weiß, dass sie damit Zeit gewinnen will, wenn auch nur wenige Sekunden. Es kostet sie viel Kraft.

„Denken Sie dabei nicht an Ihren Vater“, schlägt Waldauf vor. „Denken Sie an Tom. Sie müssen ihn schützen. Ihr Vater muss nur erfahren, dass es Ihnen gut geht.“

Christina presst die Lippen aufeinander und nickt.

„Ich werde mit ihm sprechen.“

Sie knetet ihre Finger.

„Aber ich habe Angst.“

„Sagen Sie ihm nur, dass es Ihnen gut geht, mehr müssen Sie nicht ... Sie sind stärker, als Sie glauben, Christina.“

„Sie müssen mir etwas versprechen“, sagt sie. „Versprechen Sie, dass Sie mir helfen. Wenn ich einknicke, vor ihm ... nehmen Sie das Telefon.“

„Einverstanden.“

Christina weiß seine Mobilnummer nicht auswendig, deswegen wählt Waldauf die Nummer von der Visitenkarte, die er erhalten hat. Nach dem ersten Läuten meldet sich eine freundliche Stimme, eine Frau, vermutlich in ihren späten Zwanzigern. Er lässt die Begrüßung über sich ergehen, obwohl ihm die drängende Zeit wie ein Gewicht im Nacken sitzt.

„Willkommen bei der Argo Group, mein Name ist Valentina Helkon, wie kann ich Ihnen behilflich sein?“

Waldauf blickt zu Christina und bewegt seine Lippen.

„Kennen Sie sie?“

Christina schüttelt den Kopf.

„Ich heiße Lukas Waldauf. Ich habe diese Nummer von Henning Riemann erhalten.“

„Guten Tag, Herr Waldauf, schön, dass Sie anrufen. Was kann ich für Sie tun?“

„Ich muss mit Herrn Riemann sprechen. Können Sie ihn an den Apparat holen, bitte?“

„Es tut mir leid, Herr Riemann ist heute nicht im Office. Kann ich ihm etwas ausrichten?“

„Wissen Sie, wann er zurück sein wird?“

„Leider nein. Er ist auf einem externen Termin, wie es aussieht.“

„Haben Sie eine Mobilnummer für mich? Es ist sehr wichtig, dass ich ihn persönlich spreche.“

„Es tut mir sehr leid, aber dazu bin ich nicht befugt. Herr Riemann ist ein viel beschäftigter Mann. Sie können sich ja vorstellen, wie ...“

Waldauf unterbricht sie, ohne es zu beabsichtigen, aber er hat keine Zeit für Höflichkeit.

„Können Sie ihm etwas ausrichten?“

Nach einer kurzen Pause fängt sich die Frau.

„Sehr gerne.“

Waldauf schiebt das Telefon in die Mitte des Tisches und nickt Christina zu.

„Bitte sorgen Sie dafür, dass er umgehend erfährt, dass seine Tochter am Leben ist. Ich habe sie gefunden.“

Waldauf wartet, während Christina zögert. Sie beißt sich auf die Lippe, öffnet den Mund, schließt ihn wieder. Waldauf fühlt die Zeit weiter davonrinnen. Er legt seine Hand offen auf den Tisch, und Christina ergreift sie.

„Hier spricht Christina Riemann“, sagt sie, und es klingt wie ein Befreiungsschlag. Dann lauschen sie beide der Stille am anderen Ende der Leitung.

„Ich bin unverletzt und auf dem Weg zurück nach Deutschland.“

„Frau Riemann, das ... ist eine große Freude. Sie müssen verstehen, dass wir jede Menge Anrufe erhalten. Falschmeldungen. Personen, die einen Finderlohn wollen, Personen, die sich als Entführer ausgeben. Ich möchte Sie um Ihr Verständnis bitten. Wir werden die Angelegenheit umgehend prüfen. Ich notiere mir Ihre Nummer ... und werde mich nach interner Rücksprache sofort bei Ihnen melden."

„Dafür ist keine Zeit", ruft Waldauf. „Wird dieser Anruf aufgezeichnet?"

„Das müsste ich erst feststellen, nicht alle unsere Telefonate ..."

„Dann tun Sie es. Zeichnen Sie das Gespräch auf, und spielen Sie es Herrn Riemann vor! Die Zeit drängt – es ist von äußerster Wichtigkeit, dass Herr Riemann jetzt erfährt, dass seine Tochter lebt, haben Sie mich verstanden?"

„Ja, natürlich." In die Professionalität der jungen Frau mischt sich eine winzige Prise Unsicherheit. „Gut ... ich werde das Gespräch nun aufzeichnen. Bitte sprechen Sie."

„Mein Name ist Christina Riemann", wiederholt Christina. „Ich bin unverletzt und auf dem Weg zurück nach Deutschland."

Nach einer weiteren Pause sagt die Frau, die sich als Valentina vorgestellt hat: „Okay, ich habe die Aufnahme. Ich ... habe mir auch Ihre Nummer notiert. Werden Sie unter dieser erreichbar sein?"

„Ja."

„Verstanden. Wir werden uns umgehend bei Ihnen melden, sobald wir Herrn Riemann mit dieser Information erreicht haben. Bitte halten Sie Ihr Mobiltelefon in der Nähe."

„Ja, das mache ich." Waldauf bemüht sich um einen ruhigen Ton und scheitert. „Aber jetzt sehen Sie zu, dass Sie ihn erreichen ... bitte. Auf Wiederhören."

„Ja. Auf Wiederhören. Bis später."

Waldauf beendet das Telefonat.

Christina kippt den restlichen Inhalt ihrer Tasse hinunter und sagt mit weit aufgerissenen Augen: „Ich glaube, jetzt könnte ich etwas Stärkeres vertragen."

„Ja, ich auch", gesteht Waldauf.

Sie bestellen ein Bier und einen Schnaps für Christina und einen doppelten Espresso für Waldauf. Später, sie blicken wortlos auf die Wellen des Ozeans hinaus und auf die Küstenlinie, die hinter ihnen in der Ferne verschwindet, rätselt Waldauf, wann sie wohl den Punkt passiert hatten, an dem sie zu weit entfernt waren, um zurück an Land zu schwimmen, falls das Schiff sinken würde.

„Ich muss versuchen, Schäfer zu erreichen", sagt er.

Waldauf wählt Schäfers Nummer und landet bei der Mobilbox. Er legt auf, ohne eine Sprachnachricht zu hinterlassen, und wählt erneut. Wieder ohne Erfolg. Und erneut füllt sich sein Magen mit Eis. Es ist, als fühle er ein Unwetter aufziehen, als würde sich das Licht der Sonne eine Nuance verdunkeln, beim Anblick der herannahenden Wolkenbänke.

„Ich erreiche ihn nicht."

Waldauf wählt die Nummer des Polizeireviers, dabei fällt ihm ein, dass er den Namen des Beamten nicht kennt, den er sprechen will. Eine Männerstimme meldet sich, und Waldauf fällt mit der Tür ins Haus.

„Mein Name ist Lukas Waldauf, ich bin auf der Suche nach Kriminalhauptkommissar Frank Schäfer."

„In welcher Angelegenheit wollen Sie ihn sprechen?"

„Es geht um den Fall Riemann."

Waldauf meint den Mann seufzen zu hören.

„Bitte nennen Sie Ihren Namen und alle Details, die Sie zum betreffenden Fall mit Kriminalhauptkommissar Schäfer besprechen wollen."

„Christina Riemann lebt. Sie sitzt hier neben mir."

„Das ist fantastisch. Wissen Sie, wie viele Anrufe wir zu diesem Fall täglich erhalten? Bitte nennen Sie mir nochmals Ihren Namen und Ihre Telefonnummer ..."

„Sie verstehen nicht ..."

„Nein, Sie verstehen nicht. Täglich melden sich unzählige Personen mit falschen Hinweisen ..."

„Holen Sie mir Ihren Kollegen ans Telefon, den vom Empfang. Sie wissen schon ... den Komiker."

„Komiker? Wird das jetzt auch noch Beamtenbeleidigung?"

„Nein. Er kennt mich, bitte ..."

„Alles klar. Bitte nennen Sie mir nochmals Ihren Namen und Ihre Telefonnummer, unter der Sie erreichbar sind."

Waldaufs Knöchel knacken und werden weiß, während er sein Handy umklammert. Er atmet tief durch und lockert seinen Griff, aus Angst, er könnte auch dieses Gerät zerstören.

„Mein Name ist Lukas Waldauf, meine Telefonnummer sehen Sie auf Ihrem Display. Aber hören Sie mir bitte zu."

Er legt das Telefon auf den Tisch, schaltet die Lautsprecherfunktion ein, und Christina ergreift das Wort.

„Ich heiße Christina Riemann. Ich bin wohlauf und auf dem Weg zurück nach Deutschland."

„Wissen Sie, was? Ich bin heilfroh, dass heute der letzte Tag dieses verdammten Gerichtsverfahrens ist. Ich halte diesen ..."

„Das ist kein Scherz, verdammt! Holen Sie Ihren Kollegen ans Telefon, er wird sich an mich erinnern. Er ist etwas fülliger, dunkler Bart ..."

„Vielen Dank für Ihren Hinweis. Wir melden uns."

Das Gespräch endet mit dem Signal einer getrennten Verbindung.

„Ich fasse es nicht!", brüllt Waldauf. „Dieses Arschloch!"

„Was machen wir jetzt?", fragt Christina mit einem Gesichtsausdruck, der verrät, dass sie am liebsten noch einen Schnaps trinken würde. Ihr Gesicht ist blass und wächsern. Waldauf springt auf und beginnt im Restaurant auf und ab zu marschieren.

„Ich muss nachdenken."

Christina legt ihre Hände auf die Tischplatte, als ob sie sich daran abstützen müsste.

„Haben wir ... ist schon Montag?"

„Ja."

„Verdammt! Das muss der letzte Verhandlungstag sein! Das heißt, dass alle Personen, die mir einfallen, vermutlich beim Gerichtsverfahren sind. Und nachdem wir niemanden erreichen, bedeutet das, dass sie ihre Handys im Verhandlungssaal ausgeschaltet haben müssen. Wir brauchen eine Liste ... eine Liste aller Personen, die uns einfallen. Wir werden jeder Einzelnen davon auf die Mobilbox sprechen und eine Textnachricht senden. Fällt Ihnen irgendjemand ein, der uns helfen kann und sich möglicherweise nicht im Gerichtssaal befindet?“

Christina starrt ihn an und schüttelt den Kopf.

„Heißt das, wir kommen zu spät? Was, wenn das Gerichtsverfahren endet, bevor wir dort sind?“

Waldauf fasst sie an den Schultern.

„Wir kommen nicht zu spät. Hören Sie mir zu, wir brauchen jemanden, der nicht im Gerichtssaal ist, jemand, der erreichbar ist und für uns zum Gericht gehen und das Verfahren unterbrechen kann. Ihr Vater muss nur erfahren, dass Sie am Leben sind, damit er von seinen Racheplänen ablässt. Wen können wir anrufen?“

„Ich weiß es nicht.“

Waldauf kramt in seinem Rucksack und holt einen Stift und ein Blatt Papier heraus.

„Dann schreiben wir jetzt alle Personen auf, die wahrscheinlich dort sind.“

In kürzester Zeit haben sie ein Dutzend Namen aufgeschrieben.

„Und jetzt schauen Sie auf die Liste. Wer steht nicht auf der Liste? Denken Sie nach, Christina. Wer kann uns helfen?“

„Larissa, möglicherweise ... aber sie ist in Hamburg.“

„Larissa Herold?“

Waldauf muss an ihr letztes Gespräch denken. „Rufen Sie mich nie wieder an!“, hat sie gebrüllt, ehe sie aufgelegt hat.

„Okay, versuchen wir es.“

„Sie kennen sie?“

„Wir haben einige Male gesprochen."

Er reicht Christina das Telefon.

„Sie führen besser das Gespräch. Die Nummer ist eingespeichert."

Während Christina das Gerät an ihr Ohr hält, läuft Waldauf wieder auf und ab. Er sitzt hier fest, auf einer schwimmenden Blechbüchse, die nicht vorwärtskommt. Mittlerweile bereut er, nicht mit Christina geflogen zu sein. Er hat geahnt, dass es knapp werden würde, aber so knapp ...

Waldauf versucht, alle Szenarien durchzudenken. Wie viel Zeit wird Riemann verstreichen lassen, ehe er seine Rache nimmt? Falls Tom verurteilt wird ... falls er freigesprochen wird? Wird er warten oder auf einen raschen Abschluss drängen? Waldauf weiß nichts von alldem mit Sicherheit, es ist seine Intuition, mehr als alles andere, die ihm sagt, dass Riemann die erste Gelegenheit nutzen wird, die sich ihm bietet, um Tom ein für alle Mal zu beseitigen.

Er schüttelt den Kopf, während er in sich hineinflucht. Falls Larissa von Hamburg nach Wilhelmshaven fahren würde, sollte sie gut drei bis vier Stunden vor ihnen dort ankommen. Aber was soll sie den Beamten erzählen? Sie muss in den Gerichtssaal, sie muss die Verhandlung unterbrechen, egal, was dazu nötig ist. Riemann muss erfahren, dass seine Tochter lebt. Christina geht auf ihn zu und schüttelt den Kopf.

„Sie will es nicht tun."

„Geben Sie mir das Telefon. Larissa? Hallo, Larissa, hören Sie mich? Es ist sehr wichtig, dass Sie mir jetzt zuhören."

Waldauf schaltet den Lautsprecher ein.

„Ich will mit diesem ganzen Scheiß nichts mehr zu tun haben! Ihr seid doch alle krank!“, blafft sie.

„Hören Sie, ich würde Sie bestimmt nicht damit behelligen, wenn ich eine andere Lösung wüsste, okay?“

„Das glaube ich Ihnen aufs Wort. Was wollen Sie überhaupt von mir?“

„Sie müssen nach Wilhelmshaven fahren.“

Larissa lacht.

„Sind Sie total bescheuert?“

„Hören Sie mir zu. Toms Leben hängt möglicherweise davon ab.“

„Toms Leben? Was soll das nun wieder bedeuten? Zuerst ist Christina tot, weil Tom sie ermordet hat. Dann ist Christina am Leben, und Tom steht dennoch wegen Mordes vor Gericht. Nun soll ich nach Wilhelmshaven fahren, weil Toms Leben in Gefahr ist? Sind Sie völlig wahnsinnig? Ist das ein makabrer Scherz oder irgendeine Art von Rachekomplott, weil ich mit Tom geschlafen habe? Es tut mir leid, okay? Das habe ich Ihnen doch bereits ...“

„Du hast was?“ Christinas Stimme ist kaum mehr als ein Windhauch.

„Larissa ...“ Waldauf sieht den Schmerz und die Enttäuschung in Christinas Gesicht. Neue Tränen laufen ihre Wangen hinab, während sie dasteht und kein Wort herausbringt. „Larissa, Sie waren auf Lautsprecher gestellt.“

„Was? Wollen Sie mich ...? Was ist das hier für eine kranke Scheiße?“

„Es tut mir leid.“

„Ficken Sie sich, Sie Arschloch!“

Larissa legt auf.

„Es tut mir leid“, sagt Waldauf, und Christina starrt ihn an.

„Sie wussten davon? Wie ... konnten Sie davon wissen, wenn nicht einmal ich ...?“

„Larissa hat es mir erzählt. Sie hatte Schuldgefühle. Sie dachte, sie würde Sie nie wiedersehen ...“

Waldauf fühlt das Brennen der Ohrfeige, bevor er sie kommen sieht. Der Schlag erzeugt einen Knall und ein Dröhnen in seinem Schädel, während ihm kurzzeitig schwarz vor Augen wird. Es dauert einige Sekunden, bis er sich wieder gefangen hat. In der Zwischenzeit ist Christina aus dem Restaurant gelaufen. Einige der anderen Passagiere werfen ihm Blicke zu, während Waldauf immer noch zwischen den Tischen steht. Sein erster Impuls ist, ihr hinterherzustürmen, aber das würde nichts ändern. Waldauf nimmt seinen Rucksack und die Sachen vom Tisch, und auf dem Weg aus dem Restaurant fällt ihm das Leuchtschild des Kiosks ins Auge. Waldauf flucht.

30. NICHTS FÜR UNGUT

„Wissen Sie, wie das ist, wenn man sein ganzes Leben lang allein ist?"

Christina steht an der Reling und blickt auf das gurgelnde Wasser unter dem Heck des Schiffs. Ja, Waldauf weiß, wie das ist. Er kennt das Gefühl nur zu gut.

„Wenn man dann jemanden kennenlernt, Sie wissen schon, jemanden, den man liebt, dem man sich anvertrauen kann, dann ist es wie eine Erlösung ... so als würde man zum ersten Mal wirklich atmen, zum ersten Mal leben."

Waldauf steht etwa zwei Meter von ihr entfernt. Die Zigarette zwischen seinen Fingern glimmt vor sich hin.

„Und plötzlich weiß man: Das ist es, worauf man all die Jahre gewartet hat. Plötzlich ergibt alles Sinn! Und dann ..."

Christinas Worte kommen in Schüben. Sie versucht sie herauszupressen, bevor der nächste Schluchzer ihr die Luft nimmt.

„... ist er plötzlich weg! Einfach so. Und niemand sonst hat Schuld daran. Ich selbst war es ... Wissen Sie, wie sich das anfühlt? Ich bin selbst schuld daran, dass ich allein bin ... ich habe ihm das Herz gebrochen. Ich habe mir selbst das Herz gebrochen."

Waldauf kommt einen Schritt näher, während sie immer noch aufs Wasser hinausblickt.

„Aber er hat mir verziehen. Er ist zu mir zurückgekehrt und ... hat alles für mich geopfert. Damit ich frei sein kann. Und ... dann hat er mit Larissa geschlafen?"

Waldauf sagt noch immer kein Wort.

„Wie ist das geschehen? War es, während wir zusammen waren?"

Sie wendet ihm das Gesicht zu.

„Es war nach Ihrer Trennung. Sie waren anscheinend beide sehr betrunken. Ich denke nicht, dass ..."

Christina schlägt die Hände vors Gesicht.

„Dann ist auch das meine Schuld."

„Seien Sie nicht so hart zu sich selbst."

„Hätte ich mich nicht von ihm getrennt, wäre es nie dazu gekommen."

„Vielleicht. Vielleicht auch nicht. Es gibt kein ‚Was wäre, wenn?'. Es gibt nur, was ist."

Vielleicht hätte Waldauf die Termine beim Polizeipsychologischen Dienst doch aktiver wahrnehmen sollen. Zum ersten Mal fragt er sich, ob ihm diese Gespräche tatsächlich geholfen hätten. Vermutlich. Aber er war zu stolz, zu tief in seiner eigenen Schuld versunken. Beim allerersten Gesprächstermin hat er eine Terminkollision vorgegeben, den zweiten hat er ohne Angabe von Gründen ungenutzt verstreichen lassen, bis er dann zum dritten vereinbarten Gespräch doch erschienen ist, nur um nach fünf Minuten wieder aufzustehen und zu sagen: „Ich danke Ihnen."

War es tatsächlich Stolz? Waldauf weiß es nicht. Er war blockiert. Und es war ihm egal, denn kein Mensch und kein Gespräch der Welt hätte ungeschehen machen können, was nun mal geschehen war. Sarah war tot.

„Weißt du“, sagt Waldauf und duzt Christina, ohne es zu bemerken. Sein Blick versinkt in den Wellen des Ozeans. „Es ist nichts geschehen, was sich nicht wiedergutmachen ließe. Ihr seid am Leben, und das bedeutet, dass ihr daran arbeiten könnt. Egal, wer Schuld hat oder nicht Schuld hat.

Lerne, dir selbst zu verzeihen. Es gibt für alles einen Weg.“

Waldauf hasst sich dafür, Weisheiten auszuspucken, als wäre er ein wandelnder Glückskeks, Weisheiten, an die er für sich selbst schon längst nicht mehr glaubt. Das Problem ist nun mal, dass sich seine Fehler mit nichts in der Welt wiedergutmachen lassen.

„Kopf hoch“, sagt er und wagt es tatsächlich, die Lüge eines Lächelns in sein Gesicht zu zaubern. Und zu seiner Überraschung lächelt Christina zurück.

„Danke.“

„Keine Ursache.“ Waldauf räuspert sich. „Aber noch ist es nicht geschafft. Wir müssen irgendjemanden dazu bringen, das Verfahren abzubrechen oder es schlimmstenfalls so lange hinauszuzögern, bis wir vor Ort sind. Ihr Vater muss erfahren, dass Sie wohlauf sind. Rufen Sie Larissa noch mal an. Mir fällt sonst niemand mehr ein.“

Christinas Augen sind geschwollen, und ihr dunkles Haar ist vom Wind zerzaust. Sie sieht müde aus und abgekämpft, aber dennoch ruhelos und ängstlich.

„Ja, ich weiß“, sagt sie, und ihr Blick sucht abermals den seinen. „Wenn es Ihnen nichts ausmacht, möchte ich es diesmal gern allein versuchen.“

„Ich denke, das ist eine gute Idee.“

Waldauf reicht ihr das Telefon. Dann geht er zurück ins Innere des Schiffs, sucht sich einen Platz an einem der Fenster, und das Wogen des gigantischen Metallkörpers scheint ihm endlich ein wenig Ruhe zu bringen.

Er fühlt die Hand auf seiner Schulter, obwohl er allein ist. Es ist Nacht, tiefschwarze Nacht. Waldauf ist schwerelos, und aus irgendeinem Grund kann er nicht atmen. Alle Geräusche sind gedämpft, als wäre er unter Wasser. Ist er über Bord gefallen?

Waldauf öffnet die Augen, und der schemenhafte Umriss eines Gesichts beugt sich über ihn. Eine Taschenlampe leuchtet in seine Augen, und Waldauf blinzelt.

„Können Sie mich hören? ... Waldauf?"

Er liegt mit dem Rücken auf dem kalten Asphalt, während Regen ihm Gehör und Sicht nimmt. Jemand beugt sich über ihn, um sein Leben zu retten ... sein nutzloses, verräterisches Leben ... während Sarah Hilfe braucht. Sie muss hier irgendwo ...

„Sarah? ... Sarah?", die Worte sind in seinen Gedanken, aber er schafft es nicht, sie auszusprechen.

Waldauf versucht es erneut, er kämpft. Ein Schwall kühler Nachtluft füllt seine Lungen.

„Sarah?"

„Ich bin es. Christina."

Waldauf blinzelt. Er sitzt in einem Stuhl. Christina steht über ihn gebeugt.

„Sie sind eingeschlafen. Ich wollte Ihnen ein wenig Ruhe gönnen."

„Aber wir haben keine Zeit. Jemand muss ..."

„Ich weiß. Larissa ist auf dem Weg. Sie fährt mit dem Zug und kann in etwa dreieinhalb Stunden dort sein. Das wäre deutlich früher als wir."

„Trotzdem dauert alles viel zu lange."

Waldauf sieht ihren Gesichtsausdruck und fängt sich.

„Wir werden es schaffen. Hat sich das Büro Ihres Vaters in der Zwischenzeit gemeldet?"

„Nein."

„Schäfer?"

„Auch nicht. Aber ... Larissa wird es doch schaffen, nicht wahr?"

„Das hängt wohl ganz davon ab, ob die Richter ihr Glauben schenken. Aber womöglich gelingt es ihr, bei deinem Vater Gehör zu finden. Er muss erfahren, dass du wohlauf bist."

Christina mustert ihn.

„Versuchen Sie, ein wenig zu schlafen. Die Fahrt ist noch lang."

„Ja ... Ja, Sie haben recht."

Waldauf fürchtet den Schlaf genauso sehr, wie er es fürchtet, Fehler zu machen. Er sitzt in der Falle.

„Würde es Ihnen etwas ausmachen ...", Waldauf zögert, „wenn Sie sich einfach zu mir setzen?"

„Nein, natürlich nicht."

Christina zieht sich einen Stuhl an seine Seite.

„Wenn das hier vorbei ist", fragt sie, „werden Sie mir dann Ihre Geschichte erzählen?"

„Wissen Sie ...", beginnt Waldauf, und Christina kennt die Antwort bereits. „Diese Geschichte hat kein Happy End. Wir ... sollten uns auf das konzentrieren, was vor uns liegt."

Christina nickt, und Waldauf erkennt etwas in ihrem Blick, was ihn erstarren lässt. Es ist der leiseste Hauch derselben Emotion, die ihn vor Monaten in die Einsamkeit getrieben hat, fort von allen Menschen, die er kannte, fort von allem. Es ist Mitleid.

Dennoch braucht er Ruhe, er braucht Schlaf. Er hält Christina seine Hand hin, und sie legt die ihre hinein.

Die Überfahrt auf dem schwimmenden Weltuntergangskoloss dauert noch etwa zwei Stunden, und zu Waldaufs Überraschung erwacht er wenige Minuten bevor sie in den Fährhafen von Hirtshals einlaufen. Er hat die letzten zwei Stunden durchgeschlafen, fühlt sich etwas ruhiger und gestärkt. Falls er geträumt hat, kann er sich nicht daran erinnern, und das ist gut so. Waldauf blickt sich um, Christina ist nicht da. Er will sich erheben, aber seine Schulter und die Schmerzen in seiner Brust zwingen ihn dazu, sich wieder zu setzen. Er schnauft. Er hätte nicht rauchen sollen. Er nestelt mit den Fingern an seiner Hosentasche und holt die Zigarettenschachtel hervor. Sie ist halb leer. Waldauf flucht.

Er versucht gleichmäßig zu atmen, bis seine Bronchien sich wieder öffnen und er einen zweiten Versuch wagen kann, sich zu erheben. Er findet Christina im Freien.

„Ich wollte gerade nach Ihnen sehen", sagt sie.

„Danke, das ist sehr freundlich von Ihnen. Wie lange haben Sie dort gesessen?"

„Nach etwa fünf Minuten haben Sie geschlafen wie ein Baby."

„Danke ... dass Sie mir geholfen haben."

„Gern geschehen. Sind Sie fit für die Weiterfahrt?"

„So fit wie ein Wrack in meinem Alter nur sein kann."

Weder Waldauf noch Christina fühlen sich zum Scherzen aufgelegt.

„Dann muss das wohl reichen", erwidert sie.

Keiner von beiden lacht.

„Das wird es."

Die Fahrt von der nördlichsten Spitze Dänemarks in Richtung Deutschland fühlt sich wie eine Endlosschleife der immer gleichen Abfolge an. Waldauf beschleunigt den Wagen, klebt am Heck des Vorderwagens, bis sich eine Gelegenheit anbietet, schaltet in einen anderen Fahrmodus, überholt und beschleunigt erneut, bis ihm das nächste Fahrzeug in die Quere kommt. Die Minuten ticken dahin, vereinigen sich zu Gruppen, bilden Fragmente von Stunden. Auf einen Lastwagen folgt ein roter Kleinwagen, folgt eine silbergraue Limousine, folgt ein weißer Familienvan. Christina gähnt. Die Wolken am Himmel scheinen allesamt in dieselbe Richtung zu ziehen wie sie, als wären sie neugierig, ob sie es wohl rechtzeitig schaffen werden.

„Ich weiß es nicht", sagt Christina.

„Wie bitte?"

Waldauf blickt zur Seite, während er zum nächsten Überholmanöver ansetzt. Christina weiß nicht, um welche Art von Fahrzeug es sich diesmal handelt. Sie dreht den Kopf, um ihn ebenfalls anzusehen, doch auf dem Weg dorthin setzt plötzlich ihre Atmung aus, gerade in dem Moment, als sie versuchen will, zu antworten. Ein Puls, wie eine Hitzewelle aus einem geöffneten

Backofen, jagt durch ihren Körper, ihren Nacken, ihre Arme und Beine hinab bis in die Haarspitzen.

„Vorsicht!", kreischt sie, noch ehe sie selbst begriffen hat, was vor sich geht.

Waldauf stemmt sich mit beiden Beinen gegen das Bremspedal, widersteht dem Impuls, das Steuer herumzureißen, seine Arme werden zu Holzklötzen, mit durchgestreckten Ellenbogen dreht er das Lenkrad zurück, mit einer Langsamkeit, die ihn schier unendliche Willenskraft zu kosten scheint. Aus den Augenwinkeln erkennt Christina, was der Grund für ihren Aufschrei war. Zwei Fahrzeuge preschen ihnen entgegen, eines auf jeder Fahrbahnseite. Das Signalhorn des Kleinlasters vor ihnen vibriert in ihren Gehörgängen, während Christinas Gehirn zu nur einem einzigen irrwitzigen Gedanken fähig scheint.

Ich war nicht mehr duschen, denkt sie. Wenn mich jemand so findet ...

Dann schwenkt Waldauf die Schnauze des Wagens hinter den Kleinlaster, und die beiden Geschosse donnern an ihnen vorbei, der Wagen zittert bei jeder der beiden Druckwellen. Die Reifen quietschen, während das Signalhorn immer noch dröhnt. Waldauf ruft etwas. Christina kreischt. Dann ist plötzlich alles still.

Christina hört das Pfeifen in ihren Ohren. Sie wendet den Blick erneut zu Waldauf. Wie in Zeitlupe ringt er mit dem Steuer, während das Fahrzeug schlingert und das Heck einmal in die eine, dann in die andere Richtung ausbricht. Erneut ruft er etwas, das sie nicht hören kann, während die rot glühenden Bremsleuchten des Kleinlasters vor ihnen immer näher kommen wie ein Bollwerk. Sie werden daran zerschellen. Dann schiebt der Wagen rechts über die Fahrbahntrasse hinaus. Kies und kleine Steine spritzen, und Christina meint, auch Funken aufstieben zu sehen. Dann ist das rote Glühen plötzlich verschwunden, als der Laster wieder das Gaspedal betätigt und der Motor brummend zum Leben erwacht. Das nur noch wenige Zentimeter entfernte Bollwerk gewinnt wieder an Distanz. Waldaufs Augen sind weit aufgerissen, während sein Mund sich bewegt und Christinas Gehör wieder einsetzt.

„Geht es Ihnen gut?", brüllt er. „Sind Sie verletzt?"

„Nein." Christina schüttelt den Kopf und bemerkt, dass sie die ganze Zeit über die Luft angehalten hat. „Alles gut."

Waldauf steuert den Wagen zur nächsten Tankstelle. Sie stecken das Kabel der Ladesäule an den Wagen.

„Das war knapp. Ist bei Ihnen wirklich alles in Ordnung?"

„Mir fehlt nichts. Was ist mit Ihnen? Können Sie weiter?"

„In einer halben Stunde. So lange muss die Batterie laden. Hat Larissa sich gemeldet?"

„Nein, noch nicht."

„Ich hole mir einen Kaffee ... wollen Sie auch etwas?"

Waldauf keucht noch immer und klopft seine Hosentaschen ab.

„Sie haben Probleme mit der Lunge, nicht wahr?", fragt Christina.

Waldauf hält die Zigarette im Mundwinkel, lässt die Taste des Feuerzeugs wieder los, ohne sie anzuzünden. Sein Schädel hämmert.

„Nicht nur damit."

„Warum dann ... ich meine?"

Er zuckt mit den Schultern.

„Hat Ihnen schon mal jemand gesagt, Sie dürften alles tun, alles, was Sie wollen, mit Ausnahme dieser einen Sache? ... Das macht es nicht gerade leichter, solche Angewohnheiten abzulegen."

Er reibt sich über die Stirn, schiebt die Zigarette zurück in die Schachtel und lässt sie zusammen mit dem Feuerzeug zu Boden fallen.

„Ich brauche einen Kaffee."

„Ja, natürlich ... ich bleibe so lange hier, wenn das in Ordnung ist."

Waldauf nickt und marschiert über den Parkplatz davon, auf den Tankstellenshop und die angeschlossene Raststätte zu. Er ist müde, fahrig. Am liebsten würde er alles hinschmeißen und aufgeben, was paradox ist, so knapp vor dem Ziel. Aber er kann nichts dagegen tun. Es ist, als hätte ihn jemand auf Schienen gestellt, das Ziel ist klar, die Richtung vorgegeben, alles, was er jetzt noch zu tun braucht, ist, es umzusetzen. Er ist ein Roboter, eine Maschine ohne eigenen Willen, allein zu dem Zeck geschaffen, die Vorgaben zu erfüllen. Waldauf hasst diese Situationen. Wenn er jeglicher Handlungsoptionen beraubt scheint und es nur noch eine Richtung gibt.

Er bestellt einen Kaffee, setzt sich an einen Tisch nahe den Fenstern, auch wenn sich der Ausblick auf den Parkplatz beschränkt. Hat ihn schon mal jemand gefragt, ob er Tom überhaupt retten will? Diesen idiotischen, verdammten Jungen? Ist er nicht selbst schuld an seiner Situation? Er wollte es so. Er hätte unzählige Gelegenheiten gehabt, der Polizei zu sagen, dass Christina noch am Leben ist. Aber er musste den Helden spielen, jetzt hat Riemann es auf ihn abgesehen. Das hat er nun davon! Waldauf könnte kotzen. Es ist, als würde ihm der Junge aus der Ferne zurufen: „Ich bringe mich selbst in Gefahr und schlage alle Vorsicht in den Wind, aber wenn etwas schiefgeht, übernehme ich keine Verantwortung dafür. Jemand anders muss mich retten! Du, Waldauf! Du musst mich retten!"

Waldauf ringt mit seinen inneren Dämonen. Er nimmt einen Schluck Kaffee und verflucht sich, die Zigaretten weggeworfen zu haben. Soll er neue kaufen? Nein! Zur Hölle damit, zur Hölle mit allem. Er wird Christina nach Wilhelmshaven bringen, und wenn es nur deswegen ist, um diesen verdammten Idioten selbst ein paar Ohrfeigen zu verpassen! Zuerst Tom und dann Riemann, diesem Großkotz. Vielleicht könnte er auch damit drohen, ihnen die Schädel einzuschlagen, gleich dort, an Ort und Stelle, direkt vor den Richtern, damit sie ihn festnehmen und wegsperren können, dann hätte er endlich Ruhe. Aber ... damit hätte er sein ganzes restliches Leben auf Schienen gestellt, kein Abweichen vom Plan erlaubt, kein freier Wille, nur er und die Zelle.

Waldauf starrt in das schwarze Getränk in seinem Becher. Flüssigkeit gewordene Finsternis. Dunkle Materie. Sie würde ihn nicht verschlingen, sie nicht. Waldauf grinst ein bitteres Grinsen und kippt den letzten Rest seines Kaffees hinunter.

Als er zu dem Elektroauto zurückkehrt, sitzt Christina noch auf dem Beifahrersitz, sie starrt vor sich hin, stellt sich ihren eigenen Dämonen. Waldauf seufzt. Er steigt in das Fahrzeug und reicht Christina die zwei Getränkeflaschen, die er gekauft hat, sowie einen Müsliriegel, den er in einem der Regale entdeckt hat. Er hätte ihn unmöglich dort lassen können. Auf dem Riegel steht „Smile". Christina lächelt.

Sie biegen wieder auf die Schnellstraße und sind zu einer Art stillschweigender Kommunikation übergegangen, die Waldauf auf merkwürdige Weise als sehr angenehm empfindet. Sie trinkt aus einer der Flaschen und hält sie ihm hin. Er neigt den Kopf. Sie verschließt sie wieder und stellt sie in die Mittelkonsole. Es sind minimale Gesten, mit denen sie sich verständigen. Für Außenstehende wären sie kaum zu beobachten. Waldauf muss trotz seiner Anspannung lächeln. Dann läutet das Telefon. Es ist Larissa.

„Gehen Sie ran."

„Ich ... habe Angst", sagt Christina, während ihr Finger über der grünen Taste schwebt.

„Ja", erwidert Waldauf.

Christina hebt ab und betätigt den Lautsprecher. Und für einen kurzen Moment wagt sie zu hoffen.

„Sie lassen mich nicht rein!", dröhnen ihnen Larissas Worte aus einem Stimmengewirr entgegen. Es ist eine Kakofonie, zusammenhangslose Bedeutungsfetzen, aber sie alle zerfallen zur Nichtigkeit angesichts des Gewichts von Larissas Worten.

„Wie meinst du das?"

„Sie sagen, das Verfahren findet unter Ausschluss der Öffentlichkeit statt, nur Familien und Angehörige."

Waldauf beschleunigt den Wagen, ohne es zu bemerken.

„Können Sie ...? Reden Sie mit einem der Justizwachtmeister. Die sollen Schäfer aus dem Saal holen – zumindest vermute ich, dass er da ist. Kriminalhauptkommissar Frank Schäfer. Holen Sie ihn ans Telefon!"

„Ja, ich kann es ... ich weiß nicht. Hier ist die Hölle los. Totales Chaos. Medienvertreter, Fernsehen. Ich habe keine Ahnung, was die hier alle wollen."

„Riemann", zischt Waldauf, und seine Hände krallen sich in den synthetischen Bezug des Lenkrads.

„Sie denken, mein Vater war das?"

„So setzt er die Behörden unter Druck. Zwingt sie zu einem raschen Urteil."

„Ja, das sieht ihm ähnlich."

„Was soll ich jetzt tun?", tönt Larissas Stimme aus dem Lautsprecher.

„Sprechen Sie mit einem der Wachtmeister. Wir müssen Schäfer ans Telefon kriegen!"

„Ich versuche es."

„Gut. Melden Sie sich dann wieder."

„Mache ich. Bis später."

„Bis später."

Die nächsten Stunden verfliegen ohne nennenswerte Ergebnisse. Es gelingt Larissa nicht, in den Gerichtssaal zu gelangen, und auch nicht, die Wachen dazu zu bewegen, Schäfer oder Riemann aus dem Saal zu holen. Sie stecken fest. Waldauf steuert den Wagen, als würde die äußere Welt nicht länger existieren. Es gibt kein Motorengeräusch, keine Musik, keine Ablenkung, Christina und er wechseln kein Wort. Die Stille ist allumfassend. Christina blickt aus dem Fenster, während die Landschaft in stummer Anklage an ihnen vorüberzieht. Dann fällt ihm etwas ein.

„Rufen Sie Larissa an, schnell. Sie muss zur Polizeiwache gehen. Dort gibt es einen Polizisten am Empfang. Er kann uns helfen ... möglicherweise gelingt es ihm, in den Gerichtssaal zu gelangen. Wir müssen es versuchen. Er ist ... etwa Mitte dreißig, etwas fülliger, dunkles Haar ... er kennt mich."

Dann verfällt er wieder in Schweigen, während Christina zum Telefon greift und Larissa die neuen Anweisungen erteilt.

Als sie über die dänisch-deutsche Grenze brettern, hat die Sonne ihren Zenit bereits überschritten und macht sich allmählich an ihren Abstieg. Waldauf wirft einen Blick auf die Uhr. Es ist nach fünfzehn Uhr. Um sieben sind sie in Oslo losgefahren, voller Zuversicht. Sie gingen in Larvik an Bord der Fähre, und Waldaufs schlimmste Sorgen wurden bestätigt, das Gerichtsverfahren war bereits in vollem Gange. Die Fähre ist etwa um zwölf Uhr in Hirtshals eingelaufen, und von da an waren sie nur noch auf der Flucht. Sie eilen den Stunden hinterher, die ihnen davonzugaloppieren scheinen. Es ist ein aussichtsloses Rennen. Waldauf merkt, wie seine Konzentration schwindet, seine Schulter schmerzt bei jeder noch so kleinen Positionsänderung. Er braucht eine Pause und kann sich keine leisten. Dennoch lenkt Waldauf den Wagen auf den nächsten Rastplatz, legt den Kopf in den Nacken und schließt die Augen.

„Wie geht es Ihnen?", fragt Christina.

„Ich mache mir Sorgen", sagt Waldauf, ohne die Augen zu öffnen. „Wir warten schon zu lange auf Larissas

Antwort. Irgendetwas stimmt da nicht, und uns läuft die Zeit davon. Ich muss pinkeln. Dann fahren wir weiter."

Christinas Mund wird schmal.

„Warten Sie kurz. Ich bin gleich zurück."

Sie springt aus dem Fahrzeug und läuft zur Raststätte.

Ich kann nicht warten, ich muss pinkeln, denkt Waldauf und steigt ebenfalls aus dem Wagen. Er scheint sogar zu müde zu sein, um zu der Raststätte zu gehen – oder es hat auch einfach nur keine Bedeutung mehr –, und stellt sich neben dem Parkplatz zur Böschung. Eine Familie steigt in den Wagen neben ihm, und die Frau wirft ihm einen scharfen Blick zu, während er den Reißverschluss seiner Hose hochzieht.

„Haben Sie vielleicht 'ne Zigarette?", fragt er, was ihr Gesicht endgültig dazu bringt, vor Ärger rot anzulaufen. Wortlos steigt sie in den Wagen, und sie brausen davon.

„Nichts für ungut."

Kurze Zeit später ist Christina zurück. In ihren Armen hält sie mehrere Dosen unterschiedlicher Energydrinks, Müsliriegel und einige Packungen Traubenzucker.

„Wollten Sie nicht zur Toilette?"

„Ich war schon. Fahren wir weiter."

31. EIN FISCH AN LAND

Als Christina seine Schulter berührt, nimmt er es erst gar nicht wahr. Schon vor einer gefühlten Ewigkeit haben sie Larissas Nachricht erhalten, dass sie auch auf dem Polizeirevier nicht weitergekommen ist. Waldaufs Komiker-Freund war an diesem Tag nicht am Empfang. Sie haben Hamburg hinter sich gelassen und befinden sich irgendwo auf der Autobahn in Richtung Bremen oder haben Bremen vor Kurzem passiert. Waldauf weiß es nicht. Es wird allmählich Abend. Christina spricht mit ihm. Eine wilde Mischung aus Fruchtzucker, Tein, Koffein und wer weiß was noch allem hält ihn am Funktionieren, aber er fühlt sich nicht wie er selbst. Es ist, als hätte der Cocktail aus Energydrinks und Powerbars seinen Körper balsamiert wie eine Mumie, vorgetäuschtes Leben. Christina packt ihn an der Schulter und rüttelt ihn. In der anderen Hand hält sie das Telefon.

„Es ist Schäfer!", ruft sie.

Schäfer! Waldauf erwacht aus seinem scheintodähnlichen Zustand, erinnert sich an ihr um ein Haar missglücktes Überholmanöver und reißt seinen Blick nach vorn, zurück auf die Straße.

„Waldauf hier!", brüllt er, und Christina zuckt zusammen.

„Hier ist Schäfer", ertönt die Antwort aus dem Apparat.

„Schnappen Sie sich Riemann! Christina lebt!“

„Haben Sie diesmal auch Beweise, oder drehen Sie nun völlig am Rad?“

Waldauf fühlt sich tatsächlich, als wäre er dem Wahnsinn näher als der Realität. Er kneift seine Augen zusammen und fixiert Christina. Sie schweigt. Waldauf zögert. Dann scheint sie zu begreifen und öffnet den Mund.

„Hier spricht Christina Riemann.“

„Haben Sie meine Nachricht nicht gehört?“, bellt Waldauf hinterher.

„Nein, ich habe Ihren Anruf in Abwesenheit gesehen und ...“

„Sind Sie bei der Gerichtsverhandlung?“

„Ja, ich ...“

„Wo ist Riemann? Holen Sie ihn ans Telefon!“

„Moment. Ich kann nicht ...“

„Ist die Verhandlung zu Ende? Wo ist er?“

„Jetzt lassen Sie mich doch mal ausreden, verdammt! Ich bin bei der Verhandlung. Die Richter haben sich gerade zurückgezogen, um sich zu beraten. Das könnte vermutlich länger dauern.“

„Riemann!“

„Ich sehe ihn nicht. Wo sind Sie?“

Waldauf wirft einen Blick zu Christina und schüttelt den Kopf.

„Kurz hinter Bremen“, sagt sie. „Noch etwa eine Dreiviertelstunde ... vielleicht.“

Waldauf beschleunigt den Wagen erneut.

„Halten Sie mir Ihre Wachhunde vom Leib!“, ruft Waldauf, während die Geschwindigkeitsanzeige weiter nach oben klettert. „Wir kommen zum Gerichtsgebäude.“

„Waldauf, verdammt! Ich ...“

„Und stoppen Sie das Gerichtsverfahren!“

Waldauf legt auf, während sie an mehreren Lkw vorbeischießen, die auf dem rechten Fahrstreifen stillzustehen scheinen.

„Sind Sie angeschnallt?“, ruft er, ohne den Blick von der Straße zu nehmen.

Christina setzt sich aufrecht hin und versichert sich, dass der Gurt um ihren schmalen Körper gestrafft ist.

„Ja“, antwortet sie. „Machen Sie sich um mich keine Sorgen.“

Die Aufforderung klingt in Waldaufs Ohren geradezu absurd, und er verspürt den Drang aufzulachen, während sie weiter dem Gerichtsgebäude entgegenpreschen, von dem sich alles andere um sie herum auf lächerliche Weise wegzubewegen scheint. Als würden alle Fahrzeuge, Gebäude und Wälder vom Ort eines Verbrechens fliehen, das noch nicht begangen wurde. Nur sie sind die Einzigen, die sich mit halsbrecherischer Geschwindigkeit darauf zubewegen. Waldaufs Kleidung ist mit Schweiß getränkt, seine Stirn und Achseln sind mit einer speckigen Schicht überzogen. Er hat keine Zeit, sich vor sich selbst zu ekeln, wagt es nicht einmal, zu blinzeln, während sein Blick auf die Straße geheftet ist. Atmet er? Keine Zeit, darüber nachzudenken. Er steuert das silberfarbene Geschoss durch die Landschaft. Jede einzelne Minute auf der digitalen Anzeige scheint ihn auszulachen, während sie mühelos vergeht.

Dann läutet erneut das Handy. Christina hebt ab und schaltet das Gerät wie selbstverständlich in den Lautsprechermodus.

„Waldauf!", bellt Waldauf.

„Hier spricht Julian Rossach, Kriminalhauptkommissar Schäfer hat mich gebeten ..."

„Komiker? Sind Sie das? Wo waren Sie, verdammt?"

„Ja, Herr Waldauf, ich bin es. Heute nicht am Empfang. Schäfer hat mich gebeten, Ihnen mitzuteilen, dass die Autobahnpolizei Sie nicht behindern wird. Die Kollegen sind informiert und werden Ihnen, so weit als möglich, den Weg frei halten."

„Das sind endlich einmal gute Neuigkeiten! Wissen Sie, ob Schäfer Riemann gefunden hat?"

„Negativ."

„Sie wissen es nicht, oder er hat ihn nicht gefunden?"

„Es liegen mir keine Informationen darüber vor."

Der Mann, den Waldauf sich ansonsten stets auf einer Bühne vor lachendem Publikum vorgestellt hat, klingt nun geschäftsmäßig und fokussiert. Während Waldauf in sich hineinflucht, ertönt die Stimme erneut.

„Und, Waldauf"

„Ja?"

„Tun Sie nichts Unüberlegtes. Sie sind kein Polizist mehr."

„Ja ... Sie mich auch."

Waldauf legt auf.

„Denken Sie, wir schaffen es rechtzeitig?", fragt Christina, während sie in ihrem Sitz zu verschwinden scheint.

Waldauf hasst es, zu lügen, und entscheidet sich, zu schweigen. Kurz darauf nimmt er zwei Fahrzeuge im Rückspiegel wahr. Zwei schwarze Zivilfahrzeuge mit Blaulicht und Martinshorn, die sich ihren Weg zwischen den anderen Wagen hindurchbahnen. Eines davon schießt rechts an ihnen vorbei, schwenkt auf die linke Fahrspur und beginnt, den Weg für sie frei zu machen, während der zweite Wagen hinter ihnen Abstand hält, und erneut fühlt sich Waldauf wie auf Schienen, nur dass es diesmal eine Erleichterung ist, denn seine Arme krampfen und zittern, während er immer häufiger ein Gähnen unterdrücken muss.

„Halten Sie durch?", fragt Christina und reicht ihm erneut ein Stück Traubenzucker. Waldauf nickt und macht den Mund auf. Christina wirft es hinein, und für einen kurzen Moment wünscht er sich, sie könnte auch seine Kiefer für ihn bewegen, um das Stück zu zermalmen.

Während zuvor alles wie in Zeitlupe zu passieren schien, fliegen die Ereignisse jetzt geradezu an ihnen vorbei. Waldaufs Gehirn bleibt kaum Zeit, alles zu verarbeiten. Er reagiert automatisch, aus seinem Instinkt heraus, und betet, dass er ihn diesmal nicht im Stich lässt. Das Fahrzeug vor ihnen blockiert für sie die Autobahnabfahrt nach Wilhelmshaven, schießt mit Blaulicht und Martinshorn über Kreuzungen und lotst sie stellenweise sogar über Gehwege, wenn der Verkehr vor ihnen ins Stocken gerät. Waldauf folgt ihm und ist während all der Zeit nur zu einem einzigen Gedanken fähig. Wo bleibt Schäfers Anruf? Wieso meldet er sich nicht?

Für weitere Zweifel ist keine Zeit. Das Telefon läutet.

„Waldauf hier!"

„Hier spricht Schäfer. Die Richter sind informiert."

„Wo ist Riemann?"

„Riemann ist nicht hier, ich weiß es nicht ... wir suchen nach ihm. Die Richter werden das Verfahren aus Mangel an Beweisen einstellen. Das hätten sie aufgrund der bestehenden Sachlage ohnehin getan. Sie werden Thomas Buchner freisprechen."

„Aber solange wir nicht wissen, wo Riemann ist, bedeutet das für den Jungen die größte denkbare Gefahr."

„Ich werde mit Tom sprechen, sobald das Urteil verkündet ist, aber ich kann ihn danach nicht länger im Gebäude festhalten."

„Sagen Sie ihm, dass Christina auf dem Weg zu ihm ist. Er soll verdammt noch mal im Gebäude bleiben!"

„Wenn wir das tun, steht uns die Bude hier Kopf! Mit all den Medienleuten da draußen müssen wir einen kühlen Kopf bewahren."

„Scheiß auf die Medienleute! Riemann muss erfahren, dass seine Tochter am Leben ist!"

„Wir sind ja dran, verdammt!"

Waldauf will noch einige Flüche hinterherschicken, beißt sich aber auf die Zunge. Er beendet das Telefonat. Christinas verängstigter Blick sucht ihn. Keiner von beiden spricht ein Wort.

Sie preschen auf den Vorplatz des Gerichtsgebäudes, und die Backsteinmauern glänzen im Licht der untergehenden Sonne, als wären sie mit Blut überströmt. Christina stockt der Atem, während Waldauf den Wagen mit letzter Kraft in die Parkposition befördert und auf seinem Sitz zusammensinkt. Aus den Augenwinkeln sieht er, dass sich die Türen des Gerichtsgebäudes öffnen, was nichts bedeuten muss, da der Platz davor geradezu überquillt von Personen. Er sieht Fotoapparate, Fernsehkameras. Die Türen öffnen sich, die Türen schließen sich.

„Tom!" Christina springt aus dem Fahrzeug, während Waldauf versucht, Schäfers Nummer zu wählen. Das Signal in seinem Ohr pocht wie ein Puls, bis dieser abhebt und Waldauf zeitgleich das Handy fallen lässt. Er stemmt sich gegen den Fahrersitz, versucht sich aus dem Wagen zu hieven. Er will Christinas Namen rufen, während sie in der Menge verschwindet.

„Waldauf?", tönt Schäfers Stimme wie aus dem Jenseits.

„Ich bin hier!", bellt Waldauf. Und dann: „Halten Sie ihn auf!", ohne genauer zu erklären, wen er meint. Tom, Riemann, egal wen. Hauptsache, er wurde aufgehalten. Waldauf keucht. Lichtpunkte tanzen vor der zunehmenden Finsternis, die nur noch vom blauen Puls der Polizeiwagen unterbrochen wird. Nicht jetzt! Dann, das Letzte, was ihm noch einfällt. Er brüllt ihren Namen.

„Christina!"

Er reißt den Kopf hoch. Hat sie ihn gehört? Er sieht ihren dunklen Haarschopf durch die Menge hüpfen, und dann steht Tom am Kopf der Treppe. Er hat das Gebäude verlassen. Wo ist Schäfer? Waldauf fällt in seinen Sitz zurück. Er sieht Tom lächeln, neben seinen Eltern, die Medienvertreter werden auf sie aufmerksam. Christinas Schopf bleibt in der Menge stecken, sie hebt den Arm, ruft nach ihm. Waldauf will rufen, seine Kräfte schwinden. Dann sieht er Riemann. Dieser steht, für ihn ganz unüblich, abseits des Geschehens, im Schatten eines Baumes. Wo er ansonsten versucht, das Interesse auf sich zu ziehen, scheint er nun die Bühne freizugeben, als würde er versuchen nicht im Weg zu stehen ...

Waldauf reißt die Augen auf, Dunkelheit flutet sein Gesichtsfeld. Seine Lunge krampft, und sein Schädel fühlt sich an, als würde er zusammengequetscht, bis der Druck in seinen Ohren unerträglich wird, sein Herzschlag ist kein Schlagen mehr, sondern ein einzelner, lang anhaltender brennender Schmerz. Mit einem letzten Kraftakt versucht er sich aus dem Fahrzeug zu stemmen. Er krallt sich an die Autotür, fühlt, wie sie seinen Fingern entgleitet, und fällt. Er wartet auf den Aufprall, der ihm die Luft aus dem bisschen, das ihm an intakter Lunge noch geblieben ist, schlagen wird, und presst die Lippen aufeinander. Gesichter wenden sich ihm zu, und er versucht sie fortzuwinken. Nicht auf ihn sollen sie achten. Dann ruft er ein letztes Mal.

„Christina!"

Waldauf schaut zu Riemann, der sich ihm zuwendet. Ihre Blicke treffen sich. Auf dem Boden liegend fühlt er das warme Blut aus seiner Stirn sickern. Vielleicht sind es die Fahrzeuge der Zivilstreife, vielleicht ist es die Bewegung, die plötzlich in die Menge geraten ist, als sich Christina ihren Weg bahnt. Was auch immer der Auslöser sein mag, Riemann setzt sich nun ebenfalls in Bewegung, doch sein Blick heftet sich nicht auf Tom oder Christina. Er fliegt quer über den Platz zu Waldauf, nein – nicht zu ihm –, hinter ihn und deutlich höher. Waldauf wälzt sich herum. Da ist ein Fenster, das offen steht! Seine Lunge gehorcht ihm nicht länger, und

Krämpfe durchzucken seinen Körper. Er will rufen, kippt zur Seite und bleibt wie ein Fisch an Land mit schnappendem Maul und aufgerissenen Augen liegen. In einem letzten Aufbäumen sieht er Christina, die Tom nun beinahe erreicht hat, und Toms Gesichtsausdruck, der zunächst Freude über den Freispruch dann Verwunderung und schließlich blanke Panik zeigt, als er sie in der Menschenmenge erkennt, Riemann, der von der Seite ebenfalls ins Getümmel stürzt und die Arme hochreißt, wie um verhindern zu wollen, was er selbst in Gang gesetzt hat und nun unfähig ist zu stoppen. Waldaufs Gesicht liegt in einer Lache aus seinem eigenen Blut. Das Pochen in seinen Ohren verlangsamt sich. Das pulsierende Blau wird schwächer, Polizeibeamte in Zivil stürzen ebenfalls in die Menschenmenge. Waldauf sieht Christina dort, nun beinahe am Kopf der Treppe. Sie wirft sich in Toms Arme. Riemann kommt zu spät. Eine rote Blüte explodiert an ihrer Schulter, die sich vor ihn schiebt, da, wo gerade noch Toms Herz gewesen war. Riemann schreit. Die Menge läuft auseinander. Tom und Christina gehen zu Boden. Ein zweiter Schuss fegt über den Platz, geräuschlos und tödlich. Christinas Kleidung färbt sich erneut rot. Tom klammert sich an sie, seine Brust nun ebenfalls in Rot getränkt. Sie sind zu spät gekommen. Waldauf hat versagt. Wieder einmal ist er gescheitert, und andere sterben an seiner Stelle. Er schreit in einer stummen Grimasse. Dann umfängt ihn die Finsternis. Zu spät.

32. SIE … AUCH NICHT

Der Traum ist kein Traum. Er ist eine Erinnerung, ein Bruchstück der Vergangenheit, die sich tatsächlich zugetragen hat und unwiederbringlich verloren ist. Für alle Zeit. Sarah liegt neben ihm auf dem Doppelbett, in einem billigen Hotelzimmer in der Nähe des Bahnhofs. Sie blickt zu ihm hoch. Ihr Haar duftet, und sie sieht ihn an. Waldauf hatte nie vorgehabt, sich in sie zu verlieben. Jetzt liegt er hier, neben ihr und wagt es nicht, sich zu bewegen, um die Erinnerung nicht zu zerstören, um sie nur einen kleinen Augenblick länger bei sich zu haben.

„Wieso siehst du mich so an?“, fragt sie, und Waldauf wagt es nicht zu antworten. Wird sie verschwinden, wenn er spricht?

Sie grinst, und er muss ebenfalls lächeln. Er kann nicht anders.

„Na los, sag schon. Was ist los?“

Tränen laufen seine Wangen hinab. Er streicht ihr übers Gesicht. Seine Fingerspitzen berühren ihre Wangen, ihre Lippen, folgen dem sanften Bogen ihres Nackens.

„Ich dachte, ich hätte dich verloren.“

Sie presst sich enger an ihn, legt ihre Hand auf seine Brust, dahin, wo die Narben der beiden Einschüsse sind, die seine Lunge zerschmettert und den Rest seines Lebens in Trümmer geschlagen haben.

„Das kannst du gar nicht“, sagt sie. „Nicht, wenn du es nicht willst.“

Es ist dieses Grinsen, das ihn von Anfang an in ihren Bann gezogen hat. Es ist schelmisch, und zugleich verbirgt sich darin eine Schönheit, die er nicht in Worte zu fassen vermag. Wie das Glitzern eines Kristalls, inmitten einer kargen, endlosen Felslandschaft, das nur beim richtigen Einfall des Sonnenlichts sichtbar wird und dann alles überstrahlt.

„Ich liebe dich“, sagt er, während sie lächelt und er weint. „Du fehlst mir.“

„Ich bin genau hier“, sagt sie. „Ich werde immer hier sein.“

„Es ... tut mir leid ... so unendlich leid.“

„Weine nicht. Ohne dich ... würde ich immer noch in dieser Scheiße stecken.“

„Bleib bei mir“, sagt er, während er allein an die speckig glänzende Zimmerdecke starrt.

„Bitte bleib.“

„Ich bin frei.“

Als Waldauf erwacht, flutet grelles Sonnenlicht seinen Verstand. Er will nicht, nicht schon wieder. Er kann nicht mehr. Doch die Realität zerrt ihn ins Licht. Er soll sehen, was er angerichtet hat. Sarah ist tot, Christina ist tot, und er wird leben!

Waldauf schlägt die Augen auf, und er fühlt die Tränen, die sein Kissen durchtränkt haben, nass und kalt an seinen Wangen.

„Lukas“, sagt eine Stimme. „Ist alles in Ordnung?“

Nein, denkt er. Nichts ist in Ordnung. Ich sollte nicht hier sein. Schon lange nicht mehr.

Ein Gesicht erscheint über ihm, das von aus Sonnenlicht gewirktem Haar umrahmt ist. Anke fasst an seine Stirn, wischt sein Gesicht trocken.

„Hey, du bist hier. Alles ist gut."

„Nein", sagt Waldauf, und das Reiben seiner Stimmbänder fühlt sich an, als würde es die Innenseite seiner Kehle blutig kratzen.

„Ich kann nicht mehr ... will nicht mehr."

„Alles ist gut", wiederholt sie, und Waldauf macht ihr keinen Vorwurf. Wie sollte sie auch etwas anderes denken?

„Sie lebt", sagt Anke, und obwohl Waldauf weiß, dass es töricht ist, versetzt ihm die Hoffnung einen Stich ins Herz. Die Grausamkeit liegt darin, dass der Stich nicht tödlich ist.

„Christina lebt", sagt Anke, und Waldauf blutet. Sarah ist tot.

„Anke", sagt er.

„Ich bin hier." Sie rutscht näher an ihn heran. „Kann ich dir etwas holen?"

„Nein. Kannst du dich ... einfach nur zu mir legen? Bitte."

Sie schließt ihn in die Arme, ohne ein Wort zu sagen, und zum ersten Mal seit Sarahs Tod kann Waldauf um sie trauern, während andere Menschen anwesend sind. Anke ist bei ihm. Und Waldauf weint.

Stunden später liegt sie bei ihm und erzählt, was am Abend zuvor vor dem Gerichtsgebäude vorgefallen ist. Sie war da, hat es gesehen. Die Schüsse auf Tom und Christina wurden aus einem der oberen Stockwerke des gegenüberliegenden Gebäudes abgegeben. Christina ist hier, im selben Krankenhaus. Die Ärzte sagen, sie wird es überleben. Tom blieb unverletzt, das Blut auf seiner Brust war Christinas. Die Beamten der Zivilstreife haben das Gebäude gestürmt, aber vom Täter fehlt bisher jede Spur. Waldauf denkt daran, wie Toto mit seinen Mitarbeitern umgeht, die einen Fehler begangen haben, und rechnet damit, dass der Attentäter auch verschwunden bleibt. Vielleicht im Betonfundament eines neuen Mega-Bauprojekts, vielleicht in Stücke geschnitten auf dem Grund eines Flusslaufs ... Falls es einer von Totos Leuten war.

„Was ist mit Riemann?"

„Der hält sich im Hintergrund und verweigert jede Aussage, ganz anders, als es sonst seine Art ist."

„Kann ich zu ihr?"

„Zu Christina? Ich denke, sie steht unter Polizeischutz, aber wir können es versuchen, ja."

Waldauf stemmt sich hoch. Er trägt ein hinten offenes Patientenhemd und wundert sich.

Anke errät seine Gedanken, und ihr Gesicht wird ernst.

„Du musstest künstlich beatmet werden. Deine Lunge ... hat aufgehört ... Und dein Herz ..."

„Wurde ich operiert?"

„Nein. Sie hatten bereits alles für eine Notoperation vorbereitet. Ich denke ... ich weiß es nicht, vielleicht ... haben die Medikamente, die sie dir gegeben haben, plötzlich Wirkung gezeigt. Sie müssen dir jede Menge Adrenalin gegeben haben."

„Adrenalin?"

Anke hält sich die Hände vor den Mund.

„Ich weiß nicht ... ich weiß es wirklich nicht. Sie sagten ... du warst eigentlich schon ... sie dachten, du wärst tot, Lukas."

Er zieht sie an sich.

„Ich bin nicht tot", sagt er.

„Aber du warst nah dran ..."

„Können wir ... zu ihr gehen? Bitte."

„Ich weiß nicht, wo sie ist."

„Wir finden sie."

Nach einem Gespräch mit einer Krankenpflegerin und einem Telefonat mit Schäfer steht Waldauf vor Christinas Zimmer. Anke ist bei ihm.

„Sie können zu ihr", sagt der Polizeibeamte zu Waldauf, der vor dem Zimmer postiert ist, und wendet sich dann an Anke. „Sie leider nicht."

„Es ist okay", sagt Anke. „Ich warte hier. Geh zu ihr."

„Ich ... muss dir schon seit Längerem etwas sagen ..." Waldauf nimmt ihre schlanke Hand in die seine, wo sie förmlich darin verschwindet.

„Ich liebe dich, Anke."

„Ich liebe dich."

Waldauf betritt das verdunkelte Zimmer, in dem bis auf das Summen der Maschinen nichts zu hören ist, und seine Augen brauchen einige Zeit, um sich an das fehlende Licht, das nur in einem schmalen Streifen durch das Fenster hereinfällt, zu gewöhnen. Sie liegt in einem einzelnen Bett, Schläuche münden in ihren Armbeugen und ihrer Nase. Ihre Atmung ist so flach, dass Waldauf sie kaum sehen kann. Ein Monitor zeigt die Kurve ihres Herzschlags, ihren Blutdruck, Frequenz, Sauerstoffsättigung. Ein kleines, schwarzes Herz pulsiert im Rhythmus der Kurve.

Waldauf schlurft an ihrem Bett vorbei, um sich einen Stuhl zu holen, bückt sich, und ehe er sich zu ihr umdrehen kann, sagt sie: „Gerade, wenn man denkt, dass man schon alles gesehen hat ... zeigt einem das Schicksal, dass man keine Ahnung hat."

Waldauf möchte vor Glück aufschreien, als er ihre Stimme hört.

„Tja, sieht ganz so aus, als hätten diese Krankenhaushemden auch ihre guten Seiten."

„Wenn das die gute Seite war ... verzichte ich gerne auf die anderen."

Sie lächelt, weil sie zu einem Lachen nicht imstande ist. Ihr blasses Gesicht wirkt vor den weißen Kissen beinahe unsichtbar. Nur das dunkle Haar, das es umrahmt, lässt auf seine Anwesenheit schließen.

„Ja", antwortet Waldauf und grinst. „Ja, ich auch."

Christina tippt sich an die Brust, die unter dicken Bandagen verborgen ist. „Sieht so aus, als könnten wir jetzt im Partnerlook gehen."

Waldauf, der gerade noch zum Scherzen aufgelegt war, schnürt es den Brustkorb zusammen, und er bringt kein Wort heraus. Stattdessen kommen Tränen.

„Es ... ich hätte wissen müssen ..."

Christina dreht den Kopf zur Seite.

„Ich kenne meinen Vater ... seit über zwanzig Jahren ... habe viele seiner grausamen Seiten gesehen ... Selbst ich hätte nicht geahnt ..." Sie schnauft, ringt um Luft und will den Satz zu Ende sprechen. Waldauf schüttelt den Kopf.

„Schone deine Kräfte. Du bist nicht die Polizistin ... es war nicht deine Aufgabe."

„Sie ... auch nicht", sagt sie und grinst wieder.

Ihr schmerzverzerrtes Lächeln versetzt ihm einen Stich.

„Denken Sie ... dass er wirklich etwas ... damit zu tun hatte?"

„Ich weiß es nicht", gesteht Waldauf. „Möglicherweise. Trauer lässt Menschen oft die grauenvollsten Dinge tun. Er wird sich jedenfalls einer Befragung stellen müssen."

„Jetzt ... sehen Sie mich nicht so mitleidig an", sagt Christina nach einiger Zeit. „Ohne Sie wäre Tom jetzt ... vermutlich tot."

„Ich hätte mehr tun müssen."

„Niemand ... hätte mehr tun können."

33. NACH VORN

Waldauf kommt zu Bewusstsein. Wo er die letzten siebeneinhalb Stunden gewesen ist, weiß er nicht. Traumloser Schlaf fühlt sich für ihn an wie eine Unterbrechung seiner Existenz. Wie ein Vorgeschmack auf die Unendlichkeit, die noch kommt.

Er wirft einen Blick zur Seite und fokussiert sich auf die Gegenwart. Anke schläft, ihr blondes Haar hängt ihr ins Gesicht, und sie hat die Beine angezogen wie ein kleines Kind. Ihre Zehenspitzen berühren seinen Oberschenkel. Sie wirkt friedlich.

Waldauf lässt den Kopf nach hinten sinken und schließt die Augen. Er lauscht ihrer Atmung, und ohne es zu bemerken, übernimmt er ihren Rhythmus. Irgendwann rappelt er sich hoch, stakst in die Küche und setzt eine Kanne Filterkaffee auf. Er macht immer eine ganze Kanne, auch wenn das bedeutet, dass er den restlichen Tag kalten Kaffee trinken wird. Familienkrankheit, denkt er und erinnert sich wieder an seine Großmutter. Er wäscht sich, zieht sich ein Hemd und eine dünne Leinenhose an und wandert in sein Arbeitszimmer. Die Pinnwände und der Tapeziertisch sind leer, seine Aufzeichnungen in eine große Schachtel verfrachtet, obenauf liegt die Übersetzung von Chikos Unterlagen und Waldaufs schwarzes Notizbuch. Er hat vor, sie Schäfer zu übergeben – möglicherweise kann dieser damit weitere Ermittlungen anstellen –, konnte sich bisher allerdings nicht dazu durchringen.

Er geht nach draußen, vor die Tür, wirft einen Blick in seinen Briefkasten und setzt sich mit der Morgenzeitung und einer dampfenden Tasse auf die steinernen Treppen seiner Terrasse. Waldauf verschnauft. Er lauscht dem Rauschen des Windes im Blätterdach, eine Möwe zieht ihre reglosen Kreise über den Himmel. Anke schläft. Er betrachtet sie durch die Fensterscheiben, folgt den Konturen ihrer Beine, ihrer Hüften. Die hölzernen Fensterläden sind repariert und hellblau gestrichen. Alles hier lädt zum Verweilen ein. Waldauf trommelt mit den Fingern und beginnt die Zeitung durchzupflügen.

Seit Tagen hat er keinen Artikel über Riemann, Christinas Verschwinden, ihre Rückkehr oder das Attentat auf Tom mehr gefunden. Henning Riemann hat sich aus der Öffentlichkeit zurückgezogen und verweist bei Anfragen stets auf seine Anwälte. Die Schüsse auf Tom bezeichnete er in seinem letzten Kommentar als Angriff auf seine Person.

„Jemand hat es auf mich abgesehen. Man versucht, mir zu schaden, indem man meine Familie attackiert. Ich werde nicht tatenlos dabei zusehen und kann den feigen Angreifern nur sagen: Ich bin zu jedem Kampf bereit, aber lassen Sie meine Familie aus dem Spiel!"

Danach kehrte Stille um Henning Riemann ein, als sich die Untersuchungen um seine Person und seine mögliche Beteiligung an dem Attentat mehrten.

Christina und Tom haben Deutschland verlassen, diesmal ganz offiziell. Das Letzte, was Waldauf von ihnen gehört hat, war, dass Christina daran arbeitet, ein Kontaktverbot gegen ihren Vater zu erwirken. Vermutlich hat sie parallel eine Namensänderung veranlasst, aber darüber weiß Waldauf nichts Genaueres. Nach ihrem Krankenhausaufenthalt hat er sie nur noch ein weiteres Mal gesehen. Tom und sie haben ihn auf seinem Hof besucht, um sich zu verabschieden, wie sie sagten, und sich zu bedanken.

„Ich werde Sie vermissen. Irgendwie sind Sie mir ans Herz gewachsen."

„Nun ja", sagte er und deutete auf ihre Brust. „Einige Andenken hast du ja jetzt. Ich weiß nicht, wie ich das je wiedergutmachen soll ..."

„Lassen Sie es. Es ist bereits gut. Sie haben mehr für mich – für uns – getan als jeder andere."

Dann stand er zum ersten Mal Tom gegenüber. Der groß gewachsene junge Mann hielt ihm die Hand hin.

„Christina und meine Mutter haben mir erzählt, was Sie für sie getan haben. Und für mich ... Ich weiß nicht, wie ich Ihnen dafür danken soll. Meine Mutter sagt, Sie wollen kein Geld, aber ..."

„Sie müssen mir nicht danken", hat Waldauf geantwortet. Er weiß, dass er es vor allem für sich selbst getan hat. Es war ein lächerlicher Versuch, wiedergutzumachen, was nicht wiedergutzumachen ist. Er hat einen Kampf gekämpft, den er nicht gewinnen konnte, schlimmer noch, den er längst verloren hatte und es sich nicht eingestehen wollte.

„Nein", sagte er. „Zwischen Ihrer Mutter und mir ist alles geklärt, machen Sie sich keine Gedanken."

„Sie haben unser Leben gerettet."

Darauf hat Waldauf keine Antwort gewusst. Auch jetzt, mit seiner Tasse in der Hand, kämpft er mit seinen Erinnerungen. Die Ereignisse scheinen bereits so weit zurückzuliegen, und dennoch ist seine Schuld allgegenwärtig. Er weiß nicht, ob er jemals damit aufhören kann, in den Zeitungen nach Hinweisen auf Totos Machenschaften zu suchen. Und er wird vermutlich auch immer an Sarah denken.

Im Haus regt sich Anke. Sie wälzt sich auf die Seite und blickt zu ihm herüber. Aber er muss auch nach vorn schauen. Waldauf winkt ihr zu, sie erwidert seine Geste. Er geht ins Haus, drückt ihr einen Kuss auf die Stirn, setzt Tee auf. Irgendwann wandert er wieder in sein Arbeitszimmer, betrachtet die Kiste und ihren Inhalt. Morgen wird er sie verpacken und an Schäfers Büro senden. Er wird damit abschließen, nach vorn blicken. Am Abend, nach einem fantastischen Essen mit Muscheln und Wein, wird Anke ihn fragen, was es mit dem Buch auf sich hat. Waldauf wird einen Blick auf sein neues Nachtschränkchen werfen, wo sein Reiseführer über das Wattenmeer liegt, und darunter ein schlichtes, schwarzes Notizbuch und einige Papiere.

„Ich denke nicht, dass ich es noch brauche", wird Waldauf antworten. „Vielleicht werfe ich einen letzten Blick hinein."

ENDE

DANKSAGUNG

Ich möchte mich bei allen bedanken, die dieses Buch möglich gemacht haben, bei allen, die mich auf dieser Reise unterstützt und begleitet haben, die mir beizeiten geholfen haben, den Weg wieder zu finden, wenn ich ihn einmal aus den Augen verloren hatte.

Allen voran Manu, die nahezu jede meiner Zeilen als Erste liest und mir immer mit Rat und Tat zur Seite steht und mich vermutlich öfter aufmuntern muss, als nötig sein sollte.

Alisha, die nicht nur meine Agentin ist, sondern so vieles überhaupt erst möglich gemacht hat. Ohne sie hätte dieses Buch und dieser Schreiberling vermutlich nie eine Chance gehabt.

Ina und das gesamte Team beim dp Verlag, die großartige Arbeit geleistet haben und niemals zu ruhen scheinen.

Birgit, die dieser Geschichte durch ihre unzähligen Anmerkungen und Anregungen so viel mehr Leben eingehaucht hat.

Als einer der Ersten vermutlich Eva, die einem rebellischen Teenager gezeigt hat, dass Schreiben und Literatur nicht nur ein Mittel des Ausdrucks, sondern auch eines der Suche und des Findens sein kann.

Und Dani, die mir zeigt, was es heißt, am Leben zu sein.